恋恋浮城1

LIAN LIAN FU CHENG 1

蓬莱客/著

ARTTIME 时代出版
时代出版传媒股份有限公司
安徽文艺出版社

图书在版编目（CIP）数据

恋恋浮城. 1 / 蓬莱客著. -- 合肥 : 安徽文艺出版社, 2021.9
ISBN 978-7-5396-7287-8

Ⅰ. ①恋… Ⅱ. ①蓬… Ⅲ. ①长篇小说－中国－当代
Ⅳ. ①I247.5

中国版本图书馆CIP数据核字(2021)第175645号

出 版 人：姚　巍　　特约编辑：号　号　李姣姣
责任编辑：柯　谐　　装帧设计：天然xing　张　强　徐　睿

出版发行：时代出版传媒股份有限公司　www.press-mart.com
安徽文艺出版社　www.awpub.com
地　　址：合肥市翡翠路1118号　邮政编码：230071
营 销 部：(0551)63533889
印　　制：北京盛通印刷股份有限公司　(010)52249888

开本：880×1230　1/32　印张：11　字数：342千字
版次：2021年12月第1版
印次：2021年12月第1次印刷
定价：42.00元

(如发现印装质量问题，影响阅读，请与出版社联系调换)

目录

Contents

第1章

广州府出清远，往西北循着古官道，到两广的边境，有座名叫浮县的古城。谁也说不清这座古城的年岁了，从老山里采出的青石夯垒出一段老城墙，城墙根下每一道日头照不到的阴暗石头缝里都爬满了潮湿的青苔和薜荔，处处透着年岁的痕迹。

这一日的午后，老东门的附近，因为一支渐渐靠近的车队，古城原本的平静被打破了。

白家少奶奶张琬琰，带着用人从广州府回来了。

古城和广州府之间有四五百里的路，不算很远，但也不近，先走几天的水路，上岸后走官道，再坐一整天的马车才能到。

这一段官道，原本年久失修，车马难通，两广商旅往来极为不便，这些年由白家出面修路，修得已经很平整了，马车里也布置得极其舒适，但接连几日的行程，叫养尊处优惯了的白家少奶奶还是感到有些倦怠。

好在就快到了。

“少奶奶，前头到了！”车把式嚷了一句。

同车的一个丫头看了眼张琬琰，便停了正在替她捏肩的手，撩起一点车窗帘子，探头出去张望了下，说:“少奶奶，是快到了。城门口好多人在等着看呢。”

张琬琰顺着撩起的帘角朝外略略瞥了一下，坐了回来，示意丫头放下帘子。

她这趟回乡，连护卫加用人，带了拉拉杂杂几十口，加上许多件行李，前后十来辆车，呈一字形迤逦而来。县民平日难得看到这样的车队，免不了停下自己手头上的事，跑过来围观白家少奶奶的车队。

“这是白家少奶奶回了，要给白老爷张罗六十大寿吧？”

“看少奶奶这气派，全广州城怕也找不到第二个了。”

“白家喜事，过些时日，咱们县城就要热闹了。”

马车靠近城门，议论声传进张琬琰的耳中，她心下隐隐生出一种俯瞰众生般的高高在上之感。

她确实是有这样的资格的。

她的娘家张家在十三行最为兴盛的时候，不但和白家门庭相当，祖上也捐封了不小的官。后来十三行没落，张家虽随之衰败下去，如今不复往昔风光，但她夫家白家却更顺遂兴旺。十三行鼎盛之时，白家位列巨富之一，声名远播南洋乃至西洋，后来改办船运、纺织、烟草等实业，传到她的公公白成山手上时，家业是更上一层楼。

公公如今虽把经济事宜交给了自己的丈夫，人回了古城闲居，但还是总商会的会长。只要他肯出面，说能调动半个中国南部的商号和财力也是毫不夸张，就连广州府的新军，如今靠的也是白家。

之所以这么说，是因为朝廷欲兴建新军，军费却捉襟见肘，广州府新军的大半军费，都是白家资助的。

白家之所以肯出钱替广州府养兵，是因为如今掌管新军的广州将军康成，是自己丈夫的亲舅舅。

康成是宗室。这要是从前，有这么一个出身显赫又有权有势的亲舅，自然是天大的靠山，但如今，皇上和西太后都死了，小皇帝的那个位子谁知道还能坐多久？万一哪天真变了天，康成泥菩萨过江自身难保不说，要是现在把小姑嫁过去，有这么一个亲家，指不定还要把白家拖下水。

趁着这次机会，无论如何都要劝服公公，为了小姑好，也是为了白家的长远将来考虑，再不能放任小姑在外头不管，更不能碍不过脸面，亲上加亲，答应小姑和将军府儿子的婚事。

县民还在低声议论着，张琬琰一路上的疲倦不翼而飞，她把身子坐得笔直，催促车把式快些往白家宅子去。

白家老宅位于古城北，灰墙黑瓦，大门前蹲着两只青不青灰不灰的石狮。因为相信摸了白家老宅大门前的看门狮能给自己带来财运，县民路过时都要顺手摸一把，多年下来，狮子头顶被摸得光溜溜亮闪闪，就跟毛被人薅秃了似的。

光从门面看，也就是一个普通的大户人家。谁能想到，这座貌似不起眼的门宅之后，住的是大名鼎鼎的南商白成山？

白成山知道儿媳今天回古城，叫刘广接着。刘广领了人，在大门外迎接张琬琰，笑问："少奶奶辛苦了。大少爷什么时候回？"

白成山现在一年当中大多时日都在古城，广州事务移交给了张琬琰的丈夫——白家少爷白镜堂，所以白镜堂平日十分忙碌。

"他还有事，过些天再回。"

张琬琰穿过高悬着一面上书"天赐福德"金字匾额的前堂，叫人将带来的东西分别归置，开口问老爷在哪儿，被告知在后头钓鱼，今日也无访客，便换了件衣裳赶了过去。

白家前头看着平平，后院却另有乾坤。一口池子通县城的盘城河，活水不断，水下有鱼。

张琬琰走到池边，看见公公穿一套家常的旧衫，独自坐在池边垂钓，一动不动。

张琬琰过门十几年，白成山也不是严厉的人，但她一直对公公怀有几分敬畏，刚才还急着要找人，现在看到了，反倒不敢贸然靠近。

张琬琰等在一旁，屏住呼吸，过了好一会儿，见公公仿佛坐着睡了过去，水面的浮子也是纹丝不动，正踌躇着要不要开口，忽听他问："到了？路上辛苦了。"

张琬琰松了口气，脸上急忙露出笑容，走上去停在白成山的后头，笑道："我不辛苦。爹，你操心了大半辈子，才是辛苦。下月就是六十大寿了，一定要好好办。镜堂在广州府还有点事，要过些天才能回古城。我先回来，除了伺候爹，还想看看有没有什么需要的，我先帮着料理，免得到时候手忙脚乱。"

白成山也没回头，只道："简单办一下，和一些老交情、老关系温个面，也就差不多了，不必过于铺张。"

张琬琰说："不必爹叮嘱，我们也知道的。爹你放心就是。"

白成山点头："去休息吧，不必在我这里站着了。"

张琬琰嘴里哎了一声，脚却不动，继续笑道："爹，小姑那边，虽说答应了镜堂到时候会回来，但我怕她临时变卦——"

见白成山肩膀微微动了一动，张琬琰忙道："爹你别误会，我不是说小姑自己不肯回，我是怕她听她那些有所谓的新式思想的朋友劝，万一到时又改了主意呢？她留洋回来后，就待在香港不肯回家。虽说不是很远，但架不住撺掇不是？我的意思是，爹你能不能再亲自给她发个电报？口气重些，要她务必回来。

"爹，小姑从前闹着要出洋，家里拗不过，虽然心疼，最后还是让她去了。我也知道如今时代不同，连老太后活着时都派大臣出洋考察了。女子也能出洋，但受再多的教育，归根结底，还不是为了日后能做贤妻良母……"

张琬琰观察着公公的反应，小心地说："不是我在你面前说小姑如何，我也是很喜欢小姑，心底里把她当我亲妹妹。只是小姑脾性和人不同。大多女子去的都是东洋，她非要去西洋，学的还是西洋绘画。我孤陋寡闻，也是直到前些日子才听说，学西洋绘画的，竟都要画那种……"

小姑画画时要对着一个赤身裸体的人，还有可能是男人。张琬琰没法形容自己第一次听说时的惊骇和羞耻之感，一时说不出口，顿了一顿。

"爹，你见多识广，我就不说了。我要是知道西洋绘画要画那个，当初就算小姑怪我，我也不赞同让她学的。这就算了，如今外头实在太乱了，年轻学生更是到处鼓动人剪辫子。小姑年纪小，性子又冲动，一个人这样在外头，我真的是不放心，这才拼着被爹责备的风险说出我的这些心里话……”

“你去休息吧。”白成山忽然淡淡地道了一句。

张琬琰还有话，且是最重要的话，却不敢再说了，只得闭上嘴。

儿媳走后，白成山又独自对池坐了片刻，慢慢地放下手里的钓竿，站了起来。

大半个月后，广州将军府里，康成正在书房中办公，听用人说白家公子来了，忙叫人带进来。

白镜堂三十出头，器宇轩昂，一身旧式打扮，眼神里透着干练，一进来看到康成，喊了声“舅舅”，开口就说请求帮忙。

康成笑道：“什么事？不去求你的财神爷爹，竟跑到舅舅这里嚷嚷？”

“这事，非得舅舅你帮忙不可了。”

天气湿热，白镜堂擦了擦额上的汗，喝了口茶水，便道出此行目的。

原来白成山吩咐儿子尽快买辆汽车供女儿回来使用。如今汽车刚进来没多久，整个上海迄今也不满百辆，广州更是少，手指加脚趾就能数得过来，用汽车的，多是洋人和那些替洋人做事的帮办。白镜堂知道妹妹眼界高，为了讨她欢喜，自然要买最好的。恰好前些日子，他得知有个英国人运来了一辆劳斯莱斯，据说是去年刚出厂的新款，整个欧洲也没几辆，他就出高价从那个英国人手里弄了过来。谁知还没来得及献宝，预定的司机摔断了腿，没法开车了。

康成是宗室，虽然主张发展新军，但洋人和洋人的东西再好，难免打心眼里排斥，能避就避，自然不会去用什么汽车。

白镜堂觑了眼舅舅，笑着解释：“爹不是人到中年才得了绣绣吗？心里宝贝着呢。绣绣出过洋，和我不一样，有车方便些。如今回来，爹给她买一辆，也是为她出行方便而已。”

白成山快四十的时候，还只有白镜堂一个儿子，那年夫人再次怀孕，怀胎九个月的时候，有桩大生意，需要他亲自走趟南洋。虽然舍不得，但他还是打点了行装。出行前的那夜，妻子忽然感到胎动异样，连夜请了郎中来看，说有发动征兆，白成山决定改期下南洋。过了几天，夫人胎动转为正常，这时传来消息，说原本他要坐的船刚出外海没多久，竟遭遇天气突变，整船沉没，无人生还，只有他因为临时改期，这才幸运地逃过一劫。

这件事，白家亲戚乃至整个广州府无人不知，康成自然也知道。

女儿出生后，白成山对她的宠爱可想而知。如今好不容易肯回家，他给出过西洋的女儿买辆汽车哄她开心，真不算什么。

康成笑道："以你爹的身份，别说一辆，就算十辆，也是当然。你想舅舅帮你找个合适的司机？"

白镜堂点头："是。舅舅你也知道，这玩意儿能操作的人少，这是其一。只会开，不稳当，我也不放心，这是其二。给绣绣开车的，一定要妥当、稳重。我都跟绣绣说过了，爹送她一辆汽车，一回来就能用。她马上就要回了，现在没有人开，她要是不高兴了，我怎么向爹交代？我还在寻人，劳烦舅舅你也上个心，帮我留意下有没有这样的人。"

其实，现成可以救急的并不是没人。总督府公子顾景鸿，留洋归来数年，年纪轻轻，才二十五六就做了新军第一标的总参谋，四品官员。他有辆汽车，自己开，也有司机。前两天他刚来拜访，除了询问白老爷的寿辰，也问起了绣绣的归期，关切之情，溢于言表。

白镜堂原本完全可以向他暂时借用一下司机，想必他极乐意帮忙。但正是因为这样，他现在才不能和顾家走得太近。

顾家早就有意替儿子向白家求亲。图的是什么，大家都是明白人，无须多说。

一个是总督府公子，一个是将军府公子。

倘若妹妹非嫁一个不可的话，比起自己的表弟，白镜堂私底下倒更倾向于顾公子。虽然两家身份地位相当，但无论从哪方面来看，眼下时局，顾景鸿显然更合良婿的标准。

但这不是他能做主的事，一切都是父亲说了算。其实，将军府和总督府两家私底下一向不和，所以他无论如何都不会主动和顾家扯上关系的。这也是他今天会来找舅舅帮忙的缘故。

康成自然知道顾家想挖自家儿子墙脚，已经不是一天两天了。前两日顾景鸿找白镜堂的事他也有所耳闻，见外甥不和主动搭上来的顾家亲近，他心里颇为欣慰，略一沉吟，说道：“你来找舅舅，找对了。我手下确实有个很出色的人，让他替绣绣开车，再合适不过了。”

第2章

广州府的西郊旷野，驻着一镇新军，有万余人。傍晚，后营的一排平屋里传出一阵说笑声。

一标、二标的官兵半个月前奉命联合去剿在花县一带占山祸民的土匪。土匪占山已久，人数上千，装备枪械，十分猖獗，民众怨声载道，广州将军康成遂安排了这次行动。

新军有别于旧军，除了严令不准剪辫这一条，军服、武器和日常操课都是朝廷照搬德国陆军体系来的。这次剿匪行动很受关注，事关新军名声，只许成功，不许失败。统制高春发接到任务后，慎重起见，亲率麾下一标、二标出师，却因地形不熟，误入土匪包围圈。性命攸关之时，二标一名队官率小队人马奇袭击毙匪首，提头而来，众匪见状，四下逃散。高春发获救，取胜回来后，往将军府上报，论功行赏。

高春发早就留意过二标的这个队官，对他很是赏识，加上这回的事，大力保举，荐他担任空缺出来的二标火字营长官，也就是管带。

高春发是康成的心腹，他如此保举，这个管带的位子必是跑不了的。

那个队官十分年轻，才二十出头，不像一标参谋顾景鸿既有家世，又是军事留洋回来的，他不过是个从武备学堂出来的普通军官而已，现在却极有可能一下从七品的队正做到四品管带，如此跃升，叫人羡慕不已。

他原本带的几十个士兵，最近个个都在昂着脖子等上头的任命下来。

士兵们吃完晚饭，解散回来，没说几句，又扯到了这事。

“等上头的任命一到，大人就高升了！大人这回可是给我们争了口气！”

“早就看不惯一标的那个蒋群了，仗着自己留过几天洋，回来就高人一等，整天眼睛长在头顶上，瞧不起我们！那天剿匪，我就看着他在我后头放了几下空枪，子弹贴着我的耳朵嗖地飞了过去，差点吓尿了我！”

队副陈立说起那天的情景，现在还是心有余悸，自然忍不住要骂几句。

“没留过洋怎么了？大人还不是凭本事出头了？咱们等着，到时候看那小子的脸色！”

士兵们越说越兴奋，乐个不停。

聂载沉手里端了只刚洗净的饭盒从外头回来，听到后，正要阻止带头说得最起劲的陈立，忽然门外传来一声讥笑：“八字还没一撇呢，就在这里做梦了！”

陈立扭头，见一个长白脸站在那里，双手抱胸，一脸冷笑地看过来。正是自己刚才骂的蒋群。陈立想顶撞，又有点顾忌公然犯上的罪名，正忍得辛苦，蒋群后头跟来的一个士兵接嘴道：“就是，论做白日梦的本事，我们谁都比不上这里头的人！”

对方是个大头兵，陈立顿时没了顾忌，骂了一声，扑上去就要挥拳，胳膊却被人牢牢握住。

聂载沉朝他摇了摇头，松开手转向蒋群。

“蒋大人，刚才兄弟们说话没个轻重，得罪了。是我没约束好，我给大人赔罪，还请海涵。”

蒋群皮笑肉不笑：“罢了，说不定下回我见了你，还要叫你一声大人呢，我可受不起你这话。”

聂载沉微笑道："蒋大人取笑了。出操了一天，大家也都累了，大人要是不见怪，请去休息吧。"

蒋群哼了一声："我对聂队正是佩服的，但是那天一起去剿匪的兄弟当中也有流过血的，只是运气没聂队正那么好罢了。他们服不服，我就不好说了。"

话音落下，他后头走出来一个大汉。

这大汉虎背熊腰，站出来跟一座铁塔似的，敞穿着一件肩膀带着黄色龙章的新军制服外套，满身虬结肌肉，叫人望而生畏。

聂载沉自然认得他。一标的方大春，和自己同级，也是队正，以力大骁勇而闻名，在一标里颇有威望。这回剿匪他带人充当先锋，也立下了不小的功劳。

方大春把辫子一圈圈地盘在脖颈上，盘好了，一把甩掉外套，扭了扭头，脖颈发出一阵骨头活动的咔咔声，随即盯着聂载沉，冷冷道："聂载沉，你要是能把我放倒，我就服，否则……"他呵呵冷笑，眼神里尽是不屑。

附近的士兵们见有热闹看，纷纷围拢过来，看着聂载沉。

聂载沉手里依旧端着那只饭盒，立在门边，沉默地看着对面的方大春。

众人以为他胆怯，不肯应战，未免失望，纷纷议论起来。尤其是跟着蒋群和方大春来的一标士兵，讥笑声不绝于耳。

聂载沉却恍若未闻，神色依旧平静，也不知道他在想什么。

片刻后，他慢慢地放下饭盒，摆正，转头道："那就请方队正指教了。"

方大春谁人不知？单打独斗这么久，就没见过哪个能在他手下全身而退的。

陈立等人急了，怕他等下万一失手，真被对方制住，众目睽睽之下，难免颜面扫地，于是忙上来劝阻，低声说："大人，别上当，他们这是找碴儿！我这就去把高大人叫来！"

聂载沉摆了摆手，走了出去。

众人见有热闹可看，兴高采烈，还有人敲起手里的碗筷，乱哄哄中，人群呼啦啦地后退，一下让出了一片空地。

方大春盯着走出来站在自己对面的这个毛头小子，大声道："你们都做个见证，我先立个生死状。拳脚无眼，等下不论生死伤残，都是我自己的事，和聂队正无关。”

聂载沉笑了笑：“我随方队正吧。”

方大春猛地扑了过来。

他这一扑，看似简单，实则不知实战了多少次，驾轻就熟，又快又狠。

只要抓住人，以自己的力气制服对方，轻而易举，却没想到对方仿佛算到了他出手的方向，立即闪开了。方大春还没反应过来，就感到后腰一沉，人被一股大力拖着，不由自主地往后倒去。

方大春被身后的聂载沉拦腰一摔，直接仰面倒在地上，整个过程，没超过三秒钟。

实在是太快了，四周的人感觉自己还没眨眼就结束了，不禁目瞪口呆。

陈立等人却松了口气，忍不住欢呼起来。

方大春翻身从地上爬起来，怒道：“刚才不算！你这样躲在我后面，算什么本事？”

陈立带着人大声起哄：“你自己刚才说的，放倒了就认输，我们都听到了。现在倒了，还不认输，这又算什么本事？”

聂载沉已经收手，立在一旁，说道：“战场之上，面对敌手，没有前后，只有胜负。自然，咱们不是敌人，刚才也确实是你没准备好，重来就是。”

方大春的脸暗暗一热。他一时不慎被放倒，只能强辩，原本还担心这毛头小子死抓着自己刚才的话不放，没想到他这么痛快就放了过去。

方大春不敢再托大，第二次出手的时候，再不给聂载沉任何闪避的机会，双手牢牢攥住对方的双臂，知道他再不能挣脱，心中一喜，大吼一声，人往下一蹲，借着起身的力道，一下就将对方整个人提了起来，正要扔出去，忽然感到大腿一沉。

聂载沉人在半空中，足底却蹬在方大春的大腿上，顺势纵身一跃，在空中一个后翻，竟翻过方大春的头顶，再次落到他的身后，双足稳稳落地。整个动作一气呵成，身姿矫健无比。

方大春原本死死攥着他胳膊的手，连带着生生扭了个方向，剧痛之下，他不得不撒手。

他这一撒手，聂载沉如法炮制，和刚才一样，再次将他仰摔在了地上。

两次都输，还输在了一样的手法上。方大春彻底恼羞成怒，什么脸面也不顾，连辩解都省了，伸手一把攥住近旁聂载沉的小腿，奋力一扯，一下将他带翻在地上，自己也跟着压下去，将人压住，握拳袭去。

聂载沉眯了眯眼，一把架住迎面砸下的拳头，趁他气息不稳，猛地挺起腰，双腿又准又狠地夹住方大春的脑袋，发力一扭，就将人从自己身上掀歪了，在方大春还没正身之时，再一个翻身，便迅速扑到他的背上，顺势反锁住他的两条胳膊。

方大春立刻脸着地，略一抗争，就感觉背后扣住自己手臂的那股力道猛地加大，胳膊仿佛就要被扭断了，痛得冷汗立刻冒了出来。

对方只要再用力，自己的两条胳膊就要挫骨断筋。

他没有想到这个姓聂的小子，竟深藏不露，不但狡诈，还有这样的身手。别人或许看不出来，但他知道，今天这场角斗，自己是彻底输了。

但当着这么多人的面，宁可掉脑袋，他也不肯开口求饶，于是忍着剧痛，干脆咬牙闭目，一声不吭。

聂载沉低头盯了他片刻，忽地松手，人也一跃而起，道："刚才多谢方队正手下留情。我凭了点技巧，投机而已。"

方大春感到后背制着自己的那股力道消失了。

无论是资历还是年龄，他都远远超过眼前的这个毛头小子，剿匪时，自己也是出了大力，所以在得知那个空缺的管带之位就要落到对方手里时，他心底虽感不平，但聂载沉确实走运，打死匪首，救了协统一命，他也只能认输。

直到今天遇到蒋群，当着他的手下的面替他打抱不平，又说二标那帮人现在尾巴都翘上天了，都在背后讥笑他们，于是被激怒，就过来找场子。

现在三次被制，不得不承认，他确确实实是输了。但他没想到对方非但没有借机羞辱，反而当着这么多人的面给自己留面子，搭台阶让他下。

方大春有些不敢相信，睁开眼睛，迟疑了下，慢慢地从地上爬起来，见众人看过来，一时不知道该说什么，正僵着，耳畔忽然又传来一道声音：

“方队正汉子。那天剿匪，身先士卒，无畏生死，令我印象深刻，很是佩服，正想认识一下，没想到今天就有机会了。”

方大春扭头，见这年轻人含笑望着自己，目光真挚，又想起刚才自己的态度，不禁面红耳赤，急忙摆了摆手，讪讪道：“别提了，也就胡冲乱撞而已……”

聂载沉笑道：“方队正过谦了。不打不相识，往后有机会，咱们再切磋切磋。”

方大春心底一热，立刻点头道：“我比你虚长几年，你要是不嫌弃，往后咱们就是兄弟了！”他话一出口，立刻后悔了，更是感到尴尬。上头任命只要一下，对方连升数级，就是自己的上司，怎么可能和自己做什么兄弟？

不料，聂载沉又笑道：“好极了，正是我所想！往后我就叫你一声方大哥！”

方大春松了口气，彻底感激，一把抓住身边这位年轻人的手用力地晃，对着周围的人大声说道：“都听见了？我方大春今天就再不要脸一回，高攀了，往后多了聂老弟这样一个好兄弟！”

方大春平日凶悍，许多士兵惧怕他，刚才他气势汹汹而来，没想到竟被二标的这个年轻队官如此轻易地打败收服了。

众人看着聂载沉，眼神和先前大不相同。陈立等人更是昂首挺胸，看着脸色已经极为难看的蒋群，得意万分。

方大春春风满面，紧紧握着自己新认的兄弟的手，笑道：“晚上没事，走，咱们进城，老哥我请你喝酒去！”

正在这时，一个士兵从外面跑了进来，扒开人群喊道：“聂队正，高大人传令，叫你去营所见他！”

方大春眼睛一亮，立刻松开聂载沉的手，催促道：“快去快去，一定是要下升官令了！老哥哥我就带人在这里等着，等你回了，连庆贺酒一道喝！”

聂载沉笑着道谢，低头看了眼自己身上的军服，整理了下，和方大春道了声别，在身后无数道艳羡目光的注视下，转身离去。

“他以第一名的成绩毕业于士官学校，聘来的德国教官也对他称赞不已。熟军械，善格斗。德国人有辆汽车，有回醉酒，半夜停在路上，他闻讯而去，代德国人驾车归来，我方知他亦能驾车。此外，此人年纪虽轻，却心性沉稳，品行端正，办事更是可靠。为白小姐驾车，正是最合适的人选，请公子放一百个心。”

高春发被康成叫了过去，还以为是要和自己说提拔聂载沉的事，不料是为了这件事情。

他在上报嘉奖申请的时候，在荐举事由一栏，将自己所知道的聂载沉的所有技能都填了上去，没想到提拔令没下来，却被康成记住了他会开车这一点，现在竟要聂载沉替白府小姐充当车夫。

高春发虽然觉得大材小用，心底有点不情愿，但也不敢说什么，只好顺了康成的意思。带着白公子过来看人的时候，他又将聂载沉的情况详细说了一遍。

白镜堂点了点头：“高大人你费心了，但不知他是否愿意？”

高春发干笑道：“哪里哪里，白公子客气了。载沉能替白府小姐效劳，想必也是求之不得……”

正说着，外头有人报：“禀高大人，聂载沉到！”

门外传来一阵脚步声，步伐矫健而沉稳，白镜堂循声望去。

门槛外跨进来一个穿着新式军服的高挑年轻人，二十出头，皮肤微黑，眉目英飒，目光炯炯。他走上前，对高春发行了个军礼：“卑职聂载沉，见过高大人。”

这个年轻人给白镜堂的第一印象极好，他立刻就对他生出了信任之感。

高春发感到有点难以启齿，于是走到下属跟前，清了清喉咙：“载沉啊，晚饭吃了吗？”

聂载沉略感莫名其妙：“吃了。多谢大人关心。”

高春发见白家公子看着自己，只好对聂载沉道：“你会驾洋车吧？操作技术如何？”

聂载沉更是不解，但还是如实应道：“会，基本操作应当无碍。”

高春发点了点头：“这位是白府的白镜堂公子，你应当听说过吧？是这样的，白府小姐有一辆车，想叫你过去，替白小姐司驾。”

聂载沉一愣，望了眼一旁的白镜堂，沉默不言。

白镜堂何等的眼力，立刻就看出来眼前这个聂姓年轻军官，似乎并不像高春发刚才说的那样“求之不得”。

他本不是那种勉强旁人做事的人，但妹妹就要回来了，短时间内，怕是寻不到比眼前这个年轻人更能叫自己放心的人了。于是白镜堂插了一句："聂大人不必过虑，并非要你弃职，长久替我妹妹驾车。等过些时日，原本的司机回来，大人便可离开。一应酬薪，我照大人你的俸禄，双倍补给。"

聂载沉依旧沉默着。

"载沉，白府小姐淑性茂质，闺英闱秀，你能替白小姐司驾，是你的福分。还不谢过白公子的提携？"

高春发怕聂载沉不甚热络的态度要开罪对方，赶紧把自己能想得到的用来形容大家闺秀的赞美之词都堆在了白府小姐的身上，又朝聂载沉丢了个眼色。

聂载沉只好道："多谢白公子提携。卑职必尽心尽力，不敢有半分懈怠。"

白镜堂彻底满意了："好，明天咱们就开始吧。你先熟悉车，然后去趟香港，把我妹妹接回来，先送到我爹那里去。"

白镜堂走后，高春发开导聂载沉："载沉，我也知道，叫你去做这事确实是委屈了你。但你想，如今国厦飘摇，新军大半靠着白家维持，你替白家做事，也等同于效忠朝廷，为朝廷分忧。"

他开导完，又想起刚才康成召见自己时的情景。

康成说："我知道你赏识这个姓聂的年轻人。先前不是我刻意打压，而是现在时局纷扰，越是这种能干的年轻人，越不能轻易重用，必须审慎万分。朝廷下大力气办新军，本是为了兴国，不想如今新军里也有乱党。我怕用错了人，贻害无穷……"

高春发当时有点着急，正要开口，康成又摆了摆手："不过这个聂载沉，我已派人暗中察看许久，他并无与乱党暗中往来的迹象，平日也无那些煽动人心的言辞举动，确实是我们急需之人才。我已想好，等他这趟回来，就下提拔令。"

思及此，高春发决定先给他透露点内幕，好让他吃颗定心丸。于是他把这消息说了出来，最后叮嘱道："载沉，白家的那位小姐，白老爷宝贝得很，万万不可得罪。你务必好好做事，不能出半点岔子，记住了没？"

聂载沉垂眸，微微颔首："卑职明白。"

第3章

七月初的一天，位于香港半山中环的一间女子中学，一改平日幽静，此时十分热闹。

这是一间由英国教会在几年前创办的女校，生源大多来自定居于此的西方人和那些同意将女儿送来接受最新教育的本地开明家庭。今年的夏季学期就要结束，今天就是放假的日子，接下来，将会有一个长达两个月的假期。

校园里花木葱郁，不时有雀鸟和松鼠出没。穿着校服的十四五岁的女学生们开完结业会，解散后还不肯离去，穿梭在校园里，相互告别，仿佛一群叽叽喳喳的小鸟，到处洋溢着快乐的青春气息。

因女校严禁男子入内，故今天来接人的男性，统统被无情地挡在了外头。

校门外等着的许多人里，就有白家的刘广。

刘广是个中年人，精明而能干，是白家的得力助手。他本是被白成山从古城派至广州接小姐的，并没打算来香港。因小姐先前与镜堂少爷讲好，等女校放假，她自己会搭船回来，无须他们去接——这一点，她曾再三强调。

镜堂少爷知道小姐的脾气，若强行去香港接，恐惹她不开心，当时也同意了。但前些日子，大约是被少奶奶提点了几句，唯恐小姐临时生变，不肯回来，稳妥起见，他这才改了主意，让之前曾随自己去香港探望过小姐的刘广领着新找来的那个司机一道再去香港——不管小姐高不高兴，到了放假那一天，把人截在校门外，稳稳妥妥地接到手带回去要紧。

刘广等在校门外搭出来的一处遮阴亭下，一旁是几个西装革履、看起来有些身份的斯文人。他已翘首等待了半天，却始终不见小姐出来，不禁有些焦急，但想到少爷安排在这里看顾的人说，小姐前两日确实已经订了今天回广州的船票，便又稍稍放下了心。

虽然这里晒不到太阳，但还是热。他抖了抖粘在身上的绸纺长衫，擦去脑门上冒出来的一层汗，转头看了眼身后不远处那个和自己同来的聂姓年轻人。

校门外除了自己站的这块地，再没有别的遮阴处，而这年轻人随自己等在这里，独自停在路边，背上的衣裳早被汗水打湿，他却依然站得笔直，双目平视着前方。仿佛从到了这里后，他就是这个姿势，在白花花的日头下，已经站了快一个时辰。

从广州坐船来的时候，刘广不小心吃坏了肚子，上吐下泻，看不出来这个沉默寡言的年轻人竟十分细心，不但给他请了西医，还把他照顾得很好。刘广见他这样在日头下晒着，心里有点过意不去，于是叫了他一声，让他过来，站自己一旁等。

聂载沉笑了笑：“多谢刘叔，我不热。”

刘广见他不来，只得作罢，又擦了擦汗，扭头朝校门内再次张望，忽然眼睛一亮，高兴道：“出来了！出来了！小姐出来了！”

聂载沉循着刘广所指的方向望了过去，校园的林荫道上，由远及近，走来一个年轻女孩。

虽然距离还远，但聂载沉的目力好，女孩看起来和自己年纪相仿，个头却只到他下巴的样子，一张素面，长发垂胸，梳成时下城里常见的未婚女子的辫子，身穿一件普通的浅蓝色中式衫裙，手中提了一只看起来有些分量的大箱子。

聂载沉略感意外，他以为白家小姐会是摩登的装束，没想到竟是如此朴素的样子。

她渐渐走近了，在校门附近停了下来，和几个遇见她奔过来道别的女学生说着话。

烈日凶猛，正毫不留情地在他的头顶上吱吱地炙烤着，但阳光从不远处那片树荫的缝隙间洒下来，洒到她的身上，却变了，变成了点点晶莹的细碎宝石，闪在她带笑的面庞上，明亮得有些耀目。

聂载沉的目光略略一定，随即转头，挪开了视线。

白锦绣和校长卡登小姐道别后，回宿舍收拾了箱子，拿了之前预订好的船票独自往校门外走去。她在这儿还有一个好友，前两天就见面话别过了。

这是去年从欧洲回来后，她第一次回家。

知道躲不过去，更不可能因为避婚，一辈子都不回去。她已经决定了，与其这样拖着，不如回去，想个法子彻底解决。何况她真的有点想念老父亲了。小的时候，昏黄的灯光下，父亲一手噼里啪啦打算盘，一手抱着不肯去睡非要赖在他膝上的自己的一幕，至今想起，心里仍觉得温暖。

“放假在家也不能偷懒呢。要画完十幅写生，回来我要检查的。”

“记住了。白小姐假期安乐。”

女孩子们咯咯地笑，和白锦绣挥手道别。

白锦绣脸上带笑，目送她们离去。

“小姐！小姐！”

白锦绣向着声音来处看过去，一怔。

“刘叔！”她快步走了过来。

刘广上前抢过白锦绣手里的箱子，掂了掂，心疼地摇头：“这么重，小姐你自己怎么拿得动？也不叫个人！”

“还好。刘叔你怎么来了？”

“镜堂少爷怕小姐你一个人路上不便，我正好也没事，干脆就过来接小姐了。”

刘广一边小心地看她的脸色，一边笑呵呵地说。

白锦绣自然知道是怎么回事。

倘若说，从前争取出国的机会是一场斗争的话，那么接下来的这场斗争，只会加倍困难。她心里很清楚，在父亲和哥哥的眼里，自己永远是个长不大的娃娃。在欧洲的那几年就不用说了，身后紧紧跟着派去的人。回来后在这里，还是这样，后头不知道有多少双眼睛，只不过怕她闹，不让自己看见罢了。

她心里生出一丝无奈和懊恼，但对着从小看着自己长大的叔辈，也不好意思表露，于是笑了笑："辛苦刘叔了。"

小姐的态度挺好的，没有生气。刘广松了口气，指向聂载沉："老爷给小姐买了辆汽车在家用，他是少爷特意请来的，往后就专门替小姐驾车。小姐放心，少爷请的人不会有错，他开得极好，前些天我亲自试了的。他姓聂，名叫……"

"我们怎么去码头？"她只淡淡扫了眼站在日头下的聂载沉，接着问刘广。

"哦，租用了一辆车。太阳大，怕晒得太烫，小姐坐进去不舒服，他就把车停在了阴凉的地方！"刘广赶紧解释。

白锦绣环顾四周："是我走过去吗？"

"白小姐稍候，我这就去把车开来。"

聂载沉说完，转身往停车的地方大步而去，很快驾车回到近前，停稳后，他下来接过刘广手里的箱子，放了上去，转头见白家小姐已经朝他走了过来。

距离这么近，连一根发丝的弯曲弧度都能看得清清楚楚。

强烈的阳光的照耀下，她脖颈上的肌肤白得像浓郁的牛奶，眼角微挑，散发着天成的妩媚味道，漂亮面孔上的精致下巴却微微翘着，骄傲而冷淡。

鼻息里拂过一阵若有似无的带着淡淡幽香的微风，她从他的面前走了过去。

他的睫毛上，凝了一滴热汗。

聂载沉眨了下眼，那滴热汗沿着他的面庞倏然滚落。

他转过脸，伸手拉开车门，恭声道："白小姐请上车。"

三人到了码头，顺利登上一艘太古公司从香港发往广州的轮船。

一夜就到，白小姐住单人头等舱。

从上船后，聂载沉就没见她的面了，只在黄昏时远远地看见她出来，换了条长裙，散着长发，在甲板的船舷边停了一会儿。风吹着发，一道窈窕的身影，在夕阳里一动不动，仿佛在想心事。很快就有单身男子上来搭讪，风将说话声传入聂载沉的耳中。

男子衣冠楚楚，看起来是个正派人，关切地问她为何一人在此，是否需要自己帮忙。

聂载沉立刻从暗处走了过去。

这是她兄长的意思。在替她开车的这段时日里，他也要负责她的安全。

快要靠近的时候，聂载沉停了脚步。

他看见她不紧不慢地从随身的小包里摸出一支细长的香烟，嫩白的双指夹上，叮的一声，金色的德国帝王打火机跳出蓝色的火苗。烟点着了，她徐徐地吐出一口烟。

“滚。”

她的眼皮都没抬一下，红唇里冷冷地吐出了一个字。

男子一愣，讪讪掉头离去。

她没动。金色的夕阳照在她的侧脸上，睫毛末梢的阴影里的那片绝色，浓得有些化不开。

聂载沉不想被她发现自己就在近旁，悄悄地退了回去，远远地看着她靠着船舷，又抽了几口香烟，随后掐灭烟，掉头回了舱房。

她再也没出来。这一夜，聂载沉睡在她的隔壁，平静无事。

轮船在数次停泊后，在次日中午抵达广州，停在了太古仓码头。

白镜堂知道妹妹乘的轮船中午抵达，便带了人，与自己的表弟将军府的明伦早早来到码头。

聂载沉也早早地等在了白小姐的舱房门外，预备送她上岸。

他耐心地等了好一会儿，门从里面打开，白小姐终于现身在了门口。聂载沉的目光在她身上再次定了一定。

她竟改了装束。一夜过去，红唇如火，长发鬈曲，头戴一顶用羽毛和蕾丝装饰出来的白色洋帽，洋装束腰，曲线玲珑，裸着两条仿佛在牛奶里浸泡了拔出来似的细胳膊，白得扎眼。

和昨天相比，完全换了个人。

“小姐，镜堂公子和明伦表少爷在码头了……”

刘广急匆匆地奔进来，忽然看见白锦绣的装扮，愣了一下。

“刘叔，我这样好看吗？”

白锦绣笑吟吟地问。

“好……好看……小姐怎么打扮都好看……”刘广迟疑了下，吞吞吐吐道，“但是小姐……”

“好看就行。我也好久没见舅舅舅母了，有些想念他们。走吧。”

她迈着优雅的步伐，摇曳如花，再次从聂载沉面前走了过去，仿佛他根本就不存在。

聂载沉走过去，提起她留在门口地上的那只箱子，默默地跟了上去。

第4章

白镜堂带着人，和将军府的表弟明伦早已等在码头。终于看到妹妹的身影出现在船头，白镜堂见她这样的打扮，顿了一顿，立刻看向身边的表弟。

明伦天资聪颖，善书画，工金石，且有别于一般的宗室子弟，他从小立志靠自己考取功名入仕，勤学苦读之时，没想到几年前，朝廷迫于形势压力，宣布废除科举，以新式教育代替。加上锦绣又要出国的缘故，明伦消沉了一段时日，好在后来又重新振作起来，进了朝廷新立的商部做事，力求上进。今天为接她，他特意刮了头，换了身崭新的月白袍，腰间系着新换了流苏的翡翠扣。他本就文质彬彬，修饰过后，更是一表人才。

明伦在看到妹妹的那一瞬间，神色滞了一滞，但很快，他脸上露出欣喜的笑容，上前相迎。

“表妹，你回来了？”

白锦绣笑着和他寒暄了几句，转向自己的兄长：“哥，你和表哥都是忙人，何必特意来这里接我？”

白镜堂对这个妹妹是真心疼爱，笑道："没去香港接你就算了，我再忙，来这里接你这点时间还是有的。你回来就好，爹很高兴。"

"表妹，我爹娘也很挂念你，知道你今天回来，我娘在家等着呢，我爹也盼着你早点回来。中午了，你饿了吧？走吧，回家去。"明伦说道。

毕竟几年没见，虽然一直能看照片，刚才乍见，明伦还是略带拘谨，但说了几句话后，他渐渐有些放开了。

白家之名，广州谁人不知？消息很快在码头传开，说这个西洋装扮的年轻女子就是白家留洋归来的小姐，码头附近的人们无不好奇，纷纷看了过来。那些走了过去的，还不住地回头张望。

白锦绣却神色自若，仿佛在自家花园里，含笑点头："那就叨扰舅舅舅母了。"

白镜堂苦笑，赶紧招呼人把马车赶来，在周围人注视的目光中护着妹妹离去。一阵乱后，终于将人送上车，白镜堂松了口气，自己也正要上去，忽然记起那个聂姓年轻人，他转头回望，见他还立在码头，正看着这边。

这个年轻人虽然是叫过来给妹妹开车的，但也是正儿八经的新军军官，很快就要升任管带，是个不小的官职。行商讲究多个朋友多条路，白镜堂不好怠慢，于是走过去笑道："也是辛苦你了。不如一道去用饭吧？"

聂载沉说："我一个外人，不敢叨扰家宴。白公子自便就是。"

这原本是个能在广州将军面前混脸熟的好机会，见他婉拒，白镜堂也就不勉强了，招手叫了个随从过来，掏出一块鹰洋，吩咐去买两包洋烟给他解乏。

聂载沉微笑着摆了摆手："我不抽烟，心意我领了，多谢。敢问白小姐什么时候动身？我好有个准备。"

白镜堂见他不像是在客气，也就作罢，说妹妹今晚会在将军府住一夜，明早动身。

聂载沉颔首："那么明早我将车开去码头。我先去了。"

白镜堂回来，上了马车，看了眼自己的妹妹："你这打扮，等下舅舅舅母恐怕……"说着他摇了摇头。

"哥，你是说我不好看？"白锦绣挑了挑眉。

“不是不是！”白镜堂赶紧摆手，“好看！绣绣你怎么可能不好看！哥的意思其实是……”

“好看不就结了？”

白锦绣闭目，靠在椅背上，做假寐状。

白镜堂无奈，只好结束这个话题，改问：“那个聂载沉，你用着怎么样？”

“谁？”

白锦绣睁开眼睛，神色茫然。

“就是请来给你开车的那个。”

白锦绣哦了一声，终于转过脸，望了眼车窗外，人流里，很快就看到那个正大步离去的挺拔背影。

“什么用着怎么样？凑合吧。”

她收回目光，漫不经心地应了一句。

将军府的家宴，桌上不仅摆满了厨子的大菜，还有将军夫人亲自下厨做的几样菜。

“真是女大十八变，越变越漂亮。刚才舅母险些都认不出来了！这是舅母亲自给你做的酿鲍翅，你多吃点。”

舅母给白锦绣布菜，视线却不时落在她没有遮挡的胳膊上，一副欲言又止的样子。

从她进门，送上准备的礼物开始，白锦绣就感觉气氛有些异样。饭桌上，舅母更是拐弯抹角地打听她之前的生活情况。

她若无其事，有问必答。当舅母听到她现在还和一些之前的男同学有往来的时候，脸上的笑容变得越发勉强了。

“这……是不是有点不大方便啊？”

“这有什么？大家都是Friends。”白锦绣耸了耸肩。

“哦对了，就是朋友的意思。”她显得有点不好意思，“怪我平时习惯了，一时改不过来。”

舅母不再说话。

吃完饭，她安排白锦绣回房休息，随后立刻拽着康成进屋。

“当初你姐夫答应送她去西洋，我就知道要坏事。果然，现在回来打扮成这个样子，还戴白帽子。出去几年，连个忌讳都不知道了。这些就算了，她和男人这样来往，成何体统？我看是不行的，这婚事还是算了吧！”

康成蹙眉道：“绣绣小时候多乖巧，底子在，等过门了，慢慢再改就是。”

“不行！我看是改不了了。我们家这样的门第，娶个这样的儿媳，往后回北京城，叫我怎么和那些姑奶奶应酬？”

“妇人之见！”康成恼了，“你以为现在还和以前一样？朝廷大头的关税、盐税都被洋人截走了，早就穷得叮当响！我名为广州将军，军政首要，就和个要饭的差不多！新军上万号人，别说添置武器了，光一个月的人饷要多少鹰洋，你知道吗？乱党横行，尤其南方，更是猖獗，广州府是朝廷的南疆门户，要是丢了，整个朝廷就跟着完蛋！知道钱有多重要吗？没有白家拿钱帮我撑着，万一乱党打过来，我一个人去挡吗？你还回北京城应酬？我告诉你，哪天要是真变了天，别人能活，咱们想留个吃饭的脑袋都不容易！说婚事关系朝廷安危都不为过！现在绣绣好不容易回来了，趁这次姐夫过寿，我亲自过去，把婚事给定了！你要是坏了事，我饶不了你！”

舅母的嘴巴张着，眼圈慢慢红了，坐了下去，从袖里掏出手帕抹眼角：“怎么就落到了这种田地啊！都怪那些杀千刀的乱党！”

被白锦绣派去听墙脚的丫头回来鹦鹉学舌，虽然学得不全，但也八九不离十。

白锦绣还是低估了将军府对促成这桩婚姻的决心，她的心情忽然变得恶劣无比。现在唯一的希望，或者说变数，就在父亲那里了。要是他不顾自己的意愿答应舅舅的话，那么即便不孝，她也只能再次离家了。

她忽然一刻也不愿再留在这里，只想立刻回去，她猛地站起来，走过去一把拉开门，朝外面说道：“去告诉舅舅舅母，就说我想念我爹，现在就动身回去了！”

为白家小姐出行的舒适考虑，明早要将汽车先一道运上船，走水路抵达水道弯折的云镇后上岸，由聂载沉载着白家小姐走完剩下的路。自然了，刘广会同行，剩余的人则带着东西在后头坐马车去古城。

现在开始到明早的这段时间无事，聂载沉给车添满油，再次检查过一遍车况，确保没有问题后，便往郊外西营而去。估计原来的司机回来还要些日子，他需要收拾点接下来的换洗衣物。

众人早就知道他因为会开洋车，所以被白家救急借了过去的事。

白家是财神爷，给新军发钱的爹，替白家做事也就理所当然。这会儿见他忽然回来，众人欣喜不已，纷纷跟了上来，围着问东问西。

“听说我兄弟回来了？”

营房外传来一阵豪放的笑声。聂载沉回头，见方大春大步流星地走了进来，他放下东西，转身迎了上去。

“走！上回还欠你一顿酒，晚上老哥请你去喝酒，咱们不醉不归！”

明早就要上路，不适合饮酒。聂载沉正要推掉，外头忽然跑进来一个士兵，嚷道：“聂大人，有个自称白府管事刘广的人来找你，在营口等着，说计划有变，白小姐马上就要动身，就等你了！”

屋里的嘈杂声一下子没了，众人全都望着聂载沉。

“白家的小姐？”陈立嚷了起来，惊诧万分。

“大人，你这几天原来是给白家小姐开车？”

其他人也都瞪大了眼。

这里全是光棍儿，忽然冒出来个小姐，还是白家的小姐，众人看着聂载沉的目光立刻变得暧昧起来。

“白小姐靓女？”

“大人也靓仔！技多不压身，好福气哟！”

聂载沉立刻沉下脸：“不准胡说八道！白家是什么人？也是你们能说的？上头有命，我不过是开车的，替人做事而已！”

众人见他沉了脸，不敢再继续起哄，这才收了声。

聂载沉向方大春道了歉，约定下次再喝，飞快地收拾好东西匆匆出营。到了营口，果然看见刘广在那里等着。

刘广满头的汗，神色有些急，看见聂载沉出来，才松了口气，急忙跑过来说:“聂大人，实在不好意思，小姐忽然就改了计划，说马上就走，我们到处找你，幸好我想到了这里才找着你了。赶紧走吧，免得小姐等急了！”

聂载沉眼前浮现出那张翘着下巴的冷淡的面孔，点了点头，加快脚步去取车。

这款劳斯莱斯通体银色，真皮座椅，敞篷，十分气派。他带着刘广，开到了发船的天字码头，远远看见白家大船停在埠口，东西和随行的人大概都已经上去了，就等汽车了。

白家公子和将军府公子正陪着白家小姐站在埠口，似在话别。

“快些快些！小姐性子急，就等你一个人了！”刘广不停地催促。

聂载沉稳稳地驾着车，停在了埠口那座已经设好的连桥前。

白镜堂走过来，低声解释说自家妹妹突然改了主意，他也没办法。

聂载沉看了眼一旁的白小姐，她依然穿着洋装，双手抱胸，柳眉微蹙，眼睛盯着脚前的一片水波。

聂载沉点了点头:“无妨，我也没事，随时可以。倒是让你们久等了。”

白镜堂摆了摆手。

聂载沉将车开上船，停在甲板上，指挥船员一起用三角铁和绳索固定住车轮，随后上了岸，正收拾着绳，忽然听到侧旁传来一道略带迟疑的女子声音:“是……聂大哥吗？”

聂载沉转头，看见一个年轻女子站在离埠头不远的一块空地上，正看着自己。

女子十八九岁，瓜子脸，杏仁眼，一身素白孝服，乌黑的头发上戴了朵白色的小绒花，风吹来，显得弱不禁风，显然家里正有丧事。她的后头，停了个担着箱子的跟班。

埠头停了不止白家一条船，近旁还有另外几条，有人在不停地上上下下。这女子应该是从近旁那条刚抵达的船上下来的，看到聂载沉，一开始还不敢认，等他转头，才立刻认了出来，眼睛里顿时放出欣喜的光芒。

见聂载沉疑惑地望着自己，她上前一步说:“聂大哥，是我啊！两年前在太平门，我爹和我刚来广州的时候，你帮过我和我爹的！你忘了吗？”

聂载沉这才认出了人。

确实是有这么一回事。那会儿他刚从讲武堂毕业到广州，有天在街头遇到一对刚从外地过来的卖唱父女，女儿年纪小，长得也好，正被地痞欺负，他看不过去，出手教训了地痞一顿，父女俩感激涕零。他得知两人刚来这里投亲，人生地不熟，身上的钱又被人偷了，于是掏出自己身上的钱，将人送了过去。

他早就忘了这件事，没想到今天会在这里遇到那个女子，他看了一眼她的打扮：“你……”

女子眼圈已经红了，含泪道：“聂大哥，我爹前几天刚去世，我奔丧回来。”

聂载沉顿了一顿：“节哀。”

女子拭了拭眼睛：“我改唱粤戏了，在同升班，我现在叫小玉环。聂大哥，你现在也在广州吗？有空的话来听我唱戏，不收你钱。”

聂载沉怕白家小姐等急，转头迅速望了一眼。

果然，白家小姐的两只眼睛已经改了注视的方向，正冷冷地盯着自己，眉头也蹙得更加厉害。聂载沉急忙转头，含含糊糊地应了声好：“我还有事，我先走了。”

“好，聂大哥你去吧。”

聂载沉点了点头，收好绳索，转身往船头走去。

白家用人已经收好连桥，聂载沉经过白小姐的面前，知道她在恼怒久等了自己，略一迟疑，便停了脚步。

“白小姐，不好意思，我来迟了，叫你……”

“哥，表哥，你们回去吧！”

白锦绣一个扭身，提裙上船入舱，身影消失在了舱门后。

第5章

白镜堂向聂载沉叮嘱路上的事宜，聂载沉一一答应了。

刘广在自己跟前对这个年轻人也是赞不绝口，让他送妹妹回古城，白镜堂很是放心，叮嘱完便叫人发船。

船沿着江道缓缓离开埠头，渐渐远去。

船舱被隔成了好几间，白小姐住最里头，中间睡白镜堂派来的随行丫头，聂载沉和刘广还有几个船夫晚上在外间打地铺。船走了两天，到第三天抵达云镇，接下来改走陆路。

白家早有脚夫等在云镇的埠头，准备好了马车。聂载沉将汽车开上岸，提了白小姐那只有些分量的大箱子，搁在后座的空位上。刘广向乘马车的随从交代完事项，自己则跟着白锦绣坐上了汽车。

到古城还有一百多里路，刘广坐在前头的另一个位子里，白锦绣独自坐在后座。因是敞篷汽车，开起来风大，她不便戴帽子，改用一条印了美丽花朵的鲜紫色真丝围巾包住一头的鬈发，脸上架一副很大的墨镜，脸蛋本就只有巴掌大，这下看起来几乎遮了半张的脸。她从上车后人就靠在椅背上，一言不发。

前两天在船上时，她几乎不上甲板，大部分时间都在舱房里，更没多说什么话。刘广经过这几日的相处，深感小姐喜怒无常，变得和从前大不一样，实在是不好伺候，这会儿怕自己说错了话，不敢贸然开口。至于聂载沉，他只专心开车，更是一句话也无。三人就这样沉默地上了路。

今天天气好，这段路虽大多依山而开，弯弯绕绕，但路面修得很是平整，路况不错，道路两旁树木滴翠，时而溪流潺潺。本是一段怡人的风景，对于刘广来说，却没有那么享受了。

前几天去香港时，他就上吐下泻，看过了西医，回来后又吞了好几把清心滴露丸，症是好了，但还带些虚。坐上汽车不久，他就感到犯晕，乘了几十里路，汽车沿着山路绕来绕去，他变得越发难受，开始还强忍着，后来就瘫在座椅上，脸色泛白，两只眼睛发直，被身旁的聂载沉看了出来，连忙停下车问他情况。

刘广呻吟着说："我乘不惯洋人的车，犯晕。小姐，要么你们放我下来，我等后头马车上来，还是坐马车好。"

聂载沉搀着刘广下了车，到近旁的溪边洗了把脸，又照顾着喝了几口水，让他在路边的树荫下坐了一会儿，他的脸色才恢复了过来。

白锦绣说："那就一起等吧。等他们上来了，我再走。"

刘广赶紧摆手："不用不用！小姐你只管自己先走。咱们开出来还没多远，他们上来很快的，我在这里歇着等他们就好。"

他怎肯让小姐留在这里陪自己？

白锦绣知他谨守身份，她要是强行留下来，他反而感到不适。到古城就这么一条官道，后头的马车估计不久就会上来，于是也就不勉强，留了水给他，回到车上。

聂载沉叮嘱刘广好好休息，在刘广不停的催促声中，也上了车。

车上只有他和白家小姐两个人了。他用眼角余光瞥见她已坐好，便重新发动汽车，正要踩下油门继续前行，忽然听到一道冷冷的女子声音从脑后传来："知道什么是l' é thique professionnelle？"

讲武堂士官学校是完全按照现代的标准培养军事人才的，管理与教育训练非常严格。三年的时间里，除了全面学习战术、兵器、地形、测绘、筑城、马术、卫生、沙盘教育、野外演习等军事科目，必修的文化课里，也包括英文和法文。

聂载沉的法语程度自然称不上精通，但还是能听懂她在说什么，应该是法语里“职业道德”的意思，但他一时没反应过来她的用意，以为自己听错了，转头看向她。

白锦绣靠在椅背上，两只白藕似的胳膊交抱在胸前，大大的墨镜遮住了她的眼睛。但聂载沉感觉到有两道夹着小刀子的目光，正穿过墨镜的镜片射向自己。

“职业道德！”白锦绣接着说，“懂什么是职业道德吗？像今天这样，工作时间里处理私人事务，我就不说你了。我只希望你记住，你是替我开车的司机，不是密探！下回要是让我再发现你跟踪我，你就给我滚！”

聂载沉顿悟。应该是那天从香港回来的船上，自己跟着她上了甲板，后来朝她走过去的时候，被她看到了，只是当时她没有表现出来而已。

她看起来对此非常不悦，但竟然隐忍了这么多天，直到现在没有旁人才发作出来。聂载沉有些意外。

“是我不好，冒犯白小姐了。”聂载沉顿了一顿，低声说。

白锦绣继续双臂抱胸地盯了他一会儿。

“走吧。”她终于坐直身子，发出命令。

聂载沉默默转头，踩下油门。

他双手掌控着方向盘，驾着汽车，平稳地行在盘曲的山道上。但身后的那位小姐心情似乎还是不怎么好，山光水色也没法令她陶然其间。他开了一会儿，她仿佛就不耐烦起来，催促了一声：“快些！”

聂载沉微踏油门，加快了些速度。

“你属乌龟的吗？这跟乌龟爬有什么区别？”

“白小姐，这样已经不慢了，没必要再快。”他应道。

“我叫你快，你就给我快！”

聂载沉耐心地解释：“今天风有些大，而且有穿林风，不适合开得太快。我保证能在天黑之前把你送到。”

他身后的那位小姐盯着他的后脑勺片刻，红唇里发出一声嗤笑：“我是真的佩服我哥，从哪里找来了你这样一个人？自然了，不用你，我自己走路的话，天黑之前，想必也是能够走到的……”

聂载沉没有出声，任她讥嘲，双目望着前方，保持着原来的速度，却没想到她话音未落，突然发出一道略带仓皇的叫声：“哎呀！”

聂载沉没防备，下意识地微踩刹车，扭头看她。

原来是她头上包着的那条丝巾被一阵从斜旁里突然刮来的大风卷了出去，长发顿时狂舞。她探身伸手去捞，自然没捞着，却碰到了一旁的那只箱子。箱子从原本的位置滑了出去一些，恰好车子减速，出于惯性，箱子的一角便砰地撞到了前头的座椅靠背上，箱子的锁扣松脱，被大风一掀，整个盖子就开了。

箱中除了衣物，上层还有一个很大的画夹。一瞬间，一些轻巧衣物和十几张从画夹里挣脱出去的纸，跟着那条丝巾一道飞散出了车外。

“停车！停车！”

白锦绣吃了一惊，慌忙盖上盖子挽救，阻止了剩余的东西继续飞，又手忙脚乱地捏出缠进嘴里的一绺长发，喊了起来。

聂载沉踩住刹车，将车停在了路边。

“你怎么搞的？你会不会开车？”

白锦绣一把摘下墨镜，美眸圆睁，怒气冲冲地朝着聂载沉大声嚷嚷。

聂载沉迅速看了眼身后。

还好，道路两边是地势平缓的坡地。箱子里飞出去的衣物和那十几张画稿虽然落了一地，但应该都在。

他道了声歉，匆匆下车去替她捡东西，刚拿起一件像是丝绸质地的披肩，近旁就伸过来一只手，将衣物从他手中一把夺走。

“谁允许你碰的？”她大概是太生气，白脸蛋都泛红了。

她伸手过来夺衣物的时候，两人的手有短暂的交错。在那只五指纤细的白嫩小手的映衬下，聂载沉忽然第一次发觉，自己的手原来被晒得这么黑，皮肤是这么糙；而且刚才也没留意，直到被她追上来阻止，他再望向四周，这才看清，除了这件衣裳，飞出去的还有几件布料很少看起来带着蕾丝的小巧物件……大约是她穿在里面的……

他急忙缩回手，背过身去。

“给我捡画去！一张也不能少！站着干什么？还不快去！”

身后又是一道娇叱。

聂载沉拔腿就朝远处跑去。

他并非故意，但捡的时候，无法避免地会看到画稿上的内容。

有铅笔素描，画的是他不认识的一个有着短鬈发的年轻洋男人的石膏大头像，线条细得连每一根发丝的角度都惟妙惟肖，仿佛真的一样。也有速写，关于街道和风景之类的内容。每一张的角落，都会有一个类似备注的名称和日期。

十几张画稿，被他一一捡起来，还剩最后一张，被风吹到树梢头，正好卡在一簇浓密的枝叶之间，风吹着纸张的一角，不停地掀动，发出扑啦啦的声音。

这是一棵大树，树干有七八米高。聂载沉目测了下，用石子将已经捡回来的一沓画稿压在地上，敏捷地爬上树，伸手去够。

他捞过画稿，眼睛无意识地扫过画面，正要下去，人却定住了。

这竟是一幅女孩的画像。熟悉的脸，神情却是从未见过的娇憨，微微歪着脑袋，长发因为这个动作，垂落在一侧的胸脯上。线条的窈窕和鲜活、肌肤的柔软和光泽，光影、浓淡，在绘笔下纤悉无遗——给他的感觉，就好似她刚刚出浴，正对镜自照。

他不懂鉴赏画的好坏，他只感觉到，看见的东西，美得令人窒息。

当视线挪到角落里的英文“自画像”和绘于上月某日的日期时，他的后背腾地发烫了，热汗瞬间从他皮肤的每一个汗孔里蒸了出来。

“你在看什么？”

就在这时，一道怒斥声随风飘入他的耳中。

他的手一抖，画纸脱手而落，被风再次卷走，人也失了平衡，一头从树上栽了下来。好在他反应够快，就在落地的前一秒，以腕撑地，曲肘平衡住了身体。

他转过头，看见白家小姐提着裙裾正朝这边奔来，急忙从地上一跃而起，迈步要去追那张画，人动了一动，又停了下来。

白锦绣刚才捡完飞出去的衣物，放回车上的箱子里时，突然记起一件事，心里咯噔一下，慌忙去翻画夹里剩下的那沓画稿，看完后立刻变了脸色，这才飞奔而至。

她气喘吁吁地跑到树下，抄起地上的那沓画稿，飞快地翻了翻，又看了眼前头那张正被风吹着在地上翻滚的画，脸顿时涨得通红。

“谁准许你看的？”她的眼睛里仿佛冒火，气急败坏的样子。

“我……”聂载沉喉咙又干又涩，一时说不出话。

她狠狠地盯了他一眼，一把推开他，掉头慌忙去追前头的那张纸。

聂载沉被她推得接连后退了好几步，站稳后，他望着那个追着画纸满地跑的背影，迟疑了下，转身慢慢回到路旁。

他在车上等了许久，终于，她抱着那沓画稿，慢吞吞地走了回来。

她目不斜视地上车，将画放回箱子里，锁死扣，立刻重新架上大墨镜，拢了拢头发，状似随意地将脸朝向路边，仿佛那里有什么吸引她注意力的东西。

聂载沉握着方向盘的掌心潮湿，他双目笔直地看着前方，问：“走吗？”

她淡淡地唔了一声，便将身子侧过去些，斜斜地靠在椅背上，似是倦了。

聂载沉小心地发动引擎，在气缸发出的低沉的咆哮声中，继续驾车前行。

接下来的一段路，聂载沉依旧用他的速度平稳地前行着，她也安静下来，人缩成小小的一团，一言不发，更没有再抱怨他的龟速，或者催促什么，犹如睡了过去。直到路边开始有背着箩筐推着独轮车的行人来来往往，好奇地停下来，远远地张望着这辆对于他们来说完全是新奇的汽车和车上的那对显得很不协调的男女。

古城到了。

聂载沉小心地放缓车速，开口问她家的方向。

她动了动身子，抬起一只手，用尖尖的手指戳了戳方向。

聂载沉犹豫了下，停下车。

她略略蹙眉，盯着他的后脑勺。

他没有回头，目光看着前头的那座老城门，低声道:“对不起白小姐。我不懂西画，但知道那是什么。你放心，我不会说出去的，也向你保证，我很快就会忘掉。”

他的声音诚恳无比。

“走吧。”

片刻之后，身后传来懒洋洋的声音，仿佛什么也没发生过一样。

聂载沉立刻重新发动汽车，载着她入了城门。

第6章

聂载沉在古城县民里三层外三层的围观中艰难开道，终于将汽车开到了白家附近。

白家的另一个管事老徐早就带了人守在街口，远远看见一辆在阳光下闪闪发亮的铁皮壳洋车朝着这个方向过来，知道是小姐回来了，急忙奔出来引路。

白家到了。聂载沉将车停在大门前，下车绕了过去，打开后厢的车门。

“白小姐，请下车。”他恭声说道。

白锦绣刚才已将预备送给家人的礼物从箱中取了出来，重新锁死后，吩咐人将自己的箱子送到房间里，不许碰，随后起身，面无表情地从立在车门旁的聂载沉面前走了过去。高跟鞋踩着古老的青石路面，发出清脆的声音。

聂载沉望着前头那个被白家用人簇拥着走入大门的背影，转过脸，将车移往近旁的合适位置。

白锦绣进了大门，就看见嫂子张琬琰满面笑容地牵着侄儿阿宣从堂屋里出来接自己。她的脸上也露出笑容，加快脚步，迎了上去。

“嫂子！你看起来还和以前一样。阿宣都这么大了！”

张琬琰上下打量白锦绣一眼，哧哧地笑，春风满面，随即亲热地牵住她的手：“哎哟，毕竟出过洋，打扮得这么漂亮，跟一朵花似的！嫂子都不敢认了！回来就好，快进屋去！阿宣今年也八岁了，上了个新学堂，他也是前几天才刚到的，先前还没念完功课，我先过来，张罗老爷过寿的要紧事。阿宣，快叫姑姑！”

白锦绣出去的时候，侄儿才四岁，这会儿三四年过去，小胖墩虽然看过姑姑的照片，但不敢认，从白锦绣进来后，就歪着脑袋盯着她瞧。

白锦绣一直很喜欢这个侄儿，笑着拿出送给他的一套铁皮人洋兵。

铁皮人按大小个儿排列，从将军到小兵，个个威武神气，还能转动手脚。

小胖墩紧紧地抱着礼物，喊了声“姑姑”。

“乖！”

白锦绣笑眯眯的，顺手扯了扯小胖墩后脑勺的那根小辫子。

小胖墩一下就找回了和姑姑的亲热感，噘嘴告状：“姑姑，我不想留了，我要剪掉！我娘还骂我！”

“你快给我住嘴！再胡说八道，叫你爷爷听见了，我揍你！”

张琬琰脸色一变，恐吓儿子。

小胖墩扁了扁嘴。

白锦绣连忙安慰，让他去玩铁皮人。小胖墩这才高兴起来，抱着玩具跑了出去。

白锦绣给张琬琰也送了礼物，随后问出了那句从她进门开始就憋在心里的话：“嫂子，我爹呢？”

“在书房呢。”

白锦绣转身要去，被张琬琰一把扯住，低声说道：“老爷大概有点生气，一大早就进书房了，没出来过。你小心些。”

白锦绣点了点头，拿了之前准备的东西，朝书房走去。

她到了门口，停在那扇紧闭的门前，暗暗地吸一口气，调整好略微紧张的心情后，敲了敲门。竖着耳朵听，没反应。于是她又敲了两下，说：“爹，是我！

绣绣回来了呀！”

屋里还是没有反应。

她屏住呼吸，慢慢将门推出一道缝，从缝隙里偷偷看进去，看见老父亲面向南窗，站在一张宽大的书案前，背对着门，正在挥毫泼墨，仿佛专心致志，完全没有听到刚才的声音。

白锦绣脱了脚上的高跟鞋，光着两只脚丫子，踮起脚尖，轻手轻脚地到了父亲身后，见他正在写岳飞的《满江红》，于是哇了一声，从他身后探头出去：“爹，几年不见，你的书法越发见长了！看看这字，笔走龙蛇！入木三分！颜筋柳骨！铁画银钩！前无古人，后无来者！”

一通马屁，老父亲却充耳不闻，依旧写着他的字。

笔墨有些柴了，白成山提笔要蘸墨。

白锦绣赶紧捧起放在桌角的那一方墨，送到父亲手边，露出甜甜的笑容：“爹，墨来了！”

白成山停笔在半空，淡淡地看了女儿一眼：“你也知道几年了？”

说完全不心虚，是不可能的。白锦绣咬了咬唇，小声说：“爹你别生气，其实女儿一直都很想你……”

白成山哼了一声，啪地放下笔，顺手抓起两只被磨得油光水润的铁心紫檀球，转身坐到太师椅上，在手心里旋转着。

看来老父亲这回是真的恼了，自己这么哄，他竟然丝毫不为所动。白锦绣赶紧从那只狭长的盒子里取出礼物，凑了上去，讨好地说：“爹，你不是最喜欢钓鱼吗？这是女儿做事情后，用第一个月得的薪资请老匠人定做的，能一节节地收，收起来就只有两尺，方便爹携带。那老师傅说，就算是五十斤的鱼，这钓竿也能撑得住。爹你什么宝贝没见过？我知道这东西也不入你的法眼，但它真的是女儿的心意。女儿一直收着，早就想回来送给爹了。爹你去试试？女儿不走了，天天陪爹去钓鱼，咱们去把县城方圆一百里的鱼全给钓光，谁也别想和爹抢！”

白成山闭上眼睛，紫檀球在手心里滴溜溜转得飞快。

白锦绣放下钓竿，又转到老父亲身后，握起两只拳，开始给他捶肩。

“爹，那女儿给你捶肩！”

白锦绣起先捶得很卖力，捶着捶着，见老父亲一点儿也不理睬自己，两只手渐渐慢了下来，小声说：“爹，你这样，我要哭了……”

这是她从小到大的撒手锏。只要她哭，就没有父亲不点头的事。一次不行，那就两次。

白成山还是没有反应，仿佛坐着睡了过去。

“爹，我真的哭了！”

白锦绣扁了扁嘴，蹲到老父亲的椅子后头，捂住脸，开始抽抽搭搭。

本来是装的，装着装着，忽然心里一阵发堵，也不知怎的，眼泪真就出来了。

女儿是白成山的心头肉，一去几年，只能通过照片看她一点点的变化，这会儿终于肯回来了，他高兴都来不及，心里的那点气，早在看到她露脸冲自己甜甜地笑的时候就已经烟消云散了。

女儿是真哭还是假哭，怎么可能瞒得过白成山那一双眼？见她说哭居然真哭了，他顿时慌了神，哪里还能继续摆严父的威严？觉也不睡了，球也不转了，睁开眼睛把女儿从地上扶起来，一边替她擦着掉下来的金豆，一边哄：“好了好了，爹不生气了，别哭了！”

白锦绣抽噎：“真的？”

“不气了不气了！”

白锦绣破涕为笑，自己擦着眼泪。

白成山打量着面前的女儿。女儿长大了，却披头鬈发，穿洋装，还光着两只脚。他忍不住又叹了口气。他的这个宝贝女儿，到底哪天才能真的让他放下心？

白锦绣吐了吐舌，赶紧重新踩上高跟鞋。

白成山已经坐回太师椅里，又板起脸：“不气归不气，规矩还是要有的，不能出了趟西洋，就什么都丢了。回家了，就不能再这副打扮。头发好好梳起来，换上正经衣服。女娃该有女娃的样子！”

白成山教训一句，白锦绣点一下头。

“爹听说，还有些新派的女娃，也抽起了洋人的烟……”

“女儿没有！绝对没有！”

不等父亲说完，白锦绣立刻睁大眼否认。

白成山唔了一声：“这就好。”

他的神色缓和了，声音柔和了，望着自己的乖阿囡。

“绣绣，你路上累了吧？先去歇，晚上好好吃饭。这些年在外头都没怎么吃好吧？爹叫厨子做了你最爱吃的菜。”

“太好啦！爹，你对我真好！你不知道，女儿在外头，天天都想吃家里的菜！”

回来了面对面才知道，在她心目中那个无所不能的老父亲，这几年间花白发丝一下多了不少，真的是老了。

白锦绣压下心里涌出的愧疚感，甜甜地哄着老父亲高兴。

她本想借机提和舅舅家的事，但话到嘴边，又不忍心了。

也不算火烧眉毛，刚回来，还是先忍忍，等过两天有合适的机会再说吧。

白成山含笑望着女儿离去的身影，目光中充满了慈爱。

等女儿走了，他想了下，叫来儿媳妇。

张琬琰进了书房，笑着问道：“爹，叫我什么事？”

“那个送绣绣回来的年轻人呢？”

张琬琰顿住。刚才只顾接小姑，一个管事的又过来，问她几天后老爷过寿的事，她压根就没想起来还有这么一个人。

“被老徐带去住下了……”

她也不大确定，但公公这么问，只好顺口一说。

“住哪里？”

张琬琰迟疑了下：“和老徐一起住……”

“你是没叫人招待吧？”

白成山的眉不易察觉地皱了皱。

“别说是个暂时来帮忙的新军官，就算真是司机，大老远送人过来，天气这么热，他人生地不熟的，你也该叫人接待一下。”

张琬琰知道那个送小姑回来的人是丈夫从广州府新军借过来的，但因为对方也不是什么大人物，自然就没上心，一忙就给忘了。

她面红耳赤，忙解释道："刚才实在是太忙了，只顾接绣绣，后来又有事，再从厨房问完晚上的菜回来，爹就找我了，我还来不及去安排。是我不好，我这就去！"

她匆匆要走，却被白成山叫住。

"先不必安排。去把人请到我这里来，我有点事。"

张琬琰哎了一声，急忙出去找人。

白锦绣哄好了生气的老父亲，回到房间。

古城远僻，民风保守，生活条件更是原始。她打从有记忆起，大部分时间都住在广州城里，对这座白家世代居住的古城，其实并没有什么很深的感情。

父亲虽然顺应形势，成了一个新式大实业家，但骨子里还是非常守旧的。广州的宅邸里，如今虽然有着最先进的电灯、电话等便利设备，但在这里，父亲已经回来住了一年多了，一切还保持着原本的模样，晚上只能点蜡烛和油灯。

白锦绣看了看自己的闺房，打发走要帮她整理东西的丫头，亲手一件件地归置东西。最后她拿出画夹，翻到那张自画像，坐着出起了神。

她当然干不出挖人眼的事，但出了这样的意外，她是不可能允许对方继续出现在她的生活里的。他必须马上就从她的眼前消失。

这个决定，在之前她追回这幅画、稳住心神并返回车上的那一刻，就已经下了。

她不再犹豫，收妥画，站了起来。

聂载沉停好车，白家用人全都跟着白小姐呼啦啦地进去了，只剩一个门房。

门房的态度倒还好，说管事的吩咐让带他去歇下，聂载沉便提了自己简单的行李，跟着到了后厢。

这里一排平屋，是白家用人住的地方。门房给他开了一扇门，简单介绍了几句吃饭洗澡的事项，便匆匆走了。

屋子很小，但还算干净。

聂载沉对吃住并不在意，晚上就是没地方睡，露宿野地睡一觉，于他而言也是家常便饭。

他简单收拾了下东西，看过四周环境，感到有点口渴。但知道白家小姐刚回，全家上下应该都忙着，就不想去打扰，一旁正好有口水井，于是他走到井旁，打了一桶井水上来，弯腰洗了个脸，又洗了洗手，掬了一捧水，低头正要喝，忽然看见井前的地上多出了一条裙裾。

他顺着裙裾抬起头，见白家小姐站在面前，两只乌溜溜的眼正居高临下地睨着自己，聂载沉不禁一怔，放下水，慢慢直起了身。

白锦绣已经准备好了钱，正要丢给他，再打发走人，忽然听到身后传来脚步声，一扭头，远远看见嫂子张琬琰在管事老徐的陪伴下，正往这边匆匆走来。因为不想让她发现自己也在这里，白锦绣急忙收回那个装了钱的袋子，低声道了句“不许说我来过”，转身就闪到了拐角处的墙边。

聂载沉看着她突然而至，又迅速消失，有点莫名其妙。

“聂大人！你在这里啊！”

张琬琰匆匆赶来，脸上带着热情的笑容。

“都怪我，刚才太忙了，招待不周，你别见怪！”

聂载沉看了眼四周，笑了笑：“少夫人客气，已经很好了。”

白家用人随主，讲规矩，尤其是跟过白成山的，更讲究这个，所以刚才虽然张琬琰没有交代，但老徐还是吩咐门房把人接了进去。这会儿老徐站在一旁，笑道：“聂大人，我们老爷有请，劳烦您随我来。”

第7章

聂载沉走进白家书房，一个留着短须、穿马褂长衫的老者坐在太师椅上，花白的头发，十分精神，知道这便是白成山了，聂载沉上前问安。

白成山打量了一眼面前的这个年轻人。他身姿挺拔，大约为了方便行动，穿着普通的青灰色的绑腿便服，衣虽旧，却十分整洁。向自己问安过后，他稳稳地立着，不卑不亢，透着他这个年纪罕见的稳重。白成山在心里暗自点了点头，笑着叫他坐。

聂载沉知道白成山特意找自己，不会是无事闲话，也就没有推托，道了声谢，坐到了摆在最近的一张椅子上，立刻有用人进来斟茶。

白成山先问他今天过来的路上的情况，聂载沉心里咯噔一跳，面上却没有表露，自然说一切顺遂。

出了那样的意外，白家小姐虽然当时看起来极其憎恶，但想来回家后也不会说出去，而且看白成山的表情，不像是要为此兴师问罪。

白成山对他的回答深信不疑，笑道："小女从小被我惯大，性子是有些由着她了，好在从小起，该有的教导我也不敢缺。但人无完人，万一路上要是有所得罪，还请多多担待。今天她能平安到达，更是辛苦你了。我也几年没见她了，刚才只顾忙着和小女说话，没来得及安排你的下榻之处，礼数不周，聂大人见谅。”

做父亲的在外人面前提及女儿，言辞听起来好似是在贬，实则是自夸。

聂载沉极力不去想那天遇到白家小姐之后的种种，至于今天的意外，更是该像答应过她的那样尽快忘掉。他略一顿，站了起来，说：“白小姐淑性茂质，闺英闱秀。能为白老爷效力，载沉更是求之不得。白老爷德高望重，我不过一无名小辈，请白老爷叫我名字就是。”

他有些不知该怎么顺着白成山的口风去夸白家小姐，突然想起那天高春发的话，急忙借用了一下。

白成山呵呵笑了起来，摸了摸胡须，显然很高兴，示意他再坐，说：“那我就倚老卖老，不客气，叫你一声载沉了。”

聂载沉再次坐了回去。

寒暄的同时，也观察完了人，白成山开始说起正事。

“载沉，听我儿子讲，你当年是讲武堂甲等第一名毕业的，擅军械。不知道你对时下的武器装备了解如何？”

“略知一二。”

“倘若我要从洋人那里购入一批装备，你能否替我把把关？”

聂载沉看向他。

白成山开始解释原委。

事情是这样的，古城有个大约一千号人的巡防营，是从前留下来的号服旧军，依然还拿刀枪火铳，去年实在发不出饷了，原本要裁撤，被白成山阻止了，由他代替朝廷出钱维持。

他资助新军，更多的还是出于和将军府的人情。而之所以养着这支旧军，是因为另有自己的考虑。

古城相对广州府而言偏僻遥远，但地处两广边境，是东西往返捷道的必经之处。现在形势叫人放不下心，万一什么时候出了大事，这里有支听自己调用的队伍，无论是对古城还是对白家而言，都是个保障。所以白成山准备用如今最先进的器械重新装备巡防营，替换掉老掉牙的刀枪火铳。他和花旗银行广州办事处的一个帮办有生意往来，帮办介绍了一个外国商人。商人得知购买方是白成山，愿意亲自过来洽谈。

“约定明天带着样品到此。那个帮办信誓旦旦，说外国商人十分诚信，但我这边没个懂行的人，还是不放心。钱倒是其次，我要的是好货。我对这方面不在行，手下没有懂的人，巡防营的人就不用说了，原本想从广州陆军衙门后勤借个行家，但据我所知，你们新军如今的装备大多也都是汉阳造，后勤的人对国外装备的行情也不是很了解。”他看着聂载沉，目光中带了点期待，“也是巧，恰好你今天到了，所以我就冒昧开口。不知道能不能帮忙？”

聂载沉略一犹豫，颔首道：“我尽量。”

白成山看他如此回复，知道是有谱：“那就有劳了。”他看了眼窗外，“晚上一道吃饭吧。”

这趟替人开车，完全是个意外，于聂载沉而言，只想快些交差，早些回去，并没有要和白家有所深交的打算。

他的眼前顿时浮现出那双不拿正眼看自己的乌溜溜的眼睛，自然不想再凑上去惹人厌，立刻以不方便打扰白府内眷为由，站起来婉拒。

白成山坚持：“不过是吃顿便饭而已，添一双筷子的事。如今和从前不同，没那么多讲究，你和小女也不是没见过，再拒，就是过分见外了。”

白成山的态度随和，看起来也没有什么大人物的架子，但这个老者的身上仿佛带着一种叫人不能违抗的力量。聂载沉无法再推托，只好道谢：“那就叨扰了。”

白成山的脸上露出笑意：“你路上也累了，先去休息，到时我会叫人去叫你。”

从书房一出来，一直等在外头的管事老徐就笑着给聂载沉引路：“聂大人随我来。”

老徐带着他去东厢专门给客人准备的地方。因原本的通道正在为大寿做最后的修整，还不能通行，老徐便引着他绕行。

老徐是个健谈的人，一边为绕道赔罪，一边说着过几天老爷过寿的事。绕过中堂时，两个仆妇正踩着梯子，小心地擦拭着那块高悬着的上书“天赐福德”的堂匾。

老徐解释：“这还是光绪年间，西太后亲笔赐给我们老爷的。朝廷当时困难，我们老爷资助了五十万两，西太后特意召我们老爷进京询问商事，便赐下了这副笔墨。”

老徐的口气带了点自豪。聂载沉沉默同行，到了东厢客房。

这里的条件比刚才的那间小屋子自然不知道好了多少。他那简单的随身之物已被白家用人取了过来。老徐请他休息，随即退出，天擦黑的时候，派了个人来请他吃饭。

聂载沉只能跟过去，走向白家饭堂，快到的时候，听到里头飘出一阵年轻女孩的笑声，又娇又甜，又酥又软，声音好似裹了蜜糖。

“爹爹呀，绣绣真的没有骗你呢，老早就想回来了，就怕爹爹嫌我不听话，不要我，要赶我走呢。”

没看到人，也能想象说这话的人那小鸟依人的模样。

白成山充满愉悦的声音随之传来：“好了好了！等下客人就到了，小心让人笑话。”

聂载沉迟疑了下，停住脚步。

刘广已经坐着马车回来了，这会儿正笑嘻嘻地站在饭堂门口，扭头看见聂载沉，忙过来迎他：“聂大人来了！”

里头的女子笑声尾音像被突然掐掉，断了。

“快请人进来！”白成山说道。

聂载沉定了定神，迈开脚步，跟着刘广进去，一眼就看到了坐在白成山一旁的那位白家小姐。

她又换了个模样，不同于之前的任何装扮，一头青丝整整齐齐全部梳了上去，在一侧绾成简单的发髻，髻心插了支粉彩玉的小流苏双垂簪，双耳戴同色的珍珠坠，身上穿着套淡水色的夏日褂裙，整个人透着雅致和秀美的气质。

聂载沉走进来，她正侧着脸，抬手仿佛要端面前的一盏小茶盅。大袖随她抬臂的动作滑上去了些，露出一段白手腕，腕上悬着的那只开口莲花珊瑚银镯，在明亮的烛火中轻轻晃动，闪着温润的光泽，完全一副少女闺秀的模样。

聂载沉险些以为自己认错了人，不知她是不是在家里还有个姐妹。

“载沉，进来！”白成山招呼。

聂载沉立刻收回目光，跟着刘广来到自己的位子前，向白成山低声道谢。

张琬琰带着阿宣也在座，态度显得很热情：“聂大人别客气，就当是在自家，饿了吧？快坐！”一边说着，一边扭头叫用人斟茶。

聂载沉再次道谢，坐了下去。

白成山指了指自己的孙子：“叫阿宣，上新式学堂了。”又笑道，“刘广说这些天多亏有你照顾我女儿。”

白家小姐垂眸抿了一口端起来的水，听到父亲提及自己，仿佛才刚留意到他进来似的，放下盅，转过来半张脸，眼波闪烁了一下，微微点了点头，略带矜持，头上的那支流苏簪随着她的动作微颤，算是回应父亲的招呼。

“都是认识的，不必拘束，吃饭吧！”白成山笑道。

第8章

张琬琰可能是为了在公公面前弥补自己之前的不周，很是热情，饭桌上，频频招呼聂载沉吃菜，又问他年龄、籍贯、家人以及亲事的情况。得知他今年二十一岁，滇西太平人，没有婚配，家里只有一位母亲，守着祖上传下来的几亩地为生，顺口啧了一声："那地方真是有些偏了，山穷水远的，平日出趟门，也不容易吧？"

聂载沉笑了笑，点了点头，算是默认。

"你能想得到出来，到广州府投考新军去博个前程，也是不容易。广州府这边，说是富甲天下，也不为过，想当年十三行正兴盛的时候，我娘家……"

"滇西太平人？"白成山忽然插了一句，望向聂载沉，"你也是聂姓，可知同治年的两广总督聂忠毅公？我记得聂公祖籍，便是滇西太平。"

聂载沉顿了一下："便是载沉的同族叔祖。"

白成山有些惊讶："想不到你与聂公有如此渊源。但你卷宗并无对此添注，莫非当初投考讲武堂时，你未曾提及？"

聂载沉颔首："只是同族远亲而已，何况叔祖早逝，后人也迁出了祖籍，相互并无往来，不便借光。"

白成山望着对面的这个年轻人，难掩目光中的欣赏之色，抚须说："官场之事，我也略知一二。人为升官高迁，没有亲故，往往也要挖空心思、寻亲沾故。我并非诟病，这也是世风所致，人之常情。但像你这样，现成的不取，倒是少见。"

聂载沉微笑道："载沉是怕自己庸碌，被人知道了，反而替聂姓蒙羞。"

张琬琰这时半是认真半开玩笑地说："聂大人不但族人里出过人物，还年纪轻轻，靠自己就博了这样的官职，日后前途必定无量。今日既然到了我家，这也是个缘分，不如我给聂大人牵个线，做门亲？看哪家的女儿有这个福气。就是不知道聂大人你想要娶个怎样的如意之人。"

"娶姑姑！就娶姑姑！"

一声嚷嚷突然响了起来，桌上的人都吓了一跳，转头看过去，便见阿宣指着白锦绣，一脸高兴。

张琬琰自知刚才一时失言，为了掩饰尴尬，这才转了话题，说起说亲的事，却没想到儿子竟突然冒出来把小姑给扯了进去。

这个姓聂的年轻人，刚才听他的回复，他的家境显然清寒，就算族里出过做官的人，那也是老皇历了，何况也根本借不了什么力，皇帝还有几门穷亲戚呢。就算他现在升了位，也只是一个没有半点背景的新军军官，怎么可能配得上自己的小姑？

小姑的婚事，她心里早就有了想法。张琬琰也不知道儿子怎么突然会冒出这样一句话，回过神来，心里气恼，脸上带着笑责备："看这孩子，胡说八道些什么呢？"一只手伸到桌下，暗暗拧了一下儿子，用眼神示意他闭嘴。

阿宣却接收不到自己娘的暗示，一时吃痛，不服气地又嚷："姑姑刚才偷偷看他！我看见了！"

这话一出，除了白成山脸色没怎么变，只是略微狐疑地看了眼自己的女儿，其余人都要坐不住了。

白锦绣刚才确实是看了几眼聂载沉，但想的是自己运气不好，不但今天没法将人赶走，还要同桌吃饭，心里有些懊丧，却没想到，小胖子阿宣放着满桌的菜不吃，竟然盯着自己，还当众这样胡乱嚷嚷。

白锦绣的一张脸涨红得快要滴出血了。这样的情况下，她要是当众出声否认，免不了尴尬，不否认，更尴尬。简直没法活了。

幸好嫂子张琬琰救了场。

张琬琰的脸色没刚才那么好了，拿筷子敲了下阿宣那只还指着小姑子的胖手，沉着脸斥责："平日的教导都忘了？大人面前，有你说话的份？聂大人是客，你姑姑是主，客人说话，主人怎么能不看？什么叫偷偷看！"

阿宣扁嘴，委屈地呜呜哭了。张琬琰扭头叫人把儿子带回屋去。阿宣抗争了几下娘的强权，可惜反抗无效，被强行带走，尴尬的场面这才过去。

张琬琰只是恼儿子没眼力，自然不会把他的话当真，等儿子被带了下去，她清了清嗓，又恢复了起先的样子，看了眼一直沉默着的聂载沉，怕他当了真，起了不该有的心思，笑着打圆场，也是暗示："锦绣不在家的这几年，阿宣年纪小，天天念着姑姑。这不，姑姑刚回来，小孩子一高兴，嘴巴没有遮拦，胡说八道了起来。聂大人你吃菜，吃菜！"

张琬琰的担心自然是多余的。聂载沉知道是怎么回事，只是这样的情况下，他确实不便开口说什么，有人出来化解尴尬，最好不过。

他点了点头。

插曲很快过去，晚饭还在继续。

白锦绣再夹一筷子菜，放了下去，说自己吃饱了，今天回来也累，想回房早点休息。

白成山自然叫女儿好好休息。

白锦绣在父亲的面前保持着该有的闺秀风度，站了起来，向着前头的聂载沉略略点了点头，转身退了出去。

晚饭也就随着阿宣和她的退出，很快结束。

聂载沉起身，为这顿饭向白成山和张琬琰诚挚道谢。白成山吩咐他也早些休息。

天黑了，古城的这座大宅里，陆续亮起照明的灯火。第一天就这么过去了。

第二天上午，买办如约带着外国商人约翰逊抵达古城。

白成山在自己的书房接待了客人。

约翰逊是个身材肥胖的中年人，腆着肚子，戴一顶圆顶礼帽，说一口流利的中国话。被人带进书房，见到白成山，学着中国人的样，文绉绉地说了一通“久仰大名、有幸合作”之类的客套话，指着刚才叫人抬进来放在地上的一只大木箱，说带来的样品就在里头。

买办笑道：“约翰逊先生对白老爷可是闻名已久，这回有机会合作，自然十分珍视。我介绍的人，白老爷你尽管放心。”

白成山面露笑容，也说了几句场面话，就让约翰逊把东西拿出来。

约翰逊打开箱子，拿出一把用油纸里三层外三层包裹起来的步枪，去掉油纸后，小心地放在桌上，说：“斯普林菲尔德兵工厂，诸位应该听说过吧？我们政府长久以来的供应商。这款就是斯普林菲尔德的经典，不但有着华丽的外表，胡桃木枪托，而且射程远，性能稳定，价格合理，是更替装备的极好选择！”

聂载沉一眼就看了出来，这款M1881，确实是斯普林菲尔德大批量生产的主流型号，但这已经是半个世纪前的事了，现在在国外早已被淘汰。像这把看起来这么崭新的，全部是用低价收购的旧货，拆零件后重新组装翻新出来的，无一例外，主要供给军校和新兵训练所用。

约翰逊吹嘘完，宝贝似的拿起步枪，让白成山亲自看。

聂载沉忽然开口道：“白老爷已经说过了，要的是好货，看起来你应该没有白老爷想要的东西。这玩意儿，约翰逊先生的祖父想必会很欣赏，但不是白老爷需要的东西。”

约翰逊一愣。

刚才他进来的时候，就留意到站在白成山身后的这个年轻人了。见他衣着普通，便没怎么在意，却没有想到自己一开口，就被对方戳破了谎言。

确实如他所言，这把步枪是早就淘汰的老古董了。但根据他的经验，绝大多数的中国人对枪械并不了解，很好糊弄。如果谈成，他可以用非常低廉的价格来收购大量旧货，拆装后以翻数倍的价格卖出去，从中牟取暴利。反正能用，也不会出什么问题。

他没有想到，这个年轻人一开口就让自己泄了底。见白成山看着自己，不动，约翰逊有些尴尬，自我解嘲地耸了耸肩："明白了。我原本是想为白老爷提供最佳性价比的货。既然不合白老爷的心意，那就换。"

他放下手里的，从箱子里取了另一把，递了过去，这次是直接递给那个年轻人。

"这款，M1883，带瞄具，我保证性能先进。你试试看！"

聂载沉接过来，拉下枪托，在手上试了试："瞄具是不错。但据我所知，这款在多次击发后，枪膛容易发热变形，通用型子弹无法顺利退弹。没有专门的子弹，一旦卡住，拿在手里也就是一根昂贵的棍子。后期维护不便。"

他把步枪丢回给约翰逊。约翰逊赶紧接住，有点流汗。

这款他之前囤了许多货，至今还没卖完，所以才拼命推销。

他擦了擦汗，弯腰在箱子里翻了下，又拿出一样："这一款活门，我担保你会满意！"

聂载沉接都没接，转头对白成山道："白老爷，您是诚心买东西，但这位约翰逊先生，要么是没有诚意和您交易，要么是他手里真的没有东西。这把M1888，产量确实大，也很畅销，却是旧型的黑火药款。不如算了，我建议白老爷可以考虑德国货，新军现在使用的毛瑟88式，也是不错的选择。"

约翰逊知道今天是遇到真行家了，再不敢糊弄，急忙又拿出带来的最后一把，捧了过去。

"年轻人，M1903，最好的东西！德国人的毛瑟根本没法和它相比！你要是还看不上，那我真的太遗憾了！"

聂载沉这才接过来，带着人到了白家后院，填弹后，朝设在那里的靶子试射了几发，朝白成山点了点头："还行。"

白成山看了买办一眼，买办早就满头大汗。

白成山是什么人，他怎么敢骗？没想到自己也差点被这个狡猾的洋人糊弄了。看出白成山的不满，他擦了擦汗，生气地对约翰逊说道：“我是相信你，才把你介绍给白老爷的。你什么意思？”

约翰逊打着哈哈，连声道歉：“这样吧，只要白老爷买，我就给他最好的价格。白老爷有行家在，价钱自然也不会任我开口。”

白成山这才点头，接下来又看了些别的，到报价时，约翰逊自然不敢再狮子大开口，最后谈成交易，约好交货等事项后，将近中午，白成山做东请吃饭。

饭后，约翰逊和买办被刘广送出大门，正要离开，约翰逊忽然又停住脚步，请刘广带自己再去见那个姓聂的年轻人一面，说还有点私事。

聂载沉已经回到自己住的地方，见刘广带着约翰逊又找了过来，便问什么事。

刘广退了出去。

约翰逊上前，拿出一把精巧的手枪，连同一盒子弹，笑道：“聂先生，这是最新出的勃朗宁，数量有限，市面上有钱也很难搞到。是我个人出于私人感情送给你的，不收钱！不打不相识，你这个朋友，我是交定了。日后你要是有需要，尽管找我！”

聂载沉看了约翰逊一眼，接过来，手指钩住，转了个圈，笑了笑：“那就不客气了，多谢。”

约翰逊露出笑容，伸手和他握了握，满意离去。

聂载沉送他出去。买办等在车里，见约翰逊回来，问他找人什么事。

“你们有句话，叫作人不可貌相。要是我没看走眼，这个姓聂的年轻人，以后会是个人物。我先和他交个朋友，不会吃亏的。”

买办扭头看了眼已经转身朝里走去的那道背影，耸了耸肩。

聂载沉还没回到自己住的地方，白家一个用人就找了过来，说老爷有请。

白锦绣听到自家后院发出几声枪响，随后父亲和人吃饭，知道生意应该是谈好了，估算着时间也差不多了，就去找父亲。到了书房外，却被刘广告知，说老爷正和聂载沉在里头说话，她只好等着，想了下，又问道：“知道我爹找他说什么吗？”

刘广摇头，又笑着道：“早上要不是有聂大人在，险些就被花旗国的洋人糊弄了！”

白锦绣不语，听到一阵脚步声从书房门里传来，知道谈话应该好了。一扭头，果然，门打开了，父亲和那个人的身影出现在门口。

父亲握了握他的手，显得很是高兴。

白锦绣藏在一边，等人走了，重新出来，进了书房，见父亲坐在桌后低头翻账本，于是走了过去，一边替父亲揉肩膀，一边说：“爹，我想了下，咱们这里不比广州城，我整天坐车进进出出，太扎眼了，影响不好。咱们还是让他回去吧，我不需要了。”

白成山头都没抬，唔了一声：“那正好，可以请他全心帮我操练巡防营了。”

白锦绣一呆，手停住：“爹，你说什么？”

白成山道：“巡防营是旧军，就算丢了刀枪，换上最好的装备，没有新式操练，也是换汤不换药。载沉是现成的，再没有人比他更合适了。刚才爹就是请他帮这个忙。”

他抬起头，对自己的女儿笑道：“他先前也是出于上级命令，才来替你开车。我看得出来，他也急着要回，是碍于爹的面子，才答应了下来。爹正想着找你说一声，不要再叫他替你开车了，让他一心操练，早些练完好回去。正好你也这么想，很好。”

白成山对女儿的懂事很是满意，脸上露出笑容。

第9章

白锦绣这晚气得肝疼，深夜睡不着觉，在那张悬着绣花帐的老拔步床上辗转反侧，直到下半夜倦极了，才迷迷糊糊地睡过去，一觉睡到第二天的太阳升上头顶，醒来，揉了揉眼，两只胳膊摊在枕边，盯着帐顶发呆了片刻，想开了。

意外既然已经出现了，看起来短期内也不可能让那个人从自己面前消失，即便想起来还是浑身难受，但要是再盯着不放，就是傻了。

于她而言，现在最重要的事情，不是怎么打发走这个人，而是怎么让父亲打消把她嫁给表哥的念头。

她小时候，确实和明伦一起学过国画，已经去世的母亲也很喜欢明伦。在别人眼里，他们大概也算青梅竹马，但天地良心，她绝对没有对明伦生出过除了兄妹之外的半点任何感情。明伦于她而言，就和自家的亲大哥一样，没区别。

父亲的寿辰很快就要到了，舅舅和明伦一定会提前过来。时间很紧了。她一骨碌从床上爬了起来。

接下来的几天，那个姓聂的人，其实也没有给她任何感到碍眼的机会。因为那顿饭过后，白锦绣压根就没有再看到过他，似乎他每天天不亮就去了驻在城外的巡防营——那会儿她还在床上睡觉，他又很晚才回——这里天黑后就全城黑咕隆咚的，根本没什么夜间消遣可言，她早就回房了。

再过两天，她撞见老徐叫人搬铺盖和席子出去，随口问了一句。老徐说，聂大人为了方便，搬去巡防营和官兵同住。

从香港回来的第一天起，她的心里就没舒服过，看见什么都觉得不顺眼。这大概是回来后听到的第一件能叫人稍稍顺点心气的事了。

她又问将军府的人什么时候到。

老徐说："刚收到消息，舅老爷和表少爷后天到。"

白锦绣回了自己的屋子，愣怔片刻，去找父亲。

父亲不在书房里。根据她的经验，那就是在后院钓鱼。

她再去找，果然，远远看见父亲坐在池塘边的老地方垂钓，手里拿着的好像就是自己送他的那根钓竿。嫂子张琬琰也在他一旁，正说着话，语声随风传入耳中，好似提及了自己。

白锦绣蹑手蹑脚地靠近，躲在附近的一块假山后，竖着耳朵听。

"爹，我盼着一切都好，舅老爷后福无量。咱家的中堂上还挂着老佛爷的亲赐笔墨呢。至于明伦，更是人中龙凤，百里挑一，没什么可说的。可他再好，斗不过天哪！太平自然无事，万一哪天出了什么大事，舅老爷一家子能顶得住？别说舅老爷了，这里没有外人，媳妇说句大逆不道的话，我怕朝廷都顶不住。绣绣这辈子还长着呢，镜堂也就只有这么一个妹妹，您不能不考虑绣绣的将来吧？

"爹，您有什么看不透的？这话原本轮不到媳妇。媳妇只怕爹您太顾忠义。这门亲事，为了绣绣的好，媳妇斗胆说一句，万万不能答应！"

白锦绣有点意外。

她的母亲在她十岁时因病去世，那会儿父亲也五十多了，没有续弦，更没有纳妾的念头。张琬琰就是差不多那时嫁进自己家的，因为年龄比她大了不少，对她处处关切，姑嫂关系自然是没话说。但或许是自己天性凉薄的缘故，不管张琬琰对她怎么好，她心里对这个嫂子，始终没有很亲近的感觉，有事也从不会去找她。所以长久以来，这桩婚事给她带来的烦恼和困扰，她没有在张琬琰的面前表露出来过。

她没有想到，这一回嫂子竟会在父亲面前帮自己推婚。

白锦绣屏住呼吸，略微紧张地看着父亲的背影。

父亲坐着一动不动，过了一会儿，说：“我知道了。”

嫂子没有得到明确的答复，仿佛有点失望，大约也不敢再继续说下去了，转身慢慢离去。

父亲的背影，看起来心事重重。

白锦绣藏在假山后，正踌躇要不要马上出来，忽然听到父亲说：“出来吧，藏什么？”

白锦绣定了定神，吐出一口气，走出去停在他后头。

“爹，嫂子刚才其实还有一件事没说到。我自己也不想嫁给表哥，我只把表哥当自家人。爹，求你不要答应亲事。女儿之前一直不愿回来，就是不想谈婚论嫁。”

白成山慢慢地放下手中的钓竿，转过头，望着自己的女儿，半晌，长长地叹了口气。

“绣绣，你娘当年走的时候，说这辈子最大的遗憾，就是看不到你长大后嫁给你表哥……当时的叮嘱，爹到现在都还记得。”

白锦绣的眼眶微微泛红：“爹——”

白成山摆了摆手：“这桩婚事，爹已经想好了，只能违逆你母亲的遗愿了。咱们不结。过两天等你舅舅过来开口，爹就和他说清楚。”

“爹！”

白锦绣几乎喜极而泣。烦扰自己这么久的大问题，竟这么轻轻松松就解决掉了，简直就跟做梦一样。她情不自禁地扑到父亲的怀里。

“爹你真好！绣绣太傻了，以前怎么会以为爹你一定要我嫁给表哥呢？”

女儿的欢喜掩藏不住，仿佛又变成了小时候的样子。白成山心里有些唏嘘，轻轻地拍着她的后背。

“动了！动了！”

白锦绣忽然看见浮在水面上的标子颤了几下，嚷了起来，伸手抓起钓竿。

一条巴掌长的鲫鱼，在空中啪啪地弹。

“鱼！钓着鱼了！晚上我给爹烧鲫鱼汤！”

晚上上桌的鲫鱼汤，滋味叫人不敢恭维。阿宣只尝了一口就毅然不从，无论白锦绣怎么威逼利诱，他都把头摇得像只拨浪鼓。连白成山也不大给首次下厨的女儿面子，不过下了几箸罢了。但白锦绣颇是满意，喝了满满一大碗的汤。

她现在最大的感悟就是自己应该早些去直面这件事。不去试，怎么知道事情到底是难还是易呢？

原本她心里巴不得舅舅和明伦不要来，现在却盼着他们早些来才好。

父亲说一不二。他答应自己不做这门亲事，那就没人能让他改变主意，即便舅舅亲自出面。这一点，白锦绣深信不疑。

果然，父亲没有让她失望。隔日，舅舅带着明伦携贺寿礼抵达，父亲设宴款待，饭后两人进了书房，过了很久，谈话结束，舅舅出来后，显得很是无奈，但显然，他接受了这个结果。

至此，白锦绣终于彻底松了一口气，看什么都觉得顺眼了，甚至连这座从前想起来就觉得灰暗而破烂的古城，突然也变得阳光明媚，处处是风景。

离白成山的大寿之日还有三天。康成特意提早过来，目的就是婚事。现在计划破灭，白成山婉拒了婚事，唯一的安慰，就是他许诺，白家对新军的资助不会改变。只要康成有需要，白成山就会继续出钱，绝不食言。

他和白成山相交半辈子，对方说出的话的分量，他很清楚。康成只能接受这样的结果。当晚，他向儿子明伦解释了一番。

明伦对白家表妹的用心，康成不是不知道。但白家不愿把女儿嫁来，他又能如何？就是请圣旨，恐怕也不管用。

儿子自然无比失落，康成用“大丈夫何患无妻”之类的话安慰了几句，也就作罢。原本他不好意思提前离开，仍打算按照原来的计划，等白成山过完寿再走。不巧第二天送来消息，说广州府那边出了点乱子，虽然被迅速平息，但那边急着等他回去善后。白成山获悉，自然力劝他回去，不好为了自己过寿这种小事耽误大事。康成致歉一番，吩咐儿子留下代替自己贺寿，当天匆匆赶了回去。

舅舅是回去了，明伦还在，看他黯然神伤的样子，在家进进出出的，遇见了未免尴尬。白锦绣知道从自家花园后门出去，沿着小路出城北，经过一片田地，就是郊外，小河横淌而过，那里的风景应当适宜写生。

家里上下都在为即将到来的寿辰忙碌，也开始有父亲的老友登门，只有她是吃白饭不干活的闲人。次日，见天气好，她就束了长发，换了身出行方便的简单洋装，戴了顶遮阳草帽，还有吃的和水，和刘广说了一声，背着画具就出了门。出城后选了个地方，坐下开始写生。

她陆陆续续地画了几幅，都是各种角度的附近风景，还有远处在田间耕作的乡农。到了下午，有路过的农人发现了她，知道这个坐在地上画画的是白家从西洋回来的那位小姐，远远地驻足观望。渐渐有胆大的小孩靠过来，好奇地看着她。白锦绣招了招手，把带出来还没吃完的东西分了。不想干扰农人耕作，回去又还有些早，于是她沿着小河继续往上，又走了两里地，最后找到一片平岗，坐在一株野山楂树的树荫下，对着小河继续取景画画。

片刻后，她忽然听到远处隐隐传来放枪似的声音，转头眺望了一眼，才想起来古城的巡防营就是驻扎在这一带。因为距离远，她也就不在意，继续做自己的事。

这个白天，她画了十几幅写生，大约是很久没练的缘故，一直找不到感觉，对画出来的东西不是很满意。

黄昏渐至，夕阳西斜。出来也一天了，可以回了。

白锦绣正收拾着东西，忽然看见远处巡防营的方向，有人纵马而来。

她很快就认出来，竟是已经几天没看见也没想起来的那个替她开过车的聂载沉。

她可不想看见他。正要加快动作悄悄离去，忽然又停了手。

那人很快到了河边，翻身下马，饮马之时，大约是热的缘故，脱了上衣，涉水而下，立在水面没过他小腿的一片河滩之上，俯身濯洗。

河水在落日的浓浓晖光里闪烁着粼粼波光，男人的背影呈出倒三角的身形，随着他的转身和动作，双肩、锁骨、胸膛、后背，以及左右髂前上棘部位那有着隐隐八块腹肌的平滑小腹，年轻男人的身体露出来的每一寸线条以及体脂、筋肉含量，无不完美。白锦绣还是头一回看到如此景象，她看得双眸一眨不眨，一把抓起铅笔，迅速在白纸上勾勒着自己的所见。

第10章

笔尖仿佛突然被赋予了灵感，在纸上迅速而准确地勾勒着线条。白锦绣觉得自己的手感忽然好了起来，不想才勾出粗线条，河边的那个人就敏锐地察觉到什么似的，忽然转过头。她的眼睛正紧紧地盯着他的背，捕捉着他在夕阳里泛着水光的古铜色轮廓，手在纸上描着，一下就四目相对了。

他看到坐在野山楂树下草丛旁的她，一顿，目光中露出讶色，随即想起什么，低头看了眼自己半身没有着衣的样子，立刻上岸穿衣。

他穿好衣裳之后，显得有些迟疑，似乎是不大确定，在如此偶遇的情况下，他该不该上来和她打个招呼。

很快，他似乎做了决定，肩膀微微动了一动，迈步似要朝她走来。

白锦绣留意到他的视线扫过自己的绘本，立刻啪地放下笔，合上本子，飞快地收拾好画具，从树下站了起来。

“我出来画风景。这里风光不错，很适合写生。”

她朝他淡淡地点了点头，掸了掸沾在裙裾上的几片草叶。

他的脚步停住，脸上现出微微歉意："对不起，我不知道白小姐在这里，打扰了。"

白锦绣不置可否，微微翘起下巴，拿了自己的东西，转身就走。

她走出一段路，直到快上完前头的那道缓坡，这才偷偷回头瞥了一眼。他已从河边牵回马，翻身跨上马背，朝着巡防营驻地的方向去了。

白锦绣终于长长地吁出一口气，抬眼见天色不早了，急忙加快脚步回城。

晚上，她的房里亮起照明的灯火，白家伺候她的丫头虎妞站在一旁，翻着她白天画的速写，嘴里不停地发出各种声音："小姐，这我认得！不就是城北小平岗的那棵歪脖子老树吗？"

"这里我也知道！前几天我回家的时候刚经过，好像是那片田，路边就堆着这么一个草垛子！"

"哎！这不是我们村二娃他爷爷吗？他怎么也能被小姐画进去？"

虎妞翻到一张老农蹲在地头小憩抽水烟的人物速写，虽然线条简单，但因为抓住了面部神韵，还是一眼就认了出来，发出又惊奇又羡慕的惊叹声。

"小姐你画得真像啊！"虎妞的眼神里全是羡慕。

白锦绣说等哪天有空给她也画一张肖像，涂胭脂抹口红像年画的那种。虎妞高兴得不得了，连声道谢。

打发走丫头，白锦绣取出白天最后那张没完工的稿，脑海里浮现出黄昏的水边那副年轻男人特有的仿佛饱涨了力量的完美身躯。

她拿着笔，闭目回忆片刻，睁开眼眸，想继续白天的画，笔尖落到纸上，又停住了。怕画不好，坏了这张好不容易很有感觉的画。

第二天一大清早，太阳刚从东山头露出半张脸，路边的草丛还带着露珠，白锦绣就又拿了东西准备再出门。

才跨出后门，听到身后传来啪嗒啪嗒跑步的声音。

"姑姑！"小胖子气喘吁吁地追上来，"姑姑你去哪里？我也去！"

张琬琰望子成龙。阿宣放暑假，张琬琰也不忘让他念书。因为他在广州念的是添了别的科目的新式学堂，张琬琰担心他功课落下，征得白成山的同意后，特意请了个老秀才跟着来了古城，这两天也不例外，之乎者也的，还要背东西。阿宣心里苦得很，昨晚在饭桌上听说姑姑白天竟然跑出去玩了，眼红得不得了，今天一大早就起来盯着姑姑，趁着母亲忙碌，追出来要求同行。

白锦绣虽然同情阿宣，但也不好擅自干涉嫂子的安排，所以昨天没有叫他。这会儿他抱住自己的腿又是哀求又是撒泼，不答应就要躺在地上打滚，于是她去找张琬琰，说带阿宣一起去。

小姑开口，张琬琰纵然不愿，也不会连这个面子也不给，于是叫了虎妞和一个名叫阿生的年轻护院同行，带了满满一篮子的吃食、能铺地的油布、遮阳的伞，还有一只活灵活现的鹞子风筝，形同踏青野餐，几人出门而去。

阿宣欢天喜地，嚷着要坐姑姑的那辆铁皮洋车，被告知没人开，喊道："聂大人！姑姑你去找聂大人来！"

白锦绣揪他的小辫子，恐吓道："他不开了！你再喊，不带你去玩！"

阿宣虽然遗憾不能乘洋车，但比起被关在屋里背书，不乘洋车也就没什么了，立刻闭了嘴。

依旧是昨天的路线，白锦绣带着阿宣以及同行的男女仆役出城，来到空旷而平缓的郊外，陪阿宣放风筝，也画了几张写生。到了下午，怕阿宣累，她让虎妞和阿生先送他回家。阿宣坚决不同意，早上的一幕再次重演，为了避免他在地上打滚，白锦绣就吩咐虎妞和阿生伴着他在近旁玩，说自己要画画，带着画架，来到了昨天的那道缓坡附近。

她自然不会坐在同一棵山楂树下，另外寻了个角度合适的地方，一边画着所见的风景，一边等着。

小河潺潺，日头西斜，巡防营方向不时隐隐有放枪声飘入耳中，但一直等到黄昏，该回去了，也没见到想见的。白锦绣有些失望，只能作罢，收拾了画具，正要回去找阿宣，虎妞慌慌张张地跑过来，哭丧着脸说阿宣不见了。

虎妞和阿生两人年岁相当，大约平时也是互生好感，今天难得有这样的机会一道跟着小姐出来，先前伴着阿宣时，两人说话越说越是投机，等说完想起来，扭头发现阿宣已经不见了。

"小姐，都是我们不好！阿生已经在找小少爷了，我过来跟你说一声……"虎妞神色惶恐，抹着眼泪说道。

白锦绣吓了一大跳，急忙奔回先前阿宣玩耍的地方，一边喊阿宣的名字，一边寻找，找了一会儿，还是不见阿宣的人影。

暮色渐渐浓重，远山的轮廓开始显出晦青色的迷蒙。古城治安一向很好，何况这一带还有巡防营，一般而言，不至于有人敢对阿宣不利。

最大的可能，应该是阿宣自己迷了方向，或者遇到别的什么意外被绊住了，他应该还在周围这一带。但是这个地方，说小也不小，就靠他们三个人，天要是彻底黑下来还没找到人，那就是大事了。

虎妞和阿生两人已经吓得面无人色。白锦绣压下心中涌出的紧张和不安，扭头看了眼前方的方向，立刻做了决定，叫阿生马上回城，多叫些人来找，自己朝巡防营疾奔而去。跑了大约两里路，看到了前头的营地，营口两个士兵正在站岗，白锦绣冲过去就大声喊："聂大人在吗？快帮我叫他！我是白锦绣！"

营里正在晚训，聂载沉忽然得知白家小姐来这里急着找他，有些意外，让士兵继续操练，匆匆而出，看见白家小姐朝着自己飞奔而来。

"阿宣不见了！你快帮我找找！"

她仿佛是跑了远路过来的，头发被晚风吹得有点蓬，喘息着，胸脯不停地起伏。

聂载沉迅速抬起眼，问她原委。

白锦绣喘了两口，等气稍平了些，把经过简单说了一遍。她一直在尽力保持镇定，但在看到他的时候，不知道为什么，心仿佛一宽，眼眶就忍不住发红了。

"天快黑了，我很担心他。都怪我……"她的声音也颤抖了。

"你别急，我这就去帮你找，会没事的！"聂载沉沉声安慰她一句，立刻转头喝道，"把骑兵队全部叫来，快！"

白锦绣转身也要继续去找。

"天快黑了，你就在这里等着，哪里也不要去！"

他迅速翻身上马，坐在马背上，回头用带了点命令意味的口吻说道。

白锦绣的脚步一顿。

“老李，你带白小姐去歇着！”

营房大门被迅速拉开，他带着骑兵出去了。剩下的士兵站在远处，借着最后一点天光纷纷窥着她，低声交头接耳。一个上了点年纪的老兵飞快跑到她面前，恭恭敬敬地请白锦绣去休息。

白锦绣犹豫了下，扭头望着前方那片迅速消失在暮色里的骑兵队的影子，决定还是听从他的安排。

老兵将她引入的地方，应该是聂载沉在这里的住处。陈设简陋，一床，一席，一枕，以及桌椅而已。老兵不知从哪里端来了一壶浮着几点茶叶沫子的凉水，放在桌上，拘谨地朝她躬了个身，退了出去。

白锦绣怎么可能安得下心？在屋里坐立不安，走来走去。虽然夏天白昼漫长，但眼看天越来越黑，她焦躁得不行。等了大约半个小时，她再也忍不住了，从屋里出去，准备到营地门口看看，忽然听到前方传来一阵笑声。

是阿宣的声音！

白锦绣抬头，果然看见聂载沉带着阿宣骑马回来了。

他抱着阿宣下了马，指了指她所在的方向，低头说了句什么，阿宣就扭过头，看见她，喊了声“姑姑”，兴高采烈地朝她跑了过来。

白锦绣将阿宣一把抱住，问他刚才去了哪里。听完原委，也是哭笑不得。竟是在距离玩耍地方不远的一道干沟渠里找到的。说当时人趴在那里看两只蟋蟀打架，不料玩了一天，倦极了，沉沉睡了过去，被盛草挡住，虎妞和阿生说完话见不到人，慌慌张张的，只以为小少爷跑远了，到处找，却不知道人就在一旁，被聂载沉发现，从沟里抱出来的时候，还呼呼大睡，叫都叫不醒。

虚惊一场，白锦绣的心终于落地，拍了拍阿宣身上沾着的泥土，抬头见聂载沉站在营门口，背对着这边，正和几个巡防营士兵说着话，迟疑了下，朝他慢慢走了过去，停在后头。

那几个士兵看见白锦绣，无心听话，眼睛不住地睃来。

聂载沉察觉有异，回过头。

“多谢你了……”她的声音细如蚊蚋，自己险些都听不到。

“小事，白小姐不必客气。”他抬头看了眼天色，“不早了，我送你们回城吧，免得白老爷他们担心。”

白锦绣点头：“好。”

聂载沉叫来一辆巡防营平日用来运货的马车，抱阿宣上去，转头看向白锦绣：“这里只有这种马车，旧了些，委屈白小姐了。”

“没事没事，也挺好的……”

他的语气其实很正常，但不知道为什么，白锦绣却感到有点不自在，总疑心他是在讽刺自己，含含糊糊地应了声，急忙走到车前，手脚并用、有点费力地爬上齐腰的马车架子，坐到阿宣的一旁。

一个士兵跳上前头赶车，聂载沉骑马在旁，到前头接上虎妞，快到城门口时，遇上了刘广和老徐带的一大拨人，刚到这里，见人回来了，原来是虚惊一场，全都松了口气，对聂载沉很是感激，邀他入城同去白家。

“多谢，营里还有事，我先回了。”聂载沉婉拒。

刘广和老徐见他不去，只好作罢。

白锦绣带着阿宣改乘管事赶出来的白家马车。阿宣扭头，冲着聂载沉使劲喊：“聂大人，下回我来找你！你要带我坐汽车！”

聂载沉朝他挥了挥手，骑马走了。管事们吆喝人赶车，赶紧送小姐和阿宣小少爷回家。

今天折腾得实在不轻，白锦绣感到又累又乏，好在很快就到家了。

白家大门口这会儿灯火通明，远远地，白锦绣又看到一辆汽车朝着这边开来，亮着的两只车灯很是显眼。起先她以为是谁开了自己的车，但很快就认了出来，那不是自己的车。

汽车停住，她看到大哥白镜堂和一个年轻男子从车上下来，朝自己这边匆匆跑了过来。她自然认得那男子——顾景鸿，总督府的公子，也是她从前在欧洲念书时认识的一个老朋友。

第11章

后天就是白成山的寿辰，白镜堂今天乘顾景鸿的汽车回古城，到了还没进门，就得知儿子走丢了，焦急不已，想亲自出城去找，顾景鸿提议开车载他去寻。白镜堂也顾不上客气，两人正要出城，恰遇妹妹一行人回来，得知儿子没事，虚惊一场，他这才松了口气。

白家的堂屋里，正焦急等着消息的白成山和张琬琰见阿宣安然无恙，白镜堂也到了，原本凝固的焦虑气氛顿时松弛下来。

白锦绣感到有些惭愧，因为自己的疏忽，把全家上下都弄得不得安宁，于是向父亲和兄嫂道歉，一开口，张琬琰就走过来，笑着拍了拍她的手："没事，关你什么事？都是用人的不是！你也是吓得不轻，赶紧坐，缓口气！"

白锦绣感激道："嫂子我没事。"

安抚了小姑，张琬琰转向随丈夫一道进来的客人，脸上的笑容变得越发热情。"顾公子路上辛苦。好些时日没见，你爹怎么样？"

顾景鸿本就相貌出众，穿着崭新笔挺的新军军官制服，立在那里，越发风度过人。

“白少奶奶客气了。我爹一切都好。这回伯父六十大寿，我爹原本无论如何都要亲自登门道贺的，奈何人在北边，被朝廷的事羁绊住，实在是分身乏术，只能交代晚辈来代替他向伯父贺寿，等过些时日，我爹回来了，再登门补礼。”

他转向白成山，郑重行礼：“伯父您名高北斗，寿以人樽，侄儿景鸿代家父，祝伯父年年有今日，岁岁有今朝！”

一个正二品的地方大员，对一个头上不过虚挂了几个朝廷荣衔的商人这么礼节备至，白成山却没什么大反应，只笑道：“制台太高看老朽了，叫老朽如何承情？还累公子你这样大老远地从广州府来，辛苦了。还没吃晚饭吧？正好一道用饭。”

他转头，吩咐儿媳立刻开饭。

“侄儿先前一直就想来拜见伯父，这回能有机会当面受教，求之不得，何来辛苦？恭敬不如从命，叨扰了。”

张琬琰笑着应下，连声催促用人开饭，不忘招呼刚才也在焦急等待的明伦同去，又转头催小姑子：“绣绣，你也饿了吧？快，洗个脸去吃饭！”

白锦绣在一旁听了几句，见明伦望着自己，目光黯然，顾景鸿和父亲寒暄完，也将视线投了过来，她哪里还有胃口，朝顾景鸿笑着点了点头，算是招呼，回道：“嫂子，我有点乏，也不饿，想休息，晚饭不吃了。”

张琬琰瞥了眼顾景鸿，忙劝道：“累也不能不吃饭呀！不能仗着年轻磋磨身体。何况，用你们年轻人时兴的话说，你和顾公子也是同学吧？顾公子大老远地登门，不好失礼，叫人笑话。”

“就是老同学才不必拘礼，我想顾公子也不会介意的。”白锦绣笑着站起来，“爹，大哥，表哥，我回房了。”

张琬琰还想劝，顾景鸿开口笑道：“白少奶奶，让锦绣先去休息吧。晚些饿了的话，再吃也不迟。”

张琬琰这才打住。

“失礼了！”

白锦绣在身后道道目光的相送之下离开，回了自己的屋。

她洗过澡，晾干长发，躺在床上。虽然不过短短几句话，但她总有一种感觉，刚才嫂子仿佛想努力把自己往顾景鸿那边凑，对此她有点不悦。

其实，除去家世，顾景鸿的自身条件在男人中也是非常出众的，极有能力。她不讨厌对方，但不是很欣赏他一些为人处世的方式，所以以前他追求她的时候，她丝毫没有考虑过接受的可能。

以前不喜欢，现在自然也一样。

她的脑海中浮现出刚才顾景鸿对父亲那恭敬得有些刻意的样子，心里忽然又有点不安起来，就好像前几天和明伦的事还没解决时的那种感觉。

但愿是自己多心。她翻了个身，趴在床上，闭上了眼睛。

第二天早上，很迟了，白锦绣还躺在床上。

她其实早就醒来了，但有过昨天的虚惊，今天也就没了再去郊外消磨时间的心情，更不想在家里碰见谁，万一多事呢？所以干脆闷头睡懒觉。正闭着眼睛胡思乱想，忽然听到敲门声传了过来。

“绣绣，醒了吗？”

嫂子来了。

白锦绣只好掀开被子，从床上爬下去，趿双绣鞋，走过去打开门。

明天就是父亲的寿辰，按理说，张琬琰今天应该会非常忙碌。

张琬琰打扮得利利落落，站在门槛外，打量了眼门里蓬头散发、衣衫不整的小姑，摇了摇头，亲昵地伸指戳了下她洁白的额，笑道：“这么大的姑娘了，看看你，还跟个孩子似的，嫂子真是不放心你，往后要是嫁人了，可就没家里这么随便了。”

“我脾气坏，没人要！”白锦绣打了个哈欠，“嫂子你有事吗？”

“昨晚你没吃饭，厨房说你后来也没叫东西，今早又不见你出来，嫂子怕你饿，特意给你送早点来。”

张琬琰从身后一个丫头的手上端过一张装了食物的托盘，走了进来，放在桌上，又叫人进来伺候洗漱。

“嫂子你去忙吧，我自己来。”

张琬琰却不走，亲手帮她抖平床上那裹成一团的皱巴巴的被子。白锦绣只好随她，很快洗漱完毕，坐下喝了一口粥。

张琬琰叫丫头出去，关了门，坐到白锦绣的身边，把一碟酱煸鲜笋、一碟雪里蕻肉末、一碟炒银芽、一碟椒麻鸡丁，还有一小笼水晶虾饺，一一送到她面前。

“够了够了。我吃不了这么多。谢谢嫂子。”

张琬琰笑眯眯地看着她：“绣绣，你觉得顾公子怎么样？”

“不知道，我对他不是很了解……”白锦绣手里的筷子顿了一顿，应付了一句。

“嫂子倒觉得他挺不错的。家世样貌就不用说了，都是拔尖，自己更有本事，年纪轻轻，就做了新军的参谋，这在朝廷里，就是正四品的官职。换成别人，即便有那样的家世，这么年轻，真未必就能做到这分位，还让人心服口服。这个世道啊，没几分立足的真本事，以后怎么样，还真难说。这些都算了，咱们女人找人，最重要的还是对方的人品，对你有没有心。嫂子看出来了，顾公子他对你真的是……”

白锦绣放下筷子，似笑非笑地看着她：“嫂子，你是在催我出嫁？”

张琬琰一顿，笑道：“怎么会呢？你别误会。嫂子只是觉得你们从前就认识，关系还不错，又觉得他条件好，这才和你多说了两句。”

“他条件是挺好的，但不适合我。嫂子你去忙吧，不必特意陪我了。”

张琬琰神色自若，笑着又说了几句别的，这才起身离去。出了小姑的屋后，看了下左右，来到东厢客房。

顾景鸿正等在那里，见她来了，迎上去问：“嫂子，怎么样了？”

张琬琰低声道：“顾公子，从前我们女人还都盲婚哑嫁呢，家里定下说一声就完了，不也照样嫁过去过日子？女人都这样，嫁了人，自然就会对丈夫死心塌地。只要我们家老爷点了头，绣绣能扑腾到哪里去？”

顾景鸿沉吟片刻，低声道：“有劳嫂子，我明白了。”

张琬琰含笑点头：“要不是你跟我说她学的那些西洋画画的东西，我到现在还不知道是怎么一回事呢！也就只有你这样留过洋的才能接纳我这个小姑，一般人家，还真没这个胸襟。”

顾景鸿道：“那些东西，洋人看来是没什么的，我也不是说锦绣学这个不好，但咱们毕竟是中国人，有自己的传统，与洋人不一样。我也是担心，才不放心让她总是一个人待在香港。她这趟回来，我原本很想去接她的，但怕她不高兴，所以也就作罢。”

“谁说不是呢？我不也是这样？真心为了小姑着想，才盼着她能和你成事。顾公子，不是我对着你才说你好，你是个能人，我们家绣绣要是嫁了你，这辈子就有依靠了。”

顾景鸿为她对自己的信任表示谢意。张琬琰怕被人瞧见，匆匆说了两句，就告辞了。

嫂子走后，白锦绣心里的那种不安之感，变得越发强烈起来。她几乎可以肯定，顾景鸿这趟过来，目的一定不是只有贺寿这么简单。

顾家和舅舅家不一样，和朝廷不必绑死了让自己没法解脱。顾景鸿其人，虽然白锦绣对他确实不是特别了解，但也知道，翩翩浊世佳公子的明伦，能力与眼界和他真的是没法相比。倘若顾家真的开口求婚，父亲的意思到底如何，恐怕难讲。

白锦绣哪里还能吃得下早饭，丢了筷子，在房间里出神片刻，立刻梳头穿衣，收拾好后，出去找父亲。

她想探听下父亲的口风。到了父亲书房，不见他人，坐等片刻，正想出去问一声，忽然听到一阵伴随着说话声的脚步声从书房外的走廊上传来。

父亲和顾景鸿在一起，两人正往书房这边走来。

白锦绣略一想，决定留下，转头看了眼四周，闪身躲在了角落一面书架的后头。

白成山进了书房，关上门，坐到平日惯坐的太师椅里，招呼顾景鸿也入座。

顾景鸿依旧立着，恭敬道：“长辈当前，侄儿不敢坐。”

白成山也不勉强他，笑道：“刚才你说有事相求，不必客气，什么事？”

"尊长面前，侄儿也就不隐瞒了。实不相瞒，侄儿这趟过来，除了代父亲替伯父贺寿，还另有一事。"他看向座上的白成山，"我和锦绣相识多年，对她也是倾慕已久，盼能娶她为妻。倘若伯父能答应将她许配给我，侄儿感激不尽。"他顿了一下，说道，"侄儿的心愿，家父也是乐见。这回家父原本是要亲自过来代侄儿提亲的，实在事不凑巧，无法成行。侄儿冒昧自己开口，恳请伯父加以考虑。"

白成山略显意外，但很快就回神，沉吟着，没有立刻说话。

"伯父，我对锦绣的心意，上天可鉴。倘若有幸能娶她为妻，我对天立誓，绝不纳妾，更不负她，必竭我所能，叫她后半生安乐无虞。"他望着白成山，目光微微闪烁，"伯父，侄儿是真心求亲，想和伯父成一家人，也就不瞒伯父您了。"

他抬起双手，摘下头上戴着的那顶正前方镶嵌着黄底红心圆徽的新军军官常服帽，露出自己的头。

"伯父请看。"

书架后的白锦绣望了过去。

原来顾景鸿是短发，他平常头发的样子，只是连在帽后的一道假发而已。她对此有些意外，但没有很吃惊。

以前在外头的时候，顾景鸿其实早就剪了头发。回来后的这几年，她以为他又重新留长了，长度不够，以假发连接就是。原来他压根就没有蓄回来，只不过在外这样伪装而已。

第12章

比起白锦绣，白成山的惊诧，可就不止一点了。

广州府因其开放的特殊地理位置和随之而来的社会风气，要求剃发的呼声日渐高涨，但多来自知识分子阶层，在大街上，还真看不到敢公然去发上街的男子。即便是朝廷恨之入骨的“去发匪党”，进入广州的时候，为掩人耳目，也都戴辫掩饰。

顾景鸿曾留洋，拥护去发不奇怪。白成山什么人没见过，更不用说去了发的人。但顾景鸿是总督府的公子，这就有些惊世骇俗了。

白成山的视线落在他的头上，凝神片刻，方道：“你这样，制台也无话说？”

“家父曾多次厉叱责罚，令侄儿蓄辫，侄儿不听从，家父无可奈何，只能作罢。”

白成山的神色已然恢复，微微颔首：“你在我面前脱帽，又是何用意？”

顾景鸿上前一步：“伯父，您见多识广，对当今势态必了然于心。我对往后，早就有所准备……”他顿了一下，目光越发显得炯炯有神，“伯父您是高人，有些话不必侄儿说，伯父自然能够明白。之所以冒着天下之大不韪向伯父袒露心迹，只为一事，那就是向伯父表明侄儿对锦绣的心迹。请伯父放心，我会令锦绣富贵长久，一生无虞！”

铿锵有力的声音停下，书房里也随之静下来，静得仿佛连根针掉在地上都能听到。

白锦绣屏住呼吸，紧张地盯着父亲那一动不动的背影。半晌过去，就在她憋得快要透不出气时，白成山的背影终于动了一下。

“贤侄坦诚以待，老朽甚是感动。但这是关系两家的大事，来得有些突然，容我再考虑些天，等制台大人回来了，我再予以回复，如何？”

顾景鸿面现微微失望之色，但很快露出笑容：“多谢伯父肯给侄儿这个机会。伯父您尽管慢慢考虑，侄儿静候佳音。侄儿不打扰伯父，先退出去了。”

他将手中的帽子戴回去，正了正，向白成山恭恭敬敬地行一个礼，转身出了书房，德式牛皮军靴的靴底踏着砖面发出的响亮脚步声渐渐远去。

白成山从太师椅里起身，慢慢地踱到窗户前，双手背后，对着外头的庭院出起了神。

白锦绣心情有点乱，脑子一热，恨不得立刻冲出去向父亲表明自己的想法，她不愿意嫁，但临冲出去前的一刻，又硬生生地打住了。

顾景鸿刚才那一番剖白对父亲的影响，不可小觑。

百年前那些曾和白家一道风光无限的十三行老商号早已没落，唯独白家延续，到了父亲的手上，更是发扬光大。长久以来，父亲做事，考虑的绝对不仅仅只限于商，必定是方方面面。

她虽然是个闲人，但对现在外面的形势也不是完全懵懂不知。顾景鸿的背景，加上他那一番话的分量，绝对不轻。和明伦求亲不一样，自己这样贸然冲出来反对，只怕父亲未必会听。她还是先好好想想该怎么开口，最大可能地让父亲接受自己的想法。

晚饭她再次借口乏了，没有出去同吃。白镜堂关心妹妹，饭后和客人闲话几句，散了，想去看下妹妹，被妻子叫住。

“绣绣这两天是怎么了？都不吃晚饭，是不是不舒服？要么你去看看。”

“她没事，你放心。等下我会叫人给她送吃的去。”张琬琰将丈夫拉进屋里，“我跟你说，要是爹问起你，把小姑嫁进顾家怎么样，你怎么说？”

白镜堂看着妻子：“顾公子？没头没脑的，你什么意思？”

“顾公子喜欢你妹妹，你不是不知道吧？我要是没猜错，他这回过来，除了拜寿，也是要提亲了。”

白镜堂立刻想起前些天在广州府自己替妹妹找开车的人时，顾景鸿来见自己，询问妹妹归期被自己推了过去的事，沉默下来。

“我跟你说，顾公子是个做大事的人。如今的形势，你在外头跑，比我更清楚，朝廷是秋后的蚱蜢，我看是没多少活头了。绣绣嫁给他，日后万一变了天，咱们白家就有了靠山。要是不变，一直这么下去，和堂堂的总督府做亲，咱白家也不吃亏。这么好的事，为什么不做？何况顾公子哪条配不上咱们绣绣？简直就是天造地设。”

白镜堂微微皱眉：“这个顾公子，自然是个能人，但他想娶绣绣，恐怕不只是喜欢我妹妹那么简单。”

张琬琰道：“这有什么关系？做大事哪有不要钱的？如今的广州府新军，不也靠咱们白家维持吗？都是出钱，资助新军和资助顾公子有什么区别？比起推不过亲戚的面，拿真金白银打水漂，还不如帮顾公子！

“我真的是为了咱们白家的日后长远考虑。最最要紧的是，顾公子对咱们绣绣是真心的。他知道绣绣思想新，都这个年纪了，他这样的家世，身边连个服侍的人也没有，硬是等绣绣这么多年。你说，一般的男人，谁能做到？”

白镜堂沉吟了下：“绣绣要是自己愿意，自然两全其美，我有什么不同意的？但她要是不愿意，我也没办法。就跟你说的一样，做什么事不要钱，真出大事变了天，凭爹的商脉和名望，任凭谁上来，敢不敬他三分？也不是非要靠顾家不可。”

张琬琰急了：“自己人和外人能一样吗？乱世上来的哪有善茬？哪个不是吃人的虎狼？与其日后小心经营，处处提防，还不如早早铺好后路。是自己人的话，方便不用说，日后咱们白家有靠，也只会越发兴盛……”

“少爷，老爷叫你去趟书房！”

夫妇正说着，门外传来用人的传唤声。

“行了行了！我妹妹的婚事，你不用插手！你也不许给我撺掇！我爹自己会考虑的！”白镜堂斥了一声，转身出屋，匆匆来到书房，关门道，“爹，找我什么事？”

白成山把白天顾景鸿求亲且向自己表明去发的事说了一遍。

白镜堂虽然已经有所预料，但听到顾景鸿去发，还是十分震惊：“连他竟也……”话没说完，就停了下来。

“求亲之事，你怎么看？”

白镜堂顿时想起刚才妻子向自己说的那些话。虽然不是很爱听，但平心而论，不得不承认，有些话，也不是完全没有道理。

“爹问了，那儿子就说了。如今形势，除了舅舅那边，咱们白家最好也早些给自己再另铺条路。未雨绸缪，这还是爹从前教导我的。”他迟疑了下，“倘若绣绣也愿意的话，顾公子看着，倒是个不错的人选。”

他说完，望向自己的父亲。

白成山沉默片刻，拂了拂手，示意他下去。

白锦绣在走廊的拐角处，看着兄长从书房里出来离去，定了定神，端着一盏吃食来到门口，叩门而入。

儿子出去后，白成山正锁眉出神，见女儿跟着来了，脸上露出笑容：“晚饭又不见你的影子，不舒服还是怎么了？吃了没？”

“女儿很好，刚才也吃了。”白锦绣笑眯眯地把手中的甜盅放到父亲面前，“爹，上次的鲫鱼汤，你嫌弃，女儿下午就改做了这碗姜撞奶。我记得小时候我娘还在的时候，她常做这个，爹很喜欢吃。我特意请教王妈，做了一下午呢，爹你尝尝看。”

白成山接过她递来的调羹，舀一勺，吃了一口。

“爹，怎么样？”

对着笑容甜蜜用期待目光望着自己的女儿，白成山笑容满面：“好，好。有你母亲当年做的味道。”他夸道。

“爹喜欢就好。爹你慢慢吃。”

白锦绣装作随意地在父亲的书房里闲逛，最后停在挂于书架一角的一面乌木老算盘前，伸手拿了下来，拨了拨算盘珠子，珠子相撞，发出一串悦耳的声音。

白成山转头，见女儿低头玩算盘，说：“出去这么多年了，以前小的时候爹教你的算盘，全都丢了吧？”

白锦绣抓起算盘晃了晃，回头嫣然一笑：“爹，不但没丢，还比以前更好了，闭着眼睛我也能打。”

白成山有点不信：“真的？”

“自然！不信爹你出题考我！”她把算盘放在桌上，搬了张椅子坐下，拿出帕子，“我干脆蒙住眼睛，省得爹你说我偷看！”

白成山被勾出了兴趣：“好，那爹就考考你。”

白锦绣要蒙眼睛的时候，忽然又停住了：“爹，要是女儿赢了，爹是不是要奖赏女儿什么呀？”

“行行，你要什么就说，什么都可以！”

“爹你自己说的，等下可不能耍赖！”

白成山抚须笑道：“爹什么时候对你言而无信过？”

白锦绣这才蒙上眼睛，双手停在算盘上：“爹，你出吧。”

白成山起先出的都是很简单的个位数加减，发现女儿珠心算的盲打竟然真的运算如飞，便来了兴致，越出越难，见还是难不倒她，最后出了道复杂的四则运算。

在雨点般密集而清脆的算盘珠子相撞声中，白锦绣的十个纤纤手指在算盘上灵巧而飞快地不停拨动。白成山出完题目没过片刻，算珠声停，白锦绣解了手帕，报出最后的得数。

白成山自己复算了一遍，拨上最后一颗珠子，抬头看着女儿。

“怎么样？女儿没说大话吧？”白锦绣歪着脑袋，笑眯眯地问。

这一刻，白成山的心里，除了欣喜，更多的还是骄傲。

他的女儿，从小坐在他膝上看他打算盘对账，耳濡目染，对生意上的事自然不会陌生。白成山对一双儿女一视同仁，原本还打算培养女儿接自己的班，但她后来学国画，学着学着，兴趣转到了西洋绘画上，虽然感到惋惜，但也只能成全。白锦绣一去就是几年，本以为她早把算盘活给丢光了，没想到非但没有，反而比从前越发熟练。

这样的程度，平常没有练习的话，根本不可能达到。

“你不是学画吗？怎么还不忘练算盘？”白成山问女儿。

“爹，练算盘除了能让手指灵活，还有助我更准确地表现线条，我在国外的时候，一想爹，就会拿出算盘打。就是这样练出来的。”

晚上的这一出温情回忆，自然是白锦绣在设套让父亲钻，但这话，也确实是实情。

白成山的心里涌出一阵感动，一时不知该说什么，顿了一顿，慈爱道：“你刚才不是说要爹给你奖赏吗？你要什么？”

终于到了这一步。

白锦绣的心一阵跳，稳了稳神，看着父亲的神色，小声说道：“爹，顾家求亲的事，女儿知道了。女儿不喜欢顾公子，想求爹不要答应这门亲事。”

她说完，屏住呼吸看着父亲。

白成山一愣。

“爹，我真的不想嫁给他！”她又用着重的语气强调一遍。

白成山面上的笑容渐渐消失，取而代之的是凝重之色。他久久没有回答。

“爹！你耍赖！”

白锦绣一把推开算盘，腾地站起来，扭身朝外而去。快走到门口的时候，听到身后的父亲说：“绣绣，这事爹还没有答应。事关重大，爹会慎重考虑的。你也不要意气用事。”

白锦绣回头，见父亲还稳稳地坐在那张太师椅上，烛火在他的眼底跳跃，映出两点她仿佛有些陌生的光芒。她眼眶一红，咬了咬唇，推门而出。

这个晚上，躺在床上的白锦绣除了懊丧和郁闷，剩下的，全是逼得人要透不过气的强烈的不妙之感。

父亲在考虑什么，她能猜到。情势逼人，这场联姻的分量，连父亲也没法完全不在意。

倘若她是个恪守传统的无私女儿，她应当为了家族利益听从一切安排。可惜她不是。

她不信自己不嫁顾景鸿，白家从此就要一蹶不振。

她一把掀开帐子，从床上一骨碌爬了起来。

她已经做了决定，等明天过完父亲的六十大寿，找个机会，她就离开。

虽然非常不想这样做，但她别无选择。

她开始收拾自己的行李。整理画稿的时候，看到自画像，手停住了。

她对着画像中那个在灯火下显出柔腻温润皮肤的美丽女孩，出神了片刻，忽然，又从那沓画的最下面，抽出另一张还没画完的稿，她的脑海里渐渐出现了一个念头。

与其再次离家出逃，不如赌一把。

她顿时变得兴奋起来，挑亮灯火，抓了笔，坐下去闭目回想片刻，睁开眼，开始聚精会神地画，连夜补完了这幅画。

第13章

第二天是白成山的寿辰。

逢甲子寿，又是白成山这样的交际和人面，即便白家原本不想大办，古城也偏远，但从早上起，不惧舟车劳顿来拜寿的客人如流水一般，有官，有商，络绎不绝。县民们聚在白家附近，数着仿佛没有尽头的一拨一拨的客人。骑马的、坐轿的、乘马车的，当然也有坐洋车的。至午后，各种交通工具从白家大门之外延伸出去，整整排满了两条街。

白锦绣今天穿着嫂子张琬琰给她准备的一套嫩粉色纱绣海棠褂裙，宽襟博袖，长发梳起，腕戴玉镯，亭亭玉立。老父亲和老友叙话间将她叫去，她就立在老父亲的身边拜见亲长，笑语盈盈。众人赞不绝口，纷纷说日后不知哪家才有这个福气能将白家侄女娶进门。老父亲笑得很开心，白锦绣就含羞低头，手指绞着手帕不语。

这样装了大半天的闺秀，忽然听到父亲问一旁的刘广："载沉还没来？"

她的心微微一跳。

刘广说："早两天就特意叫人去说了，应该很快就会到。"

白成山点头："平时不过来吃饭也就算了，今天是一定要请来的。你再去外头看看，还没来的话，你自己再去一趟。"

刘广应下，一溜烟跑了出去。

白锦绣弯下腰，对老父亲小声地抱怨："爹，我腿都站酸了。"

昨晚女儿含着委屈离开，白成山本以为她今天要负气闹脾气，没想到这么乖，听她说腿酸，立刻让她回房休息，不必再出来陪自己见客。

白锦绣顺利脱身，却没有回屋，而是躲在寿堂旁一道只供白家用人进出的小门里，偷窥着前头的动静。等了大约不到一刻钟，看见刘广满脸笑容地进来说："老爷，聂大人到了！"

白锦绣看过去。果然，那个人来了。

今天是白成山的寿辰，白老爷又数次叫人来请自己，哪怕下意识再不想来，无论是出于礼节还是必要的回应，这一趟，聂载沉是无论如何都无法避免的。

改造旧军，除了换武器操练，最先需要更替的就是号服。旧式号服别说操练，也不便于行动，巡防营早替换成了和广州府新军一样的新式军服。聂载沉也就换了身制服，略收拾了下，看着时间差不多了，在刘广的引领下，入白家寿堂，向坐在中堂的白成山行后辈拜见长者之礼。

"白老爷今天大寿，我却空手而来，实在失礼。"

这趟古城之行，几乎每件事都是意外，聂载沉根本就没什么准备，巡防营里更没什么可以用来贺寿的礼，索性空手来了。

白成山很高兴，笑道："什么失礼不失礼的？你来我就高兴了！帮了我这么大的忙，比什么寿礼都要贵重！"

他转向身旁的人，介绍起来："新军后起之秀，年纪轻轻就深得广州将军重用，前途无量。我特意将他请来这里，助我操练巡防营。"

虽然在场没一个人认得这个姓聂的年轻人，但白成山对他如此褒扬，显然十分欣赏，于是众人全都顺着白成山的口风，纷纷称赞他年少英雄，气度不凡，将来必定功成名就，大有所为。

聂载沉对自己是否受人待见并不在意，但白成山当众这么抬高自己，他自然不好给主人家落脸，于是面露笑容，向众人一一点头致意，见礼完暂时告退，出了寿堂，看见一标参谋顾景鸿在庭院里被一群人围着说话，笑声阵阵传来。

聂载沉自然知道顾景鸿。

新军第一协里，除去最高长官协统高春发和一标二标两名标统，就数顾景鸿的地位最高。他二十多岁的时候，随朝廷出洋考察的大臣去往欧洲，随后以军事留学生的身份留下，几年后回来加入新军，很快就升到参谋的位置。这样的速度是非常罕见的，却没人能够置疑他，只因除了留洋的身份，他本人能力确实非常出众。而且，他不但技能过硬，更有关心爱护手下士兵、主张废除严酷肉体刑罚的名声，所以在一标里颇有声望。

聂载沉是二标的一名队官，和他平日并没什么交情，所以遇到也没打算上去打招呼，便从旁经过。顾景鸿却立刻就看见了他，撇下众人朝他快步走来，说道：“你就是二标队官聂载沉？”

聂载沉停步。

顾景鸿已经到了他的面前，笑着说：“鄙人一标参谋顾景鸿，之前就听闻二标有个名叫聂载沉的队官，二十出头，年纪轻轻就已立功无数。我早就想见一见了，没想到在这里遇到。”

他主动伸手过来，行的是最新式的表示平等友好的握手礼节。

聂载沉也就回礼，和他相握：“我对顾大人慕名已久，今日得见，十分荣幸。”

顾景鸿用力握了握聂载沉的手才松开，随即正色道：“一标的蒋群，先前挑唆方大春找你寻衅，事情我都知道了，当时就十分震怒，立刻加以惩治，罚他三个月的军饷，再命他当面向你赔罪，不巧你那时不在。是我御下不严，等你替白老爷做完这趟事回去，我再令他向你赔礼！”

聂载沉道：“小事而已，误会也早都解了，不必再如此。顾大人的胸襟，我十分佩服。”

顾景鸿哈哈大笑，笑声爽朗：“正所谓英雄出少年，果然不负我望。朝廷中兴，就看你这样的年轻人了！往后就是自己人，你有事，尽管找我，只要我能帮上忙，必不遗余力！”

聂载沉微笑道谢。因有人在旁等着，顾景鸿这才告辞离去。

聂载沉目送他被人簇拥着走了，转身继续朝前走去，到了走廊的拐角，忽然斜旁里蹿出来一个十七八岁看起来像是白家护院的年轻用人，低声说道：“聂大人，我们家小姐有请，大人你随我来。”

聂载沉一怔，看了眼对方，立着没动。

那人忙道：“聂大人你放心，我叫阿生，是小姐的人。小姐真的找你有事，就在后门等着。”

聂载沉很不想和白家的小姐再有任何的交集。

她长得非常漂亮，是他这二十一年里前所未见，也是他那贫乏的想象力所根本不能想象到的那种美丽的女子。但说实话，他有点怕她。

这是聂载沉生平第一次有怕一样东西的感觉。

这个“怕”，不是寻常意义的害怕，而是从和白家小姐见面起，他就深觉她高高在上、行为乖张，脾气更是喜怒莫测，叫他非常不好应对。

他此前确实没见过像她这样美丽的小姐，也没有遇到过像她这样不能应对的人。

前天傍晚她突然跑来巡防营，说阿宣小公子丢了，让他帮她找。在他终于找到的那一刻，天知道他当时是如何松了一口长气。万一没找到人，他大概也不敢回了。他简直不知道自己该怎么回去面对她那快要哭出来的样子。

阿生不停催促，说小姐有非常重要的事。

聂载沉迟疑了下，终于还是迈步跟了上去，来到白家后门。

出去是一条古城里随处可见的幽静小巷。窄窄的路，高高的墙，墙面和石头缝隙里，到处都是绿色的茸茸苔藓。

“小姐就在那里。”

阿生指了指巷子的尽头，躬了个身，转身飞快跑了。

人都聚在前院，这里静悄悄的。聂载沉朝阿生所指的方向走去，耳畔只有自己的呼吸和脚步声。

走了一半，他的步伐缓下来，最后停住。

或许是这巷子太过幽深，竟让他生出一种自己正要偷偷摸摸和人私会的感觉。这让他有点不适。

他后悔了，刚才不该动摇，被那个阿生带过来。还是回去为好。

他正要掉头，赫然看见巷子的尽头多出来一道倩影。

白小姐穿了身非常美丽的粉色褂裙，温婉清丽，仿佛落满一裙的海棠，斜斜地站在爬满旧青苔的老巷尽头，半面如月，一双乌溜溜的眼看了过来。

聂载沉没法退缩了，在她两道目光的注视下，只好硬着头皮继续前行，最后停在她的面前。

“白小姐，你找我有事？”

他感到有点不安，又怕被人看到，飞快地转头望了眼身后。

“我要出城。你帮我开车。”白小姐说道，递过来车钥匙。

聂载沉一愣，看着那枚在纤白手指下轻轻晃动着的车钥匙，没接。

“怎么，我爹让你帮他训巡防营，我就不能叫你替我开车了？”

她微微翘起下巴，是他熟悉的模样。

“今天是令尊寿辰，寿筵也快开了，你要去哪里？”

“你不给我开，那我就自己开！也不是非要你不可。我以前在外头也学了两次，知道怎么开！”她收回钥匙，转身就走。

聂载沉抬头，看了眼渐渐变暗的天色，怕她掉进沟渠，或是出什么意外。

“等下！”他没法子，只好叫住她，向她伸过来手，“还是我给你开吧！”

她瞥了眼面露无奈的他，这才停了脚步，把钥匙放到他摊开的掌心里。

聂载沉仿佛做贼般偷偷取了车，赶紧载上她，照着她的指点，朝着城北的方向开去。

白家大门外搭了大棚，晚上会给古城所有年过六十的老者办酒席，还会给到现场的每人发两只寿桃，所以几乎大半个古城的人都拥去白家附近了，其余地方倒变得冷清，路上几乎见不着人。

很快来到城门前，古城的城门，每天到酉时，也就是下午五点就会关闭。刚关门不久，守城的是来自巡防营的士兵，见是聂载沉和白小姐开车出城，二话没问，立刻开门。

聂载沉载着白锦绣出了城门，在暮色之中，朝着郊外的方向驶去。

第14章

汽车出了城，沿着道路一直往前开。聂载沉几次问白小姐目的地，她只说往前，此外一句话也无。

暮色开始笼罩四野，道路两旁原本还有零落的村庄，渐渐只剩下了田野，路边杂草丛生，蚱蜢在草叶尖上呼呼地飞来飞去。

又开了一段路，行到一个岔道口，聂载沉忽然踩下了刹车。

“白小姐，我还是送你回去吧！”

不等她回答，他开始掉转车头，正要转上回城的路，听她说道：“就停在这里吧！”

聂载沉转过头，看了眼后座上的她。

她靠坐着，双手抱胸，两道目光投过来，盯着他瞧。

事实上，从出城后，虽然没有回头，但他有一种感觉，她仿佛一直在盯着自己的后背瞧。这让他后颈发凉。

“白小姐，你停在这里做什么？”聂载沉环顾一圈四周的野地，问她。

“你怕顾景鸿吗？”没头没脑的，她开口问了这么一句。

聂载沉一愣，和她四目相对，迟疑了：“白小姐，你什么意思……”

他确实不明白她问自己这句话的用意。

“你先告诉我，你怕不怕他？”她打断了他的问话。

她微侧着那张漂亮的脸，眼角飞眺，隐隐透着点挑衅的味道。

“不怕。”

他顿了一顿，终于还是这么应了她一声。

她顿时笑了，显得很开心，整个人仿佛也随之轻松，放下了原本横抱在胸前的双臂，转过来朝向他。

“我果然没看错你，你和一般的人，还是有点不一样的！”她用赞誉的口气道了一句，“那么这件事我就可以和你说了。顾景鸿他想娶我。”

聂载沉一怔。

“他很聪明，因为以前被我拒绝过，所以这回绕开我，直接找我爹提亲了。我爹很有可能会答应他。其实以前我只是不喜欢他而已，但他这样做，我反而更加反感。我是无论如何都不会嫁他的！我宁可自己一个人过一辈子！这没什么不好！所以我希望你能帮我一个忙。”

不等聂载沉有所反应，她就开始叙述自己的计划，语速飞快。

“我已经想好了。我会让我爹相信，我非常非常喜欢你，我对你一见钟情，咱们也已经相好了，我这辈子非你不嫁。当然，他是绝对不会同意的……”她瞥了眼沉默着的他，忙改用安慰的语气解释，“你千万不要多心！我并不是说你哪里不好。你各方面自然都是很出色的，只是……”她顿了一下，“想来你应当明白的。”

安慰过后，她又继续自己的阐述：“我爹到时候极力反对，想要拆散我和你。我经过一番抗争之后，就妥协了，答应和你分开，但我会要求我爹不把我嫁给顾景鸿。我了解我爹。他强行拆散了我和你，心里一定内疚，权衡之下，他会同意我的这个条件。”

终于叙述完自己的计划，她漂亮的双眸闪闪发亮，长长地呼出一口气，放松地靠回座椅上，看着一直没有出声的聂载沉。

“自然，你帮了我这么大的忙，我也不会让你白白出力。我十八岁的时候，我爹就给了我纺纱厂和烟草公司的若干股份，我可以把三年分红全部给你，以此作为报酬。你唯一需要做的，就是配合我，让我父亲相信我和你有情。我想这不难吧？”

“今天就是我们开始的第一天。等下再晚些，我们再一道回去。我会让我爹知道我们已经好上了。怎么样？”她再次双手抱胸地看着他，等着他的回答。

聂载沉的眼睫毛微微动了一下：“对不起，白小姐，我不会帮你做这件事的。我这就送你回去吧。”

他声音不高，甚至有点低沉，但话语里那种丝毫不为所动的意味，就连白锦绣也听了出来。她一下睁大眼睛，诧异不已。

“你说什么？你不做？你知道那是多少钱吗？像你这样在新军里，十年二十年，都未必能赚到这个数目的一半！”

他没有任何反应。

“行。”白锦绣点头，“你要是嫌少，我再加你三年！五年！你自己提一个数目，只要我给得起，我就答应！你完全不必担心我言而无信，我可以先付你一部分定金。我说到做到，为了表示我的诚意，我可以找香港律师帮你处理这件事！”

聂载沉只是淡淡地看了她一眼，就回头重新发动了汽车。

他刚要踩下油门上路，猝不及防，忽然从身后伸过来一只手，抓住了他正操纵着方向盘的手。

那是女孩的手，手背白皙，手心绵柔，宛若无骨，纤指抓着他那只被烈日晒得乌黑的大手，对比是如此强烈。

聂载沉的视线落在这只突然覆于自己手背上的小手。他慢慢地回头，鼻息里钻入一缕淡淡的幽香，视线对上一双近在咫尺的美眸。

“聂载沉，我漂亮吗？”

他听到白小姐这样轻声问自己。

那种又软又凉的感觉，从被她手心压着的那片手背皮肤上电流般地迅速蔓延开来。他的脑海里忽然浮现出那天无意间见到的她的那幅自画像。

他其实还没有忘掉。不是他不想，而是没法彻底从记忆里扫去。

聂载沉艰难地往侧旁移了一下，好拉开两人的距离，随即回过头，避开她注视着自己的目光。

他沉默的窘状，白锦绣悉数收入眼内。她松开压着他手背的手，前倾的身子也坐了回去，问："想不想和我睡觉？"

心咚地一跳，血液突然加快了流速，热汗也迅速从聂载沉后背的每一个毛孔里沁了出来。

"这是一桩交易。"她用自己所能发出的最为平淡的声音继续说，"你帮了我的话，我可以陪你一个晚上。"

她的声音落下，四周随之沉寂。

夕阳彻底沉在了山头之后，晚风却依然炽燥，呼呼地刮过田野，掀得路边野草乱晃，发出一阵哗啦啦的声音。一只停在草尖上的大蚱蜢蹬动强壮的后腿，展开翅膀，呼的一声飞进车里，在空中划出一道漂亮的身影轨迹，最后落到年轻男子那只正紧紧抓着方向盘的手上。

"白小姐，我会当你什么都没说过。"

良久，他忽然开口，如此应了一句。

他的声音听起来很冷，甚至带了几分斥责似的愠怒。说完他就踩下油门，朝着古城开去。

他的车开得很快，远超上次载她来时的速度。迎面的大风猛烈地扑向白锦绣，甚至将她面颊都吹得疼痛，她却一动不动地坐着，依然保持着自己刚才的姿势，倔强地盯着那个再没有回过头的人的背影，强忍着不让自己的眼泪掉下来。

这还是白锦绣这辈子第一次遇到这样的挫折，巨大的挫折，甚至可以说是羞辱。

在她的计划里，她以为自己许出如此丰厚的报酬，他会答应的。那真的不是一笔小钱。毕竟钱是好东西，谁不喜欢？贵为总督府公子的顾景鸿，不也是为了自家的钱，才锲而不舍地想要娶自己的吗？

没有想到，他眼睛都没眨一下就拒绝了。

行，这可以理解，毕竟是同时开罪顾家和自己父亲的事。

在生意场上，砝码不够，那就加。照她对男人的理解，这世上的绝大多数男人，要么贪财，要么好色。这个聂载沉，想来也逃不出这个定律。

白锦绣自然不敢把自己和绝代佳人相提并论，但她对自己的美貌向来是很自负的，于是不甘之下，脑子一热，一咬牙就脱口说出了那样的话。

他难道不该动心吗？

她没有想到，竟是如此结果。

他看不上！竟然看不上！他敢看不上自己？

她顿时恼羞成怒，连带着失望、委屈和不甘争先恐后地涌上心头。

忽然，仿佛有只小飞虫随着大风扑进她的眼睛，她眨了下眼，眼泪立刻掉落，滚到面颊上，瞬间就被大风吹飞了。她再也忍不住，趴下去捂住脸，哭了起来。

她起先哭得细声细气，不愿惊动前头的那个人。但很快，两只肩膀就开始抽动。

聂载沉虽然把车开得飞快，但后座白家小姐的动静没有逃过他的注意力。她竟哭了起来，看起来哭得还很伤心。

他慢慢放缓速度，最后停了下来，转头偷偷看她一眼。她埋脸在裙子里。他想叫她别哭，又不知道该怎么开口才好。

“白小姐……你别哭了……”最后他只能这样低声地劝。

“你干吗开那么快？害得虫子都飞进我眼睛了！”

白锦绣紧紧地捂住脸，哽咽着斥他。

聂载沉也不知道自己刚才怎么就开得那么快，顿时慌了：“虫子还在吗？我看看……”

他朝她伸出手，忽然又觉得不妥，停住了。

“不用你管！已经出来了！”她嚷道。

聂载沉松了口气，急忙缩回手，继续看着她哭。

“你看不起我……”白锦绣手心依旧捂面，声音一抽一抽的。

“不是不是！”聂载沉急忙否认。

“那你为什么——”白锦绣脱口而出，话说一半，却连自己也说不下去了，停顿一下，哭得更加伤心，简直要撞气了。

聂载沉沉默了片刻，小声说道：“白小姐，你别哭了，你也别误会，我真的没有看不起你。我看令尊对你很好，也不像是不讲道理的人，你为什么不好好和他说……”

“我已经和他好好说过了！你又知道什么！”

他话音未落，就被她打断。

白锦绣一下坐起来，手指胡乱擦了下脸上的泪痕。

“要是一般的事，我爹自然由着我，但这事不一样！顾景鸿不是个简单的人！他知道我爹最看重什么。你又怎么知道我爹是怎样的人？他要是你能想象的，他能坐稳今天这样的地位？他对我大哥不好吗？当初我哥想娶的人不是嫂子，就是我爹强迫他娶的，就因为很久以前两家有过婚约，爹要在别人面前维护他信守诺言的名声！我也是一样！事关白家，他对我再好，他也不会听我的！”

聂载沉再次沉默下去。

“我再问你一遍，这个忙，你到底帮不帮？”

白锦绣终于哭完了，眼睛红红地看着他。

聂载沉开始气短冒汗，不敢和她对望，转过脸去：“白小姐，别的事情，无论是什么，要是能帮，我一定会帮。但白老爷对我不薄，这样的事，我真的没法答应你。”

他终于艰难地说完，等着她继续哭泣，或者生气再骂自己，等了一会儿，却始终不见动静。

他小心地看向她。

白小姐的眼睛还是红红的，眼皮略微带肿，因为刚才的哭泣，几缕鬓发凌乱地粘在她带着泪痕的漂亮面庞上，显得分外可怜。

“聂载沉，我都这样求你了，你真连这点事也不答应？”

聂载沉的心一软，差点就要点头了，临松口的一刹那，理智又将他压了下去。

他眺望一眼远处变得浓重的暮色，道："白小姐，真的不早了，我送你回吧。"说完不待她答，立刻转身，发动了汽车。

这一路回来，后座上的白小姐再没有说半句话，安静得异乎寻常。聂载沉觉得她应该是对自己死了心了，不会再逼迫他做这种荒唐事了。这让他如释重负，但不知道为什么，他的心底仿佛又有点空荡荡的。

汽车在守门士兵的注目下从城门通过，回到白家附近的时候，天已经完全黑了，隔着两条街，就能见到白家宅子前头的那片辉煌灯火，喧闹之声也随风阵阵传来。

聂载沉绕了个大圈，特意来到后门，把汽车停在路边，自己下来给她打开车门，低声道："白小姐，进去吧。"

白家小姐一言不发地从车上下来，没看他一眼，更没说一句话，扭头就朝后门去了。

聂载沉目送她的身影消失在自己的视线里，心事重重，在昏暗中独自站立片刻，便将汽车悄悄开回原来的停泊位置上。

寿宴开席已经有一会儿了，白成山想起女儿，问刘广："绣绣人呢？晚上好像还没看到她。"

刘广这才想了起来，开席后好像确实没见到小姐。

"老爷您等等，我这就去问！"

"爹，我在这里呢！"

一阵清脆的声音传了过来，白成山扭头，见女儿换了身衣衫，笑盈盈地走过来。

"天气热，女儿不想动，刚才在屋里躲懒呢。"

白成山点了点头："忙了一天了，跟爹再去见过几个老长辈，问声好，你就回房歇吧，不用出来了。"

"谢谢爹。"

白成山又想起聂载沉，刚才想把他介绍给一个陆军衙门的官员，却不见他人。

刘广说："老爷，正想和您说呢。刚才聂大人找过我，说他人有点不舒服，叫我代为转达对老爷您的歉意，他先回去了，下回再来向老爷当面告罪。”

白锦绣立在一旁，唇角微含冷笑。

白成山却信以为真，哎了一声，立刻吩咐：“天气实在太热了，他在巡防营训练辛苦，想必是中暑了。明天你叫人多烧些解暑的汤水，用冰镇了，给他送去。”

“知道了，老爷！”刘广应道。

第15章

白锦绣跟着父亲又去见了几位后到的亲长，算是结束了这一天的忙碌，返回自己住的后院。

白宅是座典型的中式宅院，去后宅要从花厅侧旁经过。花厅也是待客的地方，这里此刻灯火通明，但比起热闹的前堂，显得安静了许多，并不见客人，白家用人大多也都在前头忙碌着，周围无人。

她经过花厅，快要走到分隔内外院的垂花门时，身后忽然传来一道呼唤声："锦绣！"

家人叫她绣绣，刘广老徐他们叫她小姐，明伦叫她表妹，会这么称呼她的，只有顾景鸿一个人。

她脚步微微顿了一顿，转头，果然，顾景鸿从后追了上来，大步走到了她的面前，微笑道："锦绣，咱们也有些时候没见了。你最近怎么样？都还好吧？"

"不怎么样，也不大好。顾公子你有事？"白锦绣不咸不淡地应了一句。

顾景鸿丝毫没有介意她的态度，依然笑道："我到了后，除了头天晚上碰到你的那一面，就一直看不到你人。这会儿好不容易遇到，所以就上来了，想和你叙叙旧。”

白锦绣连敷衍都懒得做了：“顾公子，咱们既不是正经的同窗，也不是往来的朋友，只不过从前见过几面罢了，有什么旧可叙？我要回房休息了，您自便。还有，以后请叫我白小姐。”

她转身就走，身畔却伸过来一只手，微微挡了下，拦住了她的去路。

白锦绣停步：“这里是我家，你挡我的道？”

顾景鸿急忙收臂，歉然道：“锦绣，我知道你在生我的气。确实，我不该未经你同意就在你父亲面前求娶，但如果你能谅解，并接受我，那将是我莫大的荣幸。我发誓我会对你好一辈子的。我知道你在质疑我对你求爱的目的，我不否认，我确实希望能得到你父亲的支持，但除此，我对你真的是一片真心。这几年我一直在等你，希望你能接纳我，所以才有了这回的贸然求亲之举……”

“姓顾的！我表妹都说了，让你自便，你没听到？还不滚！”

就在这时，花厅口又传来一阵带了怒气的吼声。

白锦绣转头，看见表哥明伦竟也来了，正朝着顾景鸿冲过来。

他平日白净的脸孔此刻红通通的，眼睛仿佛充血，朝着这边冲过来时，步伐踉跄。显然是喝了不少的酒。

明伦的酒量很浅，白锦绣是知道的。此刻怕是喝醉了。

“表哥，你别乱来！”

白锦绣怕出事，急忙上去阻拦。明伦却一反常态，从头到脚，再不见半点平日翩翩佳公子的模样。他恶狠狠地盯着顾景鸿，挣脱开白锦绣就扑上去，一拳打了过去。

大约是事发突然，顾景鸿竟没闪避开，侧了下脸，恰被明伦一拳打中侧颚，唇角便破了皮，血立刻渗了出来。

明伦紧紧握拳，又要打，这回被顾景鸿一把抓住了手臂。

顾景鸿喝道：“明伦公子，我劝你还是理智些为好！刚才那一拳，看在锦绣面上，我不和你计较。你去休息吧！”

明伦满腔的失意和怒气，此刻终于借酒发作，面对要夺走自己心爱表妹的仇人，就这么区区一下，又怎么能解恨？他赤红着双眼，拼命地挣扎，奋力想要挣脱。

一个是军队里的孔武军官，一个是素日舞文弄墨的书生。凭着明伦的力量，又怎么搏得过顾景鸿？他挣脱不开，怒火冲心，也全然不顾形象，干脆俯身，用尽全力低头猛地撞了上去，凭着自己的体重，终于将钳制着自己的顾景鸿撞翻在地，手臂一获得自由，人就跟着扑了上去，死死地扭住不放。

以顾景鸿的身手，即便刚才没有防备吃了一记，现在想要制住没有章法只打乱拳的明伦，应当不是难事。但或许是明伦发着酒疯，又不要命似的在搏，顾景鸿一时也无法完全将他压制住，两人便滚作一团，一下撞倒了靠墙的一只花樽，花樽从架子上掉落在地，砰的一声，摔得四分五裂。

这边正乱着，阿宣不知道从哪里突然钻了出来，瞪大眼睛看着，激动万分，兴奋地跳，握拳高声嚷着“奋力”“奋力”——也不知道他是在替明伦还是顾景鸿或者两人同时呐喊。

变故发生得实在太过突然，这里还是外堂，随时有人经过。白锦绣原本不想惊动旁人，却无力回天。她根本就拉不开两个扭打在一起的男人，花樽的碎裂声和阿宣的呐喊声很快就引来路过的白家用人，他们又立刻叫来了白镜堂。

白镜堂大惊，匆匆赶来，和刘广等人一道终于将明伦架开。白成山和一些客人也很快闻声而至，见状，无不吃惊。

将军府的公子明伦势若疯虎，和平常判若两人，但除了身上衣衫有些皱，人倒看不见什么损伤。反观总督府公子顾景鸿，唇角不但破皮，还见了血。

孰是孰非，显而易见，而且明伦被白镜堂架住，还是不肯服输，依旧嘶喊着“顾景鸿你抢走我的表妹，我和你誓不两立”之类的醉酒胡话。众人无不面面相觑。

白成山立刻叫人把明伦送下去休息。

明伦终于被强行送走，场面这才平了下来。

白镜堂上去查看顾景鸿的伤势，又代自家表弟向他赔罪。

顾景鸿十分大度，正了正衣帽，擦去嘴角的血迹，不但没有怨言，反而向白成山致歉："刚才没能及时与明伦公子化解误会，以致惊动了白老爷和诸位，是晚辈的错，请白老爷见谅。"

在场的人谁不知道他的身份，见他被将军府公子寻衅打伤，不但大度忍让，而且把过错都主动揽到了自己身上，无不颔首。

白成山开口安慰了他两句，随即叫人带他去处理伤口。顾景鸿说自己只是皮肉小伤，无关大碍，又请白成山回去继续寿宴。这一阵乱终于消去。

张琬琰早就闻讯赶来，送公公等人回去前堂后，将因为没了打斗戏看而郁闷的阿宣赶去睡觉。

早在公公他们赶来之前，小姑就进了后院，张琬琰知她是避开了，但还是不放心，担心消息要是传开，影响小姑闺誉，转个身就匆匆将刘广和老徐叫来，命他们吩咐下去，令用人出去了不许胡乱嚼舌。

可惜她的打算失败了。根本不用等到第二天，当晚白家的寿宴还没结束，关于将军府公子和总督府公子为了白家小姐争风吃醋以致于大打出手的消息就传出了白家大门，没两天，满城皆知，古城县民茶余饭后，津津乐道。

明伦第二天酒醒，知道自己昨晚闯了祸，心底满是遗憾和不甘，也十分羞愧。

两家本是郎舅关系，十分亲近，白成山对外甥向来也很好，闹出这样的事，第二天非但没有半句责备，反而留他再多住些日子。明伦却是一刻也待不住了，向白成山和白镜堂再三告罪，当天连白锦绣的面也没再见，含羞带愧，领着先前同来的用人匆匆离开了古城回往广州。

顾景鸿倒是极想再留下几日，白镜堂也以主人的身份，开口极力邀他再小住些日子，但因广州府还有要紧的事等着，次日明伦走后，他也只能去拜别白成山，临行之前，说父亲和他会等着白成山的佳音。其余来宾也陆续踏上归途。待送客完毕，白镜堂因广州那边也有许多事情绊着，实在得不了闲，没住两天，也动身回了。

张琬琰原计划是让丈夫先回广州，自己再留些日子。至于阿宣，则等暑期假结束了再回，这段时日就留下伴着祖父。

她是一心为白家将来考虑，这才想着促成这门亲事。她想好好再劝劝小姑。

只要小姑愿意了，这门婚事，公公绝对会立刻点头。没想到就在丈夫走了之后的这个晚上，她亲自监督阿宣背书，阿宣冷不丁地冒出来一句话，说先前她来古城，他爹和他还在广州，有一天爹送他去上学，在路上，爹遇到了一个女人，两人停下说了一会儿话。

丈夫在娶自己之前，心里是另有所爱的，对方姓柳，据说是衙门里一个书记小官的女儿，饱读诗书，颇有才气，和丈夫情投意合，只因为公公棒打鸳鸯，他最后才娶了自己。这事张琬琰早就知道。嫁过来后，她怕在丈夫跟前被比下去，努力和年幼的小姑拉近关系，经营白家门面，把家事和外头的应酬打理得井井有条，好让丈夫在外一心做事，终于获得了能干的好名声。这些年，丈夫对自己虽谈不上情浓意蜜，但夫妇关系还算不错，不但没有行纳妾之举，连生意场上难免的所谓逢场作戏也从没听闻。张琬琰原本是放心了，但去年，她听说那个柳氏竟死了丈夫，成了个寡妇，如今在广州府一间新立的女子小学堂里做女先生，心里就又起了疙瘩，唯恐丈夫和柳氏旧情复燃。于是她暗中察看许久，并没发现丈夫和对方有所往来，这才渐渐又丢开了。没想到儿子现在突然冒出这么一句话，张琬琰顿时被戳中心病，立刻追问那女人是谁，他爹和对方都说了什么。

阿宣摇头晃脑："我那会儿在吃东西，没听到呢！"

"吃！吃！整天就知道吃！"张琬琰训斥儿子，"你再给我好好想想！和你爹说话的女人是什么模样？"

阿宣皱眉，努力回想："比娘白，比娘苗条，说话声音也比娘轻！对了，她手上还拿了几本书！"

张琬琰大惊失色，顿时对号入座，想象着丈夫和旧爱街头偶遇、执手无语凝噎的一幕，心烦意乱，哪里还有心思再催儿子背书？坐着发了半晌的呆。

第二天一大早，她就对白成山说自己这趟来得有些匆忙，广州那边家里还有些对外的事没打理好，怕回去晚了耽搁，考虑过后，还是想尽快动身。白成山自然点头。当天张琬琰就把儿子交付给小姑，将这里一些未完成的后续之事转给管事刘广，让他再多留几天，自己收拾了东西匆匆赶回广州。

随着各色人等陆续离去，家里就只剩下了白锦绣、白成山和阿宣。因为白成山过寿而沸腾起来的古城，很快恢复了原本的宁静。

刘广记着白成山那日的叮嘱，这几天一直叫人用大锅熬绿豆汤和酸梅汤，用冰镇了，每天派人出城送去巡防营。这天午后，日头当空，白成山照老习惯午睡去了，刘广因没事，又一直承着先前聂载沉照顾自己的情，就打算亲自走一趟，去看看那天寿宴过后就没再现身的聂载沉。他叫小厮将准备好的两大木桶凉饮抬上小骡车，自己正要坐上去出发，忽然看见小姐带着手里提了东西的虎妞，从门里走了出来。

小姐回家后基本每天都穿褂裙，这会儿却穿了条颜色非常娇嫩的长及脚踝的黄色连身洋裙，还打了一柄边缘镶着据说是叫“蕾丝”的透明花边的蓝色小阳伞，走过来说：“刘叔，你不用去了，我帮你把东西送过去吧！”

刘广哪敢要小姐做这种事，急忙辞谢。

“我在家没事，想出城采风画画，顺便把阿宣也接回来，免得他撒野。”小姐又道。

阿宣从母亲的严厉监控下解脱，得意扬扬，简直快要飞上天了。因他脑瓜子聪明，新学堂的功课门门都得甲等，加上白成山本不是很赞同儿媳逼迫孙子暑期再补习功课，所以儿媳走后，他叫来孙子，亲自规定他每天要做的功课，说自己检查，其余也就随他了。这两天，阿宣天天往巡防营跑，门房说一大早小少爷就在阿生的随同下出了门，想必又是去巡防营了。

小姐说完，带着虎妞就上了小车，位子有限，没多余的地方，刘广只能听从，叮嘱车把式赶好车，不要颠到小姐，自己就站在门口，目送小车朝着城北去了。

第16章

聂载沉答应帮白成山操练巡防营后，就制订了严格的训练计划。这也是一个循序渐进的过程，他很明白。因旧军无论是从军容、斗志或者作战素养等方面来说，和新军完全不可同日而语，想短期里赶鸭子上架是不可能的，所以即便他想早些回去，但在刚开始的那一周，除了跑操和体能训练，聂载沉也就只操练士兵的军姿、军礼以及服从命令这些最基本却能够磨砺士兵性格的非常重要的内容。

巡防营官兵都知道，要没白家老爷的出手，他们这个巡防营早已被撤，他们这些人现在也不知道被塞到哪里去了，所以对白成山十分感激。而这个受白成山之托来训练他们的，据说是广州新军里极为杰出的青年军官之一的聂姓年轻人，从到来的第一天起，就镇住了他们。

第一天的全营十公里跑操结束，人人累得上气不接下气，甚至很多人根本就没撑到终点，半路就相继扑倒在了大日头下，而领着跑操的这位聂姓军官，不但从头领到了尾，跑完之后，还面不改色。

就这简单的一条，巡防营里的老油条们便不敢轻视了。随着操练一天天进行下去，这个年轻军官不但处处以身作则，和官兵同跑同练，同吃同住，他逐渐展现出来的前所未见的各种格斗和作战技能，更是叫人钦佩不已。这个年轻军官的身上仿佛有着一种由内而外的令人信服的力量，没多久，全营上下就对他唯命是从，十分敬重。

这几天，聂载沉见官兵渐渐适应了训练强度，先前白成山订购的那一批军械也陆续到货，就按照计划，开始进行战斗姿势和武器操作的训练。

比起枯燥的基本项目，这两项是官兵期待已久的，所以练得更加起劲。

今天一上午，白家的小公子阿宣都泡在营房里不肯走。他起先看士兵操练，后来聂载沉组织士兵技能比拼，他就来了劲头，钻进去夹在一堆大人中间，大声呐喊助威。聂载沉见他虽是皮了点，但挺懂事，士兵操练的时候，只乖乖地待在自己给他划定的范围里远远看着，不会贸然出来干扰，加上目前武器也都不配实弹，不会有危险，也就随他了。到了中午，阿宣还是丝毫没有回城的意思，聂载沉问了声和他同行的阿生，得知出来前曾告知过白府管事小公子的去处，于是只好作罢，吩咐伙夫另外烧两样肉多些的菜，送到自己住的屋里让他吃饭。

正是一年最热的时候，又正当午，屋里虽然开了窗，但地方小，又闷又热，如同一个蒸笼。阿宣却丝毫不觉，反而兴奋得很，一边扒着饭，一边叫聂载沉教他怎么和人打架。

“聂大人，他们说那些本事，都是你教他们的？你赶紧也教教我怎么和人打架。上回学堂里有人欺负人，我打抱不平，没想到打不过，还被人揪住了辫子，要不是我的一帮好兄弟及时赶到，那天我就丢大脸了！可把我给气死了！”

聂载沉哭笑不得，让他先吃饭。

“聂大人我跟你说，这个打架是一定要学好的！我明伦表叔就是不会打架。我看他是别想娶我姑姑了！”

聂载沉的手微微一顿，但没开口问什么。阿宣却是兴致勃勃，自己打开了话匣子：“就是几天前我爷爷过寿的那个晚上，聂大人你当时怎么不在？没看到我明伦表叔和顾公子两人打架，真的太可惜了！我表叔喜欢我姑姑，想娶她做老婆，顾公子也喜欢我姑姑，也想娶她做老婆，我姑姑却只有一个，那怎么办？只能打架了！谁赢谁就娶我姑姑……”

阿宣开始绘声绘色地描述着那天晚上的一幕：

“我表叔看起来凶巴巴的，其实只会乱冲乱撞，根本就打不过顾公子，我都要急死了。过了一会儿，我爹我爷爷他们就来了，把我表叔弄了出去，我爹还替我表叔给顾公子赔罪呢。我看，我以后是要叫顾公子姑父了。他比我明伦表叔会打架！”

阿宣最后这样下了一个论断。

聂载沉沉默片刻，放下碗筷，给阿宣打了一碗汤，微笑道：“快些吃吧。”

阿宣肚子确实饿了，刚才又说了一大通的话，更是口渴，于是把汤拌在碗里，大口大口地吃了起来。吃饱肚子后，那股兴奋劲也过去了，人渐渐发困，趴在床上，很快呼呼睡了过去。

聂载沉怕他睡在这里中暑，于是抱着送到后营一处阴凉通风的干净地方，让白家男仆阿生在一旁陪着，自己回了前头。

午饭过后，营中有短暂的休息时间。几个士兵坐在树荫下休息，有人在抽烟，看见他过来，立刻上前，殷勤地递上一支香烟。

聂载沉摆了摆手，让士兵继续休息，自己回到住的屋里，躺在那张铺了一张席子的狭窄硬木床上，闭上了眼睛。

他能在数九寒冬的雪地里连续空腹跋涉三个日夜，也能在酷暑的烈日下长途奔袭而不知疲倦。这样的天气，于他而言也不算什么。无论身处何地，需要的时候，他都能很快地睡过去，补回消耗的体力。但是现在，不知道为什么，或许是早上的训练强度确实过大，此刻他感到炙燥不已，完全无法休息。

这个地方，从他到来的第一天起，他就觉得不适合自己，现在这种感觉越发强烈。还是在保证效果的前提下，再加快些进度，完成之前答应白成山的事，然后尽早回去为好。至于后续的细化训练，如果白成山需要，他会推荐更适合的人来代替自己。

聂载沉下定决心，慢慢地吁出一口气，终于觉得内心平静下来。

短暂的午休一结束，官兵就自动集合列队，开始下午的集训。

聂载沉在校场上，亲自给官兵示范快速冲刺的要领。烈日当空，汗水在他的面颊上凝结成点点细密的小水珠，不停地滚落。

他讲解完毕，将手中的步枪交给近旁的一个营官，让他带着小队模仿冲刺。但营官竟不遵指令，仿佛根本没听到，和周围的士兵一道，全都扭着头，看他身后的方向。

聂载沉有些不快，略微皱了皱眉，循着众人视线，转头看了一眼。只一眼，他就吓了一大跳，也立刻明白巡防营的官兵为什么突然齐齐走神了。

白家小姐不知道什么时候竟然来了，不但来了，还直接入营。

她穿了条黄色的洋装长裙，裙子几乎曳地，裙摆随风飘动，撑着一把古城里头回见的小阳伞，就那么亭亭立在校场边上。在灿烂的阳光之下，明丽耀目，不可方物。难怪指令突然无效，官兵全都走神。

就在自己回头的那一刻，她的脸上忽然露出笑容，不但如此，还冲着他招了招手，娇声娇气地喊出了他的名字："载沉！聂载沉！"

周围官兵再次齐刷刷地转头，视线落到了聂载沉的身上。

天气炎热，聂载沉却顿时冷汗直冒，眼看她似乎就要迈步朝这边走来，他不再犹豫，立刻把手中的步枪交给一旁的营官，吩咐他们继续操练，说完转身，自己朝着前头而去，疾步来到白锦绣跟前。

"白小姐，这里是校场，你来做什么？"

白锦绣笑盈盈的："今天我代刘叔给你们送凉饮。刚才已经叫人抬去伙房了，等下休息的时候，可以分发给士兵们……"

她说话的时候，聂载沉又飞快地转头看了眼身后。

官兵们因为他刚才的那一句话，现在全都投入训练，但显然个个心不在焉，一边操练，一边不住地回头张望。

汗不停地往外冒。这回是热汗。聂载沉感到后背的衣裳被汗水浸得像是刚掉进水里爬出来似的。

"谢谢白小姐，你……"

聂载沉正要说自己送她出去，不料她指了指一只放在脚边地上看起来像是小食篮的东西:“不过那些绿豆汤和酸梅汤都不好喝。天气那么热，你帮了我爹那么大的忙，操练那么辛苦，我实在是心疼，所以特意给你带了碗和他们不一样的凉饮。你跟我来……”

她说完，略略弯腰，用优雅的姿势提起食盒，迈步就朝他住的地方走去。

聂载沉吃了一惊，起先还有点发蒙，看着她的背影一时没了反应，等终于回过神,他下意识再次飞快转头,望了眼校场上的巡防营官兵,赶紧大步追了上去。

“白小姐！白小姐！你别这样，大家都在看着！”

他恨不得立刻把她弄出去，却不敢来硬的，只能跟在她一旁，不停地低声劝说。

她的双眼却望着前方，仿佛根本就没听到他的话，继续朝前走去，很快就来到了他住的那间平屋前，在众目睽睽之下，走了进去。

聂载沉实在没法子，只能硬着头皮跟了进去。

倘若说，一开始他还有点蒙的话，那么现在，他已经明白过来，她这到底是什么意思了。

“白小姐，我知道我让你不高兴了，全是我的不好。你别和我计较，你先回去可以吗？”他苦笑着，语气带着恳求的意味,“对了，阿宣小公子在后营阴凉的地方睡着了，你去看下……”

白锦绣眨了下眼睛，笑得越发甜蜜:“你真细心，我就喜欢你这样的人。我是真的喜欢你，你不知道吗？你看，我给你准备了什么？”

她将食盒放在聂载沉屋中的桌子上，纤手打开盒盖，从一只小冰桶里端出一只晶莹剔透的水晶盏，取了盖子，示意他看:“喏，水果冰盏子，各色切好的鲜果，加入刨得细细的绵冰，还有牛乳，路上我怕化了，外头特意用冰桶冷着的。你快吃吧！”

碗盏的最上头，还放了两只娇红欲滴的樱桃，煞是好看。

聂载沉没动。

她索性拿起调羹，舀了一勺果肉送到他的嘴边，动作亲昵得很:“你还愣着干什么？快吃呀！再不吃，碎冰就都化了呢！”

她的举动和语气，就像是一个在撒娇的小妻子。

聂载沉心跳得厉害，再次扭头看了眼身后。透过开着的门窗，不远之外，巡防营的官兵正在探头探脑，聂载沉的脸都红了，躲开她送到自己嘴边的调羹，赶紧端起桌上的那碗水果冰盏，几口就吞下了肚，连樱桃核都没吐。

“白小姐，你回去可以吗？”他放下碗盏。

她却又转头开始打量他屋里的陈设，仿佛是第一次来，摇了摇头，说：“这条件也太简陋了！天气又这么热，让你睡这样的地方，我会心疼的。明天我就给你送床新的凉席过来……”

“不用不用，真的不用！白小姐，是我错了。算我求你，你回去好吗？”

聂载沉几乎是在低声下气地恳求她了。

白锦绣看着他满脸是汗，笑眯眯地从随身小包里拿出一张纸，朝他展开：“你看这是谁？”

聂载沉看了一眼，立刻就认了出来，画上的人竟是自己。不但如此，他还赤着上身。因为是半身像，画面只到他的腰腹之下就戛然而止，但画面上那种呼之欲出的充满澎湃力量的肌体线条，反而给人一种全身一丝不挂的感觉。只不过，画面上没有表现出来而已。

聂载沉一下又蒙了。

他不知道她是什么时候看到了自己这个样子然后画出这幅画的。但凡见了这幅画的人，毫无疑问，都会生出一种感觉——他要是没有真的在她面前这么赤身过，她是不可能将他的身体画得这么逼真的。每一处肌理的走向，都是如此精准，充满了表现的力量。

他下意识地伸手去拿，白锦绣一晃，避开了他的手。

聂载沉抬起头，看着她，迟疑了下：“你……”

他原本是想问她到底怎么画了自己的，忽然脑海里浮现出那天傍晚的一幕，灵光一现，顿时明白过来。

那天天气也很热，他刚结束了一天的训课，感到很热，见坐骑也浑身是汗——男人对于战马或汽车，天生就有一种爱，所以他就骑马来到河边，让马匹下水的同时，自己也脱了上衣，顺便濯洗一下。

他记得当时发现她的时候，她解释了一句，说她是在那里画风景。他还以为是自己误闯画面，打扰了她。现在看起来，她当时在画的，应该就是这幅画。

他一时不知道该说什么才好，看着她，顿住了。对面的白小姐却显然分毫不为当时的说谎而在意，把画收了回去。

“就算你把这幅从我手里抢走毁了，我也能很快再画一幅出来。你说，我爹要是看到这个，他会怎么想？”

汗水再次从聂载沅的额头上不停地滚落。

“白小姐，你听我说，我真的很同情你的处境。但是这样真的不妥。你是个大家闺秀……”

“我给闺秀丢脸了，是吧？”白小姐突然变了脸，他的话还没说完，就被她不耐烦地打断，笑容也消失不见，“聂载沅，我告诉你，除非我的麻烦彻底解决，否则你别想好过，就算你现在跑回广州，你也休想置身事外。我认定的事，不达目的，我是不会罢休的。”

“我最后问你，你到底干不干？”

聂载沅沉默了。

屋里又闷又热，空气仿佛黏成一坨糨糊，叫人几乎无法呼吸。

白锦绣盯着他看了一会儿，忽然转身走了出去。

聂载沅以为她终于还是放弃了，有点不敢相信，擦了擦汗，急忙跟了出来，想先送她出营，不料她却快步走向不远之外的那群巡防营官兵，停了下来，问道：“你们谁是这里的营官？”

营官知道她是白家小姐，刚才见她打扮得花枝招展地来，招手叫聂载沅，还进了聂载沅的屋，仿佛是给他送吃的，聂载沅随后也跟她进去，两人看起来关系很不简单，弄得士兵们无心训练，个个张望。营官怕影响不好，正在赶人，忽见白小姐出来，点名要见自己，急忙跑了过来，点头哈腰：“白小姐好！鄙人便是营官，姓李！多谢白小姐不辞劳苦亲自送来凉饮，兄弟们都十分感激！”

白锦绣点了点头：“劳烦李营官，把这里年龄二十以上，二十五以下，体健貌端的人名单整理一份，尽快给我，我有用。”

营官一愣，不知道白小姐是想干什么，但她既然这么吩咐，这也不算是难事，立刻点头道：“白小姐您稍等，我这就去整理！”

聂载沉跟着出来，听得清清楚楚。他起先也和营官一样，不知道她想干什么，略一思索，忽然明白过来，立刻叫住了李营官。

“传令下去，都给我继续训练！擅自停下来的，今天结束后罚跑操十公里！”

虽然白家小姐和聂教官之间那疑似风月的关系叫人很是好奇，但一天操练结束后再跑上十公里，谁能吃得消？

话音落下，众人立刻作鸟兽散，周围转眼变得空空荡荡，再不见半个人。

白小姐扭过那张漂亮的脸，微微翘着下巴，就那样看了过来。

聂载沉在烈日下立了片刻，投在地上的身影仿佛凝固了，见她这样看着自己，忽然再也忍耐不下，上去将她一只胳膊攥住，带着就拖进了屋里，砰的一声关上门，这才放开了她。

“你干什么？”白锦绣揉着刚才被他抓得有点疼的手腕，皱起眉，很不高兴。

“白小姐，你刚才是什么意思？”

“你既然不帮，那我就只能找别人试试看了。”白锦绣语气轻松，不在意地应了一句。

“白小姐，你不会是以为……”他顿了一下，停住了，强行压下心底涌出的那丝怒气。

这样的感觉，其实在那天傍晚她要他载她出城，第一次开口对他谈条件，尤其说她可以以身为酬的时候，就有过。只不过，现在这种怒意变得越发强烈。

她这么漂亮，对于一个正常男人的吸引力，是显而易见的。只要她主动，大约没有谁能像他这样可以尽量抵住诱惑而拒绝。

她太天真，也太幼稚无知了。

他原本是想教训她，你不会以为天下男人都是好人，会为你考虑吧？但是话还没说出口，忽然又意识到，像她这样出身金贵，从小被人捧在手心长大，要什么就有什么的千金大小姐，或许根本就不需要这样来自他的所谓的“考虑”。

他看着她皱眉的样子，怒气忽然就变得没了底气，再次沉默下去。

白锦绣其实一直在暗暗观察他的反应。这一刻，她紧张得一颗心都在怦怦跳。

她想出来的这个计划，堪称完美，既不用以离家的方式和老父亲决裂，还能在博得父亲退让的同时，顺利达成自己的目的。

她唯一缺的，就是一个“药引”。

这个“药引”，在她那天晚上看到自己的自画像时，立刻就想到了面前的这个男人，根本就没考虑过别人，也不会去考虑别人。

这个人不是随便乱找的。他必须人品过硬，还要服从，能被自己牢牢地捏在手心。从之前香港碰面到后来他送自己回古城的这一路经历来看，这个人不但符合这个条件，而且……应该是直觉，她觉得他对自己有好感，能无限地容忍她，哪怕那些她心情不好时做出的无理举动。

这个沉默寡言的男人身上，有一种让她莫名的安心之感。她知道他不会算计自己，甚至，假使之前他答应了帮她渡过这个难关，而到了最后要兑现时，她即便要赖不和他睡觉，她觉得他应当也不会过分为难自己。

这样的感觉，她之前在别的男人那里从未有过。所以这件事，是非他不可。

但是她对这个人的固执程度，还是低估了。

准备了几天后，她今天再一次豁了出去，都已经不要脸到这种地步了，他竟然还是不肯松口。

他到底是怎么做到的？她实在没辙了，最后只能再这样赌一把。

他的眼里要是真的完全看不到自己对于男人半点的吸引力，也不在乎她是不是把原本答应给他的东西转给别的男人，那她只能认输，放弃这个打算。

屋里又闷又热，他满头大汗，她也比他好不了多少，鼻尖上冒出一层晶莹的细汗，内衣也被汗水紧紧地黏在身上。

她屏住呼吸，偷偷地观察他片刻，见他刚才分明很是生气，不但开口阻止，还那样强行把自己弄进屋里，举动一反常态，但是不知道为什么，接着又沉默了下去。

这该死的沉默！

白锦绣哼了一声:“算了，我不勉强你了。你也别拦着我找别人。”

她一个扭身，朝外走去。走到门口的时候，忽然听到身后传来一道艰涩无比的声音:“白小姐，你容我再考虑一下……”

白锦绣顿时心花怒放，转过头，见他立在原地，一动不动，淡淡道:“你放心，我不会要你怎么样的。就这么定了吧。从明天开始，我每天像今天这样过来，给你送点东西，你只要随便和我说几句什么话就可以了。你不会是以为我要你和我干什么吧？”

他不语。

又一滴汗水从他的额角流下来，沿着他英挺的侧脸滚落，一下落到了他的肩膀上。

“姑姑！姑姑你来啦？”

这时，门外传来一阵踢踢踏踏奔跑的脚步声。

白锦绣立刻转身，打开门，朝着向自己奔来的阿宣露出笑容。

阿宣刚睡醒，听说姑姑来了，立刻跑了过来，一句话还没说，一眼看见桌上的那碗空盏，眼睛就挪不开了:“什么东西？好吃吗？是聂大人吃了？”

白锦绣瞥了一眼一旁有点脸红的聂载沉:“很好吃的，还有个名字，叫‘牡丹破萼雪色遥’，可惜有的人只会鲸吞牛饮，连樱桃都不带吐核的，也不怕卡住，大概吃完还不知道是什么滋味，实在浪费。天气热，姑姑带你回家，给你做去。”

小胖子咕咚一下咽了口口水，冲着聂载沉摆手:“聂大人，那我不陪你玩了，我先跟我姑姑回去了！”

白锦绣从聂载沉身前走过，收了空碗，没再看他一眼，牵着阿宣的手出营而去。上了车，她想起刚才那人最后一声不吭垂头丧气的样子，实在忍不住，嗤的一声笑了起来。

“姑姑你笑什么？”阿宣扭头看她。

“没什么！小孩子别管闲事！”

白锦绣顺手揪了下他的小辫子，在他不满的哇哇叫声中笑眯眯地说道。

第17章

白锦绣回到家，因阿宣催得紧，便先洗手给他做了份水果牛乳冰，嘱咐他慢慢吃，不要吞得太快，随后回了自己屋。

她原本是想换衣裳的，眼前却浮现出那个人在自己突然现身后就变得慌慌张张，以至于囫囵吞樱桃的一幕，越想越是好笑，再也忍不住了，连衣裳都没换，人就倒在床上，一个人笑得肚子都快疼了。

到了傍晚的时候，虎妞来敲门，说老爷叫她出去吃饭。她拉了拉身上的衣裳，去了饭堂。

阿宣早就坐在桌上等着开饭了，对面是父亲。白锦绣走过去，叫了声爹，就坐了下去。

白锦绣午后出门的时候，穿的是洋装，但那会儿老爷在睡午觉，看不见。老爷不喜欢小姐穿洋装，小姐也是知道的。刘广本以为她晚饭的时候会换身衣裳，没想到，最后换是换了，但身上还是洋人的衣服。

白成山看了女儿一眼，还没说什么，白锦绣就先开口了："爹，我就喜欢这么穿，习惯了，反正家里也没外人，爹你要是实在嫌弃的话，不要看我就是了！”

她的语气满不在乎，仔细听，仿佛还带了点赌气的感觉。刘广不禁心下忐忑。

小姐因为顾家求亲的事，似乎和老爷起了点口角，这事他也是知道的。老爷寿辰那天，小姐懂事，人前人后没表现出来，现在跟前没别人了，以小姐的脾气，怕是要借这穿衣服的由头，和老爷闹别扭了。

白成山没开腔，从女儿的身上收回目光，只道了一句“吃饭吧”。

看起来，老爷在这一点上，似乎是妥协了。刘广松了口气，忙叫人上饭。

饭桌上，小少爷阿宣只顾吃，忙得没空说话。老爷似乎怀着心事，不过略略夹了几筷子菜。小姐没吃几口，忽然放下筷子，抬起头说：“刘叔，回来这么些天，我发现还是更喜欢吃西餐。你在广州肯定也见过的，劳烦你叫人送些做西餐的食材过来。还有咖啡。我要咖啡豆，什么牌子无所谓，我不挑，但要加一个法压壶——法压壶别的地方没有的话，叫人去德隆饭店问一声。刘叔，你常在广州跟我哥吃饭应酬，应当知道那里的老板，法国人弗兰，我的一个朋友，他肯定知道哪里有。法压壶焖煮出来的咖啡，口感才是最好的。”

刘广一愣。

“对了，厨子就不必请了，简单的西餐，我自己就能做，也不是天天吃。”白锦绣又补了一句。

刘广不敢应，也不敢不应，不住地看白成山。

白成山两道略微带了点花白的眉皱了皱，抬眼看着女儿，显然是不悦了。

白锦绣就和老父亲对望着。

“照她说的，叫人送过来吧。”片刻之后，白成山终于开腔，吩咐了一声。

“知道了老爷。”刘广急忙应下，努力记着刚才小姐提到的咖啡豆和什么什么壶，怕自己转头就忘了名字。

接下来，小姐没有再说什么让他提心吊胆的话，总算平安无事地过去了。

“爷爷，我吃饱了。”阿宣放下筷子。

“今天我去了聂大人那里玩，后来姑姑来接我，还给他们送了好多凉饮，我就跟着姑姑回来了。下回我还想再去！”

白成山颔首:“不要自己一个人去，更不能顽皮，打搅了大人的事情。还有，布置的功课不能偷懒！”

阿宣捣蒜似的点头。白成山的脸上终于露出了今晚的第一丝笑容。

“爹，阿宣说了，那我也顺便跟您汇报一声吧。这个假期我打算画风景油画，待在家里没素材，画不出什么好东西，反正也没事，明天起我会常出城，就不每次都跟您讲了，您心里有个数就行。”

白成山盯了女儿一眼，放下筷子，从餐桌边站起来，双手背后，一言不发地走了。

白锦绣回到房间，很晚了，还坐在灯前，托腮想着今天的事。

她知道自己的举动惹老父亲不快了，但这就是她的目的。她既不特别中意洋装，也不是那么喜欢西餐，但既然订下了计划，所谓做戏做全套，自然要面面俱到。心有所爱，不想嫁给顾景鸿，老父亲又迟迟不答应，要是自己还是又乖巧又听话，那就不是她白锦绣了。就是要这样和老父亲闹上几个不大不小的别扭，才显得自己是真的生气了。

她一遍遍地想着接下来的计划，十分兴奋，加上天气有点热，这个晚上，很晚了还迟迟没有睡着。

这一夜，在古城之外巡防营的营房里，和住在城里白家大宅中的白小姐一样，聂载沉也是迟迟无法入眠。但他的心情和那位白小姐相比，可谓天差地别，迥然不同。

来自山后的阵阵夜风吹散了郊外野地白天残余的炎热，空气变得凉爽起来，但躺在营房床上的聂载沉，还是汗津津的。

光着的背上，皮肉仿佛粘连着身下的草席，他每翻一次身，背部就发出一道皮肉仿佛被撕开的轻微撕拉声。月亮渐渐升到郊外夜空的中间，半个月影投在这间平屋的窗头上，夜色显得朦朦胧胧，以至于他的耳边生出一种错觉，仿佛下一刻，那个白家小姐就会伴着门外不知从哪里发出的风吹草动之声，自顾自地强行闯入他的世界，打乱他原本明晰的生活。

大约是白天流了太多的汗，聂载沉怀疑自己中了暑，人有点头昏脑涨，第二天早上起来，这种感觉还是没有完全退去。这直接影响了他整个上午的状态，给官兵继续讲昨天未授完的课目时，旁人或未察觉，但他自己感觉得到，他心不在焉。

所幸他有着很强的自控力，很快就调整好了状态，全身心地投入训练。这样的状态却没能持续下去，到了中午休息的时候，他再次心神不宁起来。营房口，或者别的任何地方，发出任何一点异常动静，都能叫他立刻变得紧张，心跳一阵加速。

时间一刻一刻地流逝，日头也一寸一寸地西斜。

中午过去了，下午终于也过去了。傍晚，这一天的摔打和训练暂告结束，白家小姐并没有像她昨天说过的那样，再来这里找他。她始终没有现身。

聂载沉觉得自己终于彻底放松了下来。

他叫来营官和另几名领队官，交代今晚要趁凉爽夜间加训，随后回到自己住的地方，半路遇到了那个前些天曾照他吩咐引白小姐去休息的老兵。

老兵因为腿脚不便，在伙房做事，白天不必去校场参加新军课目的训练。

“聂大人。”老兵笑嘻嘻地朝他躬了个身，“白小姐下午又来了，还给您送了好些东西，有吃的，也有用的。白小姐还亲自帮大人您收拾了屋子呢！我说我帮她叫您过来，白小姐又不让，说不好打搅你。她帮您收拾完地方，就自己一个人走了，叫我看到您的时候说一声，记得早些把她送来的东西吃掉，免得化了！”

聂载沉的心咯噔一跳，血管里的血液突然间又加快了流速。

她原来已经来过了？

“聂大人，白小姐对您可真好啊！”

他顾不上老兵投来的带了几分暧昧的目光，急匆匆地赶到住的地方，推开门。

他睡的床上，原本的那张草席不见了，取而代之的是一张厚厚的牛皮席，席子上有床料子看起来像是柔滑丝绸的薄薄的盖被。桌子的中间，静静地摆着昨天他看到的那只可以盛冰保温的食盒。

这天晚上，巡防营的夜间加训结束时，已是晚上九点多。聂载沉带着整个白天留下的灰尘和汗水，再次回到他住的地方时，忽然停住了脚步。

他迟疑了下，掉头回去，从骑兵队里牵了马，翻身而上，在月色的引领下，来到那道缓坡前的河边，下了水，从头到脚地沐浴了，这才重新回到营房。

他进去，走到床前，慢慢地坐下去，摸了摸身下那张光滑而水凉的新席，视线落在了对面桌上那只他还没开启过的食盒上。

他不知道里头装的是什么，不管是什么，他其实非常不希望她往这里送这些东西。但是问题是，她已经送了过来，天气又这么热，他不吃掉的话，就会馊掉，不但浪费，万一到了明天她再过来，发现她送的吃食还原封不动，她会不会又要生气，冲他大发脾气?

聂载沉的眼前浮现出那张总爱翘着下巴看自己的漂亮脸孔，不再犹豫，立刻起身来到桌前，掀开食盒的盖子。

冰盒里装的是一碗乳白色的广式椰汁凉糕，凉糕上还撒了一层桂花。旁边是洁白的调羹。

他要是傍晚就吃的话，凉糕应该会非常清凉可口，但放到现在，碗周围的冰块早化光了，凉糕看起来也有些塌了下去，蔫了一样。

他拿起调羹，小心地挖了一勺，放进嘴里。还残余了些凉气的凉糕，吃起来还是又弹又软又滑，不用吞咽，仿佛就滑下了他的喉咙，嘴里余着一股淡淡的椰奶香气，甜丝丝的。

聂载沉又吃了一口，忽然有点后悔自己没早吃。端起了碗，几口就吃光了。

第18章

这个叫人提心吊胆又一惊一乍的一天，终于就要过去了。

身下的牛皮席平整而凉滑，手指不小心擦过丝被时，他才清晰地感觉到自己手上皮肤的粗糙，稍用力些，怕就要钩坏了它。还有那碗他差点错过的甜丝丝的凉糕。每一样，都是能给人的身心带来愉快的东西。

但这种愉快的感觉，在他这里，没能持续多久。

他做事情有自己的原则。什么能做，什么不能做，他一向分得很清楚。

这一回，他可以被迫帮她做不该做的事——在当时那样的情况下，他根本就做不到选择沉默，或者置之不理。他无法接受。

他总是忘不了那天在香港那间女校的门口，他第一次看到她拎着一只相较于她显得有些重的大箱子，在夏天斑驳的树影下，朝着校门口走来时的一幕。

像她这样的人，即便她根本不在意，她也不该，更不能真的找别人一道做出那样的事。

那太委屈，也太玷污她了。

即便现在重新来一遍，他也别无选择，大约还是只能开口阻止她。但现在，她送来的这些东西，令他感到了一种加倍的沮丧。

这些都是因为自己违心做了原本不想做，也不该做的事。

打个不怎么恰当的比喻，他觉得自己正在同流合污。和她同流合污就算了，还因此而获取好处。

想到这里，牛皮席仿佛开始刺背，丝被在他这里就是多余，至于那碗已经被他吃下去再也没法吐出来的凉糕……出于不浪费的目的，最后一次了。

他一下就坐起来，借着夜色，将那张才躺了一会儿的牛皮席和丝被都收了起来，随后直接躺在有点硌背的床板上，闭上了眼睛。

等她下次来，他就向她表明自己的态度，叫她把东西拿回去，往后更不必再送吃的来。他不需要。

他做出这样的决定，心里终于觉得舒服了些。

第二天下午，与前天差不多一样的时间，聂载沉在校场里，一个士兵跑来对他说，白家小姐再次送凉饮过来，叫人卸下东西送去伙房，随后往后营方向去了。

一旁的几个人又全都停了下来，齐刷刷地看着他。

聂载沉一个恍神，转头叫营官继续带着人训练，自己立刻过去。出了校场，身后没了注视的目光，聂载沉拔腿狂奔，很快到了住的地方，一脚跨进去，见她似乎也刚进来，就站在中间，戴着太阳帽，手里提着的东西还没放下，眼睛看着光秃秃的床板，一动不动。

“我昨天特意给你送过来的席子和被呢？你为什么不用？”

她听到他的脚步声，抬起空着的手，一根白嫩嫩的手戳着光床板，扭头问他。

在她那带着几分不满的语气逼问之下，聂载沉的一颗心跳得厉害。

“我昨晚用了的……”他勉强替自己辩解。

“那现在为什么收起来了？”

她看了眼被他放在桌上卷好的席和那床叠得整整齐齐的丝被，咄咄逼人。

聂载沉实在不敢直视她的眼睛，昨晚想好的那些关于原则的说词，这会儿忽然一句也说不出来了，只剩下热汗不停地往外流。

她狐疑地盯了他一眼。

“哦，我明白了。”她忽然顿悟。

聂载沉的心猛地一跳，顿时紧张起来，却听见她说：“你不会是惜用，怕弄脏了，白天才收了起来吧？”

他松了口气，胡乱地点头。

白小姐看着他，笑了：“聂载沉，你还真是傻呀！脏就脏了，有什么关系？擦洗一下就好。你要是没时间，和我说一声，我也不介意帮你的。每天这样来回铺，多麻烦！”

“不麻烦，不麻烦！不用白小姐你帮。”聂载沉急忙拒绝。

白小姐觑着他尴尬的样子，抿嘴一笑：“还不铺回去？桌上我要放东西了。”

“好，好……”

聂载沉面红耳赤，喃喃地应了几声，急忙过去，抱起席子，连同丝被一道放回床上。

白小姐的注意力总算从那张床上跳了过去，摘下太阳帽，把手里提着的食盒放到桌上，打开盖说：“家里只有一只冰盒，昨天放你这里了，今天就不能给你带凉品。不过我给你做了虫草花炖乳鸽，是清炖的，加了几颗枸杞和干贝，味道还可以，正适合这个天气吃，清补益气。这会儿汤也温温的，正好吃，全凉了口感反而不好。你来吃吧。”

她捧出一只白瓷小炖盅，放在桌上，替他掀开盖，还体贴地把调羹也替他放进了汤里。汤里浮着几颗枸杞，色泽清亮，鸽肉鲜嫩，卖相诱人。

“白小姐，我不吃……”

聂载沉的声音听起来有点有气无力。

“你不舒服？”她立刻敏锐地察觉到了他说话的异样，抬眼看他。

“不是不是！”

“那你为什么不吃？我特意给你做的，家里王妈教我做的，连我爹我都没给他留！”

他一时说不出话。

“你是嫌弃我做的东西？”她仿佛又想明白了，皱眉看着他。

聂载沉一阵气短，急忙走过去拿起调羹：“不是不是。我这就吃。”

白小姐这才又高兴起来，双手抱胸，身子斜斜地靠在桌角上，看着他低头吃东西：“昨天的那只冰盒呢？今天我带回去。我叫老李叮嘱你早些吃的，免得冰化光了，味道就没冰镇着那么好。你是不是一回来就吃了？”

聂载沉有点心虚，头就没抬起来过，顺着她的话，胡乱地“唔”了一声。

“好吃吧？我是试了好几次才定下配比的。不是我自夸，虽然我做菜不怎么样，但做这种甜品，连王妈都说我有天赋！”

她看起来心情很不错，认识这么久以来，聂载沉还是头回遇见她在自己面前说这么多的话，语气里还带了点小小的自得。

他的后背顿时出了一层冷汗，心里忽然有点庆幸。幸好昨晚后来及时吃掉了那碗凉糕。要是没吃，馊了，今天被她知道，他以后大概别想好过了。

他很快吃完东西，连一滴汤都没剩，全喝光了，这才放下盅，抬头望向她。

白小姐瞥了一眼半点没剩的空盅，显然很满意，依然双手抱胸地靠着，朝他翘了翘下巴：“还看我干什么？吃完了就把东西放回去吧。今天也差不多了，我该走了！”

聂载沉默默地收拾了桌子，把餐具拿到外头，洗干净了放回去，又取出昨天那只洗过了的冰盒。

白小姐戴回太阳帽，扭身就走了出去。

聂载沉只能送她出去，走在她的近旁。

太阳在头顶晒得刺眼，他也知道这会儿附近不知道有多少双眼睛在张望。事到如今，那波澜壮阔的决心灰飞烟灭。

既然卷好的席子铺了回去，不能吃的东西又下了腹，那么再和她同行送她出营，也就没什么了。全都是她计划里的内容而已，这样才能显出她和自己的关系非同小可，他只能这么安慰自己。所谓破罐子破摔，大抵也就是他现在的样子了。

聂载沉一路沉默地送白小姐出了营房口，看见白家用人和伙房里的伙夫一道，正往骡车上装空了的大木桶。

他把食盒递过去。白小姐接过，朝他点了点头，转身要走的时候，忽然仿佛又想起了什么，朝他靠了些过来。他立刻就闻到了她身上的淡淡香气，呼吸一滞。

“聂载沉，不准在我爹面前露任何的马脚，更不准你以任何借口擅自告诉他实情。听到了没？”

她这样靠过来，在旁人眼里，两人仿佛是在道别，谁能想到，她的一张红唇里说出来的却是这样的话！

聂载沉依然沉默着。

“别装哑巴。你快给我表个态！”她催他。

“知道了。”他只好应她。

她这才露出放心的表情，点了点头：“你帮了我，我不会亏待你的。”

车子已经装好，白家用人在等着她了。她用郑重的语气说完这一句话，这才转身走了。

傍晚，结束了白天的训练，聂载沉正要去吃饭，白家管事老徐忽然来了，说老爷今天出城野钓，地方离这里不远，问他现在方不方便，过去见个面。

聂载沉原本早已饥肠辘辘，骤然听到这个消息，心猛地一沉，整个人打了个寒噤，脑海里冒出来的第一个念头，就是白小姐和自己的那点事十有八九被白成山知道了！

虽然快得叫他始料未及，而且中午和白小姐分开的时候，看她的样子，似乎也没打算现在就把事情捅到她父亲的面前。白成山是怎么知道的？难道消息传得这么快，才两天，就有人把白小姐对自己的异样表现告到了白老爷面前，他起了疑心，所以单独找自己去问？

生平第一次，聂载沉知道了什么叫作心虚，心里七上八下的，哪里还有吃饭的胃口？随了老徐，匆匆出营而去。

白成山钓鱼的地方就在那条河附近，离营地不远，很快就到。

“老爷就在那边！”老徐指了指前头一个坐在岸边垂钓的身影。

聂载沉擦了擦脑门上的汗，强作镇定地走过去，叫了声“白老爷”。

白成山转过头，脸上露出笑容，放下手里的钓竿，看着仿佛想起身。聂载沉急忙到他身旁：“白老爷您继续，不用客气。”

白成山就指了指身边的一块石头，示意他也坐。

看白成山的表情，不像是出事的样子。聂载沉悬着的心终于稍稍放下了些，急忙坐了下去。

白成山笑道：“知道你很忙，还把你叫出来，别见怪。上次后就没见着你了，说你人不舒服，最近怎么样了？”

“一切都好，多谢白老爷您记挂。那天原本不该走的，是我失礼。这些天一直想去给白老爷赔个罪，没想到您自己先来了。”

聂载沉之前和这个著名的南方巨富面对面时，因为无所求，所以也就无所惧，态度虽然也是尊敬的，但绝不至于像现在这样，如履薄冰，连大气都不敢出一下。

白成山仿佛有心事，并没留意他的反常，问了几句巡防营最近的训练进展之后，视线投向水面上的浮标，笑道：“这钓鱼竿还是锦绣送的，她说是用做事第一个月赚的薪资买的。”

聂载沉听到白家小姐的名字，刚松下去些的神经立刻又绷紧了。不知道白成山在自己面前突然提她的用意到底是什么，聂载沉哪里敢胡乱接话？只一声不吭，等着他的下文。

白成山顿了一顿，忽然叹道：“我的这个女儿啊，什么都挺好的，就是从小起被我宠坏了，什么事都由着自己。最近因为家里有点事，我还没想好，她就和我闹别扭，天天往城外跑，说自己要画画什么的。虽然这边一向太平，但毕竟是城外野地，她是个女孩子。叫家里的男丁跟着吧，她肯定更生我的气；光一个丫头，我又不放心。我想来想去，虽然难以启齿，但又只能麻烦你了……”

白成山转过脸，看向聂载沉：“她不是要采什么风，到处跑吗？我就想着，你能不能哪天抽个空，去把那辆汽车开出来，就停在你这里？近些倒还好，她要是去远些的地方，能不能劳烦你，若抽得出空，就代我送送她，帮我看着她点？”

白成山的脸上带着歉疚之色。

“我知道你帮我编练新军，事情已经很多了，原本不该再为这种事叫你分心，但我就这么一个女儿……”

聂载沉终于听明白了白成山叫自己来的意思。

原来自己想多了。他根本还不知道他女儿和自己的那点事。聂载沉彻底松了一口气，但与此同时，心底又涌出一阵愧疚之感。

白成山对自己显然十分信任，这才把这种事交代给自己，自己却……

聂载沉有点不敢想象，哪天要是被他知道了自己和他的女儿有“私情”，她还非自己不嫁，面前的这个老人，该会是如何震怒和失望。

一时间，聂载沉恨不得代她开口，向面前的这个人陈情，表明她的态度，趁机也让自己从这堆乱麻里抽出身来。但是话到嘴边，耳边响起中午她临走前对自己的那一番叮嘱，又憋住了。

“怎么样？你抽得出时间吗？”白成山等了片刻，问他。

聂载沉只好硬着头皮点头：“可以。我不在的时候，布置下任务，营官可以代替我督促官兵。”

“好，那就有劳你了。”白成山颔首，“你放心，不会很久的，等我考虑妥当，事情也就解决了。她最近心情欠佳，要是态度不好，望你多担待些。”

聂载沉顿时想起她前天打扮得花枝招展地跑到校场冲他招手喊他名字的一幕，又一阵耳热心虚，不敢看白成山的眼睛，唯唯诺诺道：“好，白老爷你放心，我知道的。”

第19章

这个夜晚对于聂载沉而言，又是一个失眠的长夜。第二天，他只能进城把那辆汽车连同补给一道运了过来。接下来的几天，倘若白小姐出城画画，他在结束营地的训练之后，就会开车去接，接到了人，把她送回城里，然后自己再回去。有时她会带着阿宣，有时她是一个人。

或许是和白家小姐变得日渐熟悉，也或许是无奈接受了这个他已经摆脱不了的困境，聂载沉渐渐地也不去多想事情被白成山知晓的后果了。

这个傍晚，约好要去接她。

她下午是一个人出去的。原本陪她的虎妞在出城后恰好遇到一个同村人，说虎妞母亲前两天生了病，怕影响虎妞给白家做事，所以没告诉她。虎妞立刻眼泪汪汪，白锦绣就让她回家多待几天，不必担心工钱，白家会照给，等她母亲好了再回来。虎妞走后，她自己一个人出了城。

聂载沉怕她等得急了，加上也不放心，便提早结束了这一天的训练，衣服也来不及换，匆匆驱车到了中午她告诉过自己她画画的地方。远远地，他就看到前方的那片高岗上，坐着一道他熟悉的身影。

他把汽车停在土路上，抄近道匆匆往岗坡走去，接近她的时候，她还浑然未觉，背对着他，用画笔蘸取不同的颜料，不停地在画布上涂涂抹抹。

夕阳将她笼罩，给她镀上了一圈带着光晕的朦胧的金色轮廓。周围宁静极了，白小姐垂在腰际的乌黑发梢在晚风中轻轻拂动。

聂载沉停住脚步，静静地望了片刻，悄悄退了回来，站在岗下，等她自己下来。

火红的夕阳落下地平面，天空的晚霞却还在微妙地变幻着不同的色彩。白锦绣捕捉着大自然的天成美色，往画布上抹了最后一笔，端详了下，终于结束了今天的事。

她收好画具，眺望四周，才发现远处那条土路旁停着自己的车，知道那人已经来了，急忙扭头找他，左看右看，却不见他人，于是匆匆下去，走了几步，看到前方路边的一块大石头旁，立着一道身影。

原来他在这里！仿佛已经等了有一会儿了，身体斜斜地靠着石头，双手插在军服的裤兜里，望着前方远处的地平线，肩膀一动不动，像是陷入了凝思。

白锦绣停下脚步，故意咳了一声，声音立刻惊动那人。他回过头，见她来了，迅速站直身体，朝她快步走来，伸手自然地接过她手里的东西。

“这里没路，车开不进来，所以停在了前头，劳烦你走两步。”

他说了一句，随即转身，领着她往停车的地方去。

白锦绣看着前头那道撇下自己而去的背影，原本欣喜的心情一下就坏了。

自从父亲那天找了他，让他接送自己后，这几天他对着自己，基本就是现在这种态度。两个人一起，她要是不主动找他说话，他可以从头到尾都紧闭嘴巴，一句话也无。

“等一下！”白锦绣跟着他走了几步，忍不住了，叫住他。

聂载沉停步，望着她走到自己面前，盯着自己，却不说话。他渐渐有点不自然了，转开脸，看着一旁说：“白小姐还有事吗？不早了，我该送你回城了。”

白锦绣哼了一声：“聂载沉，你要是不想接我，那天完全可以在我爹面前拒绝的。实话说，我原本的计划里，也不敢劳驾你做这个。你接不接我，我真无所谓。你又答应我爹，又摆脸色给我看，你到底什么意思？”

聂载沉一愣，转回脸来，说道：“白小姐你别误会，我没有不想接你。”

“那你这是什么态度？”

白锦绣想起最开始那两天给他送东西的时候，他在自己面前老老实实的样子，心里越发不舒服了。

他沉默了片刻，低声说道：“你爹对我这么信任，我觉得我有点对不起他的信任……”

白锦绣这下彻底恼了：“好啊，那你去告发我好了！我也不用你帮了，免得你这么为难！”她从他手里一把夺过自己的画具，手也朝他伸了过去，“给我！”

“什么？”他不解地看她。

“车钥匙！”

他迟疑了下，没动。白锦绣知道他习惯把车钥匙放在右侧的裤兜里，伸手就掏了进去，一把扯出车钥匙，就朝汽车走去。到了车旁，她把画具一扔，打开车门，自己坐进驾驶位，发动了汽车。

聂载沉这才明白过来，迅速追上来要拦她。

“白小姐，你只学过两次，你不能自己开车！”

“少管我的事！你是我什么人？给我滚远点！我不用你开车了！”白锦绣一把甩开他的手，踩下油门，驾驶汽车就朝前开了出去。

“白小姐！你给我停下！”

白锦绣瞥见他在后头迅速追了上来，很快拉近了人车距离，她不但不停，反而加快速度，一下就把他甩开了。

聂载沉看着她自己驾车，风一样地丢下他走了，焦急不已。

这段路还好，路面算宽，也很平坦，但前头有段路，一下变窄，还靠近河道，道路两边野草丛生，完全淹没了路界。这辆车车身宽大，她之前一次也没开过，怕她不能驾驭。况且天色暗了下去，视线没白天那么好。

聂载沉心急如焚，一刻也没停歇，以自己最快的速度，一口气不停地追，追了大约两里地，他的脚步顿住了。

前方河边土路的拐角处，一辆汽车半边歪着翻了出去，掉进了路边的沟渠。从他的这个角度看不到车里人的情况。他的心蓦地高高提起，飞奔到近前，终于看到了人。

白小姐在沟底，大半个人被乱草淹没，距离她不到两米的地方就是河道。

她仿佛被吓住了，呆呆地坐在草丛里，一动不动。

“白小姐！你没事吧？”

聂载沉跳下沟渠，冲到她的面前，蹲下去一把抓住了她的胳膊。

“我……”她的眼睛动了一下，视线落在他的脸上，这才慢慢回过神，用颤抖的声音说道，“我……没事……”

聂载沉低头迅速检查了下她的手脚，除了手腕和脚踝皮肤上有几道被草叶刮出来的轻微擦痕，确实看不出别的伤。

她摔下来的这个位置，下面是软泥，长着厚厚的野草，刚才应该只是车子侧翻，人从里面滚了出来而已，确实没有受伤。他心中的那根弦终于松弛下来。

看到他来了，白锦绣很快从后怕中定住神，羞愧不已，不敢看他，讪讪地解释：“路过这里时，我已经开得很慢了……谁知道路会那么窄，突然又蹿出来一只野兔，我吓了一跳，就……”

他一言不发，将她从乱草堆里拉起来，接着就松开了手。

“没事就好。上去了！”

他只这么简单地回应了一句，从语气里听不出喜怒，随即撇下她，捡起掉在沟底的那些画具，自己几步登了上去。

白锦绣在沟底呆呆地站了一会儿，见他只检查着车况，似乎根本没有帮自己一把的意思，咬了咬唇，只好抓着坡道上的野草，慢慢地爬了上去。

“现在怎么办？”她看了眼侧翻在沟里的车，有点心虚，小声地问。

“你跟我回营房，我叫几个人回来把车抬出去，我再送你回去。”

他的语气冷淡，说完，掉头就朝营房的方向去了。

白锦绣没办法，只好跟了上去。

幸好为了方便走路，白锦绣最近出城的时候穿的都是平底皮鞋，但即便这样，走了一段路，渐渐还是被他落了下来，落得有些远了，他就停下来，等她跟上来，再继续前行。走走停停，天黑下来的时候，两人终于回到了巡防营。聂载沉让她去房间里歇着，人就走了。

白锦绣等了大概半个小时，听到那个老兵的声音从门外传进来："白小姐！"

她急忙开门。

"白小姐，聂大人叫你去营房口。"

白锦绣赶紧出去，看见自己的汽车停在那里，引擎盖开着，聂载沉站在车前，手里拿着一只电筒，仿佛在检查车，见她出来了，啪的一声合上了车盖。

她也不敢像平常那样等着他替自己开车门了，赶紧过去，自己打开车门，老老实实地坐到了后座上。

聂载沉跟着上了车，发动汽车，亮起车灯，朝着古城疾驰而去。

路上，白锦绣不停地偷偷看他。他始终没有说一句话，更没有回头看她一眼，直到最后，汽车驶入古城，渐渐靠近白家的大门。

平常这个时间，小姐早就回来了，今天却迟迟不归。刘广不放心，出来在门口张望着，打算要是还不见人回来，就亲自出城去看看。忽然见一辆汽车亮着车灯驶近，他知道是聂载沉送小姐回来了，忙迎了上去。

白锦绣突然想起来，赶紧伸出一根手指，戳了戳前头那个人的后背，自己也飞快地靠了过去，凑到他的耳边，小声道："千万别提我翻车的事！"

他没有反应，仿佛根本没有听见似的，停下了汽车。

刘广笑着到了近前，白锦绣只好若无其事似的缩了回去。

"小姐你回来了？今天怎么这么晚？刚才还想着要不要出城去看看呢！"

白锦绣拿了自己的东西，下了车，咳嗽一声："没什么，路上汽车忽然出了点故障，幸好聂大人修好了，这才耽搁了。"

刘广信以为真，打量一眼劳斯莱斯，不满地啧啧两声，抱怨道："洋鬼子的东西就是不牢靠！"他转向聂载沉，"幸好有聂大人在，这才没误事。聂大人你也一道进去吧，吃了饭再走。"

白锦绣盯着他，见他脸上终于露出了今晚自己翻车以来的第一丝笑意，说：

“不了，巡防营还有夜训，我先回去了。”

刘广也就不勉强了，笑着弯了弯腰：“那您走好。”

聂载沉颔首，掉转车头，从白锦绣的身前开过，驾车出城离去。

第20章

次日晌午，聂载沉在停车的地方，利用午休最后一点时间，给那辆昨天险些翻入河道的劳斯莱斯搭遮阴布，免得长久暴晒，影响机械功能。快要搭好的时候，老李跑了过来，说白小姐又来了，这会儿就在他的住处等着。

聂载沉固定住架子的最后一根支杆，收拾完工具，洗了洗手，回住的地方，远远地就看见她站在门口，翘首东张西望，显得有点心神不宁。忽然发现他过来，她顿了顿，似乎是在犹豫着出来还是进去。眼看他越来越近，她一个转身，闪身而入，身影就消失在了门后。

聂载沉进了门，看见桌子上又放着那个能装冰块的食盒，白小姐今天穿的是一条嫩绿色的长裙，长及脚踝，脚上是小羊皮鞋，戴了一双有白色花边蕾丝的长手套，清新得像是夏天清晨花朵上的露珠。

她站在门后，偷偷瞄了一眼他，就脱下手套，迈着轻快的步伐走到桌前，从食盒里捧出一只碗，揭开盖子，说:“今天我做的是杨枝露，你吃吃看。”

聂载沉默默地坐了下去，低头吃东西。

“杨枝露里我加的是西餐用的淡奶，我觉得还可以。你觉得呢？”

他吃东西的时候，她就在一边看着，等他吃完了，用带了点讨好的语气小声地问他。

聂载沉放下调羹，朝她点了点头，随即站起来，像之前那样要拿空碗去洗。他刚伸过手去，那只碗就被她眼疾手快地抢了过去，放回食盒中。

“我带回去洗好了。”她的笑容甜蜜蜜的。

聂载沉看了她一眼。她动作麻利地收拾好东西，轻轻地咳了一声，说：“你要是有空的话，教我开车好不好？等我自己学好了，也就不用你每次这样接送我了。你说呢？”

聂载沉说：“我最近有点忙，应该是没有空的。”他又说道，“你想学的话，最好去广州，有专门教人开车的地方，学成还会发证明，非常专业。你应当可以学好的。”

白小姐眼睫微微颤了一下，慢慢地垂下了眼眸。

两个人就这样相对站着，谁也没再说话。

屋里陷入了沉寂。

过了一会儿，白小姐抬起头，翘着下巴，微笑着说：“谢谢你的推荐，我知道了。那今天也差不多了，我该走了。”

她说完拿了食盒转身朝外走去。

聂载沉迈步要跟上。

“今天就不用你送了，我自己出去就可以。”她头也不回地说道。

这时，营房里响起集结的号声。

午休时间结束，下午的训课要开始了。

聂载沉迟疑了下，最终还是停下脚步，看着门外那道嫩绿色的身影独自朝前走去，渐渐从视线中消失。

他转过头，正要去校场，视线一定，落在还放在桌角的那双白色手套上。

他略一迟疑，拿了起来，叫来老李，吩咐老李把东西送出去，还给白小姐。

白小姐和老李渐渐熟了，上次来的时候闲谈了几句，得知老李年轻时在保胜打过法国人，当时腿脚被火枪打伤，落下病根，有时会筋骨酸痛。白小姐因他的这段经历而敬重他，今天过来的时候，特意给他带了两铁盒南洋产的麝香虎骨膏，说要是有效果，叫他告诉自己，下回她让人多带些过来。老李对白小姐的高看感激涕零，聂载沉一吩咐完，他立刻接过，转身就追了出去。

聂载沉回了校场。

一套基础的军事系统训练，即便像巡防营这样的“速成”，通常也需要三个月的时间。他知道自己不可能留在这里长达三个月之久，所以每天的课目安排都十分紧凑。尤其这几天，进入了掌握武器使用的教学阶段，他教得用心，官兵学得也很积极。他很快就强迫自己驱散了心中的杂念，投身在校场之上，全神贯注。教完打靶校正准星后，他让官兵练习，自己退到一边，看见老李在校场边徘徊，犹犹豫豫，想过来又不敢的样子，于是走了过去。

老李赶紧迎了上来。

“聂大人，刚才我照你的吩咐给白小姐送手套，追到大门外头，没见车，就她一个人。我把手套还给她，问怎么回事。她说刚才来的时候叫赶车的不必等她，先回去了。我说那我叫聂大人送她。她说不用，她想自己找个风景好的地方画画。我见她一个人走了，总有点不放心，就想和你说一声，你又一直在忙……”

聂载沉一愣，立刻转身，朝营房大门大步走去，走了几步，又掉头，叫来营官代替自己监督训练，随后匆匆回到住的地方，取了车钥匙，开车后出门，沿着那条通往古城的路朝前而去。

正是一天里最热的时候，头顶的太阳白花花的，土路上干燥得冒烟，看不到半个人影。他开了两三里地，终于看见前头路边一丛野草旁，蹲着一道身穿绿衣的背影，看起来仿佛是在休息。

他加速开到近前，停车后，一把推开车门，快步而下，正要叫她上来，却迟疑了下，慢慢走了过去，停在了那道身影之后。

她仿佛在哭。

“白小姐？”聂载沉试探着轻轻叫了她一声。

蹲着的白小姐一下就站了起来，低头朝前快步而去。

聂载沉确定了，她刚才真的是一个人蹲在路边哭，立刻追了上去。

“上车吧！”他挡住她的去路，低头望着眼皮微肿，又转开脸不看自己的她，说道。

白小姐红着眼，低头想要绕开他。

聂载沉想都没想，再次拦住了她。

“上车。”他说。

他早就看到她左脚踝的一侧，雪白的皮肤被皮鞋的边缘磨出了一道红痕。

她停住，一颗眼泪沿着面庞滚落。

“你不是还生气吗？你还管我做什么？”她终于开腔了，依然偏着脸，泪珠似断了线的珍珠扑簌簌地落。

聂载沉再也绷不住了，轻声道：“你脚破了，我不会叫你再这么走路的。你先上车，上车了，我们慢慢说。”

白小姐依然不动，仿佛要在这里生根发芽才好。聂载沉也不再和她说了，轻轻握住她的一只手腕，半是强迫，半是引领，终于将她弄回了车上。

她擦了擦眼睛，垂着头，一言不发地坐着。

聂载沉帮她收了丢在路边的食盒和那双手套，放到她的身旁，没有立刻上车，而是站在她那一侧车外的地上，说：“白小姐，你知道你昨天有多危险吗？一旁就是河道。要是那道沟再陡一点，或者车的速度再快上几分，你的运气或许就没那么好了。”他顿了一下，“我从没有见过像你这样大胆任性的女孩子。”

白小姐刚刚忍住的眼泪又滚了出来，抬手捂住脸，含含糊糊地说：“我昨天就知道我错了，不该丢下你自己开车走。可你还是那么凶……”

她哭了一会儿，又慢慢地停住了。

“没学好之前，绝不能再自己一个人开车了！”他等她哭完了，再次强调。

白小姐用手背抹了抹红肿的眼睛，低低地嗯了一声。

聂载沉还是头回见到如此乖巧的白小姐，忽然有点不大适应。

“你要是真的想学，等我有空了，我也是可以教你的。”他顿了一顿，说道。

“我不想开了。”她闷闷地说。人缩在座椅上，成了小小的一团，两只手紧紧地绞在一起。

这天下午，聂载沉将白小姐送回了白家。

送她回去的路上，两个人都没再说话。到了白家门口，聂载沉停了车，习惯性地要下去给她开车门，她已经伸手推开了，下了车，就低头匆匆走了进去，身影很快消失在门后。

聂载沉一只手搭在方向盘上，收回目光，朝和自己招呼的白家门房微笑着点了点头，驾车离去。

接下来的几天，白家凉饮在每天的午后依然准时送到，白小姐却没再来巡防营了。这天晌午，休息时间，聂载沉洗干净那辆已经停了几天，车身上粘了些泥巴的汽车，收拾完，回自己住的地方。

前头是片树荫，七八个巡防营的士兵坐在树下，有抽烟的，有睡觉的，也有闲谈的，说话声随风隐隐传来。

“哎，白小姐这几天怎么不见来了？是不是和聂大人吵架了？你们说，他俩是不是真的……”

那个士兵欲言又止，眨了眨眼。

人的骨子里仿佛就是热爱八卦的，何况这种风月情事。一旁另几个假寐的士兵也不睡觉了，纷纷睁开了眼睛。

“我敢说，白小姐和聂大人肯定好上了。没好上的话，会天天这么来找人，还带好吃的？”

“不可能！”另一个士兵摇头，“白小姐怎么可能和聂大人相好？我不是说咱们聂大人配不上白小姐，我看着，就是戏文里唱的郎才女貌，天生一对，可惜……”他停了一下，“前些时候白老爷过寿，不是说将军府公子和总督府公子为了她都打起来了吗？还险些出人命。说白老爷是想把白小姐嫁给总督府顾公子的。”

“那是白老爷，不是白小姐！你敢不敢和我赌？”

“赌就赌！我怕你不成？我打赌就从没输过！”

两人说着说着，面红耳赤地争了起来。忽然有人看见聂载沉过来，急忙咳嗽了几声。众人扭头，顿时闭上了嘴，从地上爬起来，朝聂载沉讪讪地点头问好。

“聂大人，兄弟们刚才胡说八道，你别见怪……”

聂载沉笑了笑，示意士兵们继续休息，迈步从树荫前走了过去。

第21章

阿宣生平有三恨，一恨念书不能偷懒，二恨好吃的东西太多，三恨小辫子时常被人捉。这段古城的假期，他先是凭着孩童那似懂非懂却又一击致命的天然狡狯，把整日逼他念书的母亲吓去了广州，然后每日好吃好喝不断，最后就只剩下脑后那根小辫子的心病了。

既然小辫子是万万不能动的，那么就只能提高自己打架的本领了。那一晚，表叔与顾公子打架失败的羞耻一幕，更是令他坚定了决心。于是他见姑姑连着几天都不出城了，今天就去撺掇，叫她带自己再去找聂大人。

白锦绣在家里闷头作画几天，却还是没能从几天前的那场意外里完全恢复斗志。

她的思路原本是很清晰的。无论是打扮得漂漂亮亮地去找人，还是给他送自己亲手做的各种吃食，或者是巧笑倩兮、美目盼兮等恋爱中女子当有的表现，无不都是做戏。她没有想到做着做着，自己竟然翻了车，不但翻了车，还被那个人如此冷落与教训。这也就罢了，最叫她事后细想不能接受的是，她翻车后的次日，真的是存了小心求好的意思才去找那个人的，最后却在他的面前哭哭啼啼。

事情已经超出了她的控制范围。虽然最后对方态度又变好了，但她想起来就懊丧，觉得丢脸，没法见人，更不想再去见那个人了。

“姑姑去嘛！天天在屋里，闷好几天了！你到外头去画画，比你现在画得更好！”阿宣捉住白锦绣空着的手，不停地晃。

白锦绣盯着自己面前这幅改了几天，越改越觉得不顺眼显然已经毁了的油画夕阳，出起了神。

她又想到了自己的计划。

并不是她非要为难自己，也为难别人，而是父亲现在看起来还是没有打消念头。她好不容易得了“药引”的计划也已进行过半，难道就因为翻了一次车，被对方教训几句，她就半途而废？

这就不是她白锦绣了！

她丢下手中的画笔，站了起来，对阿宣说：“走吧，姑姑送你去。”

白锦绣带着阿宣出了门，叫阿生驾车来到巡防营，但有点不巧，老兵说，下午是投弹训练，用的是实弹，聂大人严令禁止非相关人员靠近校场靶区。等结束大概要到傍晚了，老兵问白小姐是否等待。

阿宣一听，两眼放光，抬脚要去，被白锦绣一把扯住辫子：“回来，那边有危险，你不许去！”

阿宣被扯住命门，不能抵抗，也不能去看精彩的内容，简直气得要哭。

白锦绣沉吟了下，今天来此一游，露个脸就可以，于是决定带阿宣回去。

阿宣噘着嘴，被白锦绣半哄半威胁地拖着往外走，老兵一路相送。快到大门时，校场的方向传来一道沉闷的爆炸声音。

老兵说过下午是实弹训练，那这声音也就不足为奇了。

白锦绣带着阿宣正要上车，忽然听到那边似乎又起了一阵骚动，接着有人往校场方向奔去。

情况似乎有点不对。

白锦绣停住脚步，叫老兵去看看是怎么回事。老兵转身奔去，很快就跑了回来，气喘吁吁地说："白小姐，出事了！刚才有个毛头兵投弹的时候拉了引信，手雷却脱了手，直接掉到了后头地上，一旁的人全蒙了，幸好聂大人及时扑开了毛头兵，他是没事，聂大人自己却受了伤！"

白锦绣心猛地一跳，立刻叫阿生看着阿宣，自己掉头，提裙就往校场的方向跑去，一口气跑到了那里。

校场的黄泥地面炸出了一个坑，金属碎片和黑色的火药粉末散落了一地，空气里飘浮着一股硫黄的刺鼻味道，那个弹坑的附近，还有几摊血迹。

聂载沉却不在。

"聂大人在军医房！"

不等她问，一个士兵就开口说道，又主动领她过去。

白锦绣赶到军医房的外头，门口挤着里三层外三层的人，个个神色凝重。

"让开，快让开！白小姐来了！"士兵吆喝着，帮她推开挡在前头的人。

白锦绣挤了进去，看见聂载沉坐在一张长凳上，上衣已经除去，身上只穿了条系着皮带的军裤，右侧的后肩部位鲜血淋漓，几道血痕沿着他的胸膛一直流入裤腰里。

一个脑后拖着根枯辫，衣服脏得像个屠夫的干瘦老头，一手拿着一把看起来有点生锈的小刀，一手用烧酒晃悠悠地浇着刀刃，看起来是准备替他挑出伤处里的弹片。他的跟前站着个十五六岁的少年，少年的一侧脖颈上有几道小伤口，已经止血了，他的两腿不停地发抖，神色惶恐，似乎就要哭出来了。

屋里原本充满了嘈杂声，她一进来，声音就停住了。

"我没事，你先回吧。"

聂载沉正在安慰面前这个因为铸下大错而被吓住的小兵，忽然耳畔安静下来，他一转头，对上了白小姐的目光，微微一怔，话停了下来。

"你怎么样了？"

白锦绣一个箭步到了他的面前，声音有点不稳。

聂载沉很快就回过神，微笑道："我没事，小伤而已，把碎片取出来就可以了。"

白锦绣盯着他鲜血淋漓的肩，忽然转头质问那个小兵："你叫什么？你怎么回事？饭没吃饱？连东西都拿不稳，你当什么兵？别在这里祸害人！"

小兵本就害怕，被白家小姐这么厉声叱骂，腿一软，就跪了下去，不停地磕头。

"白小姐……你饶了我吧……我真不是故意的……"他哭了起来。

"你敢是故意的？"

周围鸦雀无声，众人都被吓住，连大气也不敢出。

那个屠夫军医吃惊地张着嘴，看着满面怒容的白锦绣，也停了手里的动作。

"你是个军医，平时都干什么吃的！连把干净点的刀也没有吗？"

白锦绣蓦然转向他。

军医后退一步，结巴地应着："白……白小姐……我就这么一把，一直都是这把……"

"你给我打起精神！弄干净点！他是我爹请来的，要是有个不好，你也不用留了！"

"是，是！白小姐你放心！我保管弄得干干净净！"

军医擦了擦汗，扭头叫人赶紧再去多拿点烈酒过来，再拿来烧灯。

聂载沉终于回过神来，见她两道目光又刺向那个还跪在地上瑟瑟发抖的小兵，急忙在她再次出声之前阻止道："我负教导之责，出了事我也有责任。好在没大事，也是个教训，日后引以为戒就是。"

"你起来，出去吧！"他急忙打发走人。

小兵已经面无人色，又砰砰地胡乱磕了几个头，哽咽着向聂载沉道谢，爬了起来，不敢靠近白家小姐，避开她，抹着眼泪去了。

东西很快送了过来。军医再三用火和烧酒给刀片消毒，最后在白家小姐的盯视下开始清理伤口，手却不由自主地发僵，进展不顺，脑门上的汗水不停地往外冒。

聂载沉咬牙忍着痛，见白家小姐仿佛又要发怒骂军医了，苦笑了下，说："白小姐，你在这里，大家有些不便。我没事，你不如先回家去？"

白锦绣转回目光，盯了他片刻，一言不发，转身就走。

巡防营官兵见她出来了，唯恐迁怒到自己头上，呼啦一下，全都远远退开了。

刚才还挤满了人的屋门口，转眼变得空空荡荡。

白锦绣快步走出营门，带着阿宣上了车，吩咐阿生立刻驱车回城。

她一到家，就去找刘广，把下午巡防营里发生的意外说了一遍。

刘广十分焦急："哎呀，怎么会这样？聂大人伤势怎么样？不行！我跟老爷说一声，我赶紧去看看！"他转身就要走。

白锦绣叫住了他。

"他伤情还好，不过我有点担心军医会遗漏碎片。现在天气又热，万一伤口发炎就是大事了。刘叔，你立刻派人，用最快的速度赶去广州，请个外科医生过来，再检查一遍为好。"

刘广被提醒，忙道："好，好。我这就告诉老爷，安排去！"

他匆匆找到白成山，说了事，白成山对女儿的提议也十分赞成。很快，白家派人快马奔去广州，一夜就到。次日清早，白镜堂请了一个认识的外科医生，派人以最快的速度接到古城，隔日的半夜，人就到了。

医生替聂载沉彻底检查清理过伤口，确认再没有残余弹片，然后缝合伤口，又打了针，留了几天方便随时观察，见伤处愈合得很好，便留下药，吩咐军医一周后拆线，这才回了广州。

转眼一个多星期过去，聂载沉来到古城，也满一个月了。

药用得好，他底子本来也好，伤处愈合顺利，昨天已经拆线，活动时还是稍有痛感，但只要不做剧烈运动，其余已无大碍。

头顶热浪滚滚，他站在校场边上，正看着士兵训练，忽然听到身后有童音叫"聂大人"，转头，见消失了一周的白小姐又来了。

她戴了一顶十分漂亮的阔边帽，穿着洋纱裙，手里牵着阿宣，站在那里，衣裙随风飘摇。

阿宣见终于吸引了他的注意力，十分高兴，不停地招手。

聂载沉心微微一跳，走了过去。

"聂大人！我姑姑要去画画，下午我能在你这里玩吗？"阿宣巴巴地看着他。

聂载沉点头，随即望向白小姐。

白小姐说:“那就有劳你了。”她低头摸了摸阿宣的头,“要听话，别乱跑。”

见阿宣应声，她说完，转身就朝外走去。

巡防营的官兵对白家小姐已是日益熟悉，本以为她是个娇滴滴的温柔大小姐，没想到貌美如花却凶悍如虎，短短一周，名声早在全营上下传开了。附近的人见她走来，不敢直视，更不敢挡道，全都往后退了几步。

聂载沉望着她的背影，迟疑了下，道:“白小姐！”

她停步，转头看他。

聂载沉迈了几步上去:“你去哪里画画，迟些我开车去接你……”他见她的目光睃向自己的肩，顿了一顿,“伤处差不多了。你放心，开车完全没问题。”

她似笑非笑地瞥了他一眼，报了个地方，原来还是上次画夕阳的那处高岗，说完就走了。

第22章

这个下午，聂载沉知道自己有点分心了。每隔片刻，他就忍不住会望一眼那座高岗的方向。到了下午三点多，他再一次抬头，发现天上的云层厚了起来，渐渐遮挡住太阳的光芒。

天气变了，看起来应该会有一场夏天的雷雨。雷雨说来就来，她画画的那个地方，周围地势开阔，万一下雨，没什么可躲的地方。他立刻把事情交代给营官，吩咐人照顾着阿宣，自己匆匆离开，取了车，出营房，朝着她所在的高岗疾驰而去。

天气变得很快，刚才还是烈日当头，他才出营房大门没过片刻，大太阳就彻底不见了，头顶乌云密布，远处山巅之上，隐约有闪电掠过。野地里风也越来越大，卷着枯枝败叶到处飞扬。

聂载沉几乎将油门踩到最底，汽车引擎像野兽般呼啸，疾驰在野地间的土路上，很快将他送到了目的地。

他把车停在路边，从车里一步跨了下去，奔向高岗，到了上次她画夕阳的地方，远远就看见了那道熟悉的身影。

她背对着他，正弯腰收拾着画具，大风刮得她裙裾狂舞。

来的路上，他还有点担心她会不会跑去别的地方了，见她确实在这儿，顿时松了口气。

“白小姐！”

聂载沉喊了一声，三步并作两步朝她快步走去。

上次那幅原本还可以的夕阳被她画坏了，白锦绣今天想重新画一幅，没想到天气变阴了。一开始她还不怎么在意，心里只可惜今天大概等不到落日了，没想到变化这么快，几乎转眼间，天空就阴云密布，光线暗了下去，风也骤然起了，呜呜作响。

人在野地，这种感觉难免叫人发怵。正想收拾东西赶紧找个地方避避，风声里，她忽然听到有人喊自己，扭头见是那个人来了，立刻放松了下来。

她急忙转过身，正想叫他过来帮自己拿一下东西，忽然一阵落地风涌来，掀动了她头上的帽子。

帽子虽然系着绳，但风太大，她怕吹走，下意识地抬手去按。没想到帽子刚稳住，裙子又被大风高高地掀了起来，原本被藏起的两条长腿，一下失了遮掩，彻底露了出来。

她怕草丛里有蚊虫叮咬自己，又喜欢漂亮，就在裙下穿了一双长筒袜。袜子很长，一直到大腿中段。下段看起来普普通通，在袜头上却别有一番心思，缀了一圈大约两寸宽的蕾丝玫瑰花边。

这是她一向喜欢的一间法国内衣公司的新款女士连裤袜。花边带弹性，能固定长袜，防止脱落，穿上后，看起来又像是在大腿上贴肤绘花。黑色的玫瑰，雪白的皮肤，不但勾勒了她双腿的修长，还带了几分哥特式的隐秘。早上她穿好对镜自照时，感觉极美。她喜欢这种只有自己能够欣赏，也能给自己带来愉悦的隐秘的美——顺带说一句，这也是她为什么之前要画自己身体的缘故。

裙子被风一掀，她意识到这会儿对面还有一个人，吓了一跳，也不管帽子了，双手立刻去按裙摆。手忙脚乱地总算把裙子按了下去，头上的帽子却再也保不住，呼地一下，被风卷跑了。

她定了定神，抬起眼，见那人停在距离自己七八步远的地方，不再过来，脸侧了过去，两只眼睛好似在看别的地方——显然，他是想装刚才什么都没看到。

她一阵恼羞，顿了顿脚："你还站着干什么！还不快去给我捡帽子！"

聂载沉正有点气短，一听，赶紧去追。

帽子被大风吹着，连滚带翻地下了岗坡，掉在一簇草丛里。

聂载沉捡回来时，她已收拾好了画具。他走到她面前，沉默地把帽子递了过去，伸手要替她拿画具。

她从他手里一把夺过帽子，也不用他替自己拿别的，转身就下去了。

聂载沉定了定神，跟着她走了下去，快到停车的地方时，他加快脚步，比她先到车旁，伸手替她开了车门。

她坐了上去，他关好车门，抬头看了眼头顶翻涌着的滚滚浓云，递给她一件刚才匆忙带出来的雨衣。

"你先穿上，等下可能就要下雨了。"他说道。

话音刚落，一滴雨水就落到了他的额前。

她看了一眼，不接，用发绳整理着自己被风吹得乱跑的长发："什么东西？太丑了！我不穿！要穿你自己穿！你开快点就是了！"

聂载沉没办法，只好把雨衣放在她旁边，开车离去。

他开得很快，想赶在下雨前回到巡防营，免得她淋雨，但伴着闪电和头顶滚过的一道雷声，雨点还是迅速落了下来，很快就变大。

聂载沉回头瞥了她一眼，见她把画具藏在座位底下，拿帽子遮着头，身上大半已经湿了，忍不住说："白小姐，你还是穿起来吧，免得淋雨！"

白小姐还是不动。头顶突然又响起了一道轰隆隆的雷声，她仿佛吓了一跳，定了定神，拿起雨衣就朝他扔了过去："你伤口刚拆线，还是管好你自己吧！"

雨衣掉在了他的脚边。

雨点落得越来越密集，她身上很快就全湿了，帽子也不顶用，雨滴从她的发梢不停地往下滴落，仿佛挂了一串透明的珍珠饰物。

聂载沉忽然停下车，俯身捡起落在他脚边的雨衣，下了车，来到她那边，展开雨衣，在她的抗议声中，像套袋子一样把她整个人强行套了进去。

“说了丑！我不穿！”

白锦绣终于从帽子里扒出自己被遮住的脸，生气地仰头冲他嚷了一声，然后就要脱了。

“我没事。前面有个避雨的地方，马上就到了！”

他重新上了车，继续前行。

白锦绣只好停下动作，想了想，俯身把刚才藏在座位下的袋子取出来，拿出自己的画板充当挡雨之物，替他遮着受伤的后肩一侧。

他察觉到了，回头看了她一眼。

“你帮我爹做事，万一有个三长两短，人情就欠大了。我白家有条祖训，什么都能欠，唯独不欠人情。”她语气严肃。

他没说话，但也没阻止，转头看着前方的雨帘，继续朝前开去。

他说的躲雨处是一座建在路旁供行人短暂小憩的破亭子，很快就到了。附近有株冠盖浓密的大树，他把汽车停在树下，两人一前一后地跑到亭子下，终于淋不到雨了。

亭子本就不大，又半边残缺，能挡雨的地方，只容几人站立而已。刚才跑了一段路，白锦绣脚上穿的漂亮皮鞋沾了泥，看起来很脏。她进来的第一件事，就是甩鞋跟上的污泥，甩了几下，发现自己把泥全甩到他的裤腿上了，一顿，瞥他一眼，幸好他没察觉。

她停了下来，悄悄换了个方向，再甩，总算把鞋跟上那坨最大的污泥甩掉了，至于沾着的其余泥巴，只能等雨停了再洗。

雨衣又厚又重，还闷，压着她的肩，她感到很不舒服。甩了泥巴后，她就脱下雨衣，放在亭子中间一张供人坐的破石鼓上，又拿出手帕，低头擦自己头发里吸进去的雨水。

一通忙碌过后，总算勉强收拾好了，这才留意到他好像被自己挤到了亭子的边缘，背对着自己。因为风大，雨倾斜着落，被吹进亭里，他从大腿以下，整条军裤都是湿漉漉的。

“喂，你进来些，这里还有空！”

白锦绣往一旁让了让，喊他，见他不动，以为他没听到，又提高音量重复了一遍。

“我没事，就站这里，挺好的。”他终于应了一声，声音听起来有点绷着。

白锦绣上前把他一把拽了进来。

“有干的地方不站，你非要站雨里，你有病啊？”

白锦绣抱怨了一句，却发现他神色怪异，显得很不自然，虽然人被她拉了进来，但又微微地侧过些身体，视线望着亭子外的雨幕，始终没有看她一眼。

她起先还莫名其妙，心里有点不快，直到片刻之后，一阵夹带着湿气的风吹了进来，她感到胳膊和胸口一凉，皮肤冒出了一层鸡皮疙瘩，低头看了一眼，这才明白了过来——她今天穿的这条洋纱裙，料子轻薄。之前干的时候没事，现在被雨水浸湿，衣料紧紧贴在身上，身材曲线一览无余。

她偷偷瞥了他一眼，他还是侧对着自己，望着前方，一动不动。她咬了咬唇，不再说话，也转过身，背对着他，双手抱胸地坐到了石鼓上。

亭子里安静下来，仿佛整个世界只剩下了耳边哗哗不停的落雨声。

他一直默默地站在她身后，她就坐在那张破石鼓上，翘首看着天空，等着雨停。

大概半小时后，雨水渐收，太阳又从云后冒了出来。

雷雨过去，天放晴了，她身上的衣料单薄，这会儿也渐渐干了。

他走出亭子，朝停车的地方走去。白锦绣要跟上去，他停住脚步，转头道：“你在这里等吧，我把车开过来。”

白锦绣就站在亭里，看着他走过那片积水的泥地，来到几十米外的那株大树下。

汽车停在树下，虽然树冠遮挡了些雨水，但座位全部都湿了。她看着他脱下身上那件潮湿的军服外套，拧了下水，然后俯身擦拭着后座她坐的位置，重复了好几次，大概终于擦干了，他穿回衣服，把汽车开了过来，停在她的面前。

白锦绣坐了进去，说：“去找个有水的地方，我要先洗脚。”

聂载沉载着她到了离巡防营不远的那条溪边，停下了车。

白锦绣认出来了，这里就是上次她画画时无意和他偶遇的地方，那株山楂树就在老地方。

她下了车，走到溪边，找了块平整的石头坐了上去，脱下鞋，见袜子也脏了，干脆也一并脱下，洗了起来。

他在一旁看了一会儿，也卷起裤腿，跟着下了水，站在离她不远的地方，俯身搓着他的外套。

雷雨过后，溪里的水流大了不少，哗哗地冲着她的小腿，凉丝丝的，刚出来的太阳也不像之前那么暴烈，晒得人暖洋洋的，十分舒服。

白锦绣洗干净鞋袜，却不是很想走，任由裙裾浸在溪水里，仿佛水草那样漂动，她的脚在水里踢着，玩着水，玩了一会儿，又开始洗自己的胳膊。

她是晒不黑的体质，但最近经常外出画画，一坐就是大半天，虽然也有遮挡，但她总觉得胳膊看起来仿佛没以前那么白了。

“喂，我是不是比你第一次见到我时黑了？”她问他。

他转头看了她一眼，笑而不语。

“你笑什么？”

他不说话。

白锦绣见他不应，干脆踢水泼他。

“你快给我说！”

他的耳后仿佛有点红，看了一眼她露在水面上的雪白纤足，摇了摇头，答道：“没有。”

“明明就有！你还给我撒谎！”

她不停地朝他踢水，溪水哗啦啦地泼在他的身上，还溅到了他的脸上。

他笑着，起先还避了几下，随后就停下，任她不停地朝着自己踢水。

白锦绣没见过他这样的笑。以前他即便是笑，大多也是出于礼貌或者敷衍的那种微笑。现在看他，忽然觉得他笑起来的样子挺好看的，以前都没发觉。

“你干吗不躲？”玩了一会儿，她问。

“你喜欢，那就踢好了。”他说，语气十分自然。

但不知道为什么，听到他这样说，白锦绣忽然有点害羞。她装模作样地假意再踢了两下水，就停了下来。

“算了，你这个人最没意思了，我不玩了，回去了！”

她抱怨了一句，从水里站了起来，袜子也不穿了，光着湿漉漉的脚，套上鞋，转身上岸，迈步朝着那辆汽车走去。不料光脚在鞋里打滑，一时没站稳，身子歪了一下，幸好聂载沉眼疾手快，一手握住她的一只胳膊，另一只手轻轻托住她的腰，帮她稳住了身子。

“你脚湿，走路小心些。”

他低下头，看着她抬起头来望着自己的一双美眸，低低地道了一句，随后轻轻放开手心里那只细胳膊和柔弱无骨的腰，顿了一顿，转过身朝着汽车走去。

胳膊和腰被他碰过的地方，仿佛还残留着来自男人掌心里的热气，感觉怪怪的。

白锦绣在原地站了片刻，望着他的背影，咬了咬唇，跟了上去。

回巡防营的路上，两人再次陷入沉默。

聂载沉很快将她送到巡防营，白锦绣接了阿宣就已经不早了，该回去了。

之前送白锦绣来的白家用人已经被她打发走了，聂载沉便开车送两人回城，到了白家大门前，门房过来拿小姐的东西，聂载沉下去，替她开了车门。

她牵着阿宣的手下来，说:“阿宣说明天还要去你那里。”

聂载沉看了一眼阿宣，颔首道:“好。明天也没有打靶练习，可以去。”

阿宣欢呼了一声。

白锦绣抿嘴笑了一笑，瞥了他一眼，扭头朝里走去。

聂载沉站在门外，再一次目送她的身影消失，才驾车离去。

白锦绣心情愉快，之前那些天的阴霾仿佛一扫而光。她迈着轻快的脚步穿过前堂，经过东厢时，看见家里的一个老妈子带着一个丫头经过，手里拿着些待客用的器具，便随口问了声:“家里是又有谁来吗？”

老妈子停住脚步："小姐您回来啦？刘管事刚才吩咐，说总督大人过两天就从广州过来。老爷吩咐准备待客。"

白锦绣的心咯噔一跳，一整天的好心情，顿时烟消云散。

第23章

顾景鸿的父亲要亲自来古城。此行目的，不言而喻。

一种前所未有的浓重的危机感，突然向白锦绣扑了过来，她感到一阵前所未有的紧张。

回到自己的房间，她坐在梳妆台那面工笔描绘鸳鸯牡丹花卉的椭圆大镜前，看着镜中的自己，心里懊悔着这些时日的放松。

自从那天发生翻车的意外之后，这十来天的时间，竟都被她白白地浪费了过去。

事情已经迫在眉睫，她必须采取行动，尽快。

就在今晚！她立刻就做了决定。

这是她之前计划里的最后一步，也是至关重要的一步。所幸之前进展一切顺利，以这段时日她对聂载沉的了解，或者说感觉，她相信他不会坏自己的事。

她的心跳一阵加快，怦怦地跳着，仿佛此刻藏了一只在蹦的兔子。

白锦绣闭上眼睛，强迫自己镇定下来，把今晚接下来要做的事在脑海里迅速过了一遍，确保不会出问题后，她睁开眼睛，站了起来。

天色渐渐地暗了。

下午的那场雷雨，带走了盛夏的酷热。这是一个晴朗的夏日夜晚，深蓝色的夜空下，古城居民结束了一天的劳作，这个时候，或一家老小围坐在桌前吃着晚饭，或四五近邻聚于巷口纳凉，说着闲话，摇着扇。

在白家的后门外，阿生套了一辆小骡车，已经等得有些时候了。管家中杂事的老徐看着小姐在前头一个人躲躲闪闪地从后门闪了出去，阿生赶车带着小姐消失在夜幕之中，便立刻去找刘广。很快，另一辆车相继跟着出门，两车一前一后，朝着城北的方向去了。

巡防营今晚没有校场上的夜训，安排的是上月各项训练项目的总结，由哨官在营房里各自安排手下士兵独立进行，既是对前阶段训练的总结，查漏补缺，也是张弛调整，给官兵们放个夜假，缓解这些日子紧张训练的疲惫。

聂载沉在营官的随同下，到各营房走了一遍，见差不多了，便叫官兵解散休息，这一天的事也随之结束。

他回到住的地方，出去冲了个凉，光着上身进屋，揉了揉还有些酸胀的伤肩，便躺了下去。

屋里没有点灯，他在夜色之中闭上双眼，营房里也很宁静，耳畔除了几声不知哪面墙角里的蛐蛐的鸣叫声，便再听不到别的声音了。

这是一个凉爽的适合休息的夜。因明天还有很重的训练任务，他想早些入睡，但或许是肩伤在隐隐作痛的缘故，他一直无法入眠。越是睡不着，便越觉得屋中的空气闷热，身下躺着的白锦绣送来的牛皮席也开始发烫、积汗，而他更是心浮气躁。最后他翻身而起，凝神坐了片刻，再次来到后营刚才冲凉的地方。

那里有一道用竹管自山上引下的山泉。他站在泉口之下，再次冲了一遍凉。

清冽的山泉带去了他身上的汗，慢慢也浇熄了在他身体里燃着的那簇火苗。他再次回房，随意擦了擦身上的水，便又仰面躺了下去。

他一动不动，呼吸也渐渐平稳，仿佛睡了过去。这时，有脚步声传来，由远及近，他敏锐地辨了出来，是朝他这个方向来的。

他慢慢地睁开眼睛。

果然，那脚步声最后停在了他的门前，叩门声随之而起。

“聂大人，刚才营房外头来了个自称白家用人的人，说有一封要紧的信要交给你，不能耽误。”

是今夜在大门站岗的哨兵来传信了。

聂载沉的心微微一跳，脑海里立刻掠过一道模模糊糊的人影，只是还不那么确定。

他一下坐了起来，从床上下去，开了门，接过岗哨递来的信，问道：“认得是白家哪个用人吗？”

“就是经常送白小姐过来的那个年轻护院。”

聂载沉停了一停：“知道了，你回去吧，劳烦你了。”

哨兵向他行了个礼，转身离去。

聂载沉来到桌前，取出一个小电筒，咬在嘴里，用电筒发出的光照着，双手撕开密封的信，从里面倒出来一张纸。

信果然是她送来的。

信上只有一句话，叫他现在就去营房后的林子边找她，她在那里等着。

聂载沉的视线落在信纸之上，有片刻的凝滞。

刚才听到哨兵说是白家用人传信，他的第一感觉就是白小姐找自己。如果是白成山，他完全没必要用传信这样迂回的方式和自己联系。只是他不大确定白小姐到底想做什么，毕竟，这个傍晚他们刚刚分开，她还说明天要继续过来。

而现在，信虽然看到了，确定是她所写，但疑虑非但没有解开，反而更加令人费解。

这个时辰了，她出城来到这里，约自己在营后的僻静地方见面。她到底有什么事？

聂载沉没再细想，更没犹豫，立刻放下信和电筒，转身取了挂在墙上的衣服，迅速穿上，一颗一颗地扣好军服外套上的全部纽扣，然后他收好信，朝她约定的地方走去。

后营出去的近旁就是那片小林子。白天这里时常有官兵路过，但此刻，静夜皎月之下，前方的那片林畔，只立着一个他熟悉的身影。

她真的在这里等他，这一刻，独自一人，静静地沐浴在月光之下。

凉风穿林，月色如洗，空气里浮着夏夜林子里仿佛特有的青苹果的香气，她的面庞，皎洁若月。

聂载沉的步伐起先迈得有些大，渐渐地放缓了脚步，最后不再前行，停在离她数步之外的一株老树旁。

“白小姐，你……”

他想问她有什么事，才一开口，就见她朝着自己突然奔了过来，奔到他的面前，就像只鸟儿似的，一下就扑入了他的胸膛，两只胳膊也跟着穿过他的腰侧，搂住了他的身体。

一切发生得如此突然。

聂载沉能在手雷落地爆炸前的短短几秒反应过来扑救士兵，但是眼下这一刻，他却不能做出任何反应。

他惊呆了，回过神，艰难地抬起手，试图将她推离自己，不料她又踮起脚尖，将她的唇凑到他的耳畔，飞快低语：“别说话。你亲我的脸！”

“快些！”

他的心跳蓦然加快，僵住了，还以为自己听错了。

白小姐对他的反应似乎很不满意，很快，她就仰起脸，抬起双手，用力地按下他的头，让他的脸朝向自己，然后，唇轻轻地压在了他下巴正中的位置。

她的唇很软很软，额前的一缕发梢毛茸茸的，凑过来亲他时，像有只小奶猫在轻轻地蹭着他。

一阵短暂的晕眩之感朝聂载沉袭来。他的呼吸顿时急促起来，心跳得厉害，胸中血气翻涌。

他闭了闭眼，突然抬臂紧紧地抱住她，一个转身，就将她压在了身旁的树干上，低下头，张嘴含住了她的唇。

白锦绣这下呆住了。

她知道有人跟着她从白家出来了，一直跟到这里，现在一定就藏在她后头某个不远的角落，看着她的一举一动。

她只想让聂载沉亲下她的脸。为了计划，这一点她还是能接受的。没想到他竟不听她的，这样亲她。

她的双脚离地，人好像被牢牢地钉在了身后的树干上。他的臂力是那么大，她的背都被身后顶着的老树皮硌疼了。

白锦绣又羞又慌，脑子里一片空白，等回过神，她挣扎起来，嘴里发出一阵含含糊糊的呜呜声，意思是让他放开自己，不能这样亲她。

但是两人的交流却像出了什么问题。他仿佛没懂她的意思，根本就不听她的。

好不容易，嘴终于被松开，白锦绣感到他又低头，接着亲她的耳朵。她一时也顾不得阻止。她快要憋死了，好不容易能呼吸到空气，她大口大口地喘息，脑袋无力地后仰。

“顾景鸿他爹要来求亲了……我晚上出来找你，家里有人跟了出来，这会儿肯定就在一旁看着……”

她的两只胳膊软软地抱着他的头，脑袋歪在老树干上，一边细细地喘着气，一边说。

那人忽然停了。

她还没喘平气，胸口依然不停起伏，他的脸也还压在她的脸旁，却一动不动了。

片刻之后，他抬起头，离开了她，将她慢慢地放了下去。

一失去他的力道，白锦绣就沿着树干滑了下去，双足可算重新落地，两只胳膊却还挂在他的身上。

“聂载沉，你可别忘了之前答应我的事。到了我爹跟前，你记住什么都不用说，我来说就可以……你要是不帮我，这回我真就要死了……”她好似在他耳畔吹气，絮絮叨叨，半是恳求半是威胁。

他立着，任由她勾着自己的脖颈说话，肩一动不动，沉默着。

“哎！你这人怎么回事？你要是敢反悔，你就死定了……”

一路从白家悄悄跟到这里的刘广，眼睁睁看着前头林子边的树下，自家小姐和聂载沉竟亲热到了如此地步——虽然光线没有白天好，但借着月光，他也看得八九不离十。

他心惊肉跳，唯恐自己再不出来，两人年少不知事，聂载沉又正值血气方刚的年纪，接下来不知道就要做出什么不可挽回的错事了，于是慌忙从藏身的地方走了出来，要过去，又犹豫了下。

并不是他自己要盯人的，而是小姐最近频频出城，还总是去巡防营找聂载沉，给他送吃的，不好的说法难免就有了。老爷这几天也听到了传言，说小姐和聂载沉好上了，有点吃惊。又根据厨娘王妈说，小姐常找她学各种吃食的做法，学得十分用心，还亲手做，做了就带走，连老爷都没吃上过一口。于是老爷叫刘广留意小姐的行踪，及时汇报。

他要是这样直接过去，怕两人脸嫩，挂不住要害臊。

他很快就想出了一个办法——装作找人，冲着前头那株老树的方向喊："小姐！小姐！你在哪里——"

声音传入白锦绣耳中，她急忙理了下身上有点乱的衣服，见聂载沉还是没有反应，便伸手过去，掐了一把他的腰："我和你说话，你听到了没？！你知道的，我不会让你白帮我的！"

"小姐，小姐，你在这里吗？"

刘广还在喊个不停，看着人也快要摸过来了，白锦绣应了一声，随即松开他，从树下走了出来。

刘广跑到她跟前："哎呀小姐，可找到你了，太好了！晚上老爷听家里人说你让阿生送你出城。阿生一个半大小子，怎么能办事？老爷不放心，叫我出城找你。可算找着小姐了，刚才可把我担心的！"

他说完，看向站在小姐身后的聂载沉，装作刚看到他似的，惊讶地说："聂大人？你也在这里？真是巧。"

聂载沉朝他点了点头，没说话。

刘广自然不会追着他问怎么也在这里，于是咳嗽了一声，试探道："小姐，不早了，要么我们回去吧？免得老爷在家不放心。”

白锦绣没应，只是转头意味深长地盯了聂载沉一眼，这才转身离开。

刘广脸上带着笑，朝聂载沉躬了躬身，道了声别，转身匆匆跟上，护送小姐回城。

到了家里，小姐说累，自顾自回房歇了。刘广目送她的身影消失在走廊，转身就去书房见老爷。

白成山坐在桌后，手里举了一本书，戴着老花镜，正对灯翻着。

“老爷，是真的！我跟出城，亲眼所见，没有半分虚假！小姐晚上是去找聂大人了，两人约在营房后头的那个林子里，好上了。”

白成山沉吟片刻，问：“你真的看清楚了？会不会是绣绣主动？载沉应该没那个意思吧？”

刘广回想刚才看到的那一幕，摇了摇头，有点难以启齿：“老爷，我看清楚了，我就是说不出口……”

白成山面露恼色，啪地扔了手上的书：“你看到什么，就给我说什么！”

刘广只好道：“老爷，先是小姐跑向聂大人，然后聂大人把小姐抱了起来，压在树上亲……”

他老脸发热，实在说不出来了。

白成山一动不动。

刘广大气也不敢出，小心地等在一旁。过了一会儿，白成山说：“你去把绣绣叫来！”

刘广应了一声，转头要走，忽然听到白成山又道：“等一下！”

他停步。

白成山沉默片刻，慢慢地摘下眼镜，一字一顿地说道：“先不要叫绣绣了。你再出城一趟，现在就去把聂载沉给我叫过来！”

第24章

巡防营后营那间不大的平房里，没有灯火，屋中昏暗，年轻军官的身影如岩石般凝重。

聂载沉从林畔归来后，就一直这样静静地等待，如同与这深夜融成了一体。

亥时末，当所有人都沉浸在梦乡中时，哨兵再次过来，给他带来了今夜的第二个口讯。

白家那位叫刘广的管事，刚刚匆匆赶了过来，说有事要请聂大人立刻进城。

该来的，还是来了。从那日没能断然拒绝她的一刻起，他就知道，这最后的结果，是注定了的。他躲不开。谁叫他碰见的是白家的女儿？

要怪就怪自己。

聂载沉缓缓地站起来，打开门，走了出去。

他的步伐起先还带了些沉重与迟滞，但很快，他就迈开大步，朝着大门走去。

刘广请他上了白家马车，随后也上来，和他同坐一车。

他的态度看起来和平常差不多，脸上带笑，只说老爷请他过去，有事要议，此外别无多话。他的脸上或眼神里，并不见半点不满或是带了鄙视的意味，只不过这一路上，车厢中静默得异常，谁也没有说话，半路刘广甚至还闭目假寐起来。直到最后，马车入了城，停在白家大门前，两人下了马车即将进去时，他才用充满同情和不解的目光看了眼身边这个原本有着大好前程的年轻人，迟疑了下，靠过来低声说："聂大人，我看你不像是个没分寸的人，但你毕竟年轻，一时犯错也能理解。出了这样的事，等下到了老爷的面前，你千万不要执迷不悟，再惹老爷发怒。"

他顿了一顿，又说："男儿当以事业为第一。有了事业，日后什么没有？我是为了你好，才提醒你一句。"

他说完转身，匆匆上去拍开了门。

聂载沉停在白家大门前的左右两只石狮中间，微微抬头，望着正中那副高耸而宽阔的门楣。

这个时辰，白家其余用人早已入了梦乡，偌大的白府，只有白成山的书房还亮着灯火。

刘广很快将他带到门前，叩了两下，不待里头应答，伸手轻轻把门推开，等聂载沉走了进去，又将门闭合，自己守在书房附近的走道上。

书房里灯火明亮，白成山正襟危坐，面色严厉，和平日慈和的那副模样大不相同。他的两道目光犹如利刃，射向走进来立在自己面前的聂载沉，冷眼看着他向自己弯腰行礼，开口就问："聂载沉，你真的动了我的女儿？"

聂载沉慢慢站直身体，沉默着。

白成山心中怒气翻涌。

他白成山从小当宝贝养大的娇囡囡，要不是女大当嫁，他这个做爹的恨不能把她留在身边养一辈子，现在竟然被一个没名没分的外来男人染指！这叫他这个做爹的怎么能忍？

"好啊，好啊。"他冷笑点头，"自你来后，我白家虽也有招待不周之处，但我扪心自问，对你也算礼遇，更是信任于你，寄予厚望，你竟然背着我做出这样的事！"

这个年轻人却依然沉默着，没有半句辩白。

白成山火冒三丈，恨不得直接上去先给他两个大耳刮子，桌下手心里的两枚铁蛋滴溜溜飞快地转，片刻之后，他才慢慢平复下怒气，说："抬起眼来，看着我！"

聂载沉收回原本望着脚前地面的视线，望向对面的老者。

"小子，我白成山到了这把年纪，什么魑魅魍魉没遇见过？所谓英雄难过美人关，何况你这种毛头小子。你肖想我女儿，也是人之常情，我不怪你。我只问你，我女儿是怎么和你好上的？她是不是和你说了什么？你要是有什么难言之隐，你趁早告诉我，我不怪你。要真是我女儿的不是，我白成山也不是不讲道理的人。"

他说完，逼视对方，面容不怒自威。

书房四方而轩敞，但是在这一刻，空气仿佛被一种无形的压力挤成一团，压向立在中间的聂载沉。

一滴汗水，沿着他的脸庞滚了下来。

他缓缓收紧五指，捏着手心，低声道："全是我的不是。"

书房里死寂片刻，白成山啪地一下，将手中的铁蛋重重拍在桌面上，猛地站起来。就在这时，门外传来刘广的话声："哎……小姐，你别进去……"

话音未落，就听一阵脚步声奔到门前，门被人一把推开，白小姐迈步跨过门槛，径直奔到聂载沉身前，将他挡在自己身后，对白成山道："爹！你为什么瞒着我把他叫过来？"

白锦绣回家后，先回了自己的屋，知道刘广一定会把今晚的所见报告给父亲，所以她一直在屋里等着父亲叫她过去。左等右等，眼看快半夜了，父亲那边还是没有半点动静，她这才觉得不对劲，赶紧过来看看，刚走到这里，看见书房灯亮着，刘广站在门口的走道上守着，就猜到是怎么回事了。

姜还是老的辣，没想到父亲竟舍近求远，不问自己，先审起了聂载沉。

她真正是出了一背的冷汗，赶紧冲了进来，看这样子，聂载沉似乎还没出卖自己，她这才松了口气，挡在他面前来个先发制人。

白成山站在桌后，目光从女儿的身上转到那小子的身上，再从那小子的身上转到女儿的身上，脸色阴沉无比，哼了一声："怎么，我现在连叫他过来说话也不行了？"

"爹，你不必故意对付他！这两天我本来就想和你讲明白的，既然你知道了，那更好。是我自己先喜欢他的！我就要和他好！我这辈子，非他不嫁！"

站在门口的刘广听见了，见老爷脸色发青，自己更是吓得不轻，唯恐半夜书房的大动静被家里的哪个用人起夜路过给听到，赶紧将那扇被小姐推开的门再次关上，自己也退回到原来的地方，紧张地守着。

白成山和女儿对视片刻，见她目光直视，丝毫没有半分退让的意思，不禁再次燃起怒火，抬手要重重拍案，落下去的前一刻，又硬生生地收了回来，改而双手背在身后，在桌子边走来走去。

"我要是不答应呢？"

"爹，他是没钱没地位，是个穷小子，那又怎样？世上多的是显贵，但他就是比他们都要好！我偏就看上他了！我真心喜欢他，我要和他一辈子都在一起！爹你答应最好，你要是不答应，我……"

她眼含泪花，顿了一下，看了眼四周，目光落到桌角放着的一把剪刀上，一把就抓了起来，倒指着自己的脖子。

"你要是还想像从前逼迫大哥那样逼迫我嫁给别人，我……我就不活了！我和大哥可不一样！我干脆找娘去，我陪她好了！省得惹你心烦！"

她的话，字字句句入耳。聂载沉慢慢抬起头，看着挡在自己身前手中握着剪子、声音带着哽咽却丝毫不退让的凛然的白小姐，眉宇之间，难掩一种难言的复杂之色。

白成山却是心烦意乱，犹豫不决。

今晚获悉这事之后，惊怒之余，再一细想，他的第一感觉，就是其中或有蹊跷。

女儿不想嫁给顾景鸿，他自然是知道的。但这世上做父母的，自恃经验丰富，认为自己吃过的盐比子女吃过的饭还要多，希望自己明智的决定能替所爱的儿女指引余生的正确道路。白成山自然也未能免俗，而且正是因为疼爱，才更是慎重，唯恐儿女在决定一生的婚姻大事上，因为不懂事而凭着意气犯下不可挽回的错误。

因为婚事，虽然一开始长子也生了自己一段时间的气，但他做主让儿子娶的张家女儿，如今证明了他当初的看法，能干、持家，虽然身上带了点这样那样的毛病，但大体是立得住的，比起当初儿子看上的那个女子，更适合当白家的媳妇。而且到了现在，儿子和媳妇不也是相敬如宾，好生过起了日子吗？

现在轮到女儿的婚事了，他比儿子的更是慎重。老实说，顾家的儿子，他不是完全满意的，但也没有十分排斥。毕竟，无论是样貌、家世，或者才干，他无不拔尖，对女儿也是用心的，虽然求亲目的并不单纯，是为了获得自己的支持，但婚姻之事，尤其大门大户，自古以来，又哪里是只凭儿女之情就能定下的？感情再好，时日久了，难免也会变质，只有利益相互不可分割的联姻，才是最稳固的婚姻，妻子也才能获得在夫家真正的地位。所以他没有一口拒绝顾家，但即便现在总督要亲自过来，他也没打算就帮女儿把婚事定下来。他有的是合理的借口，先不答应婚事，也不得罪人。

他还想再慎重考虑一番，万万没想到，这个时候，竟然闹出了这样的事。

倘若这只是女儿反抗自己的小把戏，那容易得很，女儿不会真的拿她的命来反抗。但刚才女儿不在的时候，面对自己的威逼加示好，这个姓聂的臭小子的反应，却让他感到不确定了。

难道两人真的好上了？

他看着用剪子顶着脖子威胁自己的女儿，又气又担心。

他的女儿脾气怎样，他再清楚不过。万一她真的和这臭小子好上了，自己要是强制他们分开，她激动之下会干出什么，还真的不好说。

白成山一下就心软了，有气也不敢对女儿发。

“爹！我索性再和你说完吧！我已经是他的人了！”

白锦绣说完，一把拉起聂载沉的手，将他拉到自己旁边，并肩而立。

“什么？！”

白成山听明白了，实在控制不住，勃然大怒，猛地拍了一下桌子。

“你刚才说什么？再给我说一遍？”

“爹，你不必这么凶。我已经是他的人了。”她顿了一顿，“爹你稍等，我给你看样东西！”

她松开握着聂载沉的手，转身朝外奔去，奔到门口的时候，又停住脚步，转头看了眼像根柱子似的立着的聂载沉，对父亲道：“他是我的人了，爹你要是趁我不在打他，女儿也不想活了！”说完才打开门，跑了出去。

书房里只剩下了白成山和聂载沉两人。白成山气得胡子颤抖，对着聂载沉怒目而视。外头守着的刘广隐约也听到了一些，惊得目瞪口呆，但想起今晚所见的一幕，他忽然又觉得极有可能。

白锦绣很快就回来了，手里多了一张画稿，拿到父亲的面前：“爹你看。”

白成山觑了一眼，立刻抬眼，目光唰地刺向聂载沉。

“爹，就是那天，我要他给我当model，他起先不肯，后来被我逼得没办法，只好脱了衣服让我画，我画了一半，就和他……”

她停了下来，又回到聂载沉身边，再次紧紧地握住他的手。

“爹你要骂，就骂女儿恬不知耻好了。都是女儿主动的。反正我就是喜欢他，非他不嫁！”她说完，转脸朝身边一直沉默着的聂载沉嫣然一笑，低低地安慰道，“你别怕。只要咱们真心好，我爹一定会同意的。”

白成山的目光落在那幅年轻男子的半身画像上，眼皮不停地跳，半晌，脸上的怒气反倒渐渐地消去了。

他慢慢坐了回去，盯着聂载沉，沉默许久，忽然说道：“你，给我留下！绣绣你出去！”

“我不出去——”

“出去！”

白成山语气平静，却带着一种不容人反抗的威严，目中两道精光射了过来。

白锦绣知道父亲平静的表面之下，其实已是怒到极点，这种时候，倘若自己再顶撞，只怕会彻底激怒他。但是就这样离去，让聂载沉一个人对着父亲，她又不放心。

她不知道都这样了，父亲到底还要单独和他说什么话？

父亲的反应，是她事先没有料想到的。

她死死地攥着聂载沉的手，指尖发凉，手心的汗都冒了出来。

“老刘！把小姐送回房间去休息！”

白成山朝着门外叫了一声。刘广急忙进来，朝白锦绣躬身赔笑：“小姐，咱们先去歇息吧。”

白锦绣心知自己没法再强留，背对着父亲，暗暗地捏了捏聂载沉的手，等他看向自己时，朝他投去恳求的目光，这才松开，心里怀着忐忑，慢慢地走了出去。

书房里再次只剩下白成山和聂载沉二人。白成山坐在太师椅里，眯着眼睛盯了他片刻，平静地道：“我给你五万块，听好了，是美金，不是鹰洋！你回去后，也不必做原本要升的管带了，我知道混成协里有个标统的职位空缺着，这个职位也是你的。或者，你还有别的什么需要，尽管提，只要我白某做得到，我定会助你实现。日后，我也绝不会再找你的不是，就当什么事都没发生。我说到做到。你需要做的，就是自己想个法子离开我的女儿，让她不要和我闹。”

“怎么样？这应该不难吧？你应当是聪明人，别再让我失望了。你要是还贪得无厌，不知进退，别说让人找你的不是，就是断了你的前途，叫你无路可走，我也易如反掌。”

聂载沉终于抬起头，望着坐在桌后的白成山，说道：“白老爷，我辜负您之前对我的信任，也亵渎您对我的礼遇，全都是我的错。白小姐的事，是我不自量力奢求在先，她天真不懂事，受了我的诱惑，这才错爱于我，所以才不听白老爷您的话。白老爷您现在却还肯如此提携我，我万分感激，但不敢更无颜去领您的好意，请白老爷收回。”

“您无论考虑何事，必定都是出于对白小姐的一番殷殷之情，是真正为她着想的。她如今不听您的，也只是出于误会而已。至于她对我，请白老爷放心，不过是一时之惑。我走后，白老爷您和她推心置腹交谈一番，听听她的想法，也让她知道您为父的用心良苦，她一定会理解，也会感激您的。”聂载沉顿了一顿，“至于我，确实铸错，愿接受一切责罚。回去后，我静候消息。”

他朝座上的白成山深深鞠了一躬，行礼过后，不等他回话便径自转身，在身后投来的那两道喜怒莫测的目光的注视下，打开门，走了出去。

第25章

父亲留聂载沉单独说话，还赶自己走。白锦绣虽然人是出了书房，但心怎么放得下，她死活不肯回房，就等在外头的走廊上。

小姐不回屋，刘广自然也不敢用强，何况半夜三更，家里出了这样的事，弄出大动静就不好了，只要小姐不再强闯书房，他也就由着她了，自己在旁边看着点就是。

没多少工夫，刘广远远看见聂载沉从书房出来，朝着白家大门的方向走去。

老实说，刘广对这个年轻人的印象很好。之前自己去香港接小姐的时候，上吐下泻，他对自己细心照顾。后来接到小姐坐车回古城的路上，自己晕车，也蒙他关照有加。人都是有私心的。自己是白家人，理当对白家忠心，凡对白家不利之人，就是自己的敌人，但这样的事发生在他身上，刘广总觉得万分可惜。毕竟他来古城也就个把月的时间，本以为他和小姐只是刚好上，关系想必不会很深，所以进门前才特意出言提醒，希望他认下错，答应远离小姐，白老爷也不是吃人的人。

只是万万没想到，他和小姐已到了你中有我我中有你的地步，老爷还怎么可能轻易放过他？就算不把他扒皮抽筋，他回去了，日后也别再想有什么前途了。

刘广暗自叹息一声，忍不住瞄了眼身边的小姐，却见她迈步追着前头那道身影去了，他吓了一跳，唯恐她再和他有牵扯，惹老爷更加愤怒，急忙追了上去。

聂载沉对白家进出的路已是十分熟悉。他穿过走廊，经过高悬“天赐福德”牌匾的前堂，向着大门的方向走去，走到前庭，快到照壁旁时，听到身后有细碎的脚步声追上来。

“等一下！”

是她的声音。

他慢慢地停了下来，转过头，见白小姐从夜色中现身，飞快地奔到了自己身边。

白锦绣扭头看了一眼身后，见刘广还没追上来，立刻小声问他：“刚才你和我爹都说了什么？”

聂载沉没有应声。

刘广已经追了过来，能听见他踢踢踏踏的脚步声了，前头大门之后，这个点还没睡觉的门房也在不住往这边张望。她焦急地一把拽住他的胳膊，顿了下脚。

“你快说啊！你不会是顶不住，供出我了吧？”

聂载沉慢慢转过脸，看着她。

“白小姐，你父亲今晚很失望，也很愤怒，但我看得出来，他对你是真的关爱。关于婚事，你再和他谈一下，他不会完全不顾你的。”

“你决绝至此地步……”他顿了一顿，“你的态度，你父亲已是明了。我已无关紧要，我先走了。”

他将白小姐还死死拽着自己臂膀的手轻轻拿开，朝她点了点头，随即转身离去。

门房急忙替他打开门，他走了出去，大步向前，身影很快就消失在了浓重的夜色里。

白锦绣有点没听懂，想再追他，刘广已经上来拦住了，她无可奈何，只好止步。

聂载沉步行出城，到巡防营的时候，已是深夜两点。

他回到住的地方，点亮灯火，取出笔记本摊在桌上，拧开一支钢笔，坐了下去。

五点钟不到，东方的那片天空渐渐泛出黎明的鱼肚白。他熄灭灯火，放下钢笔，合上笔记本，揉了揉太阳穴，站了起来，开始收拾自己的随身之物。

他来的时候，随身物品简单，现在要走，也是一样。他少年时母亲为他第一次离家外出投考讲武堂而添置的那只不大的旧藤箱，就已足够装了。

他很快收拾完毕，最后看一眼自己住了一个多月的这间平房，视线落到床上的牛皮席和被子上，走过去，卷起来放在一边，随后他走了出去，兜起凉水洗了把脸，就将营官叫了过来。

离五点半的早训还有一会儿，空阔的巡防营里，此刻还不见半个人影。营官刚从睡梦里醒来，不解地看着他。

聂载沉指着整整齐齐放在桌上的笔记本，道:“我过来的这些时日，晚上有空，陆陆续续写了些东西，是关于新军各种作战技能的心得，还有我这个把月对你们操练的步骤和内容。很遗憾我没法把这件事做完，但全部写了下来，都在里头。你的军事素养很不错，我走后，你在操练官兵的时候，可以适当参考一下。日后要是有新的教员过来，你也可以转给他。这样你们学过什么，没学什么，一目了然。”

营官一愣:“聂大人，你要走？”

聂载沉微笑颔首，再将那辆汽车的钥匙也取出，一并放在笔记本上。

“劳烦你方便时，代我把钥匙转给白家管事。”

他说完，向营官点了点头，权作道别，提了行装走出去，向着巡防营大门而去。

营官这下全醒了，望着他的背影，一阵发蒙，脑海里突然灵光一现——难道是白老爷知道了他和白小姐的事，棒打鸳鸯，他这才被迫走得如此突然？

营官对这个年轻教官极是服气，尤其投弹训练那天，要不是他反应过人，舍己救人，还不知道会出什么事。全营上下千号人，哪个对他不是心悦诚服？现在出了这样的事，分明是白家小姐先看上了他。那么漂亮的一个女孩，天天穿着露出半截白胳膊的衣服来找，还送这送那，巴着人不放，这谁能受得住？受得住那就不是男人了，根本怨不得聂大人！现在还害他这样走。营官心里不禁对始作俑者白家小姐略有怨气。

他反应过来，急忙追上去：“聂大人，你稍等！我去把兄弟们叫醒，送送你！”

聂载沉停步，微微眯眼，迎着东方晨光，眺望了一眼还沉浸在黎明宁静里的排排营房，微笑道：“不必惊动他们了，有缘的话，咱们日后自会再见。我走之后，即便没有新教官来，你们也不能懈怠。时代已然不同，新旧交替，势不可当。你们习惯的冷兵器和旧军思想，也注定是要被淘汰的。白老爷给了你们这么好的机会，你们自己不抓住的话，那就太可惜了。”

营官神色转为肃然，习惯性地想给他行个跪礼，以表自己对他这些时日付出的谢意和此刻的敬重之心。待要跪下去，又忽然想起来，急忙纠正了，改而挺胸收腹，啪地立正，抬手朝他行了个新式军礼：“聂大人你走好！你的训导，兄弟们必会铭记于心！”

聂载沉放下箱子，也立正向他还了一个军礼，随即拿起东西，转身出了巡防营。

朝阳从东方升起，沉睡了一夜的古城，渐渐苏醒。

聂载沉离开巡防营，从郊外的野道上了城门外的那条官道。有脚夫推着能装物也可载人的独轮车从旁经过，见他提着箱子，便停下招揽生意：“军爷要去前头驿站？上来搭你一程，十个铜板！”

聂载沉微笑摆手，回望了一眼身后不远处那道沐浴在朝阳中的古老城门，转头朝着前方继续大步走去。

他忘不了昨晚她在她父亲面前紧紧握住自己的手时，那发凉的指尖和潮湿的手心。她当时一定非常紧张，或许也有一丝胆怯。

分明知道自己做的不是正确的事，但当对上她投来的含着恳求的目光时，他怎么忍心让她失望？

一切他都可以替她担下，只要自己可以。

他的耳畔，仿佛又回响起她对她父亲说她不嫌他穷，非他不嫁的那些动人表白。那个时候，瞬间，他竟有了一种梦境和现实相互交织，而他不知自己到底身在何处的迷茫感。

大山深处出来的少年，他的世界里不会有这种风花雪月。少年长大了，自然也是一样。他的前方还有许多重要的事，在等着他去做。

他加快脚步，迎着晨风朝前头可以搭车的驿站走去，快要到达的时候，身后忽然传来一阵马车行近的辘辘声。

他朝道旁让了一让，却听到一道熟悉的声音传了过来："聂大人！可找到你了啊！"

他转头，看见刘广坐在车夫旁的辕木之上，乘着马车从后上来，见自己回头，就招手致意，等马车停下，他跳了下来，疾奔到了近前。

"聂大人，你怎么这么快就走了？你暂时还不能走，老爷叫你回去！"

聂载沉沉默片刻，没问什么，只朝刘广点了点头，转身就朝马车走去。

自己"做"出这样的事，白成山昨晚在气头上，没当场掏枪一枪崩了自己，已经是客气了。现在白老爷回过味，不让自己就这样不受半点惩戒地离开，也是人之常情。

刘广也不知道白老爷突然命自己把聂载沉叫回去的目的到底何在。

事情是这样的，一早，天刚亮，仿佛一夜没睡的老爷就出了屋，叫他去巡防营看一下聂载沉还在不在。要是已经走了，就把人叫回来带回家里，也没对他说要干什么。

老爷吩咐的时候，从他的神色和语气里，刘广瞧不出他到底想做什么。但十有八九，应该是一夜过去，觉得这样轻易放了人，未免太过轻巧，所以要把人再弄回来加以惩戒。

主人的吩咐，他不能不从。现在追上了，见聂载沉没问什么就掉头回城，只得安慰他："你别担心，我们老爷不是没分寸的人，何况，小姐也不会不管你。"

聂载沉朝他笑了笑，上了马车。

一个小时后，马车回到白家。刘广将他从僻静的后门带了进去，领到之前他曾住过几晚的东厢客房，叫他随意，自己匆匆离开，去向白成山复命。

刘广刚才叫他随意，自然是客套。

门外就是一个庭院，花木欣欣，现在除了他一人，周围也不见别的住客，但这个白天，聂载沉一步也没出去，等在这间形同囚牢的屋里。

白成山一直没叫他，刘广也没再来。除了中午和晚上，有个自称王妈的人过来给他送饭，此外再没人踏足这里一步。

他好像被遗忘了。天还没黑，他索性就和衣躺在床上，闭目休息。假寐的时候，忽然听到门口起了一点动静，仿佛有人蹑手蹑脚地靠近。

他睁开眼睛，看见阿宣推开门，从门缝里探头探脑地张望着，一看见躺在床上的聂载沉，立刻跑进来推他的腿："聂大人，你真的一个人在这里睡觉呀？我刚去厨房找吃的，王妈说你在这里，我就过来了！睡什么啊？天还没黑呢！你带我出去开车。"

聂载沉翻身坐了起来，摸了摸他圆乎乎的脑袋，微笑道："我有点事，暂时不能带你开车。你自己去玩吧。"

阿宣抱怨道："今天是怎么了？刚才我去找姑姑，她在房间里，也不出来，门还反锁了，我连进都进不去！你们这些大人，奇奇怪怪，真是没意思！"

他的爷爷这个下午倒是在后院的水塘边钓鱼，但他才不会那么笨，主动凑上去让他问自己的功课。

聂载沉顿了一顿，没有说话。

阿宣撺掇不动他，只好自己跑到院子里玩。

聂载沉站在窗前，望着阿宣蹲在墙角忙着掏蛐蛐，自得其乐。

老爷在水塘边已经钓了一下午的鱼，钓上来，放回去，再钓，再放，周而复始，始终没有起来。

每当有难以决断的事时，他就会一个人这样钓鱼，对此，刘广早已司空见惯。

刘广猜测他考虑的，应当是小姐与顾家的婚事，以及如何处置聂载沉。

小姐的婚事也就罢了，但聂载沉，老爷到底打算怎么惩戒，刘广心里是半点底也没有。人都叫回来一天了，老爷却没半点表示，到底打算怎么惩罚才够解恨？刘广不禁替聂载沉捏了一把汗。

天色渐渐暗了下去，刘广正想开口，劝他先收竿回去用饭，忽见老爷回头，招手让自己过去。他急忙上前，立在一旁。

白成山指了指一旁的空位，示意他坐。

刘广知道他是有话要说，道了声谢，恭敬地坐了下去。

白成山继续垂钓："老刘，绣绣和聂载沉这事，你怎么看？"

东家的千金小姐，刘广哪敢有自己的看法？于是说道："我没看法，老爷您一向英明，自有决断。"

"聂载沉这个人，你觉得怎么样？"

说到这个，刘广就有话说了，赶紧借机替他说好话："老爷，他虽然年轻，但有担当，更有能力，以前在新军怎么样我不知道，反正如今在咱们巡防营，我看上下官兵，没一个对他不服的。"

要不是出了小姐这档事，老爷不也对他很是欣赏吗？这么回话，也是事实，不算过誉。

白成山又问："你觉得，他这个人，靠得住吗？"

这个问题，更是正中刘广下怀，但他有点不敢说，吞吞吐吐的。

"几十年的老伙计了，有话你就说，不必有顾忌。"

刘广这才开口，小心说道："老爷，这回他和小姐的这个事，他大错是肯定的，一定要吃惩戒，怎么罚都不为过。但我觉得，事也能见人品。昨晚你那么生气，小姐又说全是她主动的，这人品靠不靠得住，从他的反应里，也能瞧出几分。后来老爷您单独和他说话，说了什么，我不知道。但我想吧，前头那些事，就算是小姐主动在先，他不也回应了吗？他在老爷您面前，要是把脏水泼给小姐，推了自己的错，那这人就不成。反之，他要是能认自己的错，我觉得，这就是可靠。"

白成山沉默片刻，说："老刘，我再问你一句，你觉得，如果有我全力支持，聂载沉这个年轻人，栽培得起来吗？"

刘广起先没明白，但毕竟是几十年处下来的，他一顿，脑海里突然蹦出一个念头。

这让他吃了一惊，感到有点难以置信。

他扭过脸，盯着一旁的老东家。白成山神色平静，眼睛盯着水面上的一串浮标。

刘广不确定地试探:“老爷，你的意思是……”

“就是那个意思。你觉得他起得来吗？”

刘广还没儿子，但这一下，就好像自己儿子走在路上被天上掉下来的大馅饼砸中了似的高兴，小心地说:“老爷，那我就斗胆说一句，白家往上的三代祖辈，起初也只是个布店学徒呢。自古英雄出少年，何况这世道。老爷您是什么眼光，还要我给您看吗？聂载沉非池中之物。我再说句大胆的话，就算没老爷您助力，他日后也一定会有大出息的！”

白成山不再开口了。

浮标突然一沉，白成山眼疾手快，娴熟地收了鱼竿，竟钓上了一条这水池里少见的尺长青鲤。青鲤强壮，啪啪地跳，把鱼竿都压弯了。

白成山将鱼钩从鱼嘴里取出，把青鲤扔回水里，道:“你去把他俩都给我叫出来，到书房里等我！”

他说完背着手，转身走了。

第26章

天黑了下来，聂载沉待了一天的这个地方，终于有了新的动静。

白家一个用人过来，领走了阿宣，同时传了句口讯，说白老爷叫他去书房。

聂载沉知道，白成山对自己的最后的裁决应该到了。

对此，他早已做好准备。

聂载沉没多问，来到书房，见门开着，里面灯火通明却不见人。白成山还没来。带路的白家用人让他先进去，说老爷等下就会到。

聂载沉走了进去，站在一旁，开始默默等待。

他等了一会儿，白成山还是没露面，意外的是，白小姐竟先来了。更意外的是，她披头散发，平常那张气血饱满的漂亮面庞，这会儿煞白煞白，走路扶墙，还低着头，一副快要晕倒的模样。

按照白锦绣的计划，昨夜父亲棒打鸳鸯，心爱的情郎也被家长无情赶跑，今天她应当把自己关在房里，门反锁，拒绝进食，以示自己抗婚以及追求爱情自由的坚定决心。只要这样绝食个两三天，老父亲一定心疼，会找过来求和。只要他先软下去，自己这边就好谈条件了。

原本进展顺利。从早上开始，上自刘广老徐，下至阿宣和前几天刚回来的虎妞，众人流水似的一趟趟来敲她的门，怕她饿坏了，劝她吃饭。她一律充耳不闻。但是到了下午，肚子饿得实在受不了了，她不禁后悔自己没有经验，考虑欠周。昨天应该先偷偷在房里藏点吃的东西，现在好了，什么也没有，她快要饿死了。

桌上茶壶里的隔夜水早被她喝光了，连茶叶都吃了下去，一片不剩。但这东西仿佛滋养着饿意，她越发饥肠辘辘，又不能开门要东西吃，心里只能盼着老父亲得知自己今天绝食一天的消息，心痛之下，立刻屈服。

为了节省力气，她只好躺在床上，抱着空腹正煎熬着，忽然听到虎妞来敲门，说老爷让她去书房。

一定是父亲心疼自己，要和自己谈话了。

白锦绣欣喜若狂，立刻从床上爬了下去，头也不梳，还故意再抓几把，随便趿一双绣鞋就直奔书房。快到的时候，她扶着墙颤巍巍地走进去，低着头，发出一道虚弱的声音："爹……"

原本确实就饿坏了，这么装一下，也不违和。她万万没想到，等她叫完爹，抬头不见父亲，却看见了昨晚离去的聂载沉。

一时之间，两人一个站在里头，一个站在门口，四目相对，错愕之余，空气中仿佛还浮着一缕尴尬。

一阵短暂的静默之后，白锦绣迅速反应过来，扭头瞥了眼门外，墙也不扶了，把门关紧，立刻走到他身边，压低声音问："你昨晚不是走了吗？怎么会在这里？"她顿了一顿，忽然明白过来，"莫非你也是我爹叫来的？"

聂载沉的目光从她蓬如鸟窝的头发上挪开，点了点头。

白锦绣实在弄不懂父亲葫芦里卖的什么药，但想来，应该还是为了怎么彻底拆开两人，让自己死心。于是她借机又坚定他的意志："都到这个地步了，你一定要坚持住，千万不能松口。你别怕，我不会不管你的。等我和我爹谈判的时候，我会连带上你，让他答应不找你的麻烦！"

聂载沉沉默着。

这人一直就是这样，像锯了嘴的葫芦。现在她渐渐也有点知道了，一件事情，他要是不明确说“不”，那就代表他答应了，即便并非出于本心——但这一点，和她就无关了，她只要达到目的就可以。

她再次放下了心。

肚子实在是饿，她早就看见桌上有盘自己爱吃的栗子糕，看起来仿佛是新做好的，颜色酥黄，又松又软，十分诱人。于是话一说完，她就撇下聂载沉，急急地走过去，端起盘子，拿了一块正要放进嘴里，却一顿，抬眼迅速瞥了他一眼，然后用优雅的姿态背过身去，这才低头吃了起来。但才咬了两口，什么味道都还没吃出来，就听见门外传来了“老爷”的叫声。

她吓了一跳，扭头看见刘广推开门，父亲的身影出现在了门口。

白成山来了。

他站在门口，望着一手捏着咬了一口的糕点，另一只手还来不及放下盘子的女儿，知道她饿坏了，淡淡地道：“不是和我闹绝食吗？这才几顿，就受不了了？”

白锦绣懊悔没能让父亲看见自己刚才虚弱的样子，现在想装也来不及了，干脆把手里的糕点塞进嘴里，咽了下去，才放下盘子，指着一旁的聂载沉，理直气壮道：“他知道我一天没吃东西，心疼我，刚才一定要我吃的！我都是为了他！”

白成山看了眼一声不吭的聂载沉，心里的气其实还是没有消尽，哼了一声，走进来坐了下去。

白锦绣立刻回到“情郎”的身边。

白成山看着女儿和这姓聂的小子并肩站立，两人确实是郎才女貌，宛如一对璧人，想起女儿小时候天天要自己抱着坐在膝上打算盘的往事，心里不禁又是欣慰又是酸楚。真是女大不中留啊。

原本他还想虎着脸，摆摆做丈人的威风，先狠狠教训这臭小子一顿再说，现在却有些不忍心了，也不打算再多说别的，只道：“知道你们错在哪里吗？不告亲长，私订终身！你们的眼里，还有没有我这个做家长的？”

他一开口，无论是说话语气还是言下之意，和昨夜都判若两人。不但聂载沉立刻敏锐地察觉到了白成山的异样，白锦绣也觉得自己父亲不对劲。但不对劲在哪里，她一时又说不清楚。

她迟疑了下，决定保持缄默，看父亲接下来还要说什么，自己再随机应变。

白成山把女儿和这小子的沉默当成了心虚，沉吟片刻，决定进入正题。

“载沉！”他叫了一声，声音变得温和了。

聂载沉惊讶了。

因为白小姐的事，白成山分明对自己十分憎恶，现在怎么突然又改口叫自己“载沉”，态度还这么和蔼？

他迟疑了下，终于抬起头，望向白成山。

“我记得上回你来家里吃饭，说你家中只有一位母亲是吧？她身体如何？方便去把她接过来吗？”

聂载沉更加疑惑了。

白成山突然要自己母亲过来，难道是要向她兴师问罪？但他的这种语气，又实在不像是报复。他迟疑了下，终于用慎重的语气应道：“家母在家，身体还算硬朗，多谢白老爷关心。但我不知白老爷所指，请白老爷明示。”

白成山又沉下了脸：“你和绣绣都这样了，你还叫我白老爷？”

聂载沉还是没完全反应过来。听这意思，白成山是要自己改口称呼他，但不叫他白老爷，叫他什么？

联想到他刚才那异常和气的态度，聂载沉的心里忽然掠过一个念头，心也随之猛地跳了一下，浑身的血液仿佛瞬间都涌入了心脏。

但是这个念头才出现，就立刻被他否定了。

这是不可能的。

“白老爷，您……”他顿了一顿。

一直等在门外从门缝偷听好事的刘广见聂载沉这么呆，老爷又抹不下脸直接说，都把话讲到这儿了，他还是没反应，竟然迟钝到这地步。刘广急得不行，实在忍不住了，一把推开门，探头进去说道：“聂大人！白老爷的意思是答应你和小姐的婚事了！往后你就是我们白家的姑爷！你要改口叫我们老爷岳父了！”

白成山看了眼门口的老伙计，投去一个赞许的眼神。刘广心里得意，朝老东家点了点头，这才又关了门。

白成山的心里，此刻带了点暗暗的期待和小小的得意，看向还站在自己面前的女儿和聂载沉。他们听到这样的话，这一刻，心里当是如何狂喜，对自己又会是如何感激?

但他很快就发现，事情好像不大对劲。

女儿和聂载沉竟然像两根柱子似的定着，一动不动，没有半点他期待的场景出现的迹象。

难道是太过意外，高兴坏了?

白成山咳了一声:“载沉，绣绣，你们的事，爹经过慎重考虑，还是决定成全你们……”

父亲的话语在耳边响个不停，白锦绣终于从巨大的惊吓中回过神来。她倏然抬头，飞快地看向身畔的聂载沉。他也正低头看着自己。

两个人再次四目相对。

他的眼眸定住，神色说不出的怪异。白锦绣觉得自己此刻一定也傻得要命，比他好不了多少。她费尽心机，连威胁带强迫还不要脸，终于把身边这个她觉得十分可靠也可以信任的人弄了过来，用他来逼迫父亲和自己做交易，以避开她不想要的婚姻。千算万算，她什么都算过了，就是没算到父亲竟然会来这一手。

把她嫁给这个人?

不，不！这太荒唐了。虽然她绝对不会嫁给顾景鸿，但这并不表示，她就愿意嫁给聂载沉!

父亲还在自顾自说着他的计划:“往后载沉就是我白成山的半子了。你们既然已经……”他咳了一下，跳了过去，“你们的婚事不好再耽搁，等把载沉的母亲接来，我和她商议过后，就选个好日子……”

“等一下——”白锦绣仿佛被针刺了一下，整个人几乎都跳了起来，失声嚷道。

白成山被打断，看着自己的女儿，见她双眸圆睁，神情慌乱。

“绣绣，你怎么了？”白成山问她。

白锦绣后背热汗直冒。

“爹，你等一下！等一下！我们等下就回来！”

她终于结结巴巴地说了一句，一把抓起聂载沉的手，在白成山错愕的目光中，拽着他转身，出了书房。

第27章

白锦绣拽着聂载沉七拐八绕，最后来到一间杂物房，转头见身后没人跟上来，把他推了进去，自己跟着进去，接着关了门。

父亲的这个决定不啻晴天霹雳，她毫无防备，根本就无法冷静，现在的心情又慌又乱。

“聂载沉，我爹不明情况，所以才说了刚才那样的话，我希望你不要当真。当然，我也知道你不会当真的。我怎么可能嫁给你？你说是吧？”一进去，她就脱口而出。

屋外走廊上方悬了一盏灯笼，一阵夜风吹过，灯笼轻轻摇动，晃动着的暗黄色光晕从杂物房安了玻璃的一扇狭窄窗户透进来，光线朦朦胧胧，勾勒出窗后那个年轻男子一张五官英挺的侧颜。

他对面前这个显得手足无措的女孩笑了笑，点头道：“是，白小姐，你放心，我不会当真的。”

在获悉父亲的决定后，刚才她最担心的，就是他的想法。见他如此光明磊落，果然和自己想的一样，白锦绣这才稍稍松了口气。

“聂载沉，我果然没看错你。这样就好。”

这个担忧被证明是多余的之后，她很快又被另一个烦恼给紧紧地攫住，双眉紧皱，漂亮的一张脸上充满了烦恼和郁闷的表情。

“怎么办？现在怎么办？我实在是搞不懂，我爹他到底是怎么想的？居然会有这样的打算！”她焦躁不已，“等一下，你先让我想想……”

聂载沉望着白小姐，没有说话。

白小姐其实也不需要他开口说什么。因为很快，她自己就想出了一个可以应对眼下这个糟糕处境的法子。

“我们先找个理由把婚事拖一拖。过些时日，女校不就开学了吗？我就说卡登小姐找不到可以代替我的老师，不同意我请假，出于责任，我必须立刻回学校。等我走了，再过些时日，我就对我爹说我又不爱你了，咱们的事，自然也就不了了之……”

“但是现在，有什么理由可以拖延婚事？”

这个她一时还没想好，急得走来走去。

杂物房里光线黯淡，静悄悄的，能清楚地听到她急促不安的呼吸声和焦躁走动时身上衣裙相互摩擦而发出的窸窸窣窣的声音。

聂载沉忽然道：“白小姐，还是我来说吧。我知道我这趟回去，大抵是可以升职的。我去告诉你的父亲，我虽然迷恋白小姐，但我无法容忍被人在背后议论我靠白家的裙带关系而获得升职。一开始，我原本就没想到有娶你的可能。”

白锦绣惊喜不已，一下停住脚步，忘情地捉住他的一只手臂。

“哎呀，聂载沉你真的太聪明了！对啊，你这么一说，我爹他还怎么可以强迫你做我白家的女婿？你可真是个好人呀！你帮了我的大忙！”

刚才的烦恼和郁闷不翼而飞。受了启发，很快，白锦绣也想出了后续。

“你这样说了之后，咱们的婚事自然不成，然后你走了，我再装作伤心欲绝的样子。我爹看我这么伤心，还怎么会逼我再嫁进顾家？等混过去了，我再立马去香港！对啊，太完美了！去香港本来就是我的备用计划！就这样吧！快走快走，咱们快点回去，再不回，我爹怕要起疑心了……”

白锦绣一把打开门，抬脚要跨出门槛，抬起眼的时候，整个人仿佛被施了什么定身法，一动不动。

门外，白成山立着，两道目光仿佛利箭，射向对面的女儿，又扫了一眼一旁的聂载沉。

白锦绣吓呆了，突然反应过来，慌忙摆手：“爹，不是你听到的那样——”

但是已经晚了。

“你们两个，跟我过来！”

白成山的声音严厉无比，说完，转身而去。

书房里的气氛和片刻之前迥然不同，压抑无比，仿佛即将就要有一场狂风骤雨席卷而来。

从小到大，白锦绣还是第一次看到父亲对自己露出如此愤怒而严厉的表情，就连她也开始感到害怕。她不敢抬头，更不敢直面父亲，把自己缩成小小的一只，藏在聂载沉身后，别说露头，连口大气都不敢出。

“到底是怎么回事？什么计划？都这样了，你还不给我说实话！”

白成山抬手，重重地拍了一下桌面。啪的一声，声音如同炸雷。

白锦绣瑟缩了下，心里又是一阵绝望，心知这回大约是再不可能轻易蒙混过关了，拼命想着怎么能把事情尽量圆得干净点，让老父亲也快点消气，忽然听到站在自己身前的聂载沉开口了。

“白老爷……”

“我没有和你说话！”

白成山看都没看他，就冷冷地打断了，两道目光射向躲在他后头的女儿。

“锦绣，你给我出来！”

父亲显然是在迁怒于他了。意识到这一点，白锦绣的心里忽然感到十分不舒服。

事情是自己起头的，现在运气不好，露了底，这样躲在他的后头，让他替自己挡父亲的怒气，又算什么？

虽然还是有点胆怯，但一咬牙，她还是从聂载沉的身后走了出来，挡在他的前头。

“爹，和他无关！全是我的事！是我逼他帮我的！我不想嫁给顾景鸿！”

白成山瞠目结舌，抬手指着自己的女儿：“你……你好大的胆子！你是想气死我吗？”

“不是！”白锦绣慌忙摇头，“爹，我真的不想嫁给顾景鸿，但我看你对他很满意，我和你说，你又不听，眼看他们就要来求亲，我也是没有办法，只好这样！我想着你知道了我和聂载沉的事，你一定会反对的，我同意和他分开，再用这个和你谈判，让你答应不把我嫁给顾景鸿……”

她心里也是委屈得很，说着说着，眼睛就红了起来。

白成山气得声音都发抖了：“好啊，好！讨价还价的本事学得倒还不错！连你爹都敢这么算计了！”

他双手背后，气得又在屋里走来走去，过了一会儿，突然想起来，目光落到聂载沉身上。

“你们一起的事，到底有没有？还不快给我说！”他又狠狠地拍了一下桌子。

白锦绣的肩膀抖了一下。

“没有！爹你别生气……是我昨天临时突然想到的，我要是这么说了，和爹谈判的时候，筹码就更重些……”

“那张画呢？画是怎么回事？”

“是之前有一天我出城写生，无意遇见他在溪边饮马，天气热，他脱了上衣下水，我觉得他的身材适合，就照着画了下来。他那会儿都不知道我在……后来我要他帮我的忙，他不肯，我还拿这个画威胁过他……”

白锦绣又羞又愧，忍不住抬手捂住了自己的脸。

白成山大概是快要气晕了，脸色一会儿发青，一会儿发黑，人站在桌边，一动不动。过了一会儿，他忽然对聂载沉说道：“你出去！”

聂载沉看向白成山——他的目光落在桌面上的一把乌木嵌象牙竹纹镇尺上，

脸上带着怒气，并没有看自己。

聂载沉迟疑了下。

“我叫你出去！”白成山突然抬眼，厉声喝道。

白锦绣正从指缝间偷看父亲的表情，虽然猜不到他要把自己单独留下的目的是什么，但见他这么生气，这会儿哪里还敢忤逆？赶紧放下手，转身推聂载沉：“你听话，快出去，我爹一定有话要和我说。”

聂载沉再次望了一眼白成山，终于转身退了出去。

“爹！”

书房里只剩父女两人，白锦绣虽然心虚得要命，但还是硬着头皮凑了上去。

“爹你消消气，我给你捶肩……”

“手伸过来，给我摊在桌上！”

白成山抄起镇尺，对着女儿冷冷地说道。

白锦绣一呆：“爹！”

“听不懂我的话？把手伸出来！”

白锦绣这才终于明白过来，父亲这是真的动怒了，要对自己动家法了。

从小到大，她只看到过大哥犯错被爹用镇尺抽手心的场面，她只负责做冲出去救哥哥的角色。无论她犯了什么错，怎么惹父亲生气，他都不会动自己一根汗毛。

“爹……”她看了眼那把长两尺、宽两寸的镇尺，脸色开始发白。

“伸过来！”白成山猛地喝了一声。

她瑟缩一下，在父亲那两道威严目光的逼视下，胆战心惊，勉勉强强终于伸出一只手。

“摊开！”

“爹！女儿已经知道错了，你轻点——”

白锦绣哭丧着脸，已经快要哭出来了。

白成山这次是真的铁了心，一定要好好教训一下女儿，让她知道轻重。弄出这样的事来骗自己也就罢了，竟然还拉上别人，对方不愿意，她连这样的手段都做得出来，简直是胆大包天，肆意妄为，把他一张老脸都丢光了。

白成山后悔自己从前对女儿太过宠溺，养出她这样的性子。这回再不教训她一顿，连自己这里都说不过去了。

“爹——”

白成山沉着脸，不去看她那副可怜样，举起镇尺，朝她摊开的手心就打了下去。

啪，重重一声。

“啊——”

白锦绣发出一阵尖叫声。

“聂载沉！救我！我爹他要打死我了！”

聂载沉站在外面，对着向自己投来恨铁不成钢的遗憾目光的刘广，正默默无言时，忽然听到书房里传出一道啪疑似击打的声音，接着就是白小姐惨烈的尖叫声和惊慌的呼救声，他立刻想起刚才白成山看着那把镇尺的一幕，迅速推开门，抬眼就见白成山满面怒容，又高高地举起了镇尺。

那个坚硬而厚实的冰冷物件，眼看就要再次落到白小姐的手上，他的心微微一抽，什么都来不及想，立刻上去，几乎是下意识地将白小姐的手护在了自己的臂下。

其实刚才那一下，白成山手里的镇尺还没落到女儿的手心，她人就先蹦了起来，手也缩了回去，根本就没打到她，不过是击在桌面上罢了。白成山本就生气，见女儿又把这个姓聂的臭小子叫了进来，心里更是火大，镇尺再次重重地抽了下去。

啪的一声，这回中了。

坚硬的实木，实打实地抽在了手背上，立刻在皮肉上留下一道边缘分明、足有三指宽的肿胀红痕。

白锦绣呆住了，睁大眼睛，看着聂载沉因为护着自己而被盛怒之下的父亲误伤的手背，忘了尖叫。

白成山见伤了别人，手一顿，也停在了半空。

聂载沉迅速抽回手，轻轻拉了下呆住的白小姐，把她扯到自己身后，对白成山道：“白老爷，当初我要是能明辨是非，不答应白小姐，这件事也不至于到了这种地步。我比白小姐年长，她固然有错，但我错处更大。白小姐当责罚，我更不能免。她现在知错了。白老爷你要是还不能消气，我代白小姐一并领罚。”

他朝着白成山双膝下跪，恭恭敬敬地行了一个谢罪之礼。

书房里安静下来，只剩下白成山有些粗重的呼吸声。

片刻之后，白成山那只握着镇尺的手动了一下。白锦绣立刻将聂载沉从地上拉了起来。

“你出去！你快出去！”她把他死命推出书房，转身跑回来，抓住父亲的手，“爹，真的和他无关！爹你再打我好了，这回我不躲……”

她忍不住哭了起来，抽噎着，伸出自己的手。

白成山扔掉手里的镇尺，转过身，缓缓回到桌后，扶着椅子扶手，慢慢地坐了下去。

“爹！”

白锦绣跟过去，顺势跪在他的膝前，两只手紧紧地抓着他的衣角不放。

“爹，女儿真的知道错了，往后再不敢这样骗爹了。可是女儿真的不想嫁给顾景鸿。我不喜欢他。要是一辈子就这样定了下来，我宁可不嫁人。我说的是真的，求求爹了，不要把我就这么嫁出去……”

她干脆把脸埋在父亲的腿上，呜呜地闷声哭个不停。

白成山低下头，看着在脚边伤心恳求自己的女儿，心早就软了下去，长长地叹了口气。

“女大当嫁，爹再想留你，也不能让你真的在家做个老姑娘。爹先前是觉得顾公子也算个合适的结亲对象，对你也用心，这才想替你张罗，至于感情，日后也是能慢慢培养的。但你要是真的不愿，爹难道还强行把你绑了送上花轿？”

“真的？”

白锦绣也不哭了，仰起脸，睁大眼睛看着父亲。

白成山叹气：“从小到大，爹逼你做过你不想做的事吗？”

“爹你真好！女儿真的知道错了！爹你千万别生气！”

白锦绣顿时破涕为笑。

聂载沉在门外，隐隐听到白小姐的笑声传了出来。他出神片刻，便转身离去。

刘广看着他的背影渐渐消失在走廊尽头的那片夜色中，心里也是五味杂陈，又是同情，又觉遗憾。

就算一切全是小姐的逼迫，但他确实得罪了老爷。父女俩可以和好如初，他却是一个外人。哪怕老爷不怪，他如今也是有些不好做人了。

刘广想叫他留步，又知他留下也是尴尬，追了两步，摇了摇头，停了下来。

书房里，白成山看着又哭又笑的娇滴滴的女儿，摸了摸她垂落在脸庞上的乌黑长发，忽然又想了起来，脸色再次沉了下去。

“我是真的没有想到，你胆子会这么大，不但骗我，还逼人做事，把我的脸都给丢光了！我知道你从小胆子就野，但好歹也算知书达理，你长大了，我答应你去留学，可没让你学来这些！”

白锦绣知道父亲所指为何，不敢回话，赶紧又老老实实地垂下脑袋扮可怜。

白成山皱眉片刻，说：“去把聂载沉叫进来！”

“爹……你不要骂他了……”白锦绣撒娇，摇着父亲的手。

“行了行了，不是骂！”

白锦绣这才放下心，忙从地上爬起来，跑去开门：“聂载沉……”

她探头出去，门外却不见了人。

“刘叔，他人呢？我爹找他。”

刘广走过来，对着书房里的白成山说道：“老爷，他已经走了。”

白锦绣一愣，急忙奔了出去，一口气跑到大门口，问门房，门房说聂大人片刻之前已经离开了。

白锦绣望着已彻底被夜色笼罩的前方，怔愣片刻，掉头跑回书房。

“爹，门房说他已经走了，要不要叫刘叔去找他回来？”

白成山凝神片刻，摆了摆手，缓缓地道：“算了，就这样吧，走了也好。不必叫他回来了！”

白锦绣心里一阵失落，却不知道自己为什么失落。

她费尽心机想要谋求的事，虽然一波三折，但最后终于如愿达成。父亲也没生她的气，父女不但和好如初，她更是知道了父亲是如何为自己考虑，真心疼爱自己的。这个晚上，王妈心疼她一天没吃饭，特意给她做了一顿美味的餐食。她在散发着清新木香的大橡木桶里，舒舒服服地泡了一个澡，然后躺在帐子熏过沉香的松软的床上。这一天太累人了，放松下来，她此刻应当没有心事，很快入梦才是。

但是她睡不着，在床上滚来滚去，下半夜了，还是无法入眠。

四合柜上摆着的西洋钟，时针指向早上四点。屋里光线还很暗淡。白小姐头昏脑涨地从床上爬下去，坐到窗前的桌畔，对着自己摊在桌上的一沓画稿，发起了呆。然后揉着自己的太阳穴，烦躁地在房间里走来走去。

西洋钟的时针向前缓缓推移了一格。清晨五点钟，夏天的晨曦开始在窗外微微地泛白。

就这样让他走掉，她会欠下一个人情。她白家的人，什么都可以欠，但不能欠下人情。这真的是祖训，不是她当初随口胡诌骗那个人的。

她不再犹豫，飞快地奔到衣柜前，打开柜门，拿出自己的衣服，迅速穿了起来。

第28章

傍晚时分，聂载沉到了云镇。

云镇地方不大，但水陆两通，是去往广州的便利之途。每天都有许多行走于两广以及云贵之间的商旅和载着货物的车队从这里经过，十分热闹。人多了，镇上自然也到处开着供人停脚过夜的大大小小的旅馆。

晚上在这里过一夜，明早继续上路，赶得紧些的话，明晚就能回到广州了。

聂载沉对住的地方没什么讲究，入镇后没多远，在轮船埠头附近看见有间小旅馆，门面还算干净，就住了进去。

旅馆伙计名叫阿三，起先颇为热情，抢着替聂载沉提箱子，聂载沉进房间后，他又很快送来茶水——这种地方，供应的自然是浮了几片碎茗的粗茶，但阿三态度很殷勤，倒茶之前，甚至不惜撩起自己衣服的襟角替客人先擦一番杯底。随后他一边倒，一边朝客人神秘地眨了眨眼，用压低的充满诱惑的声音说:“军爷，晚上得闲，要不要耍一耍？包靓还听话，不贵，只要这个价——”

他朝聂载沉伸出一根手指，表示要一枚银圆。

聂载沉摇头，摸了两个铜子充当他替自己引路送茶的感谢费，然后让他出去。

阿三不甘心，说可以先看，看中了再要。见他不为所动，又将价钱逐渐降到八角、七角，最后五角，他却依旧没有半分有兴趣的意思。再降下去，自己就没油水可分了，阿三方知今天是跟错了人——原本他见这新入住的客人年轻体健，肩宽背直，腰窄腿长，走路步伐矫健，是个新军官的样子。按照他阅人无数的可靠经验，阿三满以为今夜可以从中穿针引线，做一单额外的生意，分得些好处，没想到对方原来是只绣花枕头，中看不中用，未免扫兴，顿时失了服务的兴趣，态度就冷了下去，接过两只铜子，敷衍地躬了个身，很快就走了。

打发走了在旁聒噪个不停的旅馆伙计，聂载沉放下东西，出去到对面一间面铺胡乱吃了碗面充当晚饭，再次回到这个狭窄的房间时，天已是暗了下来。

他无心四处走动，脱了外衣挂在墙上，洗漱了下，人就躺了下去，闭上眼睛准备休息。谁知躺下去没片刻，隔壁房间里就传来一阵夫妇骂架的声音。因为分隔房间的是一层薄薄的板壁，所以听得清清楚楚。仿佛是做丈夫的骂妻子不守妇道，给自己戴了顶绿油油的帽子，妻子不认，反骂丈夫没用，钱赚不到两个，出来也只能让她住这种一晚四角的破地方，还整日疑神疑鬼。两人起先只是口舌互骂，渐渐升级为动手，一阵稀里哗啦，仿佛物件被扫落在地，继而又是女人哭泣怒骂的声音，一直闹个不停。

聂载沉实在没法再忍耐下去，从身下那张床脚有些晃动的床上翻身坐了起来，打算先出去，片刻后再回来。想必到了那会儿，隔壁的夫妇应当已经结束骂架，自己也能休息了。

他走出旅馆，沿着河边的道路漫无目的地踱了大约一里地，最后来到埠头旁，随意停下脚步，看着埠头上忙忙碌碌的人。一旁有条船，船主似乎搬家而至，不断有人从船上抬着大大小小的物件上岸，穿梭不停。片刻后，两个在埠头上卖苦力的脚夫一前一后，抬着一只巨大的看起来十分沉重的樟木箱子，小心翼翼地上了岸。正往停在埠头前的一辆大车上送时，一个脚夫不慎脚底打滑，身体一歪，手就吃不上力，大木箱也跟着一歪，眼看就要滑倒压到脚夫——几百斤的东西压下来，难保不受伤。

聂载沉眼疾手快，一步上前，伸手就将那木箱的角稳稳托住了。

“哎呀，你怎么搞的！我雇你抬东西，箱子里装的是什么你知道吗？要是摔坏了，你十条命也赔不起！”

有人急匆匆地跑过来，训斥着那个脚夫。

脚夫站稳脚跟，将东西送上大车，感激聂载沉的搭手，特意走来向他躬身，又取下自己夹在耳朵后的一支香烟，不顾聂载沉的婉拒，强行塞入他的衣兜以表谢意，口中说道：“后生仔，刚才我就见你一个人站着，有心事哦。抽支烟，快活胜神仙，什么烦恼事都没有了。”

聂载沉笑了起来，也就由他了。再立片刻，见天黑透了，估计隔壁房间的那对夫妇骂架完毕，便掉头回往旅馆，才走进去，就觉得周围气氛怪异。

他入住的时候，这间小旅馆里基本住满了客，堂间不断有人出入，还能听到几个房间里住客走动咳嗽说话的声音。此刻距离睡觉也还早，旅馆却静悄悄的，不见半个人，也没半点声音。刚才见他不照顾生意，态度冷淡下去的阿三，不知为何现在态度又变热情了，且是加倍热情。他刚才就在门口东张西望，似是等人，看到聂载沉回来了，喜笑颜开，一溜烟地冲上来，又是鞠躬又是问好：“军爷您回来了？累了吧？小的这就送您回房间去。”

聂载沉疑心这伙计不死心，再缠着自己说刚才那事，直接拒绝道：“不必，你去忙好了，我自己认得路。”

阿三见他态度冷淡，只得作罢，却还是停在那里，一直目送，艳羡无比。

聂载沉压下心中疑虑，快步走到自己住的房间门口，开门前，他特意停了一停，仔细听了下隔壁的动静，果然没声音了，于是推门而入——

门开的那一瞬间，他停住了。

他出去的时候，房间里的油灯是灭着的。但现在，那盏玻璃罩被熏得发黑的灯却亮着。房间里竟然多了一个女子。她背对着门，站在那扇和这房间一样狭小的窗前，正望着窗外的夜色。听到开门的动静，她慢慢地转过身，和他面对着面，随即摘下了遮住大半面容的低檐帽，露出了一张漂亮的脸，并且，脸上带着笑容。

是白小姐。

“聂载沉，是我。”她叫了他一声。

聂载沉顿了一顿，慢慢地走了进去，但只走了几步就停住了，身后那扇门也没关。

“白小姐，你怎么在这里？”他语气迟疑，带了几分戒备和冷淡。

白小姐没有回答他的疑问，似乎也没留意他的语气，目光落到他的右手上看了一会儿。

昨晚白老爷大约是真气狠了，下手不轻。差不多一天一夜过去，他手背上被镇尺击中的地方，肿胀非但没有消去，反倒转为瘀青的颜色了。好在他手背本就不白，也不至于十分惹人注目。

留意到她的目光看过来，聂载沉肩膀微微动了下，转过手背。白小姐却已迈步朝他走了过来，停在他的面前，接着她就抓起他那只转过去的手，看了一眼，那双会说话似的眼睛里，露出心疼和懊悔的神色。她低头朝着伤处轻轻地吹了口气，抬头轻声问他：“很疼吗？”

聂载沉毫无防备，被手背上吹过来的那一口凉丝丝的气弄得再次僵硬了一下，迅速就将自己的手抽了回来。

“没事。”

“白小姐，你怎么会在这里？”他再次发问。

白小姐垂眸，站着一动不动，陷入了沉默。

聂载沉也沉默了。两人就这样在门边面对面地站了一会儿，白小姐仿佛先回过神，伸手关了门，随即走到桌边，从放在上头的她的包里，拿出了一张小小的长方形纸。

纸是彩色套印的，十分精美，上面还有她的私章和签名。

她走回来，递给他。

聂载沉认了出来，是麦加利银行的一张通兑支票。

白小姐说：“聂载沉，这回的事，虽然过程和我原本想的不一样，但从结果来说，我达成了原本的目的。你帮了我的忙，我不会忘记之前向你许诺过的酬谢。这是两万元，你随时可以支取，当然，这只是首付款。我早上出来得匆忙，来不及准备，过些天我就会把余款全部准备好，支付给你。”

聂载沉转身，打开了刚被她关上的门，说道：“白小姐，支票你收回。这里不方便留你，你回去吧。”

白锦绣看了他片刻，慢慢地放下支票，走到门边，将他还搭在门把手上的那只手轻轻地拿开，自己关了门，插上插销。

插销入鞘，发出轻微的咔嗒一声。

或许是因为聂载沉的耳畔异常地安静，这一声短促的响动，叫人心跳莫名有些加快。

她继续走到窗前，伸手关了窗户，又拉上那副旧得已经看不出本色、一角还沾了点蚊子血的窗帘，然后慢慢转身，再次面向着他。

房间本就不大，因为她的这个动作，忽然之间，空间仿佛变得越发狭仄，天也突然闷热了起来。

或许是为了路上不引人注目，白小姐今天穿得非常普通，斜襟蓝褂，素面青裙，一副小地方中等家庭出来的小家碧玉的日常打扮。

她抬起手，在对面那年轻男人的目光中，慢慢地解开了雪白脖颈间的第一颗盘扣，然后是第二颗、第三颗……

她脱去身上的褂子，露出里面的穿着。

“聂载沉，我不想欠你人情。这是我先前许过你的。”她凝视着他的眼睛，轻声说道。

他一动不动，没有任何反应，就好似屋里一根杵着的木头。

“你不用担心，旅馆的住客，每个房间我都给了他们两个银圆，人全搬走了，我包下了这里，这里只有我和你，没有人会知道。”

她看了下左右，解释了一句。

这个镇子上，最好的旅馆一晚也不过一个银圆，据说还包一顿饭。能凭白得到两个银圆，谁还不走？难怪他回来后，里头就没了住客的影子。

她说完，面颊上浮出一缕淡淡的红晕，随即仿佛有些不敢看他，垂下眼眸，几根白嫩的手指也紧紧地绞在一块，纹丝不动。

房间里闷得几乎叫人透不过气，聂载沉闭了闭目，侧过身去，不去看她，说：“白小姐，你走吧。”

白锦绣偷偷看了他一眼。

“这是我和你的私事。我爹绝对不会知道的，你不用担心……”她咬了咬唇，又这样道了一句。

“白小姐！请你自重！你要是不走，我就走了！”

聂载沉的声音突然大了起来，朝她大步走去，弯腰抄起她方才脱下放在床边的褂子，朝她一把掷了过去，随即扯下他先前挂在墙上的外套，拿在手上，转身就朝门口去了。

白小姐的睫毛微微颤抖了一下，面庞上的红晕也迅速消失。她的手指钩着他方才扔过来的衣服，在原地呆呆地站了片刻，听到他开门的动静，单薄的肩微微瑟缩了下，脸色有点苍白。随即，她很快穿回自己的衣服，一把抓起她的包，从里面掏出一管药膏似的小东西，放在桌上，低头就从开门站在那里的聂载沉身边经过，快步离去。

白小姐终于走了。

聂载沉关了门，转身回到床边，站了一会儿，慢慢地坐了下去。他的视线落在桌面上她留下的那管药膏上，心里一阵烦闷。

异常烦闷。他感到自己透不过气，仿佛一条夏天午后雷雨前在水下急需空气的鱼。手指忽然碰到脚夫为了表示谢意而强行塞到他衣兜里的那支香烟。

他从不抽烟。此刻，他却摸出了这支有点皱的香烟，用火柴点了，然后深深地吸了一口。

劣质烟草被火点燃的强烈而刺激的烟雾瞬间冲入他的肺腑，他被呛到，一下咳嗽了起来。正要灭掉香烟过去开窗，突然，那扇房门又被人推开。

他转头，惊诧地看见刚才离去的白小姐，竟然又回来了。

第29章

白锦绣砰地关上门，迈步径直走向聂载沉。

她的步伐没有犹豫，甚至隐隐透着一种壮士断腕般的决然。而她的突然去而复返，令他太过意外，以致一时没了别的反应，就这样坐在床沿上，转头看着她朝自己走来，直到最后停在自己面前，居高临下地俯视着。

她的眸底，隐隐有某种不甘的火星在跳，这令她的一双眼睛显得越发明亮。

聂载沉终于回了神。

“白小姐，我实在是不明白，你又回来干什么？”

他一边说着，一边略带仓促地灭着手中那支刚才因为咳嗽而来不及处置的香烟。但或许是他的动作太过生疏，烟头一时竟灭不了，残余的一点红色火星不住地闪烁。

他的眉宇露出一丝烦躁，又想站起来，不料身体才动了一动，一双手就伸过来，一左一右地压在了他的双肩上。

聂载沉一顿，人就被她压坐了回去，看着她拿走自己手中那支还闪着红色火星的香烟，用娴熟而优雅的手势摁灭它，掷在身后桌上的那只茶杯里，烟头在茶水里发出短暂的嘶嘶声，随即沉寂了。

“聂载沉，我回来，是想问你一句，你既不要钱，又不喜欢我，那你到底为什么肯冒着得罪我爹和顾家的风险来帮我？我是真的想不明白！要是得不到答案，即便走了，往后我也会寝食难安！所以我又回来了，我一定要问个清楚！”

她盯着聂载沉，一字一句地说道。

聂载沉沉默了。

白锦绣道：“我要你回答我！”

聂载沉终于抬起头，对上白小姐的目光。

他说：“白小姐，既然你特意回来问，那么恕我直言，请你自己想想，我只是你父亲雇来替你开车的司机，当时你百般逼迫，用尽手段，那样的情况下，我有拒绝的余地吗？”

白锦绣眸底那跳跃的星火忽地黯淡下去，却还是固执地盯着他，双眸一眨不眨。

“白小姐，你的父亲不会希望看到这一幕的。我真的劝你，为了你，也是为了我好，请你立刻回家去……”

他话音刚落，声音忽然消失——白小姐竟俯下身，吻住了他的嘴，紧接着，他整个人就被白小姐推倒，一下仰在了床上。

床骤然承受了两个人的体重，发出轻微的咯吱一声。

白小姐的吻，不像那一夜在后营林畔的浅尝辄止，而是激烈的，带了一股狠劲，就好似一只小兽，用珍珠粒般齐整而雪白的尖利牙齿，报复似的吮咬着他。

他挣扎了下，终于勉强坐了起来。不料还没坐直身体，床脚又是咯吱一声，整个人再次被白小姐压了回去，接着，一只小手扯开他身上那件扣子原本扣得齐齐整整的军服衬衣。

他仿佛彻底失去力气，就这样被她压住，任由她为所欲为。直到那只小手移动到他的裤腰，他动了一下，抬臂压住了那只放肆的手。

“白小姐，我对你没兴趣。”他闭着眼睛说，声音听起来又干又涩。

她的脸庞绯红，发现他阻止了自己，不甘心地挣扎着，想从他的手下抽出自己的手。

那只大手却牢牢地禁锢着她，她挣脱不出。

“聂载沉，你睁开眼睛好好看看，我不漂亮吗？我不信你对我没有兴趣。”

她在他耳畔说着，一双眼睛更是湿湿的，模样迷人极了。

他没有睁眼，依然闭着他的眼，说：“白小姐你很漂亮，但你不是我想要的那种女子。”

她慢慢地抬起头，盯着他的脸。

聂载沉依然仰着脸，闭着眼眸，松开了她的手，但低沉而无情的声音在她耳畔响了起来：“白小姐，任何一个女人都行，除了你。你不是我想要的那种女子。”

白小姐一下僵住，慢慢地爬起来，俯视着这个始终不愿睁开眼睛瞧自己一眼的年轻男人，睫毛轻轻地颤抖起来。

“不要脸！混蛋！”

终于，她含含糊糊地骂了他一声。

“往后我再不想看到你了！”

她迅速地站起来，抓起自己的东西，包括那支方才特意留下的药膏，随即打开门，疾步而去。

急促而凌乱的女孩子的脚步声，消失在耳畔。就像一阵风，飞快地来，又飞快地去了。

聂载沉慢慢地睁开眼睛，从床上翻身坐了起来，他发呆片刻，起身，透过那面狭小的窗户看下去。

沿街的一排门面里透出昏暗的灯火，依稀照出街道的景象。白小姐披了件斗篷，低着头，匆匆地走向旅馆斜对面的一条街道。很快，一辆不显眼的马车从街口的阴影里出来，朝着古城的方向疾驰而去，渐渐消失在了夜色之中。

她是一朵带着毒刺的玫瑰，叫他一度迷失在了她的芬芳里。但他更清楚，玫瑰美丽，毒刺扎人。何况，这朵千金玫瑰又怎么可能会真的喜欢他？

这个他要不起也不敢要的白小姐终于走了，往后再也不会出现了。就好像他生命长河中一段汹涌而来掀起过波澜的急流，过去了也就过去了。

聂载沉收拾心情，在清晨四点，这座镇子里的人都还在睡梦中的时候，以新军军官的身份搭上了镇上邮驿所发出的一辆去往广州的快速邮车。

他在当天深夜抵达广州，并回到了离开了一个多月的城西西营。

营口站岗的卫兵来自一标，但认得他，没检查关防证件，向他行了个军礼，予以放行。

步入这个位于郊外的巨大的西营时，聂载沉感到自己那颗似乎还浮着的心，终于彻底地平静下来。

滚滚的汗水，飞扬的泥尘，铁、血、枪和炮，这里才是属于他的熟悉而游刃有余的世界。

这趟回来，他要做的第一件事就是请方大春喝酒。这顿酒，方大春已经念叨了好几次，但每次都因为各种原因而被推后。

他加快脚步，穿过营地，终于回到了所在的二标。扑面而来的气氛，令他立刻嗅到了一丝不同寻常的沉重。

新军的军规和西营的管理是非常严格的。已经晚上十一点了，这个时候，士兵早就应该熄灯休息，营房里却亮着灯。他的手下陈立，还有十几个一标的士兵，竟然聚在一起，这会儿还没有睡觉，仿佛正在商量着什么。

他走了进去。

陈立突然看到离开了一个多月的上司回来，脸上露出惊喜之色："聂大人！你回来了！"

众人纷纷迎了上来。

聂载沉放下手中的行李，看了他们一眼："这么晚了，怎么还没休息？"

士兵们相互看了一眼，脸上露出愤色。

陈立走了上来："聂大人，你不知道，出事了！一标的方大春犯了事，明天就要被枪毙了。"

聂载沉一怔，神色立刻变得凝重万分："怎么回事？他犯了什么军规？"

新军军规虽然严格，士兵一旦触犯，处罚也很严厉，但大多是肉刑体罚之类，够得上枪毙的罪名，并没有几条。

“方大春和他手下的几个士兵前两天在外头和几个红头阿三起了冲突，被阿三讥笑留辫，回来气不过，擅自剪辫剃了发，被旗人兵举报到了康成跟前，说他们私通新党。康成大怒，以这个罪名把人抓了起来，明天就公开枪毙，以儆效尤！”一个士兵说道。

“一标的好些人，还有我们二标里的人，都去请愿求情了，要求去发，并释放方大春他们！但是康成非但不允，还让高春发下令，说谁再求情，或是煽动去发之请，一概以通敌论处！”

“听说北边好些士兵都已经剪了头发！我也早就想剃了！他康成要是敢真枪毙人，我索性也剃了，大不了去投新党！”

陈立和士兵们情绪激动，纷纷破口大骂。

聂载沉这才明白过来。

新军内部要求去发的呼声，并不是现在才起的头，很早之前就有了。正如陈立所言，北方的新军里，有胆大的士兵曾以出操方便为理由，约定去发，随后众人相互效仿，蔚然成风。军官大约是自己也早想去了，或阻止不力，或视而不见，最后陆军衙门官员知道了，十分恼怒，一度严厉查办，但法不责众，加上新军蓄发确实不利于训练作战，乱哄哄地闹了一阵子，官员们最后糊弄下来，事情也就睁只眼闭只眼地过去了。

但在广州这边，康成对此抓得极其严格。为杜绝隐患，广州陆军衙门很早就制定出严厉的军规：但凡擅自去发者，一概以通敌论处，当众枪毙。几年前，新军刚成立的时候，就曾枪毙过一个酒后剪了自己头发的士兵，所以这两年，新军士兵虽然对强制留发有诸多不满，但始终不敢有所动作，直到这回，出了这样一个意外。

“大人，刚才我们正说你呢，你就回来了！太好了！你赶紧给我们拿个主意，现在怎么办？”

士兵们纷纷围到聂载沉旁边争着说话。

身后忽然传来一道严厉的呵斥声：“几点了？还不解散休息！”

众人回头，见是协统高春发来了，顿时静了下来。

高春发用严厉的目光扫视着陈立等人。

“你们的大人刚回来，什么都还不知道，你们就想把他也拖下水？我告诉你们，这事已经板上钉钉！方大春触犯军规，谁去闹也没用！挑唆闹事者，一概以同罪论处！”

“还有你们！这里是二标，你们半夜擅自出来，是想聚众造反？都给我回去！”他又厉声呵斥一标的那些士兵。

众人不敢发声。

一标的士兵低头要走，高春发也转身要走，聂载沉忽道：“高大人留步。将军现在何处？我想求见。”

高春发一愣，随即冷下脸来：“不必了，将军谁也不会见！你刚回来，路上辛苦，还是早些休息吧！”

他说完就走，却听身后又传来聂载沉的声音：“不知高大人可否还记得去年靶场发生的惨案？二标神字营的一个兄弟，发尾被机枪钩住，以致惨死在枪口之下。长发本就不利军人。方大春要是犯的别的事，够上枪毙，我绝无二话。但现在不是三百年前的十七世纪了，世界变了，情势亦当变，否则朝廷立新易服，意义何在？”

这声音并不高亢，但一字一句，透着不可阻挡般的力道。

士兵们刚才还慑于高春发的威严，不敢出声，此刻见聂载沉竟有如此胆气，字字句句，直戳肺腑，顿时全都来了精神，纷纷跟着点头：“对！聂大人说得对！早该变了！”

聂载沉回头，示意身后的人噤声，随即转向高春发：“我请大人代我通报，我要求见将军。大人若是不予方便，卑职只能僭越！”

第30章

高春发盯着聂载沉，忽然道：“你随我来！”

聂载沉跟着上司出了营房，来到一处空旷无人的地方，高春发脸上的威严之色立刻消失，眉头紧锁：“载沉，你以为我不想救他们几个吗？都是我的兵！我在将军面前不知道替方大春说了多少好话，但将军就是怒气不消，我有什么办法？不只我，顾景鸿也去求见过将军，用自己的性命替他们担保，说他们不是匪党，请将军予以法外开恩。连他的面子，将军也不给！我听说还呵斥了他。我知道你和方大春的关系，就是怕你冲动，知道你一回来，我立刻就赶了过来。你去又有什么用？”他顿了一顿，“之前我对你说过，等你这趟差事结束回来，升迁令就会下来。这个节骨眼上，你给我老实待着，没你什么事！要怪，就怪他们几个运气不好，明知将军的忌讳，还自己往枪口上送！”

聂载沉道：“卑职斗胆，只问一声高大人，新军去发，该是不该？”

高春发一时语塞。

军人留长发，不但出操极不方便，要保持军容整齐的话，每天还要像女人那样花时间去打理，遇到一些不注重卫生的懒汉士兵，头上爬虱子那是常事。这些就算了，最大的问题，还是新军的武器和操练。新军手里的家伙，是从前的冷兵器无法比拟的。机械设备增多，零件结构复杂，军人操作时，动作过大，或者一个不慎，长辫钩缠，严重的话，缠进机器，损毁机械，甚至会导致性命危险，隐患不可谓不大。去年靶场发生的那件惨案，至今他还记忆犹新。

他不是旗人，自然没有长辫情结。先前听说北边新军出了乱子，闹到最后，许多人包括高级军官在内都趁机剪了辫，变成短发，心里也是羡慕了一番。但身为协统，又是康成的心腹，对此他怎么可能有半点意思表露？

现在被聂载沉这么问，他顿时说不出话来。

“高大人，我感激你的点拨和对我的爱护之心，我亦理解你的难处，绝无为难你的意图。新军去发，百利而无一害，是大势所趋，但也不是迫在眉睫，原本我也不想多说什么。但事关人命，那就不一样了。方大春是我的结义兄弟，哪怕不自量力，我也不能坐看他因为这种事被枪毙！请大人准许，让我试一试！”

高春发对上聂载沉的目光。对面的这个年轻人，目光坚定，毫无惧色。他心里清楚，自己是无法阻拦了，终于勉强点头道：“好吧，那我就去帮你安排！你千万克制，记住，自己前途才是第一！”

聂载沉微微一笑，向他道谢。

广州将军康成最近可谓衰事连连。先是儿子婚事失败，几乎同时，他获悉有人密谋起义攻打广州，好在对方人员构成复杂，组织涣散，几名头领也意见不一，还没来得及完全准备好行动，就被他密布的耳目察觉，及时阻止了。当日他从古城匆匆赶回，为的就是这事。好不容易平息了，新军竟然又闹出这样的事，这叫他如何不大为光火？这股风气要是不狠狠刹住，日后只怕后患无穷。

深夜无眠，他在自己办公的将军府书房里愁眉不展，忽然听到门外传来渐近的军靴踏地的脚步声，知道是聂载沉到了，立刻将身体坐得笔直，神色也恢复成将军该有的威严。

聂载沉换了身熨得笔挺的墨绿色咔叽料新军军官常礼服，紧扣立领，肩佩龙纹章，前襟左右两排各七颗金色铜扣，袖口和领襟刺绣一圈云纹，头戴端正礼帽，腰束铜扣皮带，还佩了一柄佩刀，脚上则是被拭得一尘不染的长筒牛皮军靴。

他大步进入书房，站定，向康成行了一个新式军礼。

新军创办之初，就采纳了洋教官的建议，下官见上司，一律行新式军礼。实则这些年一直是新旧并行，有人行新式礼，也有些人唯恐上司觉得自己不够恭敬，还会沿袭跪拜之礼。

康成冷眼看他："高春发说你一定要见我，何事？"他立刻又补了一句，"你要是为了方大春几人来求情的，还是现在就出去吧。私通匪类，没罪诛九族，已经是法外开恩了！"

"敢问将军，定了他们私通罪名，证据是什么？"聂载沉问。

"陆军衙门早有明文规定，你身为军官，不知道吗？敢去发者，不问缘由，一概枪毙。不是匪类，又怎会明知故犯？"

聂载沉沉默片刻，取下头上的礼帽，放在一旁，随后抽出腰间的佩刀，手起刀落，蓄在脑后的那根发辫从根而断。

他把割下的长辫扔在脚下，佩刀收回鞘中，抬头道："将军，我这样，是否也要判一个私通匪类之罪？"

康成起先惊呆，反应过来后，勃然大怒，猛地拍案而起。

"岂有此理！简直无法无天！聂载沉，你这是在公然向本将军示威？仗着自己身上有些功劳，能煽动人心，以为我就不会枪毙你了？"

聂载沉道："卑职无名小卒，何来的功劳可以倚仗？将军自然可以将我和方大春他们一道枪毙。但将军应当也有所耳闻，新军官兵对蓄发本就不满。去年的靶场惨案，谁人敢忘？将军今天杀几人事小，但我可以肯定地告诉您，仅仅只是因为剪了自己的辫子而被枪毙，接下来的新军内部必定群情激愤，人心涣散，士兵与将军离心离德，更不用说那些随时等着制造社会舆论，以达到煽动民众仇恨情绪的新党人士了。他们会错过这样的机会？值此动荡之时，朝廷人人谋私，将军却还在此苦苦维持，为的是什么？广州府的稳定！现在为了几条辫子，苦心经营的局面毁于一旦。恕我直言，将军你得不偿失！"

他声音沉稳，说完便望着康成，面上没有丝毫惧色。

康成脸色铁青，却一句话也说不出来。

他自然不是蠢人。蠢的话，也不可能令炸药桶一样的广州府经受住这些年一次又一次的大大小小的起义和攻打，至今维持着相对还算稳定的局面。

但正是因为他不蠢，所以愤怒之余，他的心里也涌出一丝悲凉之感。

这个年轻军官说出的话有没有道理，他怎会不知？即便下令的时候因为愤怒而失去理智，过后，他很快也就想到了。但他只是不甘，极其不甘，还有几分被人戳破后的恼羞成怒。

“聂载沉！你、你好大的胆子，竟敢这么对我说话！”

康成拂袖，把桌上的东西扫到了地上。

事到如今，他除了色厉内荏，其实就连自己也不知道该说什么了。

聂载沉神色凝重：“军人和普通民众不同，是特殊之人，为何不能行非常之事？新军上下，苦于蓄发已久，将军你不是不知道。方大春的举动，不是偶然，是迟早的必然。对于将军和将军你想守护的广州府而言，真正的祸患，难道是头发的长短？”

“将军你身为宗室，身上却有罕见的开明之气，作为将军，奖惩分明，对广州民众而言，也是一个叫人称道的父母官。将军你更是个明白人，知道如今局面艰难，这才操练新军。既然这样，将军为什么不能再开明一些，为官兵出操作战的方便和安全考虑，准许去发？”

康成咬牙道：“祖宗法度，我不能变！”

“将军，朝廷早已变法。国法尚可改，何况是区区去发？朝廷的气数，不是靠留辫来维持的。是逼迫军人留辫重要，还是顺应广大新军官兵的心声，收拢人心，效力将军重要？何况新军去发，此前也不是没有先例。”

康成一下哑了。书房里除了他呼哧呼哧的喘气声，再没有别的动静。

聂载沉也不再说话，静静地立着。

半晌，康成脸上的怒气终于消失了。他盯着聂载沉，一字一字地问：“我要是饶了这几个人，你能担保新军上下往后对我忠心耿耿，不为新党所惑？”

聂载沉道："十指尚有长短，何况人心？卑职不能担保，且恕我直言，谁也没法担保。卑职唯一可以担保的是，将军能继续维持广州府今日的局面。而日后，万一形势大变，到了人力无法左右的地步，那时，不管我聂载沉留的是长发还是短发，我必竭力保将军无碍。方大春是我的义兄，这是我对将军饶过了他性命的回报。"

都是聪明之人，康成又怎会不明白他的言下之意？想到屡扑不灭层出不穷的新党，他顿觉满目苍凉，前途渺茫，一时灰心丧气，有些不知自己这样呕心沥血苦苦经营，前路又到底在何方？

他的脸色灰暗，缓缓地坐了下去，出神半晌，拂了拂手："你下去吧！我再考虑一番。"

聂载沉朝他行过军礼，戴回自己的帽子，也不捡地上的断发，转身离去。

第二天清早，西营刑场之上，已经被关了三天的方大春和另几个士兵五花大绑地被带上法场。一排准备执行枪刑的士兵端枪立在对面，周围站满了闻讯而来的新军官兵。人人脸色凝重，不时翘首看着远处，等待消息。

方大春倒是神色坦然，对着周围的官兵大笑道："我就剪个自己的头发，居然被自己人给毙了！好极好极！再过二十年，又是一条好汉，到时候他们这些人要是还没滚，我反定了！"

旗人官兵有的面露愧色，有的默不作声，其余士兵则群情激动，纷纷拥上前来。负责维持秩序的几名营官面露紧张之色，其中一人拔枪，朝天鸣警，非但不能震慑，反而令现场越发混乱。

顾景鸿分开人群，示意众人肃静，随后来到方大春面前，神色沉痛地说道："你们几个是我的属下，我也曾为你们数次去向将军求情，奈何军法如山，无法撼动，我也是无能为力，十分痛惜。但请你们放心，往后你们家中父母子女，我顾景鸿必会加以照看……"

"来了！来了！"

就在这时，法场外传来一道响亮的充满了兴奋的吼叫声，瞬间就吸引了所有人的注意力。

众人纷纷扭头，看见一标下面的几个士兵飞一般地狂奔而来，一边跑，一边大声喊道："消息来了！消息来了！将军大人有令！饶了方大春他们！不枪毙了，不枪毙了——"

法场周围起先一片寂静，突然，官兵们齐齐高声欢呼。有人迅速冲上刑台，拔刀替还没回过神的方大春等几人割断了绳索。

陈立爬上高台，高声吼道："都是我们聂大人的功！是聂大人到将军面前断发，救了方大春他们！聂大人也变平头了！弟兄们，现在还不剪，要等到什么时候！我就当你们当中的第一个了！"

他哈哈大笑，从绑腿里拔出匕首，揪住自己的长辫，咔嚓一下，把脑后的辫子齐根割断，一声吆喝，远远地丢了出去。

这下可热闹了，法场立刻变成了剪辫场。除了旗人官兵和那些胆小谨慎的，你看看我，我看看你，想动又不敢动，其余人无不争着割发。

当高春发带着将军手令气喘吁吁地赶到时，已晚了，地上到处都是一根根辫子，士兵们有挥刀自割的，有你替我割、我替你割的，个个忙得不亦乐乎。

高春发拔出一把短枪，对天砰砰砰放空了一盒子弹，这才终于止住官兵割发的动作。

众人纷纷看了过来。

高春发的脸色有点难看，迅速地登上高台，喝道："将军有令，方大春等四名罪犯，死罪可免，活罪难赦，每人鞭笞二十，扣军饷半年！"他顿了一下，视线掠过面前许多已经抢在自己到来之前割了头发动作麻利的士兵，再次喝道，"从我发话的一刻起，哪个再敢断发，罪加一等，鞭笞四十！扣饷一年！"

新军的军饷高，除开吃穿，普通士兵每月可得四两二钱银子的兵饷。这些钱在当时，足以养活一个五六口人的家庭。现在再割，一刀下去，就是四五十两银子，一家人一年的用度。

高春发这道命令一下，刚才那些动作快的无不喜笑颜开，庆幸自己捡了个大便宜。没敢动或是犹豫的，甚至包括一些旗兵，这会儿无不懊悔，纷纷跳脚。

“快看！聂大人！聂大人来了！”

不知道是谁喊了一声，众人循声望去，果然，聂载沉正大步走来，戴着军帽，一身利落。

士兵们对他是又敬又服，还有几分感激。几人冲上去，不由分说就将他抬了起来，高高抛起，再落下。越来越多的人加入，欢呼之声，不绝于耳。方大春更是感激涕零，一口气扒拉开挡在面前的人，闯入人堆之中，紧紧地握住聂载沉的手，哈哈大笑：“我就说嘛，聂老弟你还欠我一顿酒，我怎么能这么容易就死掉呢？走，走，这就喝酒去！”

法场充满欢庆的气氛，场面近乎失控。

高春发眺望了眼远处正被士兵团团围住的聂载沉，踩着士兵们丢了一地的辫发，掉头离去，将这里发生的情况汇报给了康成。

“将军，是卑职失职，去晚了，许多官兵已经去发，阻止不及。请将军恕罪。”他恭敬地道，心里却十分明白，这种事情，一旦开了个头，很快，那些刚才动手晚了的士兵必定会效仿。毕竟法不责众。北边的风气，不就是这么开头的吗？

康成神色黯然，摆了摆手：“罢了。好在北边也有先例，说起来，也不是我一家的罪过。”他看向高春发，“你要是想去，你也去吧，方便做事。”

高春发慌忙下跪磕头：“卑职绝无此念，卑职万万不敢！”

康成微微颔首，叫他起来。

高春发想起聂载沉从前对自己的救命之恩，于是爬了起来，试探道：“将军，那原先定好的升聂载沉为二标火字营管带一事……”

他话说一半，就停了下来，心知应当是无望了。毕竟今天这事，全是他一个人带出来的，说不得罪康成，那是不可能的。

康成出神片刻，开口道：“混成协下不是还有个标统的位置空缺吗？就他吧。虽然年纪是轻了点，但我看他应当是能服众的。”

高春发惊住了。

出了这事，原本以为升他做管带都难，万万没想到，康成竟然提拔他越了数级，直接做了标统！

要知道，标统是正四品的官职，和总督府公子顾景鸿的参谋相比，虽然品级相同，但标统是一把手，地位自然不同。顾景鸿好歹也二十六七了，而聂载沉不过二十出头的年纪！

他应该是全部二十四镇新军当中最年轻的一位标统了。

高春发不知道康成到底是怎么想的，竟提拔他连升数级。但自己的得力手下能受如此重用，他自然高兴，喜笑颜开道："那我先代他谢过将军了。我这就下发公文，通报全镇！"

第31章

第二天，聂载沉被破格提拔为混成协标统的正式任命就下来了。没半天，消息传遍了整个西营。

方大春、陈立等人欣喜若狂就不用说了。方大春的身上还带着昨天受刑的伤，一听到消息，伤也不养了，爬起来就带着一大帮人过来道贺。

因为昨天的法场剪辫事件，现在新军上下无人不知聂载沉的名字。重压之下，人人噤声，因为他的挺身而出，最后不但人被释放了，他们竟然还有机会一道剪掉那根烦人已久的脑后辫，官兵们对他是又佩服又感激，也都知道他之前在花县剿匪一战中立下的大功，现在知他被提拔为标统，非但不眼红，反而个个高兴。当天的日常课操一结束，许多二标外的官兵也纷纷结伴拥来向他恭喜道贺。

标统和队官不同，属于新军里的高级军官。广州新军也就四五名标统而已。当天，聂载沉就收到了新的军官关防，还有四品武官的官服。官服分两种，一种是青金石顶绣虎的旧式公服，另一种则是现在日常穿的新军军官制服，制服又细分为礼服、常服等。

除了这些，作为一标之统，他现在也有了自己单独的住处。新的住处位于西营西北角，是一排军官宿舍当中的一间，地方自然不算大，但分成内外两间，外间待客起居，内间就寝，足以应对日常了。

混成协下第一标的官兵知道他们有了新上司，自然不会闲着。但也不敢全拥来，全过来的话，一标将近两千人，怕要把地方给挤塌。当天傍晚，四个营的管带，申明龙、宋全、刘大有、范正，挑了下头十几名龙精虎壮的士兵前来，一是拜会上司，二是帮着乔迁。

聂载沉没什么可搬的东西，就几套衣物，一只箱子而已，早被陈立等人给抢着搬来了，地方也打扫好了。他将四人叫入，寒暄几句，问了下标里的日常事务，上下级非正式的简短见面过后，便起身送客，让他们早些回去休息。

几人都看着甲字营管带申明龙。申明龙便上前，从身上摸出一只小盒子，笑容满面地递上，说："大人，照规矩，这是我们兄弟对大人的一点小小心意，不成敬意，还望大人往后多多关照。"

聂载沉接过，掂了掂，略微沉手，打开盒子，见是四根金条，笑了笑，递了回去。

几人以为他还嫌少，相互对望一眼。申明龙擦了擦汗，急忙躬身："聂大人要是赏脸，不如今晚由我们兄弟几个做东，再请聂大人……"

聂载沉摆了摆手，问道："你们几人，谁上过军事学校？"

范正和刘大有两人迟疑了下，道："下官上过。"

聂载沉点了点头："既然上过，就该知道，军事学校讲的是练铁肩，担重担，奋起自强。什么时候教过这种？我不知道别人怎么样，在我这里，没有这一套！你们给我收回去，往后用心练兵，就是对我最大的助力！"

这里虽是新军，许多中下级军官也是军事学校毕业出来的，甚至还有不少因为断了科举之路改而从军的秀才禀生。一开始自然是蓬勃上进，但时日久了，身处染缸，难免也被同化。官场风气，实则和旧军并没什么本质区别。新上司到任，下头的人凑份子道贺，已然成了惯例。

几人知道新上司极得康成的青眼，否则也不可能让他年纪轻轻就做到这样的位子，于是不敢怠慢。通常的规矩是准备两根金条，但为了讨好，几人咬着牙凑出了四根。万万没想到，新上司竟然不搞这一套。他们起先还有些疑虑，以为他在假意客套，直到见他神色严肃，语气果决，这才信了。

两个上过军事学校的管带有些惭愧，立着直点头。申明龙和宋全则是混兵饭的老油条了，见这年轻上司竟然真的不收，放出去的老血一滴不漏地全收回来了，高兴都来不及，扑通一声，朝着人就跪了下去：“聂大人公正廉明！两袖清风！更兼年少英雄，叫我等万分佩服！往后定尽心尽力，为大人效犬马之劳！”一边行着礼，一边那奉承话是张口就来，源源不断。

聂载沉叫两人起来，神色再次转为严肃，强调往后只能行新式军礼。四人领命，遂排成一排，再次齐刷刷地朝他行了个新礼，这才告辞离去。

聂载沉送客到了门外，见几人再三要他留步，也就停下，转身正要回屋，忽然听到身后传来几声朗笑：“聂大人，恭喜你高升，我现在才来道贺，迟了，莫怪，莫怪！”

这声音听着有些耳熟。聂载沉转头，认了出来，是总督府公子顾景鸿来了，后头还跟着个抱了只木箱的士兵。聂载沉急忙迎了上去，将人请入屋里，给他倒茶。

顾景鸿伸手阻止，自己夺过壶来，笑道：“你我如今同级，且论位次，你还在我之前，怎敢劳你斟茶？我自己来，自己来！”

聂载沉也就随他了，微笑道：“顾公子说笑了。”

顾景鸿寒暄几句，恭喜一番，看了下屋子，就叫跟过来的士兵将箱子拿来，放在地上，笑道：“今天来得匆忙，也没什么好东西，就准备了两只青花瓶，宣德官窑出的。如今你和从前不同，时常会有访客，正好这里空荡荡的，摆上去凑凑。”

聂载沉婉拒。顾景鸿不悦：“又不是什么贵重的玩意，不过两只瓶而已，莫非你是瞧不起我？”

聂载沉只好收下，道谢。

顾景鸿这才笑了，十分爽快：“我比你虚长几岁，你要是看得起，往后咱们也不必大人公子地来回客套了，兄弟相称就是。”

聂载沉自然称好。顾景鸿又略坐片刻，方告辞离去。

回到总督府，顾景鸿衣服都来不及换，立刻问用人：“我爹回了吗？”

“大人下午回来了。这会儿在书房里。”

顾景鸿急匆匆地赶到书房，见父亲果然在里头，张口就问：“爹，白家的婚事怎么说了？”

顾总督叹了口气，摇头道：“白成山说他女儿原本和将军府的儿子有婚约意向，这会儿正好将军府也催这个事，说什么两家是亲戚，他不便现在就拂了亲戚的面子，和我们做亲，没答应！”

顾景鸿进来一看见父亲的脸色，就知道结果应该没有那么顺利，此刻听到父亲果然这么回复自己，神色阴沉了下来。

顾总督安慰儿子：“好在我听白成山的意思，应当是不会和将军府结亲。他女儿不嫁将军府，放眼广州，除了我们顾家，还能嫁谁？你也不必过虑。白成山是老狐狸，什么拂不过亲戚面子，借口而已。他应该还在观望局势。你放心，白家女儿迟早会是你的！”

顾景鸿从书房出来，回到自己的屋，一把摘掉头上那顶连着假辫的帽子，厌恶地掷在一旁，扯开衣领，人坐了下去。正出神之际，听到用人敲门，便走过去打开了门。

“公子，方才后门来了个名叫王五的人，说有事找您。”

顾景鸿皱了皱眉，戴回帽子，整了整衣领，匆匆走了出去。

总督府后门之外的一个暗处，候着一个瘦猴般的男子。顾景鸿将人领到一处偏僻的角落，问道：“什么事？我不是跟你说过，没我的话，平时不要过来找我吗？”他的语气有些不悦。

那人道：“顾公子，您看您手头要是宽裕，能不能给我们兄弟再拨点钱？”

顾景鸿大怒，压低声斥道：“刚两个月前，我不是给了你们两万吗？”

那人赔笑道：“顾公子，您这是饱汉不知饿汉饥。我们兄弟原本在花县过得舒舒服服，谁知道你们新军过来，把我们赶跑了。顾公子当时也没能保住我们，连老大也死了。现在我们剩下的人，还不是听了你的，一边老实过日子，一边替你拉人吗？如今又聚了几百号人，吃喝用度，一个月怎么也要用点钱吧？”

“怪起我了？当时我是怎么说的？风头紧，康成要拿你们开刀，派出的是新军精锐，我叫你们老实点，你们自己要找死，还出来蹦跶，我有什么办法？”顾景鸿冷笑，“以为我不知道吗？就半个月前，有个柳州商人路上被劫，同行的小妾也被抢了，一把鼻涕一把泪地跑到广州衙门来报案，也是你们干的吧？”

那人嘿嘿一笑：“都是小打小闹，没什么大油水可捞，又没几个钱。这不，实在没办法，人要不散，就只能又来找您施舍了，您看……”

顾景鸿忍着心中厌烦，沉吟之时，对方忽然凑上来耳语道：“顾公子，我们倒是想干一票大的，干了就收手，有您罩着，我们就老老实实等着日后干大事。”

“你们想干什么？”

“听说白成山只有一个孙子，我们想绑了他，勒索一笔，那可是只大肥羊啊！白家金山银山堆成堆，分一点给我们，我们就吃用不愁了。就是白成山有将军府当靠山，我们不知道能不能干，万一再被一窝端，那就有钱也没命花了。”

顾景鸿起先有些吃惊，断然厉声呵斥：“不行！不能动白家人！”话说一半，他突然停下来，目光微微闪烁，又点了点头，改口道，“不过，这确实也是个来钱的最好法子。”

那人看着他，他沉吟了下：“白成山的孙子小名阿宣，七八岁，很胖，最近一直在古城。正好白成山刚过完六十大寿，那个小孩就在古城里。我给你们画一张白家周围和古城的地形图，你们好好准备，把人带走后，一切听我安排。记住，只取财，不伤人命！”

那人大喜：“我们兄弟本来还有点吃不准，有顾公子你的安排，怕什么！行，豁出去了！这就大干一票，干了就收手！”

顾景鸿目光微微闪烁，点头道：“是，好好干，一劳永逸。”

他一字一顿地说道。

第32章

次日清晨，聂载沉到了混成协的第一标。标下统领两个步兵营、一个辎重营、一个工程营。四名管带集合了所有士兵，简短训话之后，他便正式走马上任。

当天在靶场操练，聂载沉接过士兵手里的枪，随手摆弄几下，开了几枪，枪枪命中红心。随后在格斗场，几个大胆的士兵听说他之前曾打败过大名鼎鼎的方大春，斗胆想请他指教一番。聂载沉当即亲自下场，把七八个站出来依次对他发动近身攻击的士兵摔得七荤八素，半晌也爬不起来。第一天还没结束，全标官兵便对这个新来的年轻上官肃然起敬，不敢轻视分毫。

其实也不是聂载沉特意要显摆自己。他手下的大部分士兵年纪都比他大，上任之初，他要是不立刻露几手震慑住下面，以后说的话就没人听，这才有了今天的一幕。效果还是很明显的。随后几天，聂载沉很快熟悉了全标上下的情况，官兵也对这个处处以身作则的上官很是敬服。在申明龙等几个管带的协助下，一周之后，标里的各项事务就进入了正轨。

这天，高春发派了个人来通知聂载沉，晚上将军和将军夫人请吃饭，叫他早点结束标里的事，一道进城。

“高大人特意叮嘱，叫聂大人你务必打扮得齐整些。”

将军府请吃饭，高春发又这样特意叮嘱，聂载沉自然照办，也没多想，以为高春发是考虑到将军夫人也会同桌，这才对他的仪容提出了要求。

傍晚，他回到住的地方，冲了个澡，换上行头，临出门前，想起高春发的叮嘱，又照了下正容镜——新理的精神的短发，崭新的军官制服，擦得纤尘不染的皮鞋。

应当没问题了。

他戴上帽子，对镜正了正，出发去了高春发那里。

高春发也已准备妥当，见他到了，从头到脚打量了他一下，开玩笑似的拍了拍他的肩：“可惜了，我没有女儿，要不然，一定招你做女婿。”

聂载沉以为他随口取笑，也没在意。

高春发叫卫兵牵来两匹马，笑道：“走吧，不要让将军和夫人久等了。”

聂载沉上了马，随高春发一道入城，两人很快抵达将军府。

康成今天穿着便服，紫马褂，黑袍子，脸上带笑，和那天见聂载沉时的愤怒模样大不相同，显得很是放松。当聂载沉向他见礼完毕，脱下帽子挂在客厅口的帽架上，露出他的一头短发时，康成也只是瞥了一眼，并没露出什么不满。

将军夫人和他一道出来，与平日常有往来的高春发打了声招呼，两道目光就投向了聂载沉。

高春发向她介绍：“这个年轻人，就是我之前在夫人面前提过的聂载沉。今年才二十一岁，前途无量。”

“见过将军夫人。”

聂载沉向面前这个穿着旗装、正在打量自己的贵妇行礼。

将军夫人终于看完了人，暗暗点了点头，态度很是热情，笑道：“快进来吧！一顿便饭而已，你就当是在自己家中，不必拘束。”

聂载沉道谢，随着高春发来到将军府的客厅。厅里有两个将军府的幕僚陪坐着。高春发向将军问起公子明伦：“最近好似都没见着公子，他应该很忙吧？”

康成没说话，将军夫人笑道：“最近朝廷商务局里事多，前几天他就去了京城，人不在这里。”

高春发恍然，赞道：“明伦公子是经天纬地之才，要是多几个他这样的青年才俊，朝廷何愁明日？”

将军夫人自谦几句，就转移了话题，对高春发道：“明伦是不在，不过家里又多了个孩子。我跟你提过的，我外甥女婉玉，她出孝了，前几天从苏州来我这里，要住上一阵子。你是长辈，我这就叫她出来见个礼。”说着，命人去把婉玉小姐请出来。

用人领命去了。等着的工夫，将军夫人又道：“我妹妹早早就去了，婉玉他爹是江西学道，三年前也病去，婉玉就回了老家苏州，去年守完了孝。我没有女儿，就把她接过来，往后就当自己的女儿养。”

她说话的工夫，很快，伴着一阵轻盈的脚步声，那张立在内厅口的嵌毛玻璃的景泰蓝落地屏风后，多出了一道袅娜的女子身影，影影绰绰，看着似乎穿了身浅紫色的衣裳。

隔着屏风，婉玉小姐朝着客人的方向施了一礼，声音也从毛玻璃后传了过来：“婉玉见过高叔父，见过……”

她的声音顿了一下，显然是不知道该怎么称呼高春发旁边的聂载沉。

高春发看了眼一旁的聂载沉。

今天的这顿饭，其实是有目的的。目的来自将军夫人，她想替自己的外甥女寻一门合适的亲事。

将军夫人的外甥女丁婉玉，早年曾和人订过婚，后来男方出事没了，凭空就误了几年，再后来，父亲也死了，她又守孝三年，现在二十多了，从苏州到这里投奔姨母。将军夫人疼爱外甥女，就盘算着给她找一门合适的亲事。

其实夫人之前就物色过几个人，家庭出身和婉玉小姐甚配，都是官宦子弟，但婉玉小姐自己才貌双全，也颇能干，父母没了，一个人把苏州老家的门面撑了起来，眼光自然高，看不上一般人。这回她过来后，前几天，将军夫人和高春发提及这事，叫他方便的话帮自己留意一番，看有没有合适的人。高春发就想起了聂载沉，便大力推荐，说他人品、相貌，或是能力，都是人中杰俊，万里挑一。

比了下年纪，也只比小姐略小几个月，正配。唯一一点家世清寒，有点配不上小姐。将军夫人就心动了，和丈夫商议，康成也点了头，她就想先看看人再说，这才有了今晚的这场家宴。

刚才见到聂载沅，体格出众，英气勃勃，将军夫人只觉眼前一亮。和面前的这个年轻军官相比，之前自己给外甥女相过的那几个人，犹如鱼目较之于珍珠，简直是黯然无光。夫人十分满意，想着要是成了，日后叫丈夫再多提拔提拔就是了，所以就把外甥女叫了出来，让她自己也看上一眼。

“婉玉，这是新军混成协第一标标统聂载沅，新军里的后起之秀，你叫他聂大人就行了。他也是你姨父的得力干将，日后会经常出入我们家的，不算外人，你也不必避嫌，出来见个礼就是。”

毛玻璃后的那道身影轻轻晃了下，婉玉小姐听从了将军夫人的话，从后头走了出来。她和将军夫人一样，穿着旗装，身材苗条，面容秀丽，果然人如其名，温婉如玉，极是可人。

“婉玉见过高叔父，见过聂大人。”

她的一双妙目在聂载沅的脸上停了一停，或是因为羞涩，脸颊泛出一层淡淡红晕。

聂载沅赶忙从座位上站起来，微微欠身还礼：“不敢。小姐客气了。”

婉玉小姐再次看了他一眼，随即低头，告退离开。

聂载沅浑浑噩噩，丝毫没有察觉到异样，直到吃完晚饭，康成、高春发和几个幕僚说着话，将军夫人却把聂载沅单独叫到一旁的一间小厅里，让他坐下后，开始盘问他的生辰八字、家中情况，他这才察觉不对劲，突然想起那次刚到古城，在白家的饭桌上，白家少奶奶说要给他说亲，当时问的那些话简直和此刻一模一样，再联想到高春发特意叮嘱他注意仪容，还有刚才的那位闺秀，聂载沅顿时如芒在刺，坐不住了。

他含含糊糊对付着应了几句，正想找个借口起身，突然听到外面传来一阵疾奔而入的脚步声，似是将军府的用人跑了进来，一边跑一边喊：“将军！白家少爷来了！出大事了！”

聂载沉的心微微一跳，立刻站了起来。

“夫人，我去外面看看出什么事了。”

也不待将军夫人点头，他略微欠身，立刻转身出了小厅。刚到大厅，就看见白镜堂急匆匆地进来，神色焦急，一看到康成，立刻喊道：“舅舅！不好了！锦绣被一帮土匪给绑走了！”

康成大惊，猛地站了起来：“怎么回事？”

白镜堂定了定神，道出原委。

他的妹妹白锦绣最近心情仿佛不大好，在古城，天天待在家里，也没出去画画了。当初那个摔坏了脚的司机，现在已经伤愈，白成山原本想将人叫过来再给她开车，方便出门，但白锦绣提不起兴趣，说不要了。

前几天她对白成山说，离女校开学也没多少天了，她想回香港，又答应会经常回来看父亲的。白成山虽然不舍，但拗不过她，就答应了，于是安排了行程，让她先去广州住两天，然后再去香港。阿宣和她同去广州。

昨天一早，刘广和两个带家伙的白家壮丁送白锦绣和阿宣坐马车上路，中途行到一段山道，前头的路上堆了几块大小不一、看着仿佛是从山上滚落下来的石头，挡住了道。恰好阿宣早上出门吃多了，又嚷着要屙屎，于是白锦绣带着阿宣下车，领他到路旁草丛里方便，刘广就带人去搬石头。

白家背靠广州将军府，当地那些有年头的积匪，哪个不知？何况官府缉盗的，很多人甚至都认识积匪头子。除了之前那伙在花县闹得太凶的土匪坏了规矩，被一锅端了，广州府哪个山头的土匪敢打白家的主意？加上最近是雨季，山道石头滑坡是常有的事，所以刘广也没起疑心。

但他万万没想到，就在他和家丁搬石头的时候，突然从斜旁的林子里窜出了十几个山民打扮、身着斜挎武装带、手里持着土枪的土匪，朝着白锦绣和阿宣就冲了过去。

家丁手里有枪，还是最先进的连发美式长枪，火力比土匪的土枪不知道要好多少，但刚才都放在马车里了，匆忙取枪后，小姐和阿宣也在那个方向，刘广怕误伤，怎么敢随意朝人放枪，只能一边放了几下空枪警示，一边带着家丁追了上去。

阿宣蹲在地上的时候，白锦绣站在他的后头等着。阿宣远远看到土匪出来，大喊一声“姑姑快跑”，自己站了起来，连裤子都没提，转身一溜烟撒腿就跑，人胖腿短，脚上还拖着裤子，竟和兔子似的跑得飞快，一头扎进旁边的林子里，转眼不见了人影。

白锦绣却没他逃得快，被土匪迅速追上，被套进一只大袋子丢到了马背上。大约是忌惮白家两支枪的火力，土匪也不敢再去追阿宣，朝着身后追来的刘广和家丁放了几枪，当即匆匆离去。随后，白成山就在家里收到了来自绑匪的消息。

“绑匪要两百万鹰洋，三天之后，让装到一只敞篷舢板里，放到黄埔码头的野河，船顺流下来，只准一个他们指定的船工留船。说收到赎金，他们就会把人放回来！”

“什么？两百万！”康成倒吸一口凉气。

“舅舅！给钱没问题，钱我们筹，已经通知各钱庄了，三天应该可以！我爹怕的是绑匪言而无信，万一对我妹妹不利！他也正往广州赶来！我妹妹不能出任何事！舅舅你一定要帮忙，要保证我妹妹能安全回来！”

白镜堂满头大汗，说到最后，几乎声嘶力竭地喊了出来。

康成震怒，狠狠地拍了一下桌面：“岂有此理！哪里来的土匪，狗胆包天，竟敢动我的外甥女！镜堂你放心，舅舅一定会救人的！”他转过头，对着高春发下令，“你立刻调集新军人手，到黄埔码头布控，就算把广州府的地皮刮掉三尺，也要给我把锦绣找回来！”

高春发不敢怠慢，立刻接命，正要离开去安排，一旁的幕僚咳了一声，急忙站出来阻止：“将军，少安毋躁，先听我说。现在离事发已经过去一天多了，出了这样的事，光调新军，不是说没用，但我怕耽误时间。对方在暗，我们在明，现在连对方是哪伙人都还不清楚，怎么找人？”

这个幕僚是当地通，康成焦急地催促道：“那你说，怎么安排？”

幕僚道：“将军，土匪有好几种。有长占山头以此为业的积匪，有平日不出来，有家有户，暗地聚众打劫的当地人。这两种土匪，料他们没胆子敢动白家。最大的可能是悍匪。悍匪通常都是铤而走险的亡命之徒，没有顾忌，什么都干得出来，也最危险。新军的装备或是官兵能力，自然都好，但要对付这种暗地活动的土匪，还是要用旧军那边的人。一直以来，缉拿盗贼是巡警营和消防营，打土匪是防营，他们有经验，有门路，也知道人，可以比我们更快地查到绑匪的蛛丝马迹，确定了身份，营救才更有效。”

“巡警营、消防营和防营都归总督府管辖！”

康成被一语点醒，略一蹙眉，立刻吩咐道：“快！马上把顾景鸿给我叫过来！”

顾景鸿很快开车赶来，疾奔而入，当听到白小姐被一群悍匪绑走的消息时，他一愣，随即面露怒色，转头对康成和白镜堂道：“你们放心，我立刻去请我父亲准许，把人全部叫来这里商议对策！”

他匆匆离去，再次回来的时候，广州旧军的巡警营统制、消防营统制、防营都督，还有各军总兵，以及新军高春发麾下的两个标统，十几个广州府的高级武官全部赶了过来，乌泱泱一道聚集在了将军府的议事大厅里。

因为将军府和总督府不合，加上旧军对新军也有所不满，新旧军的将领这样齐齐聚在一个地方开会，如此阵仗，还是头一回看到。当听到白家小姐被绑，绑匪索要两百万的消息时，武官们无不义愤填膺，纷纷表示一定竭尽全力，保证把人安全救回来。

顾景鸿上前道：“将军，你要是信得过，我就斗胆请命负责这次行动。我以我的人头担保，一定安全地带回白小姐！”

康成和白镜堂稍微商量了几句，点头道：“也好，那就由你全权指挥，新军调动也归你安排！”

白镜堂实在不放心，又补充道：“顾公子，我妹妹的安全第一！我们求的是人尽快回来，实在不行的话，钱我们给就是了！”

顾景鸿道：“白公子你放心！白小姐的安危，胜过我自己的性命，我绝对不会拿她的人身安全当儿戏的！”

白镜堂知他对自己妹妹的心意，听他语气郑重，神色诚恳，又看了眼聚在议事大厅里的广州府军方众多人马，总算觉得心里稍稍有了点底，抹了把汗，向面前的众人作揖:“我妹妹的事，就托给各位了。等她安全回来，白某在大三元摆翅皇宴，酬谢诸位！”

大三元酒家是广州最有名的粤菜馆，翅皇宴更是大名鼎鼎，一桌动辄上千两银子，只有达官巨富才享用得起。就算是广州府的这些统制、总兵，一年也难得有机会能蹭上一次。

统制总兵们拍着胸脯保证，纷纷说道:“白公子客气！尽管安心等着好消息就是！”

顾景鸿就地做事，很快开始和武官们排兵布阵，商议对策。康成、高春发和白镜堂也在旁听着，众人纷纷献计献策，议事大厅里人声鼎沸。

聂载沉在大厅口的角落里独自默默地站了片刻，悄然离去。

第33章

议事大厅里的商讨还在紧张地继续着。

经过一番分析，众人很快初步判定，作案的极有可能是之前被剿的花县土匪余孽。那帮人没了老巢，穷凶极恶，铤而走险，什么都能干得出来，除了他们，广州府再不会有哪拨人胆敢犯下这样的案子。

有了这个判定，行动方案也迅速制订下来。

防营负责的是全广东的治安，平时分驻各地要隘。因为最近没什么大事，广州只留了五百人的兵力。顾景鸿下令连夜从最近的佛山和顺德两地调来两个营，和广州巡警营、消防营共计五千人原地待命，随时准备行动。同时，命令广州府和东西惠州、肇庆两地迅速封锁各道关卡，海防也同样设卡，四面八方，堵死绑匪的逃跑通道，等到白小姐安全回来后，与抽调的新军一道，实施瓮中捉鳖，一网打尽，以彻底消除祸患。

最后他再三强调，在确定白小姐安全之前，所有的行动都必须暗中秘密实施，免得打草惊蛇，令绑匪狗急跳墙，危及白小姐的人身安全。

命令连夜以最快的速度下发，众武官各自领命离去，顾景鸿说他想连夜亲自带着新军一标的骑兵营出城到黄埔勘察地形，以保证两天后能万无一失地接回白小姐。

听这布置确实滴水不漏，而且，不但出动全广州各方的军队和警力，连肇庆、惠州等地也被惊动，连夜联合行动。可以做到的，也只能是这样了。

见顾景鸿这么上心，白镜堂感激，用力地握着他的手："有劳你了！我十分感激！"

顾景鸿道："白公子见外了！白小姐的安全第一，其余都是次要的！事情紧急，我先去了！"

看得出来，他确实急着想要离开，对自己妹妹的关切，显然是发自内心的。白镜堂更是感激，还怎么会再耽搁？于是急忙送他出去。人散了后，他也没回位于西关的白家公馆，派人回去把消息传给正在家焦急等着的张琬琰，自己则直接留在将军府，以随时获悉最新的营救进展情况。

这一夜，将军府灯火通明，白镜堂愁眉不展。而远在城外的西营之中，聂载沉也是彻夜无眠。

营救行动是由顾景鸿全权指挥的，他调用的新军，自然也都是他本人所在的标下人马。

这个点，西营里的官兵原本已经熄灯就寝，随着一标骑兵营和步兵营突然出动发出的那阵短暂骚动过去之后，整个西营很快又恢复了夜的宁静。周围剩下的官兵不知道发生了什么事，议论了几句，也就继续回去睡觉了。

要是猜测得没错，这边应该出动了五六千的人马，而绑匪那边，估计也就几百号人，加些土枪罢了。顾景鸿本身能力确实出众，白家又拿得出钱，也愿意付钱。从绑匪那边来看，索要的金额虽然巨大，甚至可以称是天价，但给出了三天时间让白家筹款，可见是真心求财，在有希望获得巨额赎金的前提下，想来不会对白小姐施加伤害。

就两天后换回白小姐这件事而言，问题应该不大。他完全不必费神多想。白家人里，白小姐就不用说了，现在对他必是深恶痛绝。白成山对他，应该也是怨气未消。

白小姐于他，不过就是个机缘巧合之下偶然得以靠近，现在又是形同陌路的无关之人罢了。已经有那么多人在为了她奔波，她会平安回来的。没他什么事，也根本用不着他。

聂载沉这样告诉自己。

白成山次日赶到广州，获悉全部安排已经妥当，只等明日换回人，然后瓮中捉鳖，将绑匪一网打尽，断绝后患。但他还是不放心，又问详细的安排。顾景鸿亲自赶来汇报。他听完整个计划安排，那颗高高悬着的心才稍稍放了些下去。

八月的广州，天气炎热，白镜堂见父亲面容憔悴，怕他万一着急病倒，劝他先回家中安心等待消息，将军府这里由自己守着，随时给他传报最新的动向。

该做的都已经做了，剩下的，自己干着急也没用。

白成山知道儿子压力巨大，妹妹出事，也不想他太过煎熬，便听从了儿子的安排，先回了西关公馆。

白镜堂在煎熬中一分一秒地度过了剩下的时间。第三天清早，约定交赎金的时辰到了。

他和刘广带着家丁赶着一辆大马车，将紧急筹来的钱全部运到了黄埔码头。

黄埔是位于广州城外的一个荒野小岛，除了码头附近还算像样，沿江分布的渔村破烂不堪，棚户密密麻麻，肮脏而混乱。居住在这里的，除了船工，剩下的都是无家可归的贫民和混子。

现在是清早六点，太阳都没出来，周围还看不到什么人，冷冷清清。

两百万鹰洋，数目庞大，一条船根本装载不下。按照绑匪的详细要求，五十万是鹰洋，其余一百五十万折成黄金，全部用木箱装好，运到舢板上。

白镜堂和刘广指挥家丁，将装着赎金的沉重木箱一只只地搬上舢板，一分不少，随后就等着对方指定的船工到来。

天渐渐大亮，太阳也升了起来，周围开始有住在附近的船工探头探脑，好奇地张望。

白镜堂满头大汗，等了许久，始终不见有什么人出现，渐渐觉得有些不对劲，心里也变得不安起来。正焦躁不已，突然看见远处跑来一个家丁，气喘吁吁地说道："公子，不好了！刚刚老爷在家，又收到了绑匪的新消息。绑匪说咱们骗他们，意图要对他们一网打尽，他们威胁撕票！"

白镜堂大惊失色，急忙朝着远处大声呼喊。匿在周围的顾景鸿和几个统制立刻现身上来，获悉消息，几个统制面面相觑。顾景鸿眉头紧皱，神色阴沉，仿佛陷入了某种凝思。

"顾公子！现在怎么办！你不是说计划完美吗？这是出了什么纰漏？绑匪怎么知道了你们的安排？"

白镜堂气急攻心，眼前一黑，差点晕厥过去，一旁的人赶紧把他扶住。

顾景鸿回过神，眺望一眼远处的西北方向，沉声道："白公子，你先别急。整个广州府现在被围得连只苍蝇也飞不出去，绑匪无路可走。他们不是蠢货，白小姐现在就是他们的护身符，她要是出事了，他们就没有活下去的半点可能！我这就把这里的人全部调回去，立刻展开搜索！"

事情急转直下，变成这样，白镜堂还能有什么办法？只能看着顾景鸿指挥众人重新安排行动，心里盼着妹妹安然无恙。

顾景鸿安排完毕，将心腹蒋群单独叫到一旁，低声说道："要是我猜得没错，咱们的计划可能被那帮人察觉了，他们现在极有可能逃回花县的黄龙山。毕竟那里是他们的老窝，他们熟悉地形，那一带又山高林密，利于躲藏。你立刻带上自己信得过的人，悄悄赶去，先侦察一下情况，记住，暂时不要让别人知道，更不要将那帮人逼得狗急跳墙，我会另行安排——"

话音未落，忽然，远处又骑来一匹快马，一个士兵疾驰到了近前，翻身从马背上滚了下来。

"报——将军刚刚收到消息！绑匪带着白小姐到了花县黄龙山！绑匪指定要让顾公子过去，说要和你谈判！"

顾景鸿一怔，心中顿时怒火中烧，扭头见白镜堂已经听到了，正朝自己跑来，急忙迎了上去。不待白镜堂开口，他立刻说道："白公子，你放心！我这就立刻过去，把白小姐救出来！我倒要看看，那帮土匪到底想要干什么！”

花县位于广州府的西北方向，有一百多里地。中午时分，顾景鸿、高春发、白镜堂，以及所有参与这次行动的新军旧军全部武官，带着浩浩荡荡的数千名官兵，一齐赶到了黄龙山下。

黄龙山地势陡峭，山间有道很深的裂谷，名叫断龙涧，宽十来丈，两边是悬崖，下面怪石嶙峋，人无法直接通行。雨季的时候，还有湍急的水从涧底穿过。山头被土匪占领之前，附近山民为方便来往于两座山峰之间，修了一条连接的藤桥。后来山头被土匪占了，断龙涧就成了土匪的巢穴。

官兵驻下，众人也暂停在山脚，正商讨着下一步的营救计划，山道上哆哆嗦嗦地下来一个山民打扮的人，说昨晚这里又来了一帮土匪，把自己强抓上去干活，刚才放自己下来，让他带话。

“土匪让你们当中一个名叫顾景鸿的人单独上去和他们谈判，不准带一个兵，也不准带枪，否则就杀了他们手里的人。”山民带着哭腔说道。

无数道目光投向顾景鸿，周围立刻变得鸦雀无声。

“不行！这太危险！土匪居心叵测，不能让顾公子只身涉险……”

防营都督是顾家的亲信，一听就立刻摇头，但话还没说完，就被顾景鸿抬手阻止了。他收回眺望着远处断龙涧的目光，环顾一圈众人，神色凝重，一字一句地道：“土匪想必是知道了我全权指挥营救行动的身份，这才要和我单独谈判。我上去就是！”

旧军统领们纷纷劝阻。

白镜堂此刻的内心也是无比煎熬。妹妹还在一帮悍匪手里，现在人怎么样，完全不知。父亲和自己一样，最大也是唯一的心愿，就是妹妹人能平安，这最重要，其余一切都无关紧要。

现在好不容易有了转机，他怕忤逆悍匪，他们对妹妹施加报复。但让总督府的公子为自己的妹妹只身涉险，于情于理，都说不过去。

“顾公子……”白镜堂张了张嘴，说不出话来。

“白公子！我身为此次营救行动的统领，这是我的职责所在，你不必有任何顾虑。何况白小姐还身处险境，别说一座山头，就算前头是刀山火海，我顾景鸿今天也要闯！”

他的语气坚决，丝毫没有商量的余地。

白镜堂感激不已，声音微微发颤：“多谢顾公子！要是我妹妹能救回来，你就是我白家的恩人！”

“公子，你要上去也行，但必须有所准备！这样，你上去的同时，也安排好人马，从两侧悄悄随行上去。万一要是发生什么，也能有个照应！”防营都督又道。

这个提议，白镜堂自然也赞同：“是，都督说得对，这样更稳妥些。只要小心别让土匪发现，应该就没问题。”

顾景鸿终于点头：“也好，那就这样安排。”

他召来自己带的新军，叮嘱一番蒋群，又去了身上的枪，抬头看了眼山头的方向，就迈步上山而去，身影很快消失在了众人的视线中。

山路陡峭，他的步伐却越来越快，目光也越来越阴沉。快到山顶的时候，看到前头被一道临时堆砌的石墙拦住，一个端着土枪的土匪猫在墙后，朝着自己探头探脑，顾景鸿便停下脚步，冷冷地道：“叫刀疤给我滚出来！”

原本的头子被打死后，刀疤就成了这群漏网之鱼的新头领。那个土匪没作声，王五从石墙后冒出了头，让一个土匪过来搜身，确定顾景鸿身上没带武器后，指着他怒骂：“顾景鸿，你是黑到家了！分明说好的，你在番禺给我们留个口子，我们拿了钱，放人就走。这回要不是我多了个心眼，先去番禺探查了一下，现在我们这些人，都已经成了死人！我还以为天下就我最歹毒了，没想到你比我还要歹！你是觉得我们兄弟现在拖累了你，想借机把我们都除掉吧？你又得人，又得钱，还甩了我们，打的是一手好算盘！反正我们也无路可走了，白家人都在下头吧？那就让他们知道你的真面目！我们死了，你也别想好过！”

顾景鸿神色不变，冷冷地道：“你们这些蠢货，说你们蠢，还太轻了！连个小孩都抓不住，抓了个女人，你们是干什么吃的？要不是我争来了全权统领的位子，你以为你们现在还能活着，能用这样的态度和我说话？康成的新军是靠白家养的，现在白家出了这样的事，叫他脸面往哪里搁？他猜到是你们下的手，恼羞成怒，知道弄来了多少人对付你们吗？新军防营、消防营还有巡警营，加起来全部六七千人，几架机关枪把你们围起来，你们就死定了！番禺那里，我确实是安排了人手，但安排那些人的目的是为了接应，好把你们安全送走，从水路南下，入了珠江口，才算是没事。否则，你们要是被抓住，我也完了！你们这帮蠢货，狗咬吕洞宾，不识好人心，坏了我的计划不说，死到临头了，不知道害怕，竟还对我这种态度？”

王五半信半疑，迟疑片刻，看一眼远处那片若隐若现的围着山脚的军队，知道整个广州已经封锁，这回想要逃走，没有别的办法，只能靠他，于是哼了一声：“你说得好听！既然这么好心，一开始为什么没说清楚？现在这样了，你说怎么办吧？”

顾景鸿道：“办法自然是有。但白小姐呢？我吩咐过你们的，不许动她一根汗毛！叫刀疤出来，带着白小姐！我要亲眼看到她没事再说！”

王五道：“你放心吧，白家女儿虽然是少见的大美人，但能不能动，我们心里有数！目前为止，她好得很！但是你要是还敢和我们耍心眼……”他和身后的土匪对视一眼，发出几声带着不怀好意的笑声。

顾景鸿暗暗握紧拳头，忍下心头怒火，神色却越发平静，说：“白小姐没事就好。你们可以利用她做人质，天黑之后下山，只要她在你们手里，康成肯定不敢对你们强攻，到时候我给你们安排路线，送你们出海，安全后，你们把白小姐交给我，往后再也不要回来了！”

到手的天价赎金泡汤，土匪们懊恼无比，但现在被重重包围，重中之重的是怎么先逃命要紧。

王五道：“你稍等，我先去和老大说一下……”他转身正要离开，突然，一个土匪喊道：“不好了！官兵上山了！”

王五循着同伴所指的方向看去，果然，侧旁的一片草丛里，隐隐有人影在晃动。他的脸色一变，转向顾景鸿：“好啊，你果然是狼心狗肺……”

刚才开口说话之前，顾景鸿就已经看清楚了周围的情况，白小姐不在这里。

他知道今天是不能善终了。

按照他原本的计划，今早换回白小姐后，引这帮留着对他来说已是弊大于利的亡命之徒从番禺离开。当然，那里不像他对他们说的那样，是特意留给他们的安全出口，而是预先在那里埋伏了人，等这些人入了包围，全部就地打死。

没想到番禺口的安排竟意外落空，他的全盘计划也随之被打乱，他一下就变得极其被动。

现在要是留着这帮土匪，让他们有机会下去面对白镜堂或者高春发他们，万一张嘴再乱说话，于自己将是万分不利。他本就是个狠绝之人，见潜伏上来的人被发现了，索性一不做二不休，朝着周围喝了一声："还不动手！"

埋伏在两旁的士兵立刻冲了上来，架起四挺抬上来的马克沁重机枪，四面包围，对着土匪们一阵扫射。伴着机枪发出的突突声，转眼之间，现场百余名土匪立刻倒在了血泊里，剩下的那些，也很快被一一击毙。

蒋群带着人搜遍了附近，确定没有漏网之鱼后，跑过来报告："顾公子，没找到白小姐！也没有刀疤的尸体！"

顾景鸿看了眼前头那道藤桥的方向，忽见那边半空之中，似有一阵青烟升起，脸色微变，立刻奔去。

山上发出机枪扫射的声音，山脚下等待着的高春发和白镜堂等人立刻冲了上来，循着山道，很快就追到了山头，赫然看见地上横七竖八到处都是被打死的土匪，血流满地。

高春发神色凝重，迅速在尸体堆里翻找。白镜堂脸色惨白，高声吼道："绣绣！绣绣！你在哪里？你听到了吗？听到了应我一声！是大哥来了——"

他声嘶力竭的吼叫声在山间回荡，突然之间，前方仿佛传来一声隐隐约约的女孩的尖叫声，只是那声音才发出来，就仿佛被什么给截断，立刻又消失了。

"高大人，是我妹妹！是她！她还活着！"

白镜堂瞬间跳了起来，激动地攥住了高春发的胳膊。

"高大人！"

高春发带来的一个士兵从山头的方向突然冲了下来，神色惊惧。

“不好了！土匪头子挟持白小姐过了藤桥，又把桥从中间烧着了，桥就要断了，现在白小姐被带到了那头，这边的人过不去！”

白镜堂立刻转身，朝着前头狂奔而去。到了地方，他奋力推开前头的人，冲到藤桥前，被所见的一幕惊呆了。

妹妹双手绑着，被一个脸上有道狰狞刀疤的中年男子推在身前充当盾牌，这一头，顾景鸿和一排士兵，手中端着长枪，正瞄准那头。而连接两峰的藤桥，中间被浇上了火油，熊熊大火，火势正向两边蔓延开来。中间起火部分的藤索，已烧得断了大半，不断有带着火苗的残藤掉下深涧，只剩小部分还连着，眼看就要烧断了，整座桥摇摇欲坠。

“大哥——”

在惊惧中度过了三天的白锦绣终于看到了自己的兄长，再也忍不住，喊了他一声，声音就哽咽了。

“不要开枪！不要开枪！我妹妹还在他手里！”白镜堂不顾一切地冲出去，拦在了顾景鸿的面前。

顾景鸿望着对面被刀疤推出来挡枪的白锦绣，心知只要稍微失了准头，就会误伤到她。这也是他刚才迟迟下不了决心立刻射杀刀疤的原因。

他犹豫片刻，终于还是慢慢地放下了手里的枪。

刀疤大笑：“桥就要断了，我在这里还能逍遥一会儿，临死前，能讨这么一个漂亮老婆，还是白家千金，到了阴间也不算亏！”他说完，又用充满仇恨的目光，恶狠狠地盯了一眼顾景鸿，冲着白镜堂喊，“大舅子，你被骗了！这位总督府公子，他明里一套，暗里一套，这回绑架你妹妹，他也在其中！本来是想把我们杀了灭口，没想到啊，老天有眼，叫他失算！”

刀疤说完，狂笑着，拖着奋力挣扎的白锦绣转身离去，身影很快消失在了树丛后。

这边众人无不吃惊，纷纷看向顾景鸿。

顾景鸿神色丝毫不变，冷冷地道：“这个匪首美梦破灭，自然对我恨之入骨，死到临头，还不忘血口喷人，污蔑于我！”

话音落下，总督府那边的人自然纷纷点头，冲着对面怒骂，又开了几枪。

白镜堂是半信半疑，只是这会儿，他哪有心思管这个？跺着脚吼：“我妹妹还在那边！这里除了这条桥，就没有别的路了吗？”

一个当地士兵答道：“我知道有一条路，但要下山，绕个大圈，至少半天才能到！”

白镜堂眼前一黑。别的现在他已经不想了。他想的是，等到半天之后，即便找到的，恐怕也只是妹妹的一具尸身了。

“绣绣——”白镜堂声音嘶哑，人几乎晕厥过去。

“快！立刻给我带路！”

顾景鸿双目赤红，咬着牙，冲那个士兵厉声喝道。

士兵正要转身下山带路，就在这时，迅速冲出一道人影，推开了站在桥头的几个士兵，宛如闪电一般，踏着脚下那道摇摇欲坠的火桥，朝着对面疾奔而去。

白镜堂本已绝望，又被这突然发生的一幕惊呆了。他一眼就认了出来，这个正踏着火桥想要冲到对面的背影，是聂载沉。

不止白镜堂，这边所有的人，也都被这一幕给惊住了。连顾景鸿也停下脚步，转头望着。

“载沉！危险！快回来！”高春发反应过来，猛地大叫。

桥下涧底全是坚石，如今虽有涧水，但很浅，这样的高度，掉下去恐怕就要粉身碎骨。

聂载沉却没有任何停顿，一手缠着一件湿衣，迈开大步，继续朝着桥的中间奔去。

藤桥本就烧得快要从中断开，突然又承受了一个成年男子快速跑动而引发的冲击力，剩下的最后一根藤索扭了几下，啪的一声，在火光中彻底断裂。整座藤桥，在众人发出的惊呼声中，一分为二。

“载沉——”

高春发大吼一声。

就在这千钧一发的时刻，聂载沉猛地纵身一跃，那只裹着湿衣服的手伸了出去，一把攥住前方断桥还在烧的一根藤索，整个人随即被落下的断桥带着，仿佛荡秋千般甩向对面，眼看就要撞到山崖，他猛地脱手，掉入了对面一株生在崖壁上的大树里，身影瞬间就被浓密的树冠吞没了。

高春发和白镜堂回过神来，无法呼吸，睁大眼睛看着。片刻后，看见树冠一阵摇晃，聂载沉的身影终于重新出现了。

他的手里多了一柄匕首。他用匕首插入石缝，小心地攀着藤木，敏捷地爬了上去，身影随即迅速消失在了树丛之后。

第34章

刀疤成功断道，带着白锦绣七拐八弯，很快就上了一条野径。

野径本就崎岖，又少有人知，早被齐腰高的荒草淹没，变得更加难走。白锦绣双手被缚，被刀疤这样拖着强行上路，走了一会儿，发现路变得越发曲折，好几个地方，甚至要在狭窄的石缝间弯腰穿行才能通过。

她露在外的手背和脖颈早被野草刮出了一道道伤痕，虽然细小，却又疼又痒，要是平常在家，她这个娇小姐早就呼天抢地地喊了起来，现在哪里有心思管这个。她心中越来越惊惧，疑心这土匪头子知道四面被包围，要带自己藏匿起来。深山老林，这里又是土匪的老窝，哪怕兄长他们很快追上来，一时半会儿想要立刻找到自己，恐怕也是难上加难。

何况现在和前几天已经不同了。前几天，她虽然也在土匪窝里，但土匪们知道有命拿钱，周围少不了投来的淫邪目光，却没人敢真的动她。此一时彼一时，她怕自己接下来就没那么幸运了。

脚下一绊，她险些摔倒，足尖磕在一块石头上，隔着鞋都痛。

“给我快点！”刀疤厉声呵斥。

白锦绣不敢反抗，被强行拖着又忍痛走了几步，回头焦急地张望了一眼身后来路。

地面野草坚韧，被踏过后，很快就恢复了原本的样子，不仔细看的话，根本就看不出这里有人走过的痕迹。

脚还在隐隐作痛。她低头看了一眼，突然心中一动。接下来，她就用鞋跟刻意在地上拖行，好划出深一点的印迹。哪怕她的足迹能被兄长他们看到的可能性微乎其微，也总比什么都没有要好。至少这样，她自己还能抱有一点希望。

她怕被土匪头子看出异样，走几步就装作打趔趄，偷偷地刮一下。好在有长裙遮掩，对方情绪又躁乱，只顾在前头拖着她，并没有留意到她的这个小动作。这样走了大概半个小时，最后她被刀疤带到一处爬满野草的隐秘的山洞前，一把被推了进去。

就在刚才，她把自己脚上的两只鞋也先后甩了出去，现在光着脚，人一下被推倒在满是碎石和泥的肮脏地面上。她不敢喊痛，飞快地爬起来。刀疤忙着整理洞口的野草。那里很快又被野草完全遮住，里面的光线一下就变得昏暗无比。

伪装好洞口，刀疤走到山洞的角落里，把身上的毛瑟驳壳枪和武装带解下，放了下去。一阵窸窸窣窣过后，又点了一把火把，插在洞缝里。

光线又亮了起来。

白锦绣这才看清周围。这里是个住人的地方，一旁堆了几只看似装着干粮的口袋，最里头的角落里，甚至还有一张铺得破破烂烂的床。这里应该是土匪之前准备的一个秘密藏身之地。

刀疤转过身，手搓着下巴，打量着她，目光淫邪。

白锦绣浑身直冒冷汗，坐在地上不停地后退，直到后背抵在洞壁上，再也无路可退。

“你不要伤害我！我爹对我很好的！他什么都听我的！他今天一定也过来了！我会让他放你走的，还可以给你钱！我向你保证！”

白锦绣知道兄长他们现在一定在想办法到这边来找自己。现在她唯一的指望，就是尽量拖延时间，让他不要打自己的主意。

“你知道我家里有多少钱吗？”她继续说道，“多得你无法想象！银圆携带不便，我爹也可以给你弄美元！我就奇怪了，你们一开始为什么不要美元？你知道美元吧？美元比银圆更轻便，更好携带！我爹和广州花旗银行的总买办有交情，你想要多少都可以给你弄，五万，十万！二十万！甚至更多！你拿了钱，就可以坐船出国，东洋西洋，任你选……”

白锦绣张口就来，滔滔不绝，见刀疤的眼睛里渐渐放出贪婪的光，才略略松了一口气。

刀疤却仿佛突然又想到什么似的，神色瞬间转为凶恶：“别说得那么好听！都到这地步了，你爹放过我，顾景鸿也不会放过我！我要钱也要有命花！”他盯着地上的白锦绣，目不转睛，面露邪色，“像你这样的女仔，又正又嫩，还是白家的小姐，送上门的不要，下辈子怕都是没机会。你爹不是对你好吗？咱们先做夫妻，这里有吃有喝，他们一时半会儿也找不到的，等你替我生了儿子，你爹自然就招我做女婿了……”

刀疤发出一阵淫笑，目露兴奋，三两下就脱了衣服，朝着地上的白锦绣扑了过来。

白锦绣毛骨悚然，放声尖叫。两只手腕虽然被绑着，但是在身前还能活动，胡乱从身边的地上抓了一把土，朝着刀疤的脸就甩了过去。

刀疤被泥尘眯住眼睛，停了下来，一边揉着眼睛，嘴里一边发出愤怒的咒骂声。白锦绣连滚带爬地从地上起来，想朝洞口跑去，才跑了几步，脚腕一沉，被后头伸过来的一只手给抓住，人也跟着摔到了地上。

“聂载沉！救我——”

她趴在地上，张口大喊。

这一刻，她的脑子已然空白，整个人除了恐惧，就剩下绝望。她也不知道自己怎么就喊出了那个人的名字。但她知道，他是不可能来救她的。

那个人那么狠心，又根本不喜欢她。她倒霉了，关他什么事？他怎么还会管她好歹？

她漂亮的脸埋在地上，绝望地闭上了眼睛。

然而，奇迹竟然真的出现了，在最不可能的时候。

就在她喊完之后，洞口的方向突然起了一阵动静，她还没来得及抬头看，就听到砰的一声，身后仿佛有什么东西重重地摔到了地上。

那个令人作呕的土匪，不但没有像她以为的那样扑上来把她压住，手竟然还松开了她的脚。

她竟然什么事都没有？她把脸从泥里拔了出来，睁开眼睛，瑟瑟地抖着，扭头往后看了一眼，眼睛顿时瞪得滚圆，瞬间还以为自己是在做梦。

她的身畔多了一个人。

她竟然看到了聂载沉！他真的来了！这……这怎么可能？

她记得清清楚楚，在她被刀疤带走前，那条藤桥烧得就要断了。且不说火势，那藤桥本身就根本无法承受人穿行而过。就连她的大哥，也只能眼睁睁地看着她被坏人带走。

然而眼前发生的一切，好像都是真的。

他真的来了！刚才就是他一脚踹开了扑向自己的刀疤。刀疤倒在地上，捂住胸，嘴角溢出了血迹。很快，他回过神，连衣服也顾不得穿，光着身体爬起来就朝着角落逃窜。

“那里有枪！”白锦绣大叫了一声。

聂载沉从她身上一步横跨而过，上去一脚踢开了枪。盒子炮砸到对面的洞壁上，掉落在地，弹匣和枪体分开了。

“是你！之前就是你打死了我大哥！我今天非宰了你不可！”

刀疤忽然认出了面前这个穿着新军军官制服的年轻男子，咬牙切齿，突然从角落里摸出一把匕首，恶狠狠地刺了过来。还没刺到近前，聂载沉飞起一脚，踢掉了他的匕首。

刀疤双眼赤红，大吼一声，再次搬起脚边的一块大石头，要朝聂载沉砸过来。他还没站稳脚，就被掀翻在地，啪的一声，石头落地，他也重重地跌在了石头上。

刀疤从石头上滚落，捂住刚才重重磕在石头上的腰，发出一阵痛苦的呻吟声，人一时爬不起来。

聂载沉没有再给这个土匪任何的反击机会，他上前扣住土匪的一边臂膀，一拧，咔嚓一声，刀疤发出一道凄厉的惨叫声，人在地上痛苦地弯起身体。那叫声传入白锦绣的耳朵，令她浑身寒毛倒立。但是聂载沉仿佛没有丝毫感觉。这于他而言，似乎还远远不够。

他神色不动，目光却狠戾无比，拳头继续毫不留情地砸向已然彻底失去反抗能力的刀疤，一下，又一下，没有停顿，每一拳都重重地击在对方的脸上。

刀疤起先还在他的手下挣扎扭动，嘴里发出含含糊糊的咒骂声，渐渐地，声音消失了，人彻底地停止了扭动。

终于，聂载沉也停了下来。

他收了手，慢慢地松开沾着污血的五指，手背上暴凸而起的宛如蚯蚓般的一脉青色血管，终于缓缓地消了下去。最后他转过脸，看向一旁的白锦绣。

白锦绣从没见过他这副打人的凶狠模样，说惊呆也不为过。

地上的那个土匪就这样活活地被打死了。白锦绣不敢再看这恶心的一幕，已经几天没怎么吃东西的空荡荡的胃起了一阵抽搐。她实在忍不住，从地上爬了起来，跌跌撞撞地跑到洞口，跪趴在地上，干呕了起来。

聂载沉大步来到她的身旁，蹲了下去，飞快地替她解开手腕上的绳索。

白锦绣停止干呕，人还趴跪着，没有直起身。那两只终于得了自由的手也无力地瘫在地上，依然保持着被捆缚时的姿势，一动不动。

聂载沉的视线落到她的手上——两只细弱的手腕早被勒出一圈青紫色的伤痕，手背上还分布着许多长短不一的细细划痕。

这样的伤，要是换成他的手，完全可以无视。但是留在她的这双手上，看起来却是如此触目惊心。

他情不自禁，朝还趴在地上的她伸出手，想要扶起她，手指快要碰到她的肩时，迟疑了下，又收了回来。

“白小姐，你怎么样了？”他改而问道。

呼地一下，白锦绣突然直起身，人还跪在地上，受伤的手却已然握成拳头，狠狠地砸向他的胸膛。

“聂载沉，你个没良心的！你怎么才来啊！我都被关了三四天了！你早去了哪里？”

她眼角红了，声音颤抖，不停地胡乱打着他。聂载沉没动，也没有作声。他默默地看着面前白小姐那张脏成了小花猫似的脸，任她打着自己。她打着打着，突然又扑到他的怀里，两手死死地抱住他的腰。他没防备，被她扑过来的身子推得跌坐到了地上。

“白小姐……”他有些不自然，想站起来，身体微微动了下，才叫了她一声，话音未落，就听到自己的怀里冒出了一缕细细的呜咽声。

她哭了。就这样抱着他，脸埋在他的怀里，哭得很是伤心。

“我真的好害怕……你刚才要是没来，我该怎么办才好……”

她哭得越来越厉害，仿佛一只受了巨大惊吓跳到主人怀里的猫咪，双臂死死地搂着他不放，娇小的身子在他怀里一抽一抽。

聂载沉低头看着埋在自己怀中的脑袋，压下心底涌出的浓重的自责和后怕，再也没有试图推开她。

他坐在地上，任她抱着自己哭了半晌，等到怀中的哭声终于停歇，抽泣也渐渐止住，才道：“别怕，已经没事了。”声音低柔无比。

白锦绣感到自己的心终于彻底落了下去。

她悄悄地在他怀里蹭了蹭脸，把刚才哭出来的眼泪还有丢人的鼻涕泡泡都蹭掉了，然后从他怀里坐了起来，抹了抹眼睛，抽噎着问：“那座桥都烧坏了，你怎么这么快就过来了？”

“我趁它断之前过来的。”他说。语气平淡，好似这是一件很寻常的事。

她没多想：“那你看到我留下的印迹了吗？”

他点头：“上次剿匪的时候，我勘察过这一带，知道地形，追上来时，又看到了你的印迹，还有鞋。”

“你很聪明，帮了我很大的忙。”他又说了一句。

这好像还是认识以来，她第一次听到他夸自己。

白锦绣的脸微微热了，心上仿佛悄悄开出了一朵小花。

她早就留意到他已经不再是从前的长辫了。从前这个人自然也是不难看的，但现在的寸头，看起来更精神了。好想伸手摸一摸，手感一定不错。

他变了个样子，这可不是小事。可是今天之前，自己一点也不知道。她忽然有点懊恼似的感觉，于是盯着他看。

他应该是留意到她在看他，渐渐似乎不自然了，从地上站了起来，摸了摸自己的头，解释说："就上次从古城回来，营里出了点事，顺便就剪了。"

白锦绣不说话，吸了吸鼻，突然想了起来："哎呀！我爹和大哥还不知道我没事，现在一定很着急！你快带我下去吧！"

她说完，也从地上爬了起来，脚有点不稳。他伸手过来，轻轻扶了她一把。

"我的鞋呢？你没给我捡回来？"她在自己那条脏得仿佛在泥水里打过滚的裙上蹭了蹭光着的脚丫，问他。

"刚才实在太急了，没顾得上捡。"他面露歉色，"你稍等，我这就去帮你拿回来。"

"不要——"白锦绣赶紧扯住他的衣袖，扭头飞快地看了眼身后的那个山洞，"我不要一个人待在这里！我害怕！"

他有点迟疑，看着她，没动。

"我没鞋，走不了路呢。"她提醒他。又稍稍提起裙裾，给他看自己那双可怜的光脚丫。

"你能不能先抱我走几步？"见他还是没有反应，她只好放下裙裾，小声地问，又可怜巴巴地看着他。

"好！"

她一说出来，他就不再迟疑了，立刻点头。

白锦绣心里又悄悄地开出了另一朵花，急忙朝他伸过手去。

聂载沉将她横抱起来，动作有些拘谨。抱好了人，就往山下走去。

白锦绣乖乖地缩在他的臂弯里，过了一会儿，她偷偷抬眼看他。他望着前方，神色严肃。这样走了一段路，她忽然看到前头地上的一片草丛里躺了一只她刚才留下的鞋。

他显然也看到了，脚步慢了下来，应该是想停下帮她捡起来。

“鞋子我不要了！已经磨坏了，穿上脚会很疼的。”她在他怀里轻轻扭了扭身子，小声地说。

他看了眼地上的鞋，又低头瞥向怀中的她。

白锦绣有点心虚，说完赶紧闭上眼睛，脸歪过去，靠着他的胳膊，人一动不动，很累的样子。

他仿佛顿了一下，接着又迈步前行，路上也没再提要帮她捡鞋的话了，就这样一直抱着她下去，直接到了山脚。

山脚布控着一队防营的人。官兵远远看见聂载沉抱着一个女孩下来，猜到应该是白小姐被解救下山了。

白成山有个视若掌上明珠的女儿，广州府谁人不晓？只是见过她真人的却不多，更不用说这些旧军防营的人了。官兵未免好奇，难得遇到白家小姐本尊，就是没事也要多看几眼，何况这种情况，一人高呼一声，其余人呼啦啦地争相拥去迎接。见白小姐身上衣裙整齐，只是沾满了泥尘和野草，几处裙裾也被山上荆棘刮破，人蜷成小小的一团，缩在聂载沉的怀里，面朝里，埋在他的臂中，看不见脸，但露出了一小段颈项，白嫩的皮肤上有几道被芒刺刮破的伤痕，很是显眼，瞧着也越发可怜。知她应是受了极大的惊吓，想必这会儿人还没缓过神。

防营如今的地位江河日下，连官兵军饷也发不齐。从前每逢剿匪，不过是走个过场，甚至还会和积匪暗中通气，借机捞取些好处。此刻见到白小姐这副模样，他们却个个变得义愤填膺，保护欲满涨，恨不能提刀上去替白小姐把土匪千刀万剐了才解气，纷纷大骂土匪无良。

聂载沉向防营队的队正借了一匹马，把白锦绣放坐到马鞍上，嘱咐她坐稳，叫防营官兵在原地等待上命，随后便在身后无数道艳羡目光的相送下离开。

他牵着马沿着山麓走了一里多地，身后始终静悄悄的，听不到半点声息，有点反常。聂载沉忍不住回头看了一眼马背上的白小姐。

她照着自己刚才的叮嘱，双手紧紧地抓着马缰，视线却落在自己的背上，瞧着像在走神，也不知道在想什么。他这一回头，两人就四目相对了。

她一顿，倏然抬头看向前方。

就在这时，前方传来了一阵动静，有人正往这个方向走来。

聂载沉转过脸，看见白镜堂和顾景鸿带着人从前方山麓的拐角处出现了。

白锦绣也看见了，立刻冲聂载沉道："快让马停下！我要下来！"

聂载沉停了马。

马是高头大马，离地很高。她趴在马背上，一只脚胡乱地够着马镫，显得很是吃力。

聂载沉怕她踩空摔了，正想帮她一把，于是上前一步，手还没碰到她的胳膊，她已晃晃悠悠地踩到了马镫，还没踩稳，人就跟着从马背上跳了下去，这会儿也不说脚痛走不了路了，撇下他，提起裙子光脚踩着山道就朝前奔了过去。

聂载沉望着她奔走的背影，默默地止步停在原地，再没有跟上。

担惊受怕了三四天，骤然见到家人，白锦绣心情激动，跑出去了十来步，才感到脚底硌得生疼，停了下来。

"大哥！我在这里！"她冲前头嚷了起来。

白镜堂绕道往这边赶来的时候，眼前不停地浮现着自己妹妹被那个满脸横肉的土匪强行带走的一幕。虽然最后聂载沉涉险过桥追了上去，但接下来的情况将会如何，他心里一点底也没有。

发生了这样的意外，父亲在家又怎么坐得住？听说他闻讯，人也出了城，正亲自往这边赶来。日头渐渐西斜，天色眼看就要黑下去了。妹妹要是有个好歹，等父亲来了，他有什么脸去见？

他急得几乎发疯，两眼赤红，正拼命地催马前行，冷不防看见前方山麓的道上忽然现出自己妹妹的身影，正冲这边奔来，简直是喜出望外，心跳得差点没蹦出喉咙。眼看她站立不稳，身子摇摇晃晃，似乎就要摔倒在地，白镜堂连马都没停稳，一个翻身滚下马背，飞一般地箭步上前，一下就把人接住了。

"绣绣！绣绣！真的是你！你回来了！你还好吧？你没事吧？"

白镜堂死死地抓着自己妹妹的胳膊，唯恐一松开，人就会从眼前消失。

"哥哥我没事……"

白镜堂飞快地上下打量了一眼，见她看起来确实无大碍，绷着的那口气还没呼出来，一眼就看到了她脖颈、手腕和手背上的伤痕，立刻回头冲着身后喊："医生！快点！我妹妹受伤了！"

他考虑得周全，一早出来的时候，怕妹妹万一有个受伤什么的，特意叫了一名西医随行。

西装革履的医生从后头跟着的一辆马车里爬出来，手里提着个急救药箱，匆忙赶来。

白锦绣赶紧又说自己没大碍，叫哥哥不必担心。但周边人声嘈杂，她的话声很快就被吞没，人也跟着被白镜堂弄到了马车里。

医生一番检查，说白小姐是轻微的皮肉伤，外加受了些惊吓，除此并无大碍，处置过外伤后，回家好好休息几天就没事了。

白镜堂终于松了口气。

后头的那些人这时也陆续追了上来。原本个个面色凝重，如丧考妣，突然看见白小姐被救下了山，只是受了轻微外伤，看她的样子，确实是好好的，应该没什么大事发生，又见白家少东家白镜堂的脸上现出几分笑容，也纷纷跟着松了口气。于是众人围了上来，你一言我一语地恭喜道贺。

白镜堂向新军旧军的武官们胡乱作揖，回了礼，趁着医生替妹妹擦药的空当，低声问她："是聂大人救了你？"

白锦绣点头："是他。幸好他来得及时，要不然我就……"

她想起之前那一幕，犹是心有余悸，一时说不出来话来，扭头从马车里探身出去，想找聂载沉。

山麓道路狭窄，一下又聚了这么多的人马，一时乱纷纷的，不见他人。

白镜堂再次安慰了妹妹几句，说自己去找聂载沉向他道谢，这时，来路的方向起了一阵骚动，他转头见父亲和舅舅康成坐着马车也赶到了，连忙去迎，抢上前扶住从车里下来的父亲，欣喜地道："爹！绣绣回来了！她没事，只受了点皮肉轻伤！"

白成山这几天日夜煎熬，没片刻合眼的工夫，短短几天，人就憔悴无比，赶到这里，终于听到了女儿安然无恙的消息，立刻奔去，见她全身上下除了脏了点，手脚有些皮肉伤，精神看起来确实还好，一时抑制不住感情，当场险些老泪纵横。

“爹！女儿叫你担心了！”白锦绣扑到老父亲的怀里，抱着他的胳膊，泪珠在眼眶里打转。

白成山颤巍巍地抚着女儿的头，不住地点头，口中喃喃道：“没事就好，没事就好……”

同行而来的刘广看了下四周，见许多双眼睛看着，赶紧擦了擦眼睛，笑着上前提醒：“老爷，小姐受了惊，还带着伤，这里不便停留，还是先回吧。”

白成山被一语提醒，急忙放开女儿，叫刘广带人立刻护送小姐回城。

广州府的官员对白成山的名字是如雷贯耳。新军军官不用说了，那些来自旧军的统制、都督和总兵，有这样的机会能在财神面前混脸熟，谁会错过？此时见白成山送走了女儿，看着仿佛空闲了下来，于是纷纷上来慰问。

顾景鸿分开人群，走到白成山面前，无地自容道：“伯父，是我无能，这才耽搁了营救，累伯父还要亲自出来。幸好白小姐无碍，要是有个闪失，我万死难辞其咎！”

周围的嘈杂声渐渐平息了下去。

白成山看了眼顾景鸿，见他脸色苍白，一侧臂膀似乎受了伤，隐隐有血迹从外套的衣袖处渗出来，便问：“你受伤了？”

顾景鸿面露愧色，摇着头正要开口，他身后一个新军军官模样的人上前一步，抢着道：“白老爷，鄙人一标蒋群，广州府绿营总兵便是家父。白老爷有所不知，先前匪徒以小姐为人质，叫嚣要顾大人单独上山谈判，顾大人明知危险，为小姐安危之计，还是应了下来。顾大人为尽快救回小姐，一心谈判，哪知土匪另有打算，他们恨大人坏了他们的事，谈判之时，突然翻脸，要扣大人做人质。幸好当时我们早有防备，从侧路包抄上去，这才救回大人。大人胳膊就是在土匪突袭时中的弹。大人还再三叮嘱，不许我们对人提及。我实在是担心，怕大人伤情延误，万一落下个不好……”

“住口！”顾景鸿喝止蒋群，对白成山继续道，“伯父你千万不必过虑。我只是一点皮肉小伤罢了。白小姐安然归来，我也就放心了。”

白成山立刻道：“为救我的女儿，竟累顾公子只身涉险，还受伤至此地步！谁家儿女不是心头肉？这叫我如何向总督大人交代？顾公子你怎不早说，竟耽搁到了现在！胳膊中弹可不是小事！你赶紧回去，治伤要紧！”

顾景鸿连说无事，白成山又抚慰了他几句，命人将他速速送回城里治伤。等他扶着伤臂也去了，白成山双目环顾，朗声说道：“这几天为我白家之事，累诸位奔波辛劳了。事情终于得以平安度过，全仰仗诸位的扶助和出力，白某感激在心。今天是来不及了，明晚酉时，大三元包宴，诸位给白某一个面子，到时莅临，镜堂代我恭候大家！”

话音落下，众人喜笑颜开，争相奉承道谢。

外甥女平安归来，广州将军康成松气之余，对这帮漏网的土匪是恨得牙根发痒。白成山被人围着说话时，他早去了一旁，亲自组织人手上山彻底清剿善后。

白成山这边又忙乱了一阵，人终于渐渐散去。方才趁着忙乱间隙，他从儿子的口中获悉聂载沉如何在最后一刻惊险越桥这才救回女儿的事，等人散了，他朝附近看了下，却不见人，于是问儿子。

“儿子刚才找他，见高大人正寻他说话，就先放下了。是不是有事，他先去了？爹你等等，我去找高大人问一下！”

白镜堂转身要走，却被白成山叫住了。他拄着拐杖在山道上立了片刻，沉吟道：“罢了，人既走了，也不急这一时，回去了再好好道谢，也是不迟。”

白镜堂称是，又见父亲的精神看起来虽恢复了，但毕竟上了年纪，几个昼夜熬下来，这会儿神色间尽显疲态，于是劝他先回去休息，这里剩下的事交给自己善后。

白成山心里挂念着女儿，于是依儿子的劝，和康成道声别，动身先回了城。

这次的营救是由顾景鸿全权负责并安排行动的。高春发虽是他的顶头上司，但也不便直接参与其中。前两天，他只是照例问了下情况的进展而已，今天却获悉了个大意外，土匪突然单方面毁约，挟持白家小姐退到了花县的老山，这才匆匆赶了过来。

聂载沉现在已经不是他的直接下属了，所以他没有叫人，更不清楚他是什么时候来的。他看到人的时候，就是藤桥陷入大火就要烧断的那个关头。千钧一发之际，他竟从自己身后突然冲了出去，以那样的方式越过断桥追了上去。虽然过程有惊无险，他现在也及时地救回了白家小姐，但想到那一幕，高春发还是心有余悸。

两边相遇后，白小姐就被人众星捧月似的围了起来。白成山来了，那边更是热闹，场面乱哄哄的，他也就没去凑热闹，先去找自己昔日的下属。发现他在山麓旁的空地上，正要掉头离开，便追上去叫住了人。

“载沉！等等！你今天怎么也在这里？”

聂载沉停步。

“我是想到我之前来这里剿过匪，地形还算熟，所以擅自出了营，过来看看。”

高春发点了点头：“白老爷也来了。你救了白小姐，等下他一定会找你的。你这是要去哪里？”

“我看将军安排人上山清扫余匪，官兵应当没有我知道地形，我也去吧。”

高春发的目光落到了他的手上。

“你过桥的时候，火烧得厉害，你自己有没有受伤？”

聂载沉微笑，摇了摇头：“用湿衣服裹了手的，没事。多谢高大人的关心。”

高春发点头：“没受伤就好。”说完，又忍不住责备起来，“你今天这事，叫我怎么说才好？白小姐的安危固然重要……”他回头看了一眼身后，见众人都还在远处，近旁无人，于是压低声音继续道，“但有什么比自己的命更重要？桥眼看就要烧断了，就剩一根藤绳挂着，下面那么深，掉下去了，你还有命在？我都透不过气了！你竟就冲了上去，我拦都来不及！你又不是行动的负责人，说难听点，就算白小姐出事，哪怕没了，也怪罪不到你的头上！你这不是玩命吗？简直胡闹！”

聂载沉沉默着，没有应答。

高春发顿了一顿，语重心长道：“如今你虽不归我管辖，但这话我还是要说的！下回做事，行动之前，务必三思！切不能再这么冲动了！”

聂载沉面露愧疚之色：“当时情况紧急，确实是我鲁莽了，累大人尽心记挂。大人良言，载沉必谨记于心。”

高春发责备完，对自己的这个旧日下属，也是掩饰不住发自心底的激赏之情。

白小姐能无事归来，自然是天大的好事。像刀疤那种亡命匪徒，什么事干不出来？她万一有个好歹，白成山迁怒，日后只怕新军的日子也不好过。想到这里，他又露出笑容，安慰了几句，说：“你要么稍微再等等吧，见了白老爷再走也不迟。”

“剿匪要紧，我还是先上山去看看，免得有余匪再次漏网逃脱。”

高春发也不再强留他，拍了拍他的肩：“也好。反正你救回白小姐，人人都看见了，大功一桩是跑不了的。你快去快回，自己小心！”

聂载沉颔首，向他行了个军礼，随即转身上马。

高春发目送前方那道背影疾驰而去，其实心里还是有些费解，只不过刚才没有问出来而已。

以他对自己这个昔日下属的了解，聂载沉的年纪虽轻，但做事向来考虑周到，进退有度。这回营救白小姐，事情虽大，白成山也是新军的财神，说养着他们这帮人都不为过，但这是康成和白成山之间的事，和自己都无关，更不用说聂载沉了。聂载沉不像主动请缨的顾景鸿，这件事结果如何，和他完全无关，他也插不上手。白家和他无亲无故，硬要说有什么特殊点的关系，也就是不久前，他被派去给白小姐开车，顺便又帮古城巡防营训练了一段时日而已。

要说这么点交情，就让他这样奋不顾身地冲上去拿命救白小姐，实在有些不合情理。

他摇了摇头，转身走了回去。

聂载沉很快折返上山，追上了康成派的官兵。

他现在是标统，地位不低，新军里的大多数官兵本就对他很是敬佩，今天又全靠他惊心动魄纵身一跃才及时追上刀疤救回了白小姐，众人对他更是心服口服，知他懂地形，很快就照着他的吩咐，分成几路各自做事去了。

聂载沉没有告诉旁人刀疤藏身的那个洞穴位置，等人都走了，他循着原路悄悄返回，处理掉刀疤的尸首，下来的时候，看见了还静静地躺在草丛里的一只高跟鞋，迟疑片刻，终于还是拾了起来。

他下了山，白成山等人早就散去了。浓重的暮色笼罩着四野，他没做停留，径直回到西郊的军营。

这时天已黑透。他进了后营，回到自己的宿舍，把刚才进来时掖着不让士兵看见的那双鞋藏在床底的角落里，这才出来，脱了外套，洗了洗手，随即挽起衣袖，就着头顶电灯的灯光，看了眼自己的手心。

白天当时情况紧急，容不得他多做什么准备。为了确保自己双手能在高温中抓稳将要烧断的藤桥，就就近打湿衣服预先缠在了手上。但藤桥泼过火油，火烧得极其猛烈，而他借着烧断的一侧桥端荡过山涧的时候，双手必须紧紧抓牢，所以不敢缠得厚。薄薄一层湿衣，并不能隔绝来自火焰的高温，手心当时就被燎伤，到了现在，早起了一层血泡。

他略略处置了下伤口，低头用纱布裹着伤得更严重些的左手时，忽然听到门外传来一阵走近的脚步声，接着有人叩门。

“聂大人在吗？”

白家公子白镜堂的声音隔门入耳。

聂载沉迅速除去手上的纱布，穿了外套，过去打开门，看见白镜堂带了两个抬着谢礼的用人来了，笑容满面地站在门口，便将人请入让座。

白镜堂进来，叫人放下东西，略略寒暄了两句，笑道：“时候不早了，也知道聂大人今天辛苦，原本不好再打扰，只是今天我妹妹得以平安归来，全仰仗着聂大人。今天若不登门言谢，我白家未免太过没有礼数。我是奉了家父之命前来探望大人的。记得白天大人过桥时，火势很大，不知可有受伤？”

聂载沉说了自己无事，然后道：“劳烦白公子，回去了代我向白老爷传个话，能救回小姐，也是侥幸，不敢居功，请白老爷不必挂心。”

白镜堂摆手：“聂大人客气了。救命之恩，没齿难忘。明晚我代我爹在大三元酬谢旁人，我爹在家，设一私宴，诚邀聂大人举步，还望聂大人赏光。”

他说着，从椅子上起身，自怀中掏出一张烫金请帖，双手奉上，态度前所未有的恭敬。

聂载沉不好拒绝，只好也跟着站了起来，接过请帖。

白镜堂显得十分高兴：“聂大人既收下了请帖，白某也就能在家父面前回话了。那么明日恭迎大驾。不敢再扰聂大人，请大人歇息，白某先行告辞。”

聂载沉送走白镜堂，回到屋里，打开请帖，看着上面写着几列工整的“谨于明日酉时首刻于寒舍，敬备薄酒，恭候聂标统伏望早降”的字样，出神片刻，慢慢合拢，收了起来。

第35章

次日，白家包下了位于长堤大马路的大三元翅皇大酒家，宴请广州府巡警营、消防营、防营以及新军中的一众高级官员，少东家白镜堂代父迎客应酬。当晚，大三元里觥筹交错，欢声笑语，宾主尽欢。而在傍晚酉时，聂载沉则提早一刻，抵达了西关白家的附近。

西关从明朝开始就是广州城最为繁华的地段，到了现在，这里不但商铺林立，在西关角一带，大屋和豪宅更是到处可见。这里居住着广州府有钱有势的名门望族、官僚巨贾和新兴的买办新贵。

白宅是一座中西合璧的豪宅。前头是粤地特有的骑楼式三层洋房，门面阔气，里头电灯、电话等新式设备一应俱全；后头连着一座中式大宅，深七进，连左右跨院，厅、轩、花园，一应俱全，四周浓荫环绕，附近无人不知。聂载沉问了下路旁几个玩耍的孩童，很容易就找到了大门。

刘广带着人在门口候着，远远看见聂载沉朝这边走来，立刻步下台阶去迎，将人接进了大门。

聂载沉步入客厅，脚步顿了一下。

白家客厅的天花板上悬着一盏巨大的西洋水晶灯，现在外面天还没黑，但灯已经开了，闪着耀目的光芒，照得客厅里打过蜡的柚木地板和摆设的红木家具闪闪发亮。正对大门的尽头处，有一座分隔左右、直通二楼的扇形楼梯。厅里雕梁画栋，装饰中西合璧，但并没有给人不伦不类之感，格局典雅，又不失豪华和气派。

客厅的角落里站着七八个白家用人，少奶奶张琬琰正等在里头，听到动静，笑容满面地走了过来。

“聂大人你可来了！老爷晌午就等着了，刚才还问我你到了没呢！快坐！”

她热情地招呼聂载沉，遣丫鬟上茶，又打发人去通知白成山。

白成山这会儿和女儿还有孙子阿宣，三人正在二楼的一间书房里。

白锦绣昨晚回到家中，休息了一晚，精神也恢复了过来。刚才躺不住，她穿了套家常褂裙，来到书房，帮父亲考阿宣的功课。

阿宣背的是《滕王阁序》的一段指定段落，这两天因为姑姑的事，他也无心念书，先前靠着小聪明记住的那点东西早就忘了，抓耳挠腮、结结巴巴地背到“落霞与孤鹜齐飞，秋水共长天一色”时，心里实在不服气，冲白锦绣嚷：“姑姑你会背下面的吗？你要是会，我再背！”

白锦绣笑道：“渔舟唱晚，响穷彭蠡之滨；雁阵惊寒，声断衡阳之浦。”她顺手扯了下阿宣的小辫，“别不服气！我像你这么大的时候，背的可不比你少！别偷懒，还有一段！”

阿宣气得哇哇叫，书也不背了，跑到白成山跟前，使劲晃他的胳膊。

“爷爷，姑姑老是欺负我！刚才爷爷你都看见了！聂大人早就剪头发了！我也要剪！”

白成山责备了女儿两句，命她往后不许再动孙子的辫子。

白锦绣过去哄道：“好了好了，是姑姑不好，往后再不动你的辫子了，行不？去玩吧，不用背了！”

阿宣不信，依然鼓着嘴，一副气鼓鼓的模样。

白成山见女儿口中说着话，眼睛却不停地瞟向西洋钟，便道："快到点了，客人应当要来了吧？"

白锦绣不语。

"这个姓聂的年轻人，这回真成了我们白家的恩人。等下他过来，爹都不知道该怎么谢了。绣绣你说，咱们怎么谢人家才好？"白成山望着女儿，笑着问。

白锦绣镇定地道："我怎么知道？爹，你自己想呗！"

白成山点头："那好，既然谢人家，自然要诚心，爹就把爹最好的东西送给他好了。"

"爷爷，你最好的东西是什么呀？"阿宣好奇地追问。

白成山看着女儿，笑而不语。

白锦绣一顿，忽然若有所悟，脸倏地红了："爹你是什么意思？"

白成山咳了一声，神色变得严肃起来，说："绣绣，爹和你说实话吧，上回你们虽然是在胡闹，把爹气得也是不轻，但过后，爹想了想，这个年轻人还是不错的。爹要是趁这个机会，把他招了做我们白家的女婿，你觉得怎么样？"

白锦绣的心怦怦地跳着，连白皙的耳垂都羞得泛出了浅浅的粉红色。

"老爷，聂大人到了，在楼下客厅里！"

这时，门外传来女佣的通报声。

"说曹操，曹操就到。"白成山笑着从椅子里站了起来，"你不吭声，那就是乐意了？那爹就去说了。"

"爹你太坏了！不行不行！就是不行！"

白锦绣顿了顿脚，捂住脸，在身后父亲发出的开怀笑声中推开门跑了。

聂载沉坐在楼下的客厅里，听着张琬琰和自己应酬说话。

"镜堂晚上要在大三元酬客，没法赶回来，聂大人不要见怪……"

他正要应答，忽然听二楼楼梯尽头的某个方向隐隐传来一阵说笑声，辨出是白成山和白小姐，不禁略略分神，抬起头，见张琬琰正含笑看过来，两道目光落在自己脸上，似带了几分审视的意味，顿了一顿，立刻收神，应道："原本就是我叨扰，少奶奶客气了。"

张琬琰笑道："你可千万别见外。你救了我小姑，我们白家上下对你是感恩戴德，恨不能掏心相报。等下见了老爷，你有什么想法，别客气，尽管提就是。昨晚镜堂就和我说过，一定要好好报答你。"

"不敢！少奶奶言重了。"

聂载沉应道，看见白成山的身影出现在了二楼的楼梯口，起立迎接。

白家这顿饭的主宾是聂载沉，除了他，白成山又邀了几个宗族里的叔伯长辈，一位是告老归乡的前道台，一位从前在京城当过国子监祭酒，剩下的几位也都是广州府里有头有脸的人物。安排座次时，白成山要聂载沉坐主宾首位，其余几人因聂载沉的功劳，也是力劝他坐主位。

耆老当前，聂载沉怎肯贸然上座？他以自己辈低为由，再三推让。几番来去，白成山也就作罢，请其余几人照序入座，聂载沉坐到小辈的位上。

饭桌排位事小，却是以微知著，聂载沉没有居功自傲，白成山和白家的几位长辈对他的表现颇为满意，入座后，相互对望了一眼，纷纷点头。

白家女眷没有同桌露面，只有阿宣被叫来陪客。他脑后还是拖着那根小辫子，一身小马褂，油绿的背心黑马面，头上还扣了顶镶着碧玉帽正的蓝绸瓜皮帽，人仿佛套在了一只五颜六色的筒子里。他一本正经地踱着方步进了饭厅，朝几个白家的老长辈行过礼后，哧溜一下钻到了聂载沉旁边，一屁股坐下去，嘴巴就凑到他耳边小声地说："聂大人，你完了！我爷爷要把姑姑嫁给你！她可难伺候了！还老是揪我的辫子！爷爷骂她都不顶用！"

阿宣的语气里带了几分怨艾。

聂载沉的目光蓦地凝住。

"阿宣，长辈面前，正姿肃言！"白成山说道。

阿宣急忙坐直身体，朝聂载沉挤眉弄眼了几下，投去一道同情的目光。

刘广叫人开始上菜。

今晚白家宴请的席面是"十大件"，时下广州府大户待客的最高规格的筵席。"十大件"为"银河大翅""鸳鸯挂炉鸭""昆仑鲍片""牡丹明虾夹""象拔池蟠双鸟""蟹黄玉绣球"以及"熊掌燉鹧鸪""鲜果雪酪"等。豪门盛宴，满桌珍馐美馔，泛着诱人的色泽，餐具包金镀银，在明亮的灯光下闪闪发光。白成山的心情看着也是极好，与一旁的人说说笑笑。饭桌上的气氛极为融洽。

聂载沉应对了几句来自白家叔伯的问话，略略走神，忽然又听到有人叫自己的名字，忙回过神来。

“聂大人！我三伯公刚才问你，听说昨天那桥起了大火，都快要烧断了，你怎么想到那样过去的？”阿宣解说了一句。

聂载沉定了定神，望向对面的白家三伯公，说：“昨天情况紧急，晚辈也没多想，能过去，全是侥幸。”

三伯公哎了一声，摇头表示不赞同：“昨天镜堂回来说起当时的情景，老朽虽没亲眼看到，却也是身临其境，如同目睹载沉你火海抢渡断涧的勇武英姿。可佩！可佩！”他又笑吟吟地转向白成山，“自古英雄出少年。载沉的身手也就罢了，这等胆识和气魄，非我孤陋寡闻，实在是大半辈子，今日头回遇见。照我看，载沉日后必鹏程万里，独步青云！”

三伯公话音落下，白家其余几个叔公纷纷跟着点头附和。

阿宣瞪大眼睛看着聂载沉，目光中满是崇拜和惊叹，心里只恨自己昨天没能偷偷跟着溜出去亲眼看个热闹。

聂载沉被白家叔伯夸得有些耳热，急忙站了起来，说：“侥幸罢了，怎敢当众位尊长盛赞？”

三伯公示意他坐下。

白成山没说什么话，但望着对面这个年轻人，越看越觉得顺眼，盘旋在心里的那个想法也变得更加强烈。思忖起自己刚才试探女儿时的情景，看她的样子，与其说是不愿，倒更像是女儿家的口是心非。一时之间，他心里竟生出了一种急着想把事情定了，免得万一被人抢先的念头。等饭一吃完，送走几个本家，白成山对正要告辞的聂载沉说：“载沉，你先随我来下书房。”

张琬琰也跟出来送客，听到公公单独留人，心里咯噔一跳。

当着公公的面，她自然不敢过多表露，只对聂载沉笑道：“聂大人，前两天小姑人没回，我爹急得险些病倒，昨天小姑平安归来，我爹不知道有多高兴。你是我白家的恩公，我们怎么谢都是不够的。”

聂载沉微微笑了下，朝张琬琰点了点头，便随白成山上了二楼，进到书房。

白成山吩咐他坐，自己也坐了下去，看了他片刻，开口问道：“载沉，你觉得我女儿怎么样？”

聂载沉道：“白小姐很好。”

白成山显然对他的答复不是很满意，但没再追问。白成山沉吟片刻，又道：“这回我女儿能平安归来，全是你的功劳，我很是感激。绣绣她也是一样，昨天回来，在我面前说了不知道多少次你救了她的话。”

“没有众多弟兄的齐心协力，我也不能成事。白小姐能平安归来，不是我一个人的功劳。”

白成山看了他一眼，从座位上起身，双手背后，来回慢慢踱了几步，最后停下脚步道：“载沉，我也不和你绕弯了，就直说吧，我白家还缺个女婿。我对你一直很是欣赏，这次你又救了绣绣，也算是个天赐的机缘。我想把我女儿嫁给你。你意下如何？”

他注视着聂载沉，面带笑容。

聂载沉立刻站了起来：“蒙白老爷厚爱，载沉万分感激，但自知不是白小姐的良配，对此不敢有半分肖想。”

白成山脸上的笑意一下凝住了。他在生意场和官场里浸淫半生，对方说话是出于实意还是客套，又怎么看不出来？

并不是他自视过高，而是白家女婿的位子，从他女儿十五六岁开始就竞者不绝。想当白家女婿的人，除了那些豪门富户的子弟，也不乏王孙公子、名门世家。他没有想到，面对自己主动提供的机会，这个毫无背景的年轻人竟会当场予以拒绝。

白成山迟疑了下，又道：“你真想清楚了？我也不急，只是确实欣赏你罢了。你也不必现在就回复，回去了，可以再考虑几天，等想好了再找我，也是不迟。”

聂载沉朝白成山深深地鞠了一躬，恭恭敬敬地道：“白老爷的赏识，载沉无以为报，拂逆了白老爷的好意，我更是万分惭愧。但载沉确实配不上白小姐，不敢存半点辱没之心。”

白成山明白了，对面的这个年轻人，是真的无意做自己的女婿。

他的心里，此刻除了惊讶和失望，还有几分不解。沉默片刻，他自我解嘲般地点了点头：“原来是我误会了。罢了，既然你无意，我自然不勉强。只是……”他看了眼聂载沉，“我以为你对我女儿也是有心的，这才冒昧开口招你为婿。既然这样，昨天那事和你没什么关系，你怎会甘冒性命之险去救她？我听镜堂讲，当时情况千钧一发，但凡你稍微失手，后果不堪设想。”

“前次在占城，我行为不当，负罪于白老爷，白老爷您非但不怪，还照着您的许诺叫将军升我为标统。提携之恩，无以为报，白小姐遇险，我怎敢不尽全力？”

聂载沉的语气平静，但白成山听了十分惊诧，不禁啊了一声：“不对啊！先前我虽提过此事，但你当时无意，我后来也就没在将军那里提过。他升你为标统，与我毫无干系！”

聂载沉没有接话，沉默着。

白成山却是信了他的一番解释，果然合情合理，忍不住喟叹了一声：“原来如此！一场误会！”他摇着头，又连着叹了好几口气，神色才渐渐恢复过来，沉吟道，“虽说是误会，但我女儿确实是你救回来的，你功不可没，我白成山不能欠下人情。你想要什么，尽管开口，但凡我能做到，必无所不应！”

他语气诚恳，聂载沉点头道：“我救白小姐的初衷，是为报答白老爷的提携之恩，一时也无别求。但白老爷的盛意，载沉不敢再拂。容我再想，日后若有需求，我再向白老爷索求。”

“也好。那就一言为定了！”

“多谢白老爷今日邀饭，载沉不敢再多打扰，告辞了。”

白成山微笑颔首：“往后有空，记得时常来坐。”

聂载沉道谢后，白成山送他下了楼，叫刘广代自己送客出门，随后在厅口立了片刻，转身回到书房。

晚上的这顿饭，白锦绣人虽没露面，但叫阿宣替自己看着动静。刚才听到阿宣说饭终于吃完，叔公伯公都走了，父亲把聂载沉单独叫到书房说话去了，心中就有些忐忑。这会儿她人在房间里，心一直悬着，正出着神，门被人一把推开，阿宣冲了进来，嚷道："姑姑姑姑！聂大人刚走！爷爷也回书房了！"

白锦绣心口一跳，站起来问："知道他们说什么了吗？"

阿宣摇头："不知道！你又没叫我偷听！"

白锦绣一顿。

"不过我看爷爷笑嘻嘻的，聂大人也很高兴的样子。爷爷还叫聂大人往后常来家里走动！"

白锦绣想起父亲晚饭前在书房里和自己说的那一番话，疑心婚事就这么被父亲给定下了。

她心如鹿撞，人一时也定住，简直不知道自己该怎么办才好。她觉得自己应当不讨厌那个姓聂的人了，甚至还有点喜欢他在自己身边的那种感觉。

可是就这么嫁给他，又觉得有点不对。

这个人，他既没有翩翩的风度，也没有博学的才华，至于所谓男女精神共鸣的追求，更是不可能的。要是和他谈欧洲文艺复兴三杰，他恐怕连Da Vinci（达·芬奇）是干什么的都不知道。这些也就算了，两人一起，她要是不先开口，他大约一天也没一句话，更不用说哄自己开心什么的了，人无趣得像根木头，完全不是自己理想中的婚恋对象。

"姑姑，我帮了你的忙，下次背书，我要是忘了，你得给我提示！"阿宣打完报告，立刻索要报酬。

白锦绣回过神来，胡乱点头，打发走了侄儿，心情越发乱了。

"要是爹等下找我说就这么定下了，该点头还是反对？"

她在房间里不停地走来走去，简直是坐卧不宁，浑身上下，没一个地方感觉是对的，难受极了。

第36章

白锦绣在房间里等了又等，始终等不到父亲叫自己过去，看了眼时间，已经晚上十点多了。她实在按捺不住，轻手轻脚地走到书房外，停在了门口。

书房的门虚掩着，有灯光透出来，父亲应该还在里头。

白锦绣深深地吸了一口气，叩了叩门，探头进去，看见父亲戴着一副老花镜，坐在落地台灯下看书。

“爹，你还没休息啊？”

她走了进去，停在桌边，佯装帮着收拾散在桌上的几本书。

白成山瞟了眼西洋钟：“你哥应该快回来了，我再等等。不早了，你前两天受惊不小，去睡吧。”

白锦绣说：“我白天睡太多，现在睡不着。”她走到父亲身后，伸手帮他捶背，一边捶，一边装作随口似的说，“爹，晚上听阿宣讲，你后来又留了聂载沉，说了什么啊？”

白成山抬头看了眼女儿，略一迟疑，摘下老花镜，把书放在了一旁。

“绣绣，你老实和爹讲，你对他有没有什么想法？”

白锦绣的心微微一跳：“什么什么想法？我对他会有什么想法？爹你这么问，是什么意思？”

“绣绣，你也不算小了，当初你娘像你这么大的时候，都已经有你大哥了。这两年爹也没问过你，你的心里头到底有没有人？”

白锦绣立刻摇头：“什么人？没人！我谁都不想嫁！我就想陪在爹身边过一辈子！”

白成山笑了，打量着女儿。

白锦绣被父亲看得有点心虚：“爹你这么看我干什么？我说的都是真的！”

白成山摇了摇头：“傻丫头，哪有女儿陪爹过一辈子的道理？你还小，爹已经老了，再过几年等爹走了，留下你一个人，爹怎么放心？”

白锦绣咬了咬唇，正要说话，白成山摆了摆手：“既然你刚才问起，爹也就不瞒你了。爹是看中了聂载沉这个年轻人，有本事，人品也靠得住，他要是做了我们白家的女婿，你的后半辈子，爹也就放心了。正好这回他又舍命救了你，晚上爹留下他，就是和他说这个……”

白成山停了一下。

白锦绣紧张得手心都有点发汗，生气似的轻轻捶了下父亲的肩。

“爹你怎么这样！我都说了，我才不要嫁给他呢！”

“本来呢，爹以为你们互有好感，年岁又相当，是桩天成的好姻缘。没想到是个误会，我多想了。罢了，往后不提了。”

白锦绣的心咚地一跳，迟疑了下，问道：“爹，你说误会是什么意思？”

“他这回奋不顾身救你，爹还以为他对你有意，所以今晚才贸然开了这个口。没想到是一个误会。他从古城回广州后，不是很快就被升为标统了吗？他以为是爹在你舅舅面前替他要的这个位子，就存了报恩之心，见你情况危急，这才全力救助……”

白锦绣捶背的手停住了，片刻后，慢慢地道：“爹，你是说，他拒绝了你的好意？”

白成山点头，又摇头：“话也不能这么说。毕竟婚姻之事非同小可。有人想做我白成山的女婿，自然也就有人不想。他有自己的想法，也是难能可贵……”

父亲后头还说了些什么，白锦绣已经听不进去了。

白成山感到身后的女儿有些异样，转头见她站着一动不动，迟疑了下，道：“绣绣，你难过了？”

白锦绣一下回过神，继续替父亲捶肩，满不在乎地说道：“怎么可能？爹在说什么呢！这样最好不过了！我本来就和爹说过的，我才不要嫁给他那样的人呢！爹你就不应该开口提这个的，无端叫人轻看了咱们，还以为是我们倒贴着要求他呢！”

白成山注视着自己的女儿，没有说话。

“爹你这么看我干什么？”

白成山欲言又止，终于还是没有开口再说什么，只柔声道：“你这回受惊不小，医生要你好好休息，这么晚了，你不必陪爹了，去睡觉吧。”

“好，那我先回房了。等大哥回来，爹你也早些去睡。”白锦绣笑着和父亲道了晚安，走出书房。

白成山想起女儿刚才强作笑颜的样子，出了神。

凤台筑了，弄玉也是有心，可惜萧郎无意。他这个做父亲的，又有什么办法？之所以告诉女儿实情，也是看出那个姓聂的年轻人婉拒是真。既然没有余地，不如趁早让女儿知道，断了念头，省得再存什么心思。

真要怪，就只怪自己宠坏了女儿的脾气，没把她培养成世上男子所喜爱的淑静婉顺的那种女子。现在后悔也是晚了。

白成山忍不住又叹了一口气。

白锦绣一出书房，脸上的笑就挂不住了。她回到自己的房间，把门一关，人趴在床上，脸压在枕头里，一动不动。

过了好一会儿，她突然从床上爬了起来，快步走到桌边，打开放在上头的一只箱子，一阵乱翻，很快翻出了一张画稿。

她盯着那个年轻男子的半身画像，看了一会儿，一咬牙，想撕掉。纸才破了一道口子，手又停住了。来来回回好几次，最终还是下不了手，一阵心烦意乱，把画稿丢回箱子里，转身回去，又趴在了床上，开始闷头睡觉。

张琬琰这会儿也没休息，一直等到丈夫在外应酬归来，见过了公公的面，夫妇回到房间。

张琬琰帮丈夫挂着脱下的外衣，开口就问:“晚上爹留聂载沉说话了，肯定是那事。怎么样，刚才你见爹的时候，爹有没有说起？”

“爹真的对聂载沉提了？他答应了吧？”张琬琰有点紧张，又追问了一句。

白镜堂摇了摇头:“爹倒是提了，但事没成。聂载沉他不愿意。”

张琬琰一愣，先是松了一口气，跟着又有点不快:“他竟然不愿意？他是看不上我们白家，还是看不上绣绣？他对绣绣没意思的话，昨天做什么舍了命地去救人？”

白镜堂道:“一码归一码，你别那么激动！爹也是误会了，问了才知道的。聂载沉从古城回来后，不是被提拔做了标统吗？他以为是爹在舅舅面前给他要的这个位子，昨天才出手救人的。”

张琬琰又愣了一下，嘀咕道:“也算他有自知之明。说真的，晚上我一直担心，怕爹真就这样把绣绣嫁了。也不是说他不好，就是觉得他配不上……”

“你别管，绣绣的事，有爹做主！”白镜堂打断了妻子的话。

“我就说说也不行？话说回来，我实在没想到顾公子会失手，这回差点害了我们绣绣！你白天代爹去顾家拜谢，固然是礼数所需，但这回要是没有聂载沉，后果真的不堪设想。顾家那边怎么说？”

“说什么？人家儿子都受伤了！自然是我们欠人情。还好西医替他取出了子弹，手术顺利，没大碍。”白镜堂看向张琬琰，哼了一声，“顾公子不是省油的灯，你往后给我小心着点！爹是不可能把绣绣嫁进顾家的！”

张琬琰抱怨道:“行了行了，我知道了！我不也是为了咱们家着想吗？我以后不管了还不行？”

白镜堂在外头忙了一天，又倦又乏，不想听妻子再在耳边抱怨，皱眉道:“我累了，睡了！”

“晚上你喝了不少酒吧？赶紧坐下来。我给你备了醒酒汤，还煲了参须红枣乌鸡汤，煲了一下午，很是清口……”

“不吃了，叫人送水来吧！”

张琬琰只好作罢。丈夫沐浴时，她出去看儿子。阿宣已经呼呼大睡了。她回房，见丈夫靠在床头看书，便也脱衣上床，躺到了他身边，轻轻靠了些过去。过了一会儿，丈夫始终一动不动，她推了推他的胳膊。

“什么事？”白镜堂依旧看着书，漫不经心地问。

“你最近有没有再见过那个柳氏？”

“谁？”白镜堂一愣，转过脸。

“就那个姓柳的小寡妇！住十八浦的！我先前在古城的时候，听说你和她见面了。怎么样，见了面，是不是‘昔日横波目，今作流泪泉，不信妾肠断，归来看取明镜前’啊？”

张琬琰虽出身商家，但从小也是正儿八经进过学的。这事在她心里像根刺一样已经扎了好些天了，现在实在忍不住，终于说了出来，不禁跟着又讽刺了一句。

白镜堂大怒，大少爷的脾气一上来，啪地一下，把手中的书摔到了地上。

“不就在街上遇到，说了几句吗？大半夜的你想干什么？”

张琬琰不甘示弱，跟着坐了起来：“你心里没鬼，这么激动干什么？嘴上说得好听！上月底账房找我对账，我们屋里有笔一千两的支出，走的是私账！我没用，自然就是你用了！你给我说，这笔钱你拿去干什么了？”

白镜堂一顿，声音放轻了些：“她现在和她兄嫂同住十八浦，她兄弟经营布店，从前抵押了出去，现在抵押到期，一时凑不齐钱，要是被钱庄收了，往后连住的地方都没有。我只是借给她暂用而已，等周转过来，她就会还钱！你放心，她也不是你想的那种人……”

“好啊！我就知道！你们现在是不得了了！”张琬琰哪里还听得进去，愤怒不已，抓起枕头就朝丈夫劈头盖脸地砸了过去，“白镜堂，你怎么不干脆休了我，把她抬进来做你们白家的媳妇！”

“你疯了！”白镜堂气得从床上跳了下去，“我要是有私心，我还从账上走这笔钱？爹和绣绣都在家，大半夜的你给我小声点，惊动了他们，我看你怎么收场！”

张琬琰被一语中的，不敢再大声，心里的气却是没处可去，冷笑道：“我就知道！这么多年了，我在你白家做牛做马，没有功劳，也有苦劳！现在那个狐狸精一露脸，你就丢了魂！你这么看不上我，当初怎么就不敢硬气点娶了她？白镜堂，你这只没良心的叉烧，你这么对我，我和你没完，我带阿宣回娘家去……”

张琬琰说着，又抓起床头的一柄“痒痒挠”，朝着白镜堂扔了过去。

白镜堂避开了，沉着脸，一言不发地撇下张琬琰，转身出屋，扬长而去，当晚睡在了偏房。直到第二天一大早，他怕被用人看见让父亲听到什么不好的话，这才悄悄回了房。

这一夜，这对夫妇各生闷气。白锦绣的郁闷，比起兄嫂不少半分。她几乎没怎么睡，到了下半夜，凌晨三四点才迷迷糊糊地睡了过去，做着各种乱七八糟的梦，睡到第二天的早上快九点才醒来，感到头很痛，根本就不想出屋，也懒得起床。

她躺在床上，发呆片刻，揉了揉涨痛的头，没精打采地坐起来，俯身从床头柜的抽屉里摸出一盒藏起来的香烟，点着一支，深深吸了一口，盘膝靠在身后那华丽的巴洛克风皇冠形靠背上。她微微眯起眼，看着指间袅袅升起的一缕青色烟雾在空气中变幻着形状，渐渐地出了神。

“绣绣，还没起来吗？”

门外传来张琬琰的声音。

“嫂子，我不饿，不吃早饭，你去忙吧，我再睡一会儿。”白锦绣转头朝外应了一声。

“舅母和丁表姐来探望你了！你赶紧起来，我帮你收拾下！”

白锦绣叹了口气，急忙从床上跳下去，到窗边把香烟掐了丢掉，又打开窗户，使劲地扇着空气，等房间里的烟味散了，这才顺了顺长发，披衣过去，打开了门。

张琬琰是她平日一贯的模样，丽服浓妆，脸上擦了厚厚一层白粉，涂着猩红的唇，但今天眼睛看起来好像带了点浮肿。

“嫂子，你昨晚没睡好？”白锦绣顺口问道。

张琬琰哎了一声，笑道：“昨晚不是高兴嘛，确实没睡好，这都被你看出来了。”她抬手压了压眼角，随即打量着白锦绣，摇头道，“你看看你，这都什么样子！赶紧梳洗穿衣，打扮整齐点，可别让她们误会你怎么了！刚才舅母和你丁表姐说，你要是不方便下去，她们就来房间看你……”

“别！不用不用！我穿好衣服自己下去。嫂子你先去吧。”白锦绣赶紧摆手。

张琬琰叫家里的丫鬟进屋帮小姐收拾，再三叮嘱，要打扮好才能去见人，这才转身离去。

白锦绣很快梳洗完，换上一套家常的衣裳，接过丫鬟送来的粥，随意吃了两口，就往楼下走去。来到楼梯口的时候，她听到客厅里的说话声传了上来，脚步停了一停。

舅母正在说着她的事。

“绣绣出事，我在家听说了，也是急得要命。不过说真的，当时我就觉得，你们家老爷有些欠考虑了。绣绣是个黄花闺女，谁家大姑娘出了这种事，能遮掩，自然是要尽量遮掩的，何况你们白家这样的人家。当时要是没惊动那么多人，人也未必救不回。现在可好，防营、巡警营、消防营，不止广州，连外县都翻了个天。人是救回来了，阿弥陀佛，不过绣绣这事，全广州也都知道了。咱们是自家人，知道绣绣没事，可经不住外人的嘴呀，万一外头胡言乱语，绣绣没了名节，往后可怎么嫁人！唉，我想想都替她发愁！”说完，啧啧两声，摇头叹气。

张琬琰脸上的笑容没了，脸色难看起来，说：“绣绣出了事，我们家老爷和镜堂唯一想的，就是怎么让她平安回来。只要人能尽快归来，别的我们怕什么？那全不叫事！”她顿了一顿，“舅母你自己刚才都说了，咱们是自家人，既然是自家人，舅母怎么也说出这样的话？我是还没听到有谁敢这么快就议论我小姑子的。她好好一个人，我们白家宝贝着呢！要是叫我知道了，看我不撕烂那张臭嘴！”

将军夫人面露尴尬。

张琬琰又似笑非笑地道：“舅母，我没什么见识，说话老得罪人，您别见怪，我刚才可不是说您。我也知道舅母是出于疼爱之心。不过往后，舅母要是听到了这样的话，我教舅母，千万别发愁，上去帮着呸两口，不成就再加个耳光，看谁还敢放肆！”

将军夫人讪讪地笑，一时说不出话，身旁坐着的丁婉玉插话道：“好久没见表嫂了，表嫂还是这么利落，叫我实在羡慕。表嫂你是不知道，前几天表妹没回来，我姨母在家，饭都吃不下，天天在菩萨面前拜。确实，表妹平安归来才是第一，别的又有什么打紧？”

张琬琰瞥了她一眼，对将军夫人笑道：“舅母，几年没见，婉玉不但出落得越发好了，人更是玲珑心肝，像是水晶做的。看看，这才是一身诗书香，谁家翰林女啊！我往后要是有福气再得个女儿，一定要多多和婉玉亲近。”

将军夫人终于从尴尬中缓回了一口气，心中暗自后悔刚才只图一时嘴快，忘了白家这个出身落魄商户的儿媳不是个好惹的，现在听出她这是顺了外甥女的口风，在给自己台阶下，忙跟着点头。

丁婉玉羞涩道：“表嫂，你别拿我寻开心了。”

“舅母，你有没有替婉玉寻合适的亲事？要是不嫌我多事，包在我身上，我保管给婉玉配个如意郎君！”

丁婉玉的脸更加红了，转过头，忽然看见白锦绣就站在楼梯口，正看着下头几人，急忙站了起来：“绣绣你起来了？要是累，别撑着，尽管回房歇着去，等下我去看你。”

白锦绣走了下来。丁婉玉快步上前，扶住她的胳膊。

白锦绣抽开手，叫了声“舅母”，对丁婉玉笑道：“表姐放心，我只是被关了几天罢了，昨天回来就没事了。多谢表姐关心。”

丁婉玉仔细端详了下她的脸色，方露出笑容，嘘了口气，道：“你没事，姨母和我就都放心了，前几天一直记挂着。昨天原本就想来的，又怕扰了你休息，这才等到今天才来。”

白锦绣笑着请她坐，自己也坐到了张琬琰旁边。

将军夫人刚才一时大意弄了个没趣，这会儿自然不敢再多说什么，只反复地叫白锦绣好好休息，表达自己对她的关爱之情。白锦绣一一答应，陪着坐了一会儿，就听她和嫂子两个人开始扯东家长西家短的八卦，笑声阵阵，实在是无趣。丁婉玉仿佛看出了她的无趣，笑道：“绣绣，让姨母和表嫂说她们的吧，咱俩一晃都好几年没见了，走，去你房里，咱们说说自己姐妹的私房话。”

其实白锦绣和舅母家的这位远房表姐从前并没多少交情，出国前，只偶尔在将军府见过几面而已。但她这么开口了，白锦绣就说“好”，于是站了起来，被丁婉玉亲亲热热地挽住胳膊，两人并肩上楼，来到了她的房间。

她的房间是去年为了她回国重新装修的，全西式。丁婉玉打量一眼四周，笑道：“这样的好地方，也就只适合妹妹你住，要是换成我，还真不配。”

白锦绣笑道：“表姐你客气了。听说你一个人就把苏州那么大的门庭撑了起来，还从别房过继弟弟。表姐你是真的能干，我得多多向你学习。”

丁婉玉自谦。跟她一起来的一个丫鬟提来一只食盒，她打开，捧出一只汤盅。

“这是我在姨母家里亲手给你炖的灵芝虫草参汤，有补气宁神的功效，知道你家里不少这个，好歹也是表姐的一番心意。”

白锦绣向她道谢，接过喝了两口。

她的房间里竖着几个画架，上面钉了几幅画，有刚画完的，也有画了一半的。丁婉玉走了过去，仔细欣赏一番，称赞道：“妹妹你真是有才，画得这么好。不像我，只会描几笔石头草叶，要是有空，妹妹你教教我才好。”

白锦绣知她只是随口说说，胡乱点头，嗯了两声。

两人又坐下来，谈了些闲话。

丁婉玉不但出口成章，对人对事也颇有见地，对着白锦绣时，更是处处显露长姐之风，关怀备至，劝她接下来不要再去香港了。时间过得飞快，很快就到了中午，白家用人来请白锦绣和表小姐下去吃饭。一同吃完饭，再喝过茶，舅母就起身告辞了。

丁婉玉握着白锦绣的手，说：“今天和妹妹久别重逢，深有知音之感。我在广州还会留些时日，妹妹要是看得上我，咱们姐妹之间往后多多来往才好，免得冷了亲戚关系。”

白锦绣是真心折服于丁婉玉的大家风范，自愧不如，点头应下。

送走客人，白锦绣回到房间，坐在椅子上，什么也不想干，发起了呆。

假期快结束了，因为出了这个事，不但嫂子极力反对她再去香港女校继续做事，父亲也是这个意思。她原本有些摇摆不定，但是现在，越想心情越是低落，不知道自己留在这里能干什么，还不如去香港算了，眼不见为净。

她勉强打起精神，开始收拾皮箱。正忙碌着，听到身后传来嫂子的声音："绣绣，你在做什么？"

白锦绣头也没回地回道："嫂子，我想好了，快开学了，我还是去香港吧。"

张琬琰一把夺过皮箱："你在想什么？刚出过这么大的事，前几天爹都急得要病了，现在刚回家，你就去香港？现在外头那么乱！不行，你哪里也不能去！"

白锦绣从前一直觉得和这个嫂子有点隔阂，两人话说不到一处去，但刚才听她开口替自己说话，差点噎死舅母，忽然觉得亲切了不少，于是说："嫂子，我待在这边也没事，我会和爹好好说的。你们要是不放心，大不了多几个人一起去好了，反正我们家也不缺那几个钱。"

张琬琰放下箱子："不行！万一再出这样的事怎么办？你就老老实实地待在家里！"

说完，张琬琰察觉自己语气有些重，怕得罪了小姑子，急忙又露出笑脸，拉着她一道坐了下来，轻言细语地劝："你自己想想，现在又去香港的话，爹能放心？爹年纪也大了，咱们总不好老叫他操心，你说是吧？"

白锦绣不语。

张琬琰看了她一眼，忽然灵光一闪："莫非你是听到了什么消息，怕爹把你胡乱嫁人了？"她安慰着小姑子，"你放心，你不用嫁给那个聂载沉的！这事成不了！"

白锦绣一听，扎心极了，眼眶忍不住红了。

张琬琰还是头回见小姑子在自己面前红眼睛，一下慌了，帮着她抱怨："我实在是不懂，爹到底怎么想的，这么委屈你！顾家儿子没用，爹看不上就算了，咱们又不是没别人可选了，怎么想到把你嫁给聂载沉的？他是咱们白家的大恩人，怎么谢都是应该的，但不能拿你的终身去谢，是吧？你放心，幸好他也上道，知道自己配不上你，昨晚爹一提，他就主动回绝了……”

张琬琰不解释还好，越解释，白锦绣心里扎刀越甚，呆呆坐着，一动不动。

张琬琰忽然想了起来，说：“放心放心，别怕，这事啊，爹就是再想，也绝对成不了！我跟你说，就刚才你上楼后，你舅母一直跟我打听聂载沉的事呢。”

白锦绣噌地一下坐直身体，转头看着张琬琰。

张琬琰见勾出了小姑子的兴趣，故意卖关子，不说了。

“舅母打听他干什么？”白锦绣忍不住追问。

张琬琰这才笑眯眯地道：“你那个丁表姐啊，看上他了！你舅母也觉得好，说聂载沉是个能干的人，要是成了，往后能帮你丁表姐支撑门庭。她刚才急着回去，我留都留不住，就是要准备晚上请人到家里吃饭呢！你丁表姐不是才女吗？古筝弹得那叫一个好。你舅母说，让她晚上弹给聂载沉听。你表姐长得自然没你好，但也是个美人，有才，人又知书达理，温柔贤淑，聂载沉那种当兵的，怎么可能不喜欢这样的？你想，他们的事一成，爹还能怎么办？

“嫂子原本还有点想不通，咱爹都主动开口招聂载沉做女婿了，这千载难逢的机会，别人求都求不来，他怎么可能拒绝？原来是和你丁表姐先对上了眼！我说呢！聂载沉配你自然是不够格的，不过说真的，除了你，别管是谁家小姐，那还真没问题！”

白锦绣惊呆了，以至于一句话都说不出来。

张琬琰以为小姑子放心了，轻轻拍了拍她的手，哄道：“听话，你在家好好休息，别胡思乱想了。”

嫂子走后，剩下白锦绣一个人心如猫抓，又是沮丧，又是难过，再也忍不住，扑到床上趴着，默默地掉了好一会儿眼泪，心底那股阴暗的嫉妒之火再也遏制不住，熊熊蔓延，刚才吃了几口丁表姐送来的补汤而生出的姐妹之情，在妒火中瞬间破裂。

从古城回来这才几天，难道他竟然瞒着自己，已经和丁婉玉对过眼了？难怪他会拒绝父亲的好意！

男人果然都是叉烧包，昨天才刚抱她下山，今天就要去听丁表姐弹古筝！

既然丁表姐还要和他再接触一番，那就说明两人事还没成。她还真不信了，凭自己出马，会收不了这个聂载沉。就算不要，也是她不要他，怎么能让他先甩了自己，另结新欢？

她含泪出神片刻，从床上一下坐了起来，擦了擦眼睛，扭头看了眼西洋钟，过去打开门，叫人去把烫发师傅接来家里做头发，她打扮好了要出门做客。

第37章

广州那家专门替富家太太小姐做头发的烫发铺老板带着工具火速赶到白家。白锦绣做好了头发，打开衣柜，一件件地翻着之前洋装店里送来的一排都还没穿过的新衣，一口气试了十来套衣裙，最后终于选定了一套最能凸显自己白皙肤色的长裙。蓬蓬袖，圆领束腰，长裙垂及脚踝上方数寸，料子是纯墨绿的软缎，裙裾上缀着层层蕾丝，再搭上一双尖头小羊皮鞋，走路时裙裾拂动，就好似风拂湖面，微波荡漾，再配上新做的垂鬈长发，既淑女，又隐隐地透出一点魅惑性感。

白锦绣对镜仔细化了个妆，往唇上抹了层樱桃色口红，轻扫腮红，戴上一双珍珠耳环，又往脖子上戴了条珍珠项链，最后往耳后和腕上洒了点法兰西香水，这才拿起准备好的东西，出房间下楼。

白成山和白镜堂今天各自有应酬，早上出去了还没回来。张琬琰刚才哄完小姑也出门去了，不知去向。刘广等几个大管事也都各自忙碌着，不在家，家里只剩小管事。刚才听小姐说要去将军府，自然放心，也不多问，早就准备好马车在外头等着了。白锦绣登上马车就直奔将军府，不早不晚，掐在饭点前的半个小时，停在将军府的大门外。

将军夫人对这件事非常上心，特意要康成出面以有事相谈为由把聂载沉叫到家里来。这会儿府里待客的一切事务都准备好了，只等客人上门。

将军夫人亲自到厨房看菜，看完了回到客厅，听见近旁侧厅里发出一阵拨弄古筝的乐曲声，走了进去，打量了下外甥女的衣妆。

丁婉玉穿了身新做的杏色旗装，妆容精致，显得人端庄而雅致。

夫人满意地点头："这就对了，简直挑不出半点毛病。等人来了，我叫你姨父带他在外头说话，你就在这里弹，我会见机让他知道是你在弹奏。你有才有貌，人又能干，真正的大家闺秀。男人嘛，哪个不想娶你这样的回家？"她想起白天去白家时遭的奚落，心里还是有点余怒，又道，"你和我那个白家的外甥女，面上过得去就行，不要和她往来！还好你表弟当初没和她定亲，这要是定下了亲事，现在出了这种事，叫我怎么出去见人？我早就看不惯她那没规矩的样子了，我就知道，迟早会出事的，果然被我料中了！你可千万不要被她连累了名声！"

"知道了。"丁婉玉轻声道。

将军夫人满意地点了点头，想了下，又道："吃饭就我们自家几个人，撤大桌，用小圆桌，这样更亲近些，也好安排座位。到时候我会安排你坐在他旁边……"

夫人正叮嘱着饭桌上的注意事项，门房疾步而入，她还以为聂载沉提早到了，没想到门房开口说是白家女儿来了。

将军夫人错愕，问门房："她怎么突然来了？"

厅外响起一阵鞋跟落地的声音。将军夫人抬头，就见外甥女打扮得像个从宫廷画里跑出来的公主，笑吟吟地冒了出来。

"舅母！表姐！"

白锦绣迈着轻快的步伐，径直走到两人旁边，这才停下了脚步。

将军夫人从头到脚打量了她一眼，脸实在挂不住，当场垮了下去，和丁婉玉对视一眼，迟疑了下，问道："绣绣，你怎么突然来了？有事吗？"

白锦绣道："怎么了？我不方便来吗？舅舅在家吧？刚才我问了门房，说舅舅没出去。"她说着张望了下左右。

“不是不是！”将军夫人急忙露出笑容，“我们下午才从你那边回来，这会儿你突然又过来，不是没个准备，有点意外嘛。”

“其实我也没什么事。”白锦绣扬了扬手里拿着的一本画册，冲一旁的丁婉玉笑道，“表姐，上午咱们闲谈，你不是说想和我学西洋画，还说咱们姐妹要多走动吗？我在家没人玩，无聊得很，反正舅舅舅母都是自家人，将军府就和我家差不多，不会嫌我，我就带了本介绍西洋画的入门画册，过来找你玩。”

丁婉玉一顿，没想到自己白天随口应酬的一句话，这个白家表妹竟然当真了。

这样的场合，她自然不希望有别的年轻小姐也在场。于是她只是笑着，没立刻应答，看向将军夫人。

眼看就要到饭点，人应当也快到了，饭桌上凭空多出来一个人，还打扮得这么光鲜招眼，就算是丈夫的外甥女也不行。将军夫人咳了声，笑道：“绣绣，真是不巧，你表姐正好有点事，这会儿不方便，你看要么你们改期怎么样？明天也行。”

要是个知理脸皮薄的小姐，听她这么说，自然就该开口告辞了。偏偏丈夫的这个从小被惯大的外甥女，半点眼力也无，更是不知道看人脸色，只见她把那本画册塞给丁婉玉，说道：“那好，表姐你去忙吧，我就不打扰你了。我也好些时日没见舅舅了，这回我出事，舅舅帮了大忙，我得谢谢舅舅去！”

将军夫人来不及拦，就见她自顾自地往丈夫的书房快步走去，一边走，一边嚷：“舅舅，你在家吧？绣绣来看你啦！”声音传出去老远。

康成听到声音，起身打开门，看见外甥女像只蝴蝶似的穿庭过院，朝这边飞了过来。

他毕竟是亲舅舅，和夫人不一样，自然疼惜自己的外甥女，见她来了，脸上顿时露出笑：“绣绣你来啦？”

白锦绣点头：“舅舅，这回我出事，实在麻烦你了，昨天下山的时候，人乱糟糟的，绣绣也没能和舅舅说得上话，今天我没事了，特意过来看舅舅，想和舅舅你道声谢！”

外甥女的声音甜甜的，康成心里一下涌出一股暖流：“傻丫头，你没事就好，都是自家人，怎么和舅舅说这种话？”

“舅舅自然是绣绣的亲舅舅，但道谢还是要的。”

康成很高兴，抚须笑道：“正好也快吃饭了，留下吃了饭再走！”

将军夫人匆匆追过来，听到丈夫开口留吃饭，还没来得及说什么加以制止，就听到外甥女响亮地应道：“好！绣绣正好肚子也饿了！”

康成看见夫人站在门外，笑道：“绣绣来了，正好，晚上一起吃饭！”

将军夫人满心不愿，却也只能这样了，压下心中的不快，脸上也勉强露出笑容：“好，那就多吃点。”

“谢谢舅母，那我就不客气了。”

将军夫人脸上笑着，心里正气恼，管事站在院子那头喊道：“老爷，太太，聂大人来了！”

“载沉到了，看看去吧。”康成迈步而出，将军夫人只能撇下这个讨人嫌的外甥女，快步跟了上去。

康成夫妇和上门的聂载沉说话时，白锦绣溜到了丁婉玉所在的那间侧厅，见她坐在一架古筝后，看见自己进来，脸色有点异样。她视而不见，上去就伸出手胡乱扫了下弦，筝弦发出一阵怪异的音调。

“表姐，听说你是个中高手？我小时候也学过这个，就是太懒了，学了几天就丢了。真是羡慕你啊，大才女！哪天你有空教教我，好吗？我想重新学。”

丁婉玉的笑容有点勉强：“妹妹你想学，自然没问题的，等我有空，一定教你。”

“表姐你什么时候有空？”白锦绣立刻追问。

丁婉玉一时答不出来。

“要么现在好了！”白锦绣亲亲热热地握住她的一只手，甩啊甩的，“你有事，本来我想回家的，可是舅舅非要留我吃晚饭不可，我不好意思走，只好留下了。刚才那个叫什么聂载沉的来了，舅舅大概还要和他说一会儿话，离吃饭还有一会儿，表姐你就现在教我好了！”

丁婉玉已经听到客厅里隐隐传来康成和聂载沉说话的声音，忙推开白锦绣的手，推脱道：“表妹，改天吧，改天我一定教你。”

“好吧。”白锦绣也不勉强，起身坐到一边，托腮看着丁婉玉。

丁婉玉见她两只眼睛盯着自己，半晌都不带眨一下的，浑身不适，更怕自己的意图被察觉，万一遭她轻看，还怎么好意思就这么弹奏？但心中又期待着将军夫人给自己安排的这个机会，实在不想就这么错过，顿时心里有点不快。

她知道这个白家表妹头脑简单，想了下，若无其事地笑道：“表妹，我原本确实是有点事的，不过既然你想学，别的事也就不打紧了，我先教你好了。这样吧，我先弹一曲给你听，听完了，你给我说说感觉，怎么样？”

白锦绣原本打定主意厚着脸皮胡搅蛮缠不让她献技，但听到客厅方向传来一阵隐隐的话语声后，想到他拒绝了自己的父亲，巴巴地跑来这里相亲，心里就是一阵生气又伤心，于是一下改了主意，心中冷笑——让他听好了，他要是敢心动，回头看她怎么收拾他！

主意是改了，心里终究还是有点发酸，看着丁婉玉为这场相亲饭精心打扮的模样，她实在按不住心底蠢蠢欲动的阴暗，故意说：“表姐，你是奏给我听的，可这里离客厅不远，怕是那个聂载沉也能听到。你不知道，他以前还给我开过车呢，就一个司机而已。让他听到表姐你的仙乐，未免便宜他了！”

丁婉玉屏心敛气正要拨弦，忽听白锦绣来了这么一句，语气轻慢，实在忍不住了，停下来正色道：“表妹，你这样说就不对了。且不说他刚奋不顾身救过你，是你的救命恩人，就算没这回事，英雄不问出处，从前替你白家做过事，那又怎样？你不能这样目中无人！”

白锦绣听她这就开始维护了，心里的酸意更是冒个不停，面上却道：“是，表姐你教训得对，我不该这么说的。我往后不敢了。”

丁婉玉盯了她一眼，点了点头，这才开始弹奏。

她弹的是古筝名曲《高山流水》，本就技艺高超，又用心准备过，一曲下来，自然是行云流水，情韵动人。

白锦绣只知道这个远房的丁表姐精通古筝，却没想到她精到了这样的程度，连她听了也不得不服。丁婉玉还没奏完，她就忍不住懊悔起自己刚才的决定了——真是蠢，就不该让她有机会露这个脸的。万一聂载沉听了真的心动，可怎么好？

“表姐，你真厉害啊！”一曲可算完了，白锦绣心里酸得不行，嘴上却笑嘻嘻地称赞。

丁婉玉谦虚了两句：“没什么，雕虫小技而已。”

客厅里，聂载沉正和康成说话，忽然听到某处传来一阵筝乐声。

将军夫人笑道：“这是我外甥女婉玉在练习吧？这孩子，从小乖巧又灵慧，她师父说她天分极高，也是没什么可教的了，她还是不放松，这会儿还在练呢。”

康成知道这是她故意的安排，心里有点不以为然，但也没说什么。

聂载沉笑着点了下头，没说什么。

将军夫人暗示康成不要再说话，几人就沉默下来，听着侧厅那头传出的弹奏声。一曲终了，夫人看了眼聂载沉，起身说：“饭点了，载沉留下吃饭吧！”说完又朝丈夫丢眼色。

聂载沉急忙站了起来：“不敢叨扰夫人。先前将军说找我有事，敢问是什么事？”

康成无奈，清了清嗓子：“其实也没什么重要的事，你救了我外甥女，我夫妇对你很是感激，所以叫你过来，表个谢意。吃完饭再走吧。”

将军夫人已经连声命人开饭，热情得很，聂载沉就算再不愿，也不好就这么走掉，只好道谢，跟着走进了饭厅，见里面摆着一张圆桌，桌上已经上好了菜。

康成坐到正对门的位置上，将军夫人叫他坐在康成旁边，自己坐到了他的对面。三人坐定，将军夫人笑道：“载沉，将军对你很是器重，回来常在我面前提你，你也不算外人，就当是自家人吃饭好了，我把我外甥女婉玉也叫来一起吃吧。”说完转向一旁站着的管事，吩咐道，“去把小姐请来。”

管事快步而去。

聂载沉没有作声，视线落在自己面前的那副碗筷上，片刻后，听到饭厅外传来一阵年轻女孩轻快的笑声。

这笑声……要不是他实在太过熟悉，差点还以为是听错了。

他压下心中的诧异，忍不住抬头，就看见白小姐打扮得像个洋娃娃似的，亲亲热热地挽着笑容有点勉强的丁家小姐，两人肩并肩地从侧厅走了进来。

第38章

将军夫人见人来了，说：“绣绣……”

“来坐舅母这儿……”她这话还没说出口，就见丈夫的外甥女松开丁婉玉的胳膊，径直坐到了摆在聂载沉旁的那张椅子上，坐定后，朝自己喊了声“舅母”，跟着转头招呼丁婉玉：“表姐，你站着干什么？快过来坐呀！”

丁婉玉僵在原地，看向姨母。

将军夫人气得不行，但人都坐下去了，再开口说换位的话，做得未免太过显眼，降低了婉玉的身份，于是只能忍气，冲丁婉玉微微点头。

丁婉玉才貌双全，人又能干，偏父母双亡婚事不顺，只能事事靠自己，处处隐忍，对白家这个仗着家世和父兄宠爱从小到大一路活得恣意张扬的表妹，难免怀了些不可说的微妙情绪。

既羡慕，也有几分嫉妒与不屑。

倘若没有今天的这个意外，她其实也是可以容忍这个表妹身上的那些毛病，姐妹往来，也是无妨。但现在，她风度再好，也是忍不住了。这个表妹确实像姨母说得那样，没规矩，惹人嫌，还没有半点自知之明，理所当然地以为自己是人人都要捧的香饽饽。

丁婉玉敛眉垂目，走了过来，坐在姨母和白家表妹中间的位子上，坐定后，朝白锦绣点了点头，微笑着低声道："多谢表妹。"

"表姐你和我客气什么！"白锦绣笑眯眯地应道。

将军夫人看了眼对面沉默着的聂载沉，道："载沉，大家都是见过面的，别拘束了，就当是在自家！"

康成叫自己上门，说有事，他没想到是这种事。刚才听丁小姐的筝曲，现在同桌吃饭，再联想到上次来的时候，将军夫人单独盘问自己的那些话，聂载沉再愚钝，也明白将军夫人唱的到底是哪一出了。

他本就如坐针毡，突然看见白锦绣竟也来了，从进到饭厅直到坐在他的身边，始终没看自己一眼，就仿佛根本不认识他似的。他心里忽然不安起来，又闻到了来自她身上的缕缕香气，避也避不开，更是连呼吸也变得不畅起来。此时听到将军夫人和自己说话，他急忙站起来，向康成夫妇敬了杯酒："多谢将军和夫人的款待。"

康成喝了酒，示意他坐下。

用人上来布菜倒酒，将军夫人频频招呼客人吃菜。

聂载沉满怀心事，只想早些结束离开，加上手掌的伤还没痊愈，不想落入人眼，此刻就是龙肝凤髓，他也没半分胃口。丁小姐也没怎么动筷，始终半垂着头，显得温婉而沉静。只有白锦绣，她开心又活泼，隔着聂载沉和康成说说笑笑，仿佛也真饿了，不但吃了一碗饭，还把康成夹到她碗里的一只鸡腿也吃光了。

"谢谢舅舅。"

康成看着她，含笑点头，又将自己面前的一碟玫瑰凉糕挪到她的面前："你前几天受惊了，再多吃点，补回身体。舅舅记得你小时候爱吃这个。"

"谢谢舅舅，我现在也爱吃呢！"白锦绣拿了块玫瑰糕，贝齿轻轻咬了一口，甜蜜蜜地笑。

场面变成这个样子，白家女儿俨然变成主角，计划全乱了套，将军夫人更是不快，强行插话道："婉玉，刚才我在客厅里和载沉说话，仿佛听到你在练筝，是什么曲目？"

丁婉玉轻声道："刚才是表妹叫我教她练筝，我就献丑，先弹了一曲给她听，没想到扰了聂大人，是婉玉不好。"

她站起来，朝聂载沉的方向行了一个致歉的躬身礼。

聂载沉忙道："没有打扰。能听到筝曲，是我的荣幸。丁小姐不必客气。"

他说完话，飞快地看了眼近旁的白小姐，正好看到她长睫微动，两道目光朝着自己冷冷地扫了过来，心咯噔一跳。

丁婉玉坐了回去，继续说道："刚才的曲子叫《高山流水》。有同名古琴曲，相传是先秦琴师伯牙与樵夫子期的知音之曲，后散失于民间，后世所传的《高山》《流水》二曲，应是后人附会所作。我刚才练的这支同名筝曲，与古琴曲并无传承关系。"

将军夫人赞叹道："原来还有这么多的学问啊！载沉，你刚才也听了，觉得婉玉奏得怎样？"

聂载沉的心跳还没平复下来，听将军夫人又点到自己的名，后背不禁有点出汗，迟疑了下，正要应答，忽然感到桌下的腿被人踢了一脚。高跟鞋的鞋头尖尖，踢得还不轻，有点疼。

他一顿，看向白小姐。

白锦绣没有看他，桌子下踢完了，若无其事地咬了一口凉糕。

聂载沉定了定神，说："我对这方面不懂，不敢妄评。但丁小姐奏的，自然是好的。"

将军夫人对他的这个回答不是很满意，但也只能结束这个话题。过了一会儿，她又闲话似的谈及丁家的事，叹息了一声："我这个外甥女啊，确实不容易。不是我自夸，别说乡下地方了，就是满京城在我们八旗大家族里找，我也没见过像婉玉这么持家能干的年轻女孩。最难得的，还是出身清贵，祖上三代翰林。有时候吧，我想替她分担些事，她又太知情懂理，就怕麻烦到我。要是什么时候她能得个知冷暖能帮手的人，那我也就放心了……"

夫人说着，丁婉玉的眼圈慢慢泛红，隔着白锦绣看向聂载沉，眼角闪烁着楚楚的泪光。

聂载沉早就放下了筷子。他感到满桌人的目光都落在自己身上，尴尬不已，只能当作什么都没听到似的，一手端起面前的水，低头喝了一口。不料那口水才喝进去，他突然感到身旁的白小姐竟在桌下朝着他伸过来一只手，指尖碰到他手腕内侧脉搏处的皮肤，停住，接着，逗弄他似的，涂了鲜红指甲油的尖尖指甲在他腕上轻轻地挠了两下。这感觉，又酥又痒，仿佛一下子就透到了脚底心。

聂载沉一个分神，顿时被水呛住，剧烈地咳嗽起来。

他急忙抽回原本放在下面的那只手，站了起来，背对着人，咳了好一会儿，才终于止住这狼狈的场面，转过身，就对上了始作俑者的目光——她的那只手早就收了回去，拨弄着一只银汤勺的长柄，人靠在椅背上，睁大眼睛看着自己，眼神里一片无辜。

聂载沉定了定神，不再看她，为自己的失礼向同桌的人致歉。

将军夫人问他情况如何，需不需要手帕，不待他答，又道："婉玉，你手帕干净的，借载沉用下。"

丁婉玉目露关切之色，站了起来，从袖中抽出一块雪白的丝帕，递了过来。

几乎是出于下意识，聂载沉再次看了眼白锦绣。她的唇角上翘，似笑非笑，眼神却变了，仿佛两道利箭似的射了过来。

聂载沉本就不会接丁婉玉的手帕，立刻婉拒道："多谢好意，我心领了，请小姐收回。"

丁婉玉拿着手帕的那只手停顿了一下，慢慢收了回来，微笑道："你没事就好。"说完，风度依旧地坐了回去。

聂载沉也坐了下去，怕身边的人再暗中捣乱，浑身绷得紧紧的。好在接下来，她没再出什么小动作了。

将军夫人因为丈夫的外甥女夹在中间，有些话也不好说，十分扫兴，这顿饭再吃片刻，也就结束了。聂载沉松了一口长气，立刻站了起来，婉拒将军夫人的挽留，说自己还有点事，先行告辞。

将军夫人十分失望，只好送客。

白锦绣亦步亦趋地跟着将军夫人和丁表姐送客，亲眼看着聂载沉骑马离开，身影消失在了夜色中，这才放心地回了屋。

人都走了，她自然也没必要再留下，于是假意再坐了一会儿，也起身道："舅舅，舅母，晚上打扰你们了，我怕回去晚了他们担心，我回家了。表姐，我下回再来找你玩！"

精心准备的这顿饭，就这样草草收场。丁婉玉压下心中的厌恶之感，笑道："表妹你走好。"

将军夫人也假意留了几句。等白锦绣一走，她带着一肚子的气回屋，见丁婉玉怔怔地坐着，上前安慰道："婉玉，你别伤心，都怪锦绣坏了事！也是你运气不好。姨母尽快再帮你找个机会，下次一定不会再让人坏了你的好事。"

丁婉玉微微蹙眉，出神片刻，道："姨母，你不用再叫他到家里吃饭了，我看没什么大用。我再想想，怎么做才是最好。"

舅母和丁表姐怎么看自己，白锦绣丝毫没有放在心上。她自然同情丁表姐的不易，可她现在要碰聂载沉，这就不能怪自己不念姐妹情了。

生平第一次，她被一个男人那样亲过、抱过，他拒绝父亲的好意也就算了，居然这么快就和别的女人相亲。当她白锦绣是死人吗？

回来的路上，她一个人坐在摇摇晃晃的马车里，回想着今晚的一幕一幕。要不是自己横插一杠加以破坏，晚上他大概早就接了丁表姐从袖子里抽出的那块手帕。

白锦绣越想心里越是气愤，恨不得立刻追到西营去扇他两个耳光，又再三告诫自己忍耐，来日方长。

等马车一停在自家大门口，她就从车门里钻了出来，也不用人放脚凳，提起裙裾跳了下来，快步朝里走去。

白成山已经回家了。白锦绣找到父亲，开口就道："爹，我已经想好了，我听你的，为了安全起见，我不去香港了，留在家里再休息一段时间吧。我会向卡登小姐解释请假的。”

白成山很高兴：“这样就好。我过两天就回古城，要么你和我一起回去？”

“爹你先回吧，我还想在广州住些天。这边还有些朋友，等休息好了，我就回古城陪爹。”对上父亲朝自己投来审视的目光，她故作镇定地解释。

白成山想了下，点头道：“那好，爹先回去，你在这里好好休息。”

第39章

注定又是失眠夜。

白锦绣躺在床上，一闭上眼睛，眼前就不停地浮现出饭局的种种情景。

丁表姐先展露才艺，再由舅母适时推出她的身世，既褒奖了丁表姐的贤惠和能干，又能博得聂载沉的同情和怜惜。男人只要对女人起了怜惜，接下来会发生什么，不用想也知道。男女多少苟且事，不就是从怜惜和不忍开始的吗？

尽管非常不愿意承认，但白锦绣心里其实门清，丁表姐这种女子，就是男人娶妻最理想的典范。在她和丁表姐之间，要是刨掉家世，世上哪个要娶妻的男人会选自己而舍她？

白家家业在聂载沉的眼里并没有很大的价值，这一点已经被确凿地证明过了。前几天，他之所以奋不顾身救自己，也是出于报答父亲提携之恩而已。换句话说，在聂载沉的眼里，自己相较于丁表姐，根本没有任何的优势。

气了半夜的白锦绣终于渐渐冷静下来。她发现自己昨天乍得知消息，太过震惊，以至于忽略了一个重点。

舅母看着厉害，以自己对她的了解，其实是色厉内荏，很好糊弄，没什么本事。反倒是这个丁家的表姐，看着斯斯文文，其实是个非常有主意的人——自然，她要是没本事，一个人也不可能撑起苏州老家的门庭。她看上了聂载沉，就不可能因为今晚这个被搅了的饭局而轻易放弃。

但有一点，她肯定还不知道自己和聂载沉之间发生过的那些事。

干脆告诉丁表姐，就说聂载沉也喜欢自己好了。她知道了，要是主动放弃，最好不过。反正她认识聂载沉也没几天，能有多深的爱？三条腿的蛤蟆难找，两条腿的男人满地跑。她要是知道了还不放手，那再对付姓聂的好了。

白锦绣做人不算得体，但向来明明白白，省得到了最后，被人扣上一个暗中下绊子的帽子。

白锦绣打定了主意，就恨不得立刻天明，真真是一夜无眠，睁着眼睛到了天亮。才五点多，晨曦微明，她就又坐车来了，将军府的大门还关着。

舅舅舅母还没起身，白锦绣叫门房不要惊动人，自己径直入内，来到丁表姐的卧房，敲开了丁表姐的门。

丁婉玉打开门，看见白锦绣大清早又来了，有些错愕："表妹？"

白锦绣走了进去，一眼看到自己昨晚送来的那本画册被压在一条桌腿下面用来垫脚。

丁婉玉面露尬色，忙上去把画册取出来，擦了擦，解释道："表妹你别多心，应该是丫头看桌腿短了，不知道是表妹你送来的，顺手拿了垫脚，竟害我辜负了表妹的心意！回头我一定好好责罚！"

白锦绣道："没事表姐！其实昨晚我送画册来，不过是个借口而已。"

丁婉玉看了她一眼，把画册放到桌上，微笑道："坐吧。"

白锦绣道了声谢，坐了下去。丁婉玉跟着坐到她旁边，手里握着把梳子，梳着自己的头发，也没问她什么事。

白锦绣看她梳头，看了一会儿，开口道："表姐，我一早过来，是有件事。我得先向你赔个不是，希望你大人大量，不要见怪。"

丁婉玉笑道："你这是怎么了？大清早的突然说这个。咱们姐妹，什么见怪不见怪的……”

白锦绣道：“我知道昨晚那顿饭是舅母特意为你安排的相亲饭。被我搅了，是我不好。昨天知道后，我气不过就跑了过来，坏了你的事。表姐你见谅。”

丁婉玉的脸上依然带着笑：“看你，说的都是什么话？我都听不懂了。”

“有件事我不想瞒你。聂载沉之前不是替我做过事吗？在古城的时候，我们发生了些事。总之，他是我看上的人，现在我们这样，是因为之前闹了别扭。所以昨晚得知舅母要撮合你们，我一生气就跑过来了。”

丁婉玉梳头的手停了下来。

白锦绣凝视着她：“昨晚回去后，我想了很久，冷静了下来，我觉得还是有必要把这个事告诉你，免得你一直蒙在鼓里。我跟他现在只是一时闹别扭而已。我很喜欢他，他也喜欢我。要不然那天他怎么奋不顾身地救我，表姐你说是吧？”她顿了一顿，“所以我来找表姐，把事情向你交个底，免得咱们姐妹误会，为个男人撕破脸，被人知道了，也是笑话。”

丁婉玉沉默片刻，脸上再次露出笑容，放下梳子，走过来握住了白锦绣的手：“妹妹，你能把这个事跟我说，姐姐我真的很感激。你怎么不早说呢？该怪罪的人是我，竟插入了妹妹你和聂大人的中间。你放心吧，之前不知道也就罢了，现在知道了，我怎么还会厚着脸皮和你争？”

见她语气诚挚，白锦绣也笑了，感激地道：“表姐你真好。那就多谢你的成全。我也没别的事，现在还早，我先回家补个觉，表姐你再睡一会儿。”

丁婉玉留不住她，殷勤相送，因身上还穿着睡衣，送了几步，就被白锦绣劝了回去，姐妹亲亲热热地分开了。

白锦绣走出院子，沉吟了下，悄悄来到将军府用人住的后罩房。

这会儿用人都起身了，白锦绣叫来那个之前曾帮自己偷听过舅舅舅母说话的丫头，给她塞了一包银圆，吩咐了几声，这才出门离去。回到家中，她又困又累，叫人不要吵自己，睡了一个回笼觉。

众人知道白成山要回古城了，当天家里访客不绝，上下忙碌。白锦绣睡醒，就躲在自己的房间里，拿起许久没碰的画笔，想重新画画。

放假前，她以前在巴黎的老师告诉她，下半年欧洲有个大型油画展，他很欣赏她的天分，给她争取了一个名额，让她提供一幅作品参展。

期限没剩多久了。之前在古城画的那些，白锦绣并不是很满意。现在，她却怎么画也是不顺，总感觉心浮气躁，仿佛一颗心晃荡在半空，找不着落脚的地。

第二天上午，白成山动身回古城，她和兄嫂一道将父亲送出广州城。回到家里后，她努力摒除杂念，继续作画。晚上，大哥和嫂子要参加亲戚家小孩的结婚应酬，叫她也去，她自然不去，两人就带阿宣出了门，家里只剩白锦绣一人。

她把长发随意扎了条辫子，拖在脑后，身上套了件旧衣，继续画画。外头天已经黑了。但和昨天一样，她画什么都没感觉，无法全身心投入。

“小姐，吃饭了！再忙也不能饿肚子呀！”门外传来家里老妈子第三次的敲门声。

白锦绣丢掉画笔，走过去打开门。

跟着老妈子来的一个小丫鬟看着白锦绣的脸，扑哧一声笑了出来。

老妈子白了一眼小丫鬟，这才指了指她的面颊，笑着道：“小姐，你脸上有道花！”

刚才那小丫鬟一笑，白锦绣就知道，一定是自己不小心把油彩沾在脸上了。这是常有的事。

她也笑了，摸了摸脸，脱掉工装，说：“我洗个脸就下来。”

打发走人，她转身正要去盥洗室，刚才那个小丫鬟又转了回来，喊道：“小姐，舅老爷家里来了个人，说有事要通报小姐！”

白锦绣脸也不洗了，转身就下了楼。

将军府的那个丫头站在客厅里，看见白锦绣下来，跑了过来：“白小姐，表小姐晚上换了一身衣裳，出门了！”她凑到白锦绣的耳边，“我费了老大力气，终于从伺候她的人那里听到消息，她是要去西营！一打听到，我就赶紧过来告诉小姐。”

白锦绣立刻问：“出去多久了？”

“天擦黑，酉时中的工夫。”

那就是六点。

白锦绣扭头看了眼客厅里的大落地钟。现在快要八点了。已经过去两个小时了！

她顿时咬牙切齿，怒火攻心，打发走了丫头，三两步奔上楼梯，跑到房间里，脸也不洗了，匆忙套了件男人的长袍，下来叫管事备马车，带上几个打手，立刻朝着西门疾驰而去。

丁婉玉乘的马车来到西营时，天已经完全黑了。

她下来，让随行等在营房的大门外，自己拿着东西走了过去，被门口的卫兵拦住。

丁婉玉出示了一张手写条，说道：“我姓丁，将军夫人是我的姨母。这是夫人的手写条。夫人叫我来，找聂大人有事。”

卫兵道：“对不起丁小姐，上头有规定，外人没有合乎规制的通行证，谁都不能擅自入内。您要么稍等，我去替您通知聂大人。”

“将军夫人也不行吗？”丁婉玉不悦，冷冷地道。

“对不起丁小姐，之前没提过将军夫人。要么您等等，我去问下上头？”

丁婉玉道：“算了！你去通知聂大人！”

卫兵向一旁的士兵吩咐了一声，那人朝里而去，找到了聂载沉。

聂载沉刚从训练场上解散回来，满身的汗，正要去冲澡，听士兵说有个自称将军夫人外甥女的丁小姐奉夫人之命来找他，立刻道：“就说我不在！”

士兵转身离去，聂载沉迟疑了下，又叫住了人，自己朝大门走去。

他来到营房口，远远看见丁小姐立在岗哨旁的一盏灯之下。隔着大门的铁栅栏，昏暗的灯光照着她的身影，显得十分孤单。

他走过去，示意卫兵开门，朝她点了点头。

丁婉玉见他出来了，脸上露出笑容，快步入内。

“聂大人，我找你有点事。”她看了眼身后的卫兵，又轻声道，“这里说话有些不便，你……”

聂载沉指了指大门口的接待室：“请丁小姐随我来。”

他转身朝接待室走去。

丁婉玉望着他的背影，顿了一顿，终于还是迈步跟了上去。

第40章

聂载沉进了接待室，请丁婉玉坐，自己去给她倒茶。

“聂大人不必客气。我不渴。”

聂载沉放下了水壶：“丁小姐找我什么事？”

丁婉玉起身，从自己提来的篮中取出一个八角形的玲珑小食盒和一样用帕子包裹着看起来像是鞋的东西。

“你救了我表妹，我姨父姨母感激，我也是。在家也没事，就胡乱做了双鞋，手艺不好，平常随便穿穿，聂大人你别嫌弃，略表寸心。”说完又打开食盒，取出一盏小炖盅，“正好今天给我姨父姨母炖了虫草花竹笙汤，既然来了，也就顺路给大人带了一盏。”

聂载沉看了眼吃的和鞋：“丁小姐的心意我领了，东西是不敢收的。请丁小姐收回。”

丁婉玉微笑道：“确实只是我的一点小小谢意。大人执意客气，莫非是嫌弃？”

她打开炖盅盖，取出一把调羹，含笑望着聂载沉：“聂大人，你来尝尝味道如何。”

聂载沉没有动：“丁小姐做的，自然是好，但不适合我。还是劳烦小姐带回去，转给更合适的人。”

丁婉玉望着他，面上的笑容慢慢地消失了，片刻后，她轻声问道：“聂大人，你真的不愿再做半分考虑吗？”

聂载沉说：“丁小姐见谅。”

寥寥数语，却什么都已说明。

待客室里一下就陷入了静默。

丁婉玉立了片刻，抬起头，注视着他：“聂大人，我也就不遮掩了。我厚着脸皮来找你，是想和你说几句心里话。我真的倾慕于你，并且我也觉得，你我才是最合适的。我的家世和白家自然没法相比，但将军夫人是我的姨母，对我十分疼爱，你要是娶了我，将军府就是你的靠山。至于我，虽然没什么本事，但我会尽我所能做你的贤内助，把你母亲也接来身边好生奉养，让你往后没有半点后顾之忧。婚姻之事，谁都躲不开的。我从前不顺，如今好不容易遇到了你，我不想就这样放弃。大人你也是迟早要娶妻的，我虽然不是最好的，但自问不会拖你后腿，你为何不再考虑一下呢？”

聂载沉道：“承蒙丁小姐错爱，聂某不敢当。丁小姐定能觅得良缘，芳福长伴。”

丁婉玉愣了片刻，脸色渐渐苍白：“聂大人，我对你推心置腹，你却连片刻考虑都没，就这么直接拒了我。难道真的是因为白锦绣？”

聂载沉刚才一听丁婉玉来找他，第一反应就是不见，但随后之所以改主意，是猜到丁婉玉的目的，他想着与其拖下去，不如借机把话和她说明，省得往后将军夫人再多事。他没有想到她突然这样提及白锦绣，一怔，看了她一眼：“这和白小姐没有干系。”

丁婉玉原本还抱着点期望，白锦绣昨天早上是在骗自己，她不过是自作多情。现在聂载沉虽然这样回答，但这口气，她怎么听不出来，两人之间确定是有过非同寻常的关系。

丁婉玉定了定神：“你大约还不知道，昨天早上她来找过我，跟我说你们之前在古城的时候好过，现在闹了别扭。还说你是她的人。她的意思，是叫我不要靠近你。”她微微冷笑，“这就是我表妹一贯的做派，仗着父兄当靠山，目中无人，颐指气使，她和你八字都还没一撇，自己看上的，就不许旁人接近。她凭什么？”

聂载沉没有应她。

“聂大人，别的事我就算了，这事，我实在忍不下去。方才一时失态，倒叫你见笑了。我不知道你们究竟是怎么一回事，但你认识锦绣时间应当不长，对她这个人恐怕不是真正了解。她确实长得漂亮，家里有钱有势，但她不可能会是你的良配。她被家人宠坏了，任性又肆意，这样的妻子，真的是大人你所需要的？”她顿了一顿，“何况，她现在不许我接近你，你要以为这是她对你的真心，那就大错特错了。她不过是得不到你，这才纠缠着你，千方百计想要得到你罢了。就好比一件稀罕玩物，她得不到，别人也不能碰。高贵大小姐的做派，不就是这样吗？等她哪天到手玩腻了，你看她会怎么样。”

丁婉玉长长呼了口气，终于勉强压下心中的不平，凝视着面前这个始终沉默着的年轻男子。他看起来似乎刚从校场上下来，面颊上凝着汗渍，脚上的军靴还沾满灰尘。

“聂大人，你能走到今天，必定很不容易，更不会是那种只图眼前片刻欢愉而不计将来的鲁莽之辈。我是真心敬慕于你，不想你因为我表妹日后陷入进退维谷的境地。我希望大人能再考虑一下我之前的话。就算我不能令你进益，日后也绝不会拖你的后腿。”

头顶的灯光投在他的肩上，聂载沉凝立片刻，缓缓地抬起头：“丁小姐，不会再有什么考虑了。我无意于此。大门不远，我就不送你了，走好，记得把东西带回去。”

他朝待客室的门走去，走到门口，迈步将要出去的时候，又停了下来，转过头来说：“在我看来，锦绣她极好，无一处不是的地方。”

他一字一字地道，说完，迈步出屋。

丁婉玉愣了，回过神来，她追到门口，见他朝着后营方向大步而去，身影很快消失在了夜色下的平顶营房之后，眼泪一下从她眼中涌出。

她捂脸靠着墙，良久，慢慢地止住泪，收拾了自己带来的东西，正要出去，听到大门的方向隐隐传来一阵喧哗，知道应该有人来了。她不愿再被人瞧见自己到过这里，便停了下来，想等人走了再出去。

西营快要到了。

白锦绣坐在车里，探头出去，看见前头路边果然停着一辆马车，眼睛顿时冒火，催促车夫快些。车夫全速赶车，很快到了大门前。

卫兵刚换过班，看见路上来了辆马车，后头还跟着七八个骑马的彪形大汉，一行人马轰轰而来，眼见就要冲破大门撞入似的，立刻跑到路中，举起手中长枪喊道："停下！"

马车停了下来，车门打开，从里面跳出一个看起来像是公子哥的少年，快步走到门前。

"让开！"

少年声音娇脆，卫兵凑上去一看，这才辨出是个美貌的年轻女子，喝道："什么人！找谁？西营重地，无证不得擅入！"

同行管事见白锦绣双眉倒竖，就要发脾气了，急忙上去劝道："这位兄弟，这位是我们白老爷的千金，你快开门，让她进去吧。"

"白老爷？白成山？"

"是。"

几个卫兵相互看了一眼，慢慢收枪，捅了捅岗长。

岗长被推了出去，小声道："白小姐，实在对不住，您稍等，我这就去请示上头……"

"给我让开！"白锦绣喝了一声，一把推开卫兵。

几人不敢拦，看着她带着那七八个打手模样的大汉走了进去。

白成山仁厚，却御下严格，用人从不行仗势之事，见小姐这会儿这么蛮横，管事哪敢说她，擦了擦汗，朝几个卫兵拱了拱手，说了声"得罪"，怕她在气头上出事，急忙追了上去。

西营占地广阔，白锦绣走了几步，停下来叫身后的卫兵：“聂载沉住哪儿？给我带路！”

卫兵你看看我，我看看你，没人动。被声音惊动而出来查岗的班长，跑了过来：“怎么回事？军营重地，什么人喧哗？”

岗长急忙过去，耳语几句。班长哎呀了一声，飞快地跑过来，冲着白锦绣躬身：“白小姐来了，要找聂大人是吧？卑职给小姐带路！”

班长带着白锦绣来到后营军官住的宿舍旁。

聂载沉前几天勇救白家小姐，这事新军营里都传了个遍。不知道为什么，白家小姐现在却气势汹汹而来，看她这模样，显然是来找他的不是。俊男美女，年纪相当。听说聂载沉之前不在的那段时间，就是去给白小姐开车的，更是瓜田李下，近水楼台。众人便疑心两人有私情，兴许是聂载沉惹怒了白小姐。

军营里生活枯燥，哪见过这种风月纠纷，对象还是平日里高不可攀的白家小姐。班长心里一阵激动，觉得有好戏，又有点担心，怕惹上一身骚，自己不敢再过去，就指着前头远处的一排屋，道：“白小姐您看，聂大人就住那儿，左手边，最里面的那间就是了。”

白锦绣顺着望去，见那间屋的窗户里黑漆漆的，她心口一阵突突急跳，血液翻涌，恨不得立刻带人冲过去打破门。可是万一……

万一要是真的被别人看见了什么不该看的……

白锦绣心里一阵酸楚，迟疑着，终于忍住气，对身后跟来的人道：“都给我后退，等着，我叫你们，你们再来！”

管事和打手们正提心吊胆怕她发号施令，听她突然这么吩咐，齐齐松了口气，赶紧掉头后撤。

白锦绣赶到那个班长所指的门前，屏住呼吸贴着耳朵听里面的动静，听了一会儿，却什么也没听到，她不死心，试着伸手轻轻推了一下。门是虚掩的，没有反锁，一下就被她推开了一道缝。

她一点点地推开门，双手扶墙，黑灯瞎火里蹑手蹑脚朝里摸索，挪了七八步的样子，脚好像钩到了一条桌腿似的柱子，绊了一下，身体撞了上去，桌上有东西被碰倒，骨碌碌地滚到了地上，哗啦一声，发出一阵瓷器碎裂的声音。

白锦绣吓了一大跳，脚下一站不稳，身体在黑暗中失了平衡，一下就绊倒在地，一只手的手心压到地面，感到一疼，似乎被地上的瓷器碎片给扎到了。

白锦绣哎哟一声，就在这时，房间里的灯突然亮了。

白锦绣人还趴在地上，回过头，聂载沉出现在了她的视线里。

他一手停在电灯开关上，一手端了个脸盆，上身光着，下身穿了条军裤，站在门口，头发还湿漉漉的，水珠沿着他乌黑的短发发梢滴落，正是刚冲澡回来的样子。

两人四目相对，他露出惊诧的表情，站在那里，没有动。

白锦绣一看到他，刚才来时路上的满脑子恶念就全都烟消云散了，变成满心的委屈。

桌上的一个茶壶被她打碎了，地上都是碎片。她抬起手，看见自己的手心里扎了块三角形的小碎片，血正从口子里冒出来。

“聂载沉！你这什么破地方！我的手啊，你赔我……”

她摊开自己那只受伤的手，冲他嚷了一声，眼圈就红了。

第41章

聂载沉的视线落到她朝自己摊开的手心上。虎口下方的位置扎了块大约半寸的碎瓷片，瓷片虽小，但扎得应该不浅，鲜红的血珠一直在冒，慢慢地凝在她白嫩的手心里，看起来十分扎眼。

他心一沉，一把放下脸盆，快步走到她的面前，蹲了下去，正要抓住她的手帮她取瓷片，她手一缩，他拿了个空。

他抬起眼，对上她投来的两道目光。她的一双美眸，正狠狠地盯着自己。

“我表姐呢！她人呢！”语气也是发狠的。

聂载沉立刻道:“刚才就走了！你手先给我，我帮你处置下……”

白锦绣一下拔出插在掌心肉里的瓷片，从地上飞快地爬起来，推开里间卧室的门，啪地开了灯，左右看了一眼，就跑到立在墙角的那个简易衣柜前，咣地一下，拉开了门。

衣柜里是几套折叠得整整齐齐的冬夏军服，还有内衣和袜子。她转过头，又扫了一遍这间陈设简单的卧房，目光很快落到床底。

聂载沉跟她进来，起先还有点错愕，不知道她这是想干什么，直到她打开衣柜的门，仿佛在找人，这才顿悟，看着她又往自己的床走去，弯腰下去，显然是要检查床底。他突然想起一件事，心“咚”地跳了一下，一个箭步上来，伸手挡住了她。

“白小姐，真没人！刚才我是在营房大门附近的待客室里见她的！”

可是迟了。白锦绣眼尖，恍惚瞥见了摆在床底角落里的一双鞋。

床底有点暗，虽然看得不是十分清楚，但那双鞋，显然不是他自己穿的，而是一双女人的鞋！

他的床底，竟然会有一双女人穿的鞋！

白锦绣眼角红了，牙几乎要咬碎了，一言不发，再次弯腰，手伸进床底去拿鞋。

“绣绣！绣绣！你别——”

他心跳得飞快，情急之下，连自己也没察觉，竟脱口喊出了他曾听过无数遍的只有白家人才会这么叫她的闺名。

“绣绣也是你能叫的？你给我滚！”

白锦绣头也没回，狠狠地踩了他一脚，一把推开他，终于从床底捞出了那双女鞋，看了一眼，忽然觉得有点眼熟。

再定睛一看，认了出来。

她抬起眼，诧异地看着他：“这不是我的鞋吗？怎么在你这里？”

他也不知道那天自己怎么会把她的鞋带了回来。或许是潜意识里，他不想和她有关系的东西就那样随意地被弃在荒山野岭。即便只是一双她穿过的鞋。

他脸微微一热，一时说不出话。

白锦绣话问出口后，自己也明白了。一定是那天她走后，他又回去悄悄帮她把鞋子带了回来，然后藏在了他的床底。

她的心里一下甜丝丝的，可是嘴上还是不肯饶他。她想听他亲口对自己说出来。她哼了一声，骄傲地翘起下巴，继续逼问他：“你说！怎么回事？”

他却避而不答，只把鞋子从她手里拿掉，接着将她强行按着坐了下去：“你手还在流血，别乱动！”

她坐在了他的床上。他打来一盆清水，帮她洗了手，然后握住她的手，小心地帮她挤压污血，再从外间拿来那瓶止血清瘀的伤膏，往伤口上抹了点。

幸好口子很小，很快就止住了血。

白锦绣看着他为自己忙忙碌碌的身影，心里更加甜了，不再逼问他，甚至连表姐晚上找他的事都给忘了。她安静下来，偷偷地看他没穿上衣的样子。

聂载沉帮她处理好手心里的小伤口，想了下，说："鞋看着还很新，丢了可惜，那天我顺路带回来了，正想还给你的。你带回去吧。"

她乖乖地嗯了一声，又偷偷瞄了他一眼，正好对上他投来的目光，急忙挪开视线。

聂载沉低头看了一眼自己，顿了一下，顺手拿起一件挂在床头的棉织汗衫，套在了身上。

她还坐在他的床边，结了条松散的辫子，身上套着一件男人的长袍。衣服原本就大，从脖子一直盖到她的脚踝，现在因为坐着，衣摆都拖到了地上，模样有点滑稽，面颊上甚至还有一道油彩的印子。看起来像是画着画就匆忙跑了出来的样子。

他看着这张小花脸，实在忍不住，拿了块干净的毛巾递给她。

"你脸上有脏东西，擦一下吧。"

白锦绣两手笔直地放着，一动不动。

"我手疼。我还看不见。你帮我擦！"

外间有面镜子，但就是无法拒绝。

一件这么小的事而已，举手之劳。他心想。终于朝她伸过手，替她轻轻地擦拭沾在面颊上的油彩。

他靠得这么近，白锦绣仿佛闻到了来自年轻男人身上的带着淡淡水汽的属于夏天炎热夜晚的某种气息。她的脸不禁微微红了，眼睛不敢再看他，眼皮垂了下来。

忽然，她的目光定住——她看到他的手心结着一片伤疤，看起来像是被火烧伤后留下的那种伤痕。

“你的手怎么了？”她吃了一惊，问道。

聂载沉手一顿，想收回手，但已经被她一把抓住，来不及了。

她拿开毛巾，看着他带着大片伤痕的手心，倒抽了口凉气，想了下，又抓起他的左手，见他握拳不肯张开，说：“张开！”

聂载沉道：“没事的。不用看了……”

“我叫你张开！”她重复了一遍。

在她的命令下，聂载沉慢慢地摊开了被灼得更严重的左手手掌。

虽然已经开始结疤，但留下烙印的掌心，看起来依然那么触目惊心。不用再多问，白锦绣就明白是怎么回事了。

她只听大哥说过，那天他奋不顾身从人群后冲上了那座烧得快要断了的藤桥，在桥断裂的时候，抓住桥端荡过了那道断涧。大哥只称赞他胆魄过人，身手了得，却从没有对她说过，他的双手掌心曾经被火灼伤，伤成了这个样子。

刚才自己的手心只被扎破了这么一个小口子，就已经那么疼了。他的手被火灼成这样，该会有多疼。

她怎么就这么粗心，像个睁眼瞎，那天还只顾着向他撒娇，要他抱自己下山。白锦绣的心，被一种浓重的疼惜和懊悔自责之情攫住。

她抬起眼眸，凝视着他，轻声问：“那天为什么不说你受伤了？”

聂载沉抽回被她抓着的左手，微笑着安慰她：“小事一桩，你别担心。我去看过城里一个有名的火伤郎中，有上药的。已经快好了，没事的。”

白锦绣看了眼他刚才替自己抹在伤口上的药：“是这瓶吗？”

他点头。

她拿了起来，命他张开手。

他迟疑了下，终于还是照她的话，摊开了手掌。白锦绣仔细地帮他往手心上擦药，擦完左手，又换右手，最后帮他轻轻吹气，好叫药膏快些渗透。

“还疼吗？”她问。

聂载沉看着她，摇了摇头。

她终于帮他擦好了药，两个人就这样面对面地站着，都没了话，房间里静默下来。一只夏夜里的小飞虫被灯光吸引，不知道从哪个角落飞了出来，绕着灯在两人的头顶上不停地飞舞。

“往后不许你和我表姐往来！”过了一会儿，她忽然说道。

“好。”聂载沉说。

“舅母再叫你去吃饭，你也不能去。”

“好。”他又答应了她。

白锦绣继续站着。她忽然觉得，就是这样和面前的这个人站在这里，什么都不干，站上一夜，也是一件很好的事情。

她有点不想走了，悄悄地抬眼看他。他的视线落在她脚边的地上，一动不动，也不知道在想着什么。

“聂载沉，你……”

她想问他在想什么，忽然听到外面响起一阵咳嗽声，接着，管事那刻意压低的唤声传了进来。

“小姐，小姐……”

聂载沉仿佛如梦初醒，一下抬眼，走到床头柜旁，拿起一只看起来很旧的怀表，看了眼时间，转头说道：“白小姐，快十点了，再晚，你家人怕是要担心。”

“小姐，小姐，你在里头吗……你应一声啊……”管事的声音像蚊子似的在耳朵边嗡嗡个不停。

白锦绣好后悔，晚上不该带这么多人出来的。她只好走到外间，朝着门外生气地应道：“听到了！别叫了！”

管事的声音消失了。

白锦绣转头，看着跟出来的聂载沉，咬了咬唇：“你可不可以送我回家？”

他看了她一眼，点了点头，拿过挂在墙上的外套，穿了起来，扣上扣子，说：“走吧。”

他打开门，看见白家的一个管事在门外不停地徘徊着，便朝他点了点头。

管事飞快地跑过来，朝他躬身叫了声聂大人，随即转向跟着出来的白锦绣，赔着笑脸道：“小姐，不早了，再不回去，我怕少爷少奶奶要担心……”

白锦绣一声不吭。

“白小姐这就回了。”聂载沉替她应道。

管事刚才一直犯愁，又怕小姐一个人出事，又怕她找聂载沉的麻烦，忍不住过来看个究竟，听到他这么说，看起来两人也是相安无事，这才松了口气。

聂载沉在前头带路，领着白锦绣朝营房大门走去，忽然看见路边站了七八个手操棍棒、看着像是打手的大汉，他们还朝走过来的白锦绣齐齐叫了声“小姐”，他不禁停步，疑惑地看了她一眼。

白锦绣心慌不已，急忙跑上去赶人：“你们快走！都回去！”

众人急忙掉头离去。

白锦绣定了定神，转头对聂载沉解释：“你千万别误会。这里不是西郊吗？安全起见，所以出来的时候，带了这么多人……”她心里发虚，声音越来越轻。

聂载沉颔首：“应该的。”说完，继续朝外走去。

白锦绣暗吁一口气，急忙跟了上去。

她来时看到的那辆丁婉玉的马车早已不见了。她上了自己的车，踏上返程。聂载沉也骑马，一直跟在她的近旁。

城门已经关闭，守城士兵见是白家小姐的马车，立刻开门，一行人入了城，往白家所在的方向而去。

西关，顾名思义，位于城西，所以路不是很远。白锦绣坐在马车里，只觉时间过得飞快，仿佛还没坐热位子，就已经到了。

过了那座桥头有株凤凰树的桥，就是自己家了。她从车窗里悄悄地看了出去，看着他的背影，心里恋恋不舍。

马车行到桥头前，聂载沉停了下来，向管事辞别。

管事向他道谢：“劳烦大人了。大人回去路上走好！”

聂载沉点了点头，掉转马头正要出城，忽然看见白小姐从马车里钻了出来。

“你过来一下。我有事。”她对聂载沉吩咐了一声，自己下了马车，快步走到路边那株凤凰树的树后。

凤凰树树冠浓密，枝繁叶茂，还是花期，枝头开满了丹红的凤凰花。桥头没有路灯，树下光线昏暗。

聂载沉看着她娇小的身影融在凤凰树的暗影里，跟着下了马，在身后众人的注目下，走了过去。

“白小姐……”

他叫她，正要问她什么事，突然见她朝着自己靠来。他还没反应过来，就感到自己的下巴微微一热。

她温热柔软的唇，竟就这样令人毫无防备地贴了上来，轻轻地亲了他一下，然后迅速地放开了他。

他定住。这电光石火的瞬间，他突然想起了那次在古城巡防营的营后树丛，也是这样的一个炎热夏夜，她命令自己亲她的那一幕。

“聂载沉，我允许你以后叫我绣绣。”

她又低低地道了一声，抬手捂了捂脸，随即转身，从树后跑掉了，丢下了他，也丢下了还在等着她的马车，飞快地穿过桥，跑到了白家的大门口，身影消失在了门里。

管事和众人自然没看清两人刚才在凤凰树下干了什么，见小姐突然跑掉，他们急忙追了上去。一行人像风一样，呼啦啦地转眼消失。

这个昏昏沉沉的夏夜里，老城的河水无声地流过古老的桥洞，凤凰树的浓郁花香在空气里暗暗浮动，夜风沉醉。

她早就已经跑了，聂载沉却依然立在凤凰树的暗影里，恍若被这夜风中裹挟的花香给熏住了，一动不动。

第42章

张琬琰看起来回来已经有一会儿了，却还没换掉外出做客的衣裳，一个人坐在客厅里似在发怔。听到脚步声，她抬起头，见小姑子从外头飞快地跑了进来，脸红红的，慌慌张张的模样。她勉强打起精神，站起来问道：“晚上去哪里了？这么晚才回来。怎么了这是？”

白锦绣慌忙停住脚步，定了定神，说自己出去和朋友约会吃饭刚回来。

“大哥和阿宣呢？嫂子你怎么一个人坐在这里？”

张琬琰道：“你大哥还有应酬没回。阿宣去睡觉了。我回家见你不在，用人也说不清你去了哪里，有点不放心，就等着你。”

白锦绣忙道：“我很好。嫂子你赶紧去休息吧。”

张琬琰点了点头，也没再多问，叫白锦绣也早些睡，便转身回房了。

嫂子看起来似乎有心事，但白锦绣没怎么在意。她满心满脑，都还想着刚才那一个临别的亲吻。她也不知道自己怎么突然就冒出了这样一个念头。要怪，就怪这个晚上太美好了，要是就那样和他分开，总觉得少了点什么，未免遗憾。

她满心都是欢喜，跑回到自己房间，心跳还没完全平复下来。她哼着歌，美美地泡了一个澡，然后躺在床上，却怎么也睡不着，闭上眼睛就是他的模样，怎么赶也赶不走。她想起他怕被自己发现藏的鞋而紧张得叫自己绣绣，又温柔地替自己擦脸的模样，脸又悄悄地热了，忍不住抱着枕头在床上来回翻滚了好几下，这才埋脸在枕头里，一个人偷偷地笑。

白锦绣早就忘了自己那个要得到他、再抛弃他的念头了。她喜欢这个名叫聂载沉的人，真的好喜欢。她简直恨不得白天晚上分分钟钟都和他在一起，怎么会舍得不要他？

半夜了，她还是没有半分睡意，把他的那张画像举在脸前，人躺在床上，看啊看的。忽然，她的目光凝住。

她想到自己可以画什么了！

她的眼前浮现出了一幅画——夕阳，野地，在天空火烧云的绮丽光影下，山楂树旁，英俊的年轻男子站在水边饮马。

她一下兴奋起来，心底突然强烈地勃发出一种想要表达的欲望，觉也不睡了，从床上爬起来，赤脚奔到油画布前，调好颜料，握住画笔，在画布上抹下了第一道油彩。

她聚精会神地在画布上涂涂抹抹，连屋外渐渐开始刮风下雨都没有察觉，一直画到了天明，这才放下画笔，伸了个长长的懒腰，睡觉去了。

这一夜，回到西营宿舍里的聂载沉，同样也是无眠。

他坐在床沿上，望着地上那双她没有带走的鞋，看了许久，慢慢和衣躺了下去，闭上了眼睛。

他喜欢这个女孩，这是骗不过自己的。不知道从什么时候开始，他就忘不掉她的模样了。她对自己的态度，渐渐也变得和一开始不一样了，他自然能感觉得到。但他无法回应。

恣意而大胆，刁蛮又任性，高兴了她就笑，怒了她就发脾气，难过了她就掉眼泪。她高高在上，从不会委屈自己。在她的世界里，只有她想要，想得到。

他被这样的白小姐深深地吸引了，但他的理智又拒绝这样的白小姐。她太危险了。

丁小姐对她下的那些论断，他自己又何尝没有顾虑过?

她现在确实喜欢自己。但就像丁小姐说得那样，这只是她征服的欲望在作祟。人这一辈子很长，白小姐对他的迷恋会消失。像潮水，来了，淹没了礁石，然后终将退去。

两个人的世界相差太大了。她永远不乏新鲜的能吸引她注意力的五光十色。而他太普通了，山里出来的少年，更没有资格能像她那样随心所欲。每每想到滇西遥远的家中灯下花白头发的母亲，想到那个赤脚走路被磨出血泡后再也不会疼痛的少年，想到他那一腔未展的理想和抱负，他就不允许自己有丝毫的放纵。

他不是赌徒。她占领了他的心，但她不是适合他的人。这一点，他从不曾改变过想法。对白小姐的喜欢，于他而言，是累赘，是负担，如同鸦片，致人迷幻，带来短暂的快感，却有毒，他必须戒除。

但是今夜，他却沉醉了。

她是如此可爱，哪怕心里分明知道她是不会长久地爱自己，他却还是无法不陷入其中。

生平第一次，他动摇了。

如果再有一次让他可以得到她的机会，他真的不知道，自己还能不能把持得住。

白锦绣一觉醒来，已是中午，窗外却暗得如同黄昏，狂风大作，大雨瓢泼。

几乎年年夏天都会有这样的台风天，白锦绣见怪不怪，感到肚子有点饿，梳洗了下，下楼吃了点东西，心里惦记着那幅还没完成的画，又回了房间。正要继续，阿宣鬼鬼祟祟地钻了进来，手里抱着个书包，说是快要开学了，学堂留的暑假功课还有许多没完成，在别的地方写，怕被他娘看见了骂，要躲到白锦绣的房间里补。

“我娘这两天脾气可坏了，我坐着不动她都要骂我。要是被她知道我功课没写完，她会扒了我的皮！”

“对了，姑姑，早上我还听到她在房里骂我爹，说我爹没良心什么的，好像还打破了我爹的脑门，我爹捂着头气呼呼地出门了！要是爷爷在就好了，管管他们。我快要烦死了。”

阿宣一边提笔狂补功课，一边唉声叹气。

白锦绣顿时想起昨晚回家遇到嫂子时的情景，恰恰印证了阿宣的说法。兄嫂之间应该是出了不算小的事。

这几年他俩关系怎样，她不知道，反正以前，她印象中大哥和嫂子从没出过这样的事。她想了下，放下画笔，出来找张琬琰。

张琬琰正在客厅里埋头对着账册，白锦绣叫一旁的用人退去，问她早上怎么和大哥闹了不愉快。

张琬琰笑道：“哦，就一点小事，拌了两句而已。是阿宣这臭小子多嘴，和你胡说八道的吧？小孩子瞎说，你别理！”

她的语气云淡风轻。白锦绣知道她是个爱面子要强的人，看这样子，就算真有什么事，她应该也不会和自己说，就道：“没事就好，我也就随便问问。嫂子你要是有事，愿意的话，可以和我说一声。有些话要是嫂子你不方便开口，我可以帮你和大哥说！”

“没事没事，你忙去，别耽误了你的事。”

毕竟是夫妇俩关起门的事，嫂子既然这样说，白锦绣也就作罢，回了自己的房间，继续画画。

台风虽然只持续了不到一个昼夜，但今年的雨量比往年都要大，整个广州几乎都淹了水。白家所在的位置高，得以幸免，但南城一带，很多地势低洼的地方都被满涨的大水淹没，附近几个县城更是淹得厉害。据说很多棚户都被大水冲塌，灾民无处可去。更危险的是，很多地方堤坝满溢决口。康成怕酿成大事，下令堵塞决口，又派人守护危险地段。

这种事情，按历来的规矩，除了地方的自发力量，这边再出巡警营和消防营的士兵，如若人手不够，再酌情调遣别的军队。总督府自然是全力支持的，但下面的人百般推托，只肯留在广州本地，让去远些的危险地段，就推三阻四。

康成知道那边的人眼红新军待遇，秉着拿几分钱做几分事的心思，自然不肯尽力，于是调遣了新军。

白锦绣听说聂载沉主动请命，领着手下士兵去了外县护堤。

这几天，她的大哥白镜堂也忙得焦头烂额。搬迁机器设备，用席袋打捻截水，在几个地势低的厂房和仓库外筑起隔离，保护工厂设备和库存。大哥也是广州急赈会的董事，自家厂房的事一忙完，就又忙着组织广州缙绅做赈灾慈善的事。

张琬琰也没闲着。育婴堂被水淹了，几百名孤儿无处可去，临时迁到了白家一间工厂的仓库里，张琬琰组织购买席被，为孤儿发放衣物口粮。

这种慈善救济的事，白家一向是广州缙绅的带头人，白锦绣自然不陌生。见大嫂忙不过来，她就跟过去帮忙，一连忙了好几天，水终于退去，事情也总算告一段落。

忙碌的这几天里，她的心中无时无刻不在牵挂着聂载沉。育婴堂的事一忙完，这天大早，白锦绣就出了门，来到广州城有名的一间钟表铺，花一千银圆买了一只最贵的金表，然后直奔西营。

她打听到消息，新军出去护堤的人今天回来。

因为这恶劣的鬼天气，那晚分开后，她已经一周没见到他了，简直是迫不及待。

马车车轮在积满泥浆的土路上艰难跋涉，终于到了西营，停在大门外时，已是傍晚。

门口站岗的卫兵正好是她之前来时的那个，认出了她，见白家小姐又来了，连通行证都没敢提，睁只眼闭只眼就放她进去了。

“聂大人回了吗？”白锦绣和颜悦色地问。

卫兵简直有点受宠若惊，忙道：“晌午后陆续回来了几拨人，但还没见聂大人，应该稍晚些会回。”

白锦绣点头，向他道了声谢，迈步走了进去，留下身后几人惊讶不已，不知白家小姐今天是怎么了，态度竟这么好，和上次判若两人。

白锦绣来到聂载沉的宿舍。门没有上锁，她径直走了进去，来到他的卧房，发现窗户上的玻璃竟被大风刮破了一块，他不在的这几天里，雨从破掉的窗户中潲入，窗边地上积了一片水，湿汪汪的。

白锦绣立刻放下东西，找来扫帚，小心翼翼地扫掉地上的碎玻璃，又用拖把清除地面上的水渍。

从小到大，即便是在国外生活，她也从没做过这种粗活，在哪儿都有人替她做。

她用娇嫩的手握着带了毛刺的拖把，生平第一次用笨拙的动作做着这样的粗活，心里却是欢喜的，隐隐有一种自己对他终于有点用处了的骄傲之感。

想到他回来看到了会怎么夸自己，她的心里就甜甜的。忙完了，她就坐着继续等他，渐渐感到有点困。

昨晚为了给几个生病的孤儿找医生看病，她忙到半夜才回家，今天起得又早，有点犯困。她盯着他的床看了一会儿，终于走了过去，试着慢慢地躺在了他的床上，枕在他睡过的枕上。

她闭上眼睛，仿佛闻到了他的气息，不知怎的，就想起了之前在云镇那间小旅馆里和他发生过的事，忽然心如鹿撞。

那会儿她怎么会做出那样的事？他会不会觉得她厚颜无耻，是个随便的女人呢？她一下又懊悔不已。躺了一会儿，实在睡不着，白锦绣想出去到外面再看看他回来没，于是爬了起来，走出去的时候，视线停顿了一下。

桌上放着一只青布包袱。刚才进出的时候，她没留意，所以没有看到。

他的东西，就是她的。她可没有半点不能随意动的顾忌，上去就打开了包袱，发现里面是两套手工缝制的夏日换洗内衫，针脚细密而整齐，看得出来，做得非常用心。

白锦绣的第一个念头，就是这是女人做的，而且还是年轻女人。

这是一种直觉。

她的第一反应就是丁婉玉。

那天之后，她没再去舅舅家，自然也就没再和她碰面。根据丫头后来提供的消息，丁表姐这几天在将军府里也没怎么露脸，几乎一直在房间里。难道是她还不死心，又替聂载沉做了衣裳送来表白心意？

白锦绣顿时火冒三丈，沉吟了下，立刻来到大门岗哨，向卫兵打听这两天是不是有人来找聂载沉，给他送过什么东西。

新军里已经开始传了，说聂载沉和白家小姐好上了，卫兵自然知道，加上那天晚上目睹她先是怒气冲冲地带着人进去找他，后来又小鸟依人似的跟着聂载沉出来的一幕，便越发肯定这个传言是真的。此刻听她问，卫兵立刻压低声音道："白小姐，你还真问对了！今天比你早，来了一个女的，提了个包袱，说是来寻聂大人，我跟她说没回来，拦住了没让她进去。对了！当时二标的陈立正好经过，仿佛和她认识，这女的叫他，说了几句话，然后陈立就接过她的包袱，那女的就坐车走了。"

"是不是上次来过的那个丁小姐？"

"不是！另一个女的，长得还不错，乘了辆青油布的小骡车！"

白锦绣险些没吐一口血出来！她简直做梦也没想到，好不容易刚刚对付完丁表姐，把聂载沉收得服服帖帖，才转个头，这边竟又冒出来一个新的女人！

是谁，到底是谁？

她勉强按捺住火气，想了下，对卫兵道："今天起你替我留意，要是再有女的来找他，你告诉我，不会少了你的好处。"

"愿效忠白小姐！"

卫兵大喜，连声答应。

白锦绣又问陈立的情况，得知是聂载沉从前做队正时的一个手下，转身找了过去。

第43章

陈立一帮人从郊县回来，满身泥沙，刚洗完回到营房，忽然被告知白家小姐找自己有事，一时丈二金刚摸不着头脑，跑了出来，看见一个美貌年轻女子站在前头，赶紧走了上去。

白锦绣看了他一眼，和和气气地问：“你就是陈立陈大人？”

陈立赶紧摆手：“不敢不敢！我才是个队正，白小姐您叫我名字就成，可不敢当这称呼！”

白锦绣微笑道：“有什么不敢当的？不必和我客气。我听说你是聂载沉以前的得力手下，做了不少的事。往后要是有什么难处，尽管来找我。”

没想到白小姐竟连自己都知道，还这么看重！陈立心里生出一股激动之情：“多谢白小姐！全是靠着聂大人的高升，我才当了队正。往后白小姐只要有用得着我陈立的地方，吩咐就是！”

白锦绣含笑点头，问道：“陈大人，今天你在营房大门口遇到的那个女人，是谁？”

陈立顿时明白过来。大家都在传白小姐和聂载沉有事，看来应该是真的了。

一个是白老爷的掌上明珠，一个是只碰过一回面的路人，站哪边，他心里可门清了，立刻道："白小姐是问小玉环吗？"

小玉环？白锦绣忽然觉得这个名字有点耳熟，仿佛以前在哪里听到过，但一时又想不起来。

"小玉环是谁？"

"就是城南同升戏班里的角儿。这回南城不是水淹得厉害吗？自半夜起，哗哗地淹，地势低的地方，天亮就过人脖子了，淹死了好几十口人！好多人被水困住出不来，戏班子也遭了殃。前几天我们这帮兄弟跟聂大人过去把那边的灾民转移出来，把同升班的人也弄了出来。小玉环好像以前就认识聂大人。今天来了，正好我路过遇到，叫我帮她递个包袱给聂大人。反正是顺手的事，我就拿了，放在了聂大人的屋里。"

不用白锦绣多问，陈立一股脑就把自己知道的全说了。

白锦绣这下终于想了起来。

那是她刚从香港回来要出发回古城的那天，在码头，聂载沉遇到的那个年轻女子。当时聂载沉还特意停留和她说了一会儿的话。后来他们坐的船走了，那个小玉环还一直站在码头看，就是不走。

她记得人长得不错，一身孝，颤巍巍的，跟朵风里的小花似的，瞧着就是男人喜欢的那一路子。

原来他这几天不但做了别的事，还去救那个小玉环于大水之中！难怪，她要给他送衣服了！

白锦绣脸上带笑："原来这样，知道了。没事了，谢谢你，陈大人！"

陈立听闻白家小姐骄纵蛮横，起先得知她老过来找聂载沉，似乎对他有意的时候，还挺替老上司捏了一把汗。虽说白家好，但相处那是一辈子的事，小姐这样的性格，再好那也吃不消。没想到他现在亲身经历，原来白小姐不但美貌过人，竟还这么平易近人，丝毫没有架子，区区小事，就已向自己道谢了好几回，陈立急忙躬身："小姐客气了。"

白锦绣点了点头，和陈立辞别，转身回到聂载沉的宿舍，盯着那个包袱，气得不行，翻出一把剪刀，咬牙正要把衣服剪破，忽然又停了下来。

她皱眉，想了一会儿，终于压下心头怒气，放下了剪刀，坐等聂载沉回来。

她一直等到天擦黑，终于听到外头传来一阵急促的脚步声，仿佛有人正往这边快步走来。

那脚步声很快就到了门前，接着，门被人一把推开。

白锦绣转头，见聂载沉回来了。

“白小姐！你怎么来了？”

他刚回来，就在营房大门口听卫兵说白小姐来找他，已经有一会儿了，怕她等得焦急，便撇下别的事，立刻赶了过来。

她不理自己，显然是生气了。

聂载沉苦笑了下，见屋里有点暗，走过去打开电灯，解释道：“我不知道你今天会来的。原本已经回了，后来路上临时又出了点事，所以晚了，不是故意让你等这么久的。”

白锦绣哼了一声，嘟了嘟嘴：“我是生气，可不是生你回来晚的气！”

聂载沉不解地看着她。

白锦绣指着桌上的包袱：“你自己看！”

聂载沉看了一眼，走了过去，正要打开，白锦绣道：“不许碰！”

聂载沉的手停住了。

白锦绣可不想让他碰别的女人送来的东西，自己走过去打开，道：“你看清楚了，这可是别人亲手做好，大老远跑来送给你的！”

聂载沉微怔，看了眼衣物，迟疑了下，道：“我刚回来。是怎么回事？谁送来的？”

“还有谁？小玉环呗！”白锦绣靠在桌边，双手抱胸，笑眯眯的，“原来前几天你不但忙别的，还忙着去帮了她呀？”

聂载沉这才终于明白过来，再次苦笑道：“白小姐，你误会了，并不是只帮她一个，我和兄弟们是去帮了那一片，她正好也在那里。”

他口口声声还是叫自己白小姐。那一晚白白亲他了。

白锦绣压下心里的酸气，说:“你不用解释了，挺好的！既然特意给你做的，那你就穿好了。我看她手艺不错。”

聂载沉忙道:“我不会收的，我也不缺。等下我就叫人代我把东西送回去。”

白锦绣只觉这包袱多看一眼都刺目，说:“那你现在就叫人送回去！”

“好。”

聂载沉走了出去，很快又回来，一个勤务小兵跟了进来。聂载沉吩咐道:“你骑马进城，把这包袱送去给城南同升戏班里的小玉环，就说心意我领下了，东西不方便收，请她另作他用。”

小兵偷偷觑了白锦绣一眼，应了声是，拿起包袱走了。

白锦绣心里这才舒服了些，问他:“你手怎么样了？让我看下。”

聂载沉道:“已经好了，没事。”他摊开手掌，掌心的伤已经生出新肉愈合了，却被水泡得发白。

白锦绣心疼，抱怨道:“你是官，指挥就好了，干吗也自己下水？”

他微微一笑:“我皮厚，没事。”

白锦绣见他手掌确实应该无大碍了，这才放下了心，开始暗暗盼着他发现自己帮他收拾房间了，说:“前几天的风可真大啊，我在家，呼呼地刮，差点把我房间的玻璃都刮破了呢。要是破了，屋子里可就漏水了……”

聂载沉被她提醒，突然想起里面房间有面玻璃有些松动，之前因为忙，一直没来得及换，这回怕是经不住了。他走了进去，发现玻璃确实没了，但地上干干净净，不见玻璃碴，也没有水渍，只带了些潮湿的痕迹，已经有人收拾过了。

他顿悟，转头看向跟进来的白锦绣:“你帮我打扫了？”

白锦绣点了点头，朝他伸出自己的双手:“拖把上有毛刺，差点扎进我的手呢。”

她只要不生气，一张口，就是撒娇的味道。

聂载沉看着她摊向自己的手心，顿了一下，道:“多谢你了。往后记得不要再做这些事了。我自己回来收拾就好。”

“好。”白锦绣的心里又甜了。还真遗憾，毛刺没真的扎进去。

她走到床边，拿起床头柜上的缎面礼盒，递给他："你打开。"

聂载沉看了她一眼，接过打开，视线落到盒子里。

"我送给你的。好看吗？"她问他。

聂载沉望着里头那只被红色天鹅绒内盒衬得越发闪亮的崭新的金表，点了点头："好看。"

"但太贵重了，我不能收。白小姐你收回去吧。"他又说道。

她有点着急："不贵的，真不贵！我那天看你的表很旧了，所以就给你买了一只。你救过我，就当是我送你的谢礼好了！"

聂载沉微笑道："你父亲他们已经对我表达过谢意了。白小姐你的心意我领了，表真的不能收。旧表也能用的。"

白锦绣哀怨地看着他。

他把盒子盖了回去，轻轻地放回到她手里，回头看了眼窗外的天色，说："天快黑了，现在路不大好走，有些地方还有积水，白小姐你早些回去。我送你。"

他应该已经连着好些时候没好好休息了，眉宇间透着几分倦色。她忽然又心疼起来，慢慢地捏紧手里的盒子，说："算了，我自己回吧，你应该累了，也休息吧。"

"也好。那你路上当心。"

他送了她几步。

"你不用送我了。"

他没有坚持，就这样停了脚步。

白锦绣一步三回头地回到家中，深觉危机四伏，整个人挫败又生气。

小玉环的东西，他自然是不能收的。可是自己送给他的，他要是也不收，那自己在他心里的地位，和小玉环又有什么分别？

最可恶的是，他竟然连推辞的话都和对小玉环说的一模一样！这个没良心的男人！亏她对他这么好！

其实照她的脾气，她今天本打算把那几件衣物剪成稀巴烂，再逼他亲自物归原主。做到了这地步，看那个小玉环还敢不敢再继续打他的主意。

但她不敢。她已经不再像从前那样完全无所顾忌了。她现在有了忌惮。她怕自己这样做会把他惹恼了。

她只能忍气，只是让他把小玉环送来的东西原封不动地退回去而已。

去了个丁表姐，来了个小玉环。就算这回这个小玉环也不堪一击，成功击退，谁知道后头还会不会再来个大玉环、赵飞燕?

她这么喜欢他，绝对受不了他和别的女人有什么牵扯。

她从没有像这一刻这样迫切地觉得，必须要把聂载沉尽快弄成自己的人，否则她就没法名正言顺地管这种事。管多了，说不定还会惹他厌烦。

说白了，就算他现在真的和小玉环或者别的什么女人好上了，她又凭什么去管？厚脸皮要无赖吗?

她要管，最有力也最名正言顺的手段，就是做他的太太。

可是看他现在这副模样，对自己客客气气，一棒子下去也打不出两句话，想让他点头答应娶自己，还不如白日做梦。

白锦绣绞尽脑汁，想了一夜，也想不出什么必胜的法子。

第二天早上，她带着两个浮肿的黑眼圈，无精打采地出来吃早饭。

说是早饭，其实已经快中午了。阿宣上学堂了，哥哥和嫂子各自忙碌都出去了。家里只剩下她一个人，画也完成寄送了出去。

她无所事事地坐在桌边，有一口没一口地吃着东西，拿起桌上那份哥哥早上看过的报纸，随手翻了翻，翻到副版的时候，视线突然被一则豆腐块大小的社会新闻吸引住了。

新闻说，本地顺德县有一寡妇守贞，因有几分颜色，被本地一无赖汉觊觎，无赖汉遂设计迷晕寡妇，趁机坏其贞洁，本以为事后寡妇会委身于自己，不料这寡妇性子烈，醒来羞愤，悬梁自尽。无赖汉见事败，遂逃亡，途中被拿。现县令拟往朝廷上报寡妇的贞烈之举，以期贞节牌坊等。

白锦绣盯着，反复看了好几遍，突然醍醐灌顶，犹如开智。她现在才知道，原来要达成目的，竟然还有这样一种操作。

第44章

白锦绣在房间里把自己关了一天，翻来覆去想着自己的计划。

这计划太过冒进，她不是没有犹豫。但短暂的犹豫，完全敌不过她心底里正燃着的渴望。她要让他完完全全成为属于自己的人。想要，那就去争。

从小到大，她就是这样的性子。想要的东西，想做的事，一定要达到目的。

兄嫂以为她又在闭门作画，也没在意。第二天的早饭时间，阿宣吃完早餐，张琬琰吩咐完管事送他去上学，回头见小姑子来了，还一反常态起得这么早，反而有些惊讶，忙叫站在一旁伺候的用人替小姐添上一副碗筷，又转头吩咐道：“给小姐添鹅肝烧卖和凤凰虾扇。”

这都是小姑子小时候喜欢吃的。吩咐完了，张琬琰对小姑子抱怨：“别老是吃洋人的什么面包片，有什么好吃的？干巴巴就跟柴火似的，什么咖啡也跟喝中药差不多。还是自家的东西好。”

白锦绣向她道谢，坐了下去。

用人动作利索地添了餐具，上了吃食。白锦绣吃了一口，对白镜堂道：“大哥，这两天我看你好像空闲了点，赈灾的事快好了吧？”

白镜堂点头，又说：“今年水情比往年都要严重，好在大家伙齐心，积极响应，出钱出力，算是尽了咱们的一份心吧。过了难关，剩下怎么抚民就是你舅舅和总督府的事了。”

“我看报纸前两天写文章，称赞新军这回立了大功，说有支被派去外县护堤的新军队伍走的时候，百姓们都下跪磕头呢。要不是他们，万一堤坝决口，江水倒灌，咱们广州可就真的水漫金山了。”白锦绣故意说道。

白镜堂道：“确实，他们功劳不小。”他几口喝完粥，放下了碗筷，“绣绣你多吃点，商会里早上有事，大哥先走了。”

白锦绣叫住了他：“哥，我这几天没事看报纸，忽然有个想法。这回新军立功，民众感谢，舆论也是一片赞誉。咱们白家不是一向支持新军的吗？为什么不趁机在新军那边办个慰问会，犒劳一下他们？第一，可以加强将士对我们白家的归属感，说白了就是拢人心；第二，到时报纸会宣传，这对咱们白家也没什么坏处。何况，花不了多少钱的。”

白镜堂有点感兴趣，又坐了回来，笑道：“绣绣你怎么会想出这么一个点子？还不错的。”他沉吟了下，“好事不能让咱们白家都独占了。这样吧，哥今天去商会顺便和他们商量下，由咱们牵头，联合广州商界一道再捐点钱，一起给新军办这个慰问会好了。你舅舅那里，哥找他说去。”

白锦绣心中暗喜：“大哥你太英明了！那你赶紧去忙，我不耽误你了，正事要紧。”

白镜堂颔首，起身匆匆出门。

他到了商会，办完事提了这个建议，众人见分摊下来自己也出不了多少钱，还能在报纸上露脸宣传，无不点头。白镜堂就又去找康成。

康成对旧军怨气不浅，能有这样正面宣传自己的机会，怎么能不点头？一口就答应了下来。具体事项很快也定了。定于一周后，当天西营对外开放，将广州最有名的四个戏班子喜福顺、永丰、宝家班和同升班叫去，搭四个戏台子给士兵唱流水戏，晚上再安排一场犒宴。

白锦绣时刻盯着进展，一得知那个同升戏班也在，赶紧又去找白镜堂，说自己不喜欢同升班，让他换掉。

白镜堂知道妹妹从来不听粤戏。她小时候过生日，家里大办宴席，请戏班来唱戏，台上唱得热闹，她被父亲抱着坐在腿上，没一会儿就犯困歪着脑袋睡着了。现在她怎么突然对戏班子有了喜恶？白镜堂就顺口问了一句。

“我就不喜欢这个名字，哥你换就好了，问那么多干什么！”

一件小事而已，白镜堂也就听了妹妹的，叫人除去同升班，另外换了一个。

对于白锦绣来说，这一周，是个煎熬的漫长等待。她掰着手指一天天地等，终于等到了广州各界人士在白家牵头之下联合举办的这个犒军大会。

这事白镜堂原本也只打算在商会里让大家捐个款，意思到了就行，没想到消息一传开，广州缙绅纷纷找来主动要求加入。钱多了自然更好办事。当天，原本只能听到操练口号声的西营大门大开，四大戏班在校场四角各自占地搭好戏台，铆足了力地表演，这边《沙陀国借兵》，那边《五郎救弟》，锣鼓喧天中，新军士兵在台下人头攒动，喜笑颜开，喝彩声一浪高过一浪。

夜幕渐渐降临，犒劳宴即将开席，西营里更是灯火通明，更加热闹。

白锦绣跟着哥哥一起过来了。

张琬琰原本不同意，不让她去那种全是大老粗的地方。白锦绣说自己认识一家报纸的主编，答应了要给报纸写一篇独家报道，不能不去。白镜堂不反对，小姑子理由又充分，张琬琰就只好让步，吩咐丈夫，让他照看好小姑，又让白锦绣早些回来。

白锦绣满口答应，心早就飞到了西营。

为了方便走动，免得太过惹眼，她晚上穿的是西装，头上压一顶英伦鸭舌帽，手里拿着采访袋，完全就是一副新报撰稿人的模样。她跟着白镜堂坐马车出发，一到那里，白锦堂就被人围住，十分忙碌，她便以观察写稿为由，溜到了二标，悄悄地把陈立叫了出来。

难得放假休息，看足了一天的大戏，等下还有好吃好喝的酒席，陈立等人自然都兴高采烈。听到白家小姐又找自己，陈立急忙出来，躬身说道：“难得这么好的事，全仗你们白家慷慨解囊，咱们兄弟都十分感激。”

白锦绣笑道：“你们为民立功，社会各界赞誉一片，我们不过略表心意而已，都是应该的。”

“不敢不敢，白小姐你找我有什么吩咐？”

白锦绣看了眼附近，见无人，说道：“聂载沉得罪了我，我很不高兴。我想你帮我出口气。”

陈立一下愣住。这是小两口闹别扭了？

他为难地道：“白小姐，这、这好像不大好吧……就算我们兄弟天大的胆，也不敢帮小姐打聂大人啊……”

白锦绣道：“不是让你们打他！等下开席，你负责帮我把他灌醉，让他当众出个丑！”

陈立这才松了口气，拍着胸脯道：“这小事啊，不用白小姐你吩咐。咱们兄弟原本就打算叫上聂大人好好喝一顿的。对了，还有聂大人的义兄方大春，他中午就喊要灌醉聂大人了。大人晚上想全身而退，那是不可能的。”

白锦绣点头：“好，灌得越醉越好！他丑出得越大，我看了才越高兴！”

“白小姐放一百个心！全包在我身上！那我先回了！您等着看就是了！”

陈立兴高采烈地走了。白锦绣转头开始四处溜达。

她出来的这个借口并不是编的。确实有家报纸主编的太太是她中学时的女同学，获悉消息后，找上了她，请她帮着写一篇署名专题报道，帮报纸吸引人气。

白锦绣在路上采访了遇到的几个士兵，正要离开，忽然看见聂载沉和几个像是他下属的军官，一道正往这边走过来。

这一周，她天天都想着这个人，他却根本就没露脸，白锦绣更不会指望他主动来找自己。

聂载沉也看到了她，脚步一顿。

白锦绣朝他走了过去，笑眯眯地叫他：“聂大人！”声音甜甜的，惹得那几人看个不停。

他看了眼她的打扮，迟疑了下，低声问：“你怎么也来了？”

白锦绣朝他晃了晃手里的笔记本:“我替一家报纸写稿。对了，刚才采访了几个兄弟，说你是这次护堤的带头人，既然遇到了，能不能接受我的采访，我想替你写个专题报道。”

聂载沉想都没想，立刻推脱:“白小姐你找别人吧，我没什么可写的。”

“聂大人，你就答应我嘛，好不好？”

白锦绣看着他那副在人前恨不得和自己划清界限的样子，心里越发不满，非但不答应，还故意顿了下脚，当众朝他撒娇。

聂载沉面红耳赤，看了眼那几个赶紧走掉却又不住回头张望的手下，说:“白小姐，你过来一下。”他转身，大步走到一处人少的角落。

白锦绣抱着本子，慢吞吞地跟了过去。

聂载沉定了定神，说道:“白小姐，这几天我听到了一些传言……我怕影响你的清誉……”他迟疑了下，斟酌着说道，“往后我这边，白小姐你要是没事，其实可以不用来的。”

什么影响她的清誉，最多是说她倒追男人，她有什么可怕的？怕的人恐怕是他。

他这是在暗示，他不想与她有牵扯，这才叫她往后不要再来找他了。

白锦绣心里冷哼一声。以前有本事那样把她压在树上亲，现在连多说几句话都不敢了？

她说:“好呀，往后不来找你了。”

说完，撇下他转身就走了。

他望着她很快消失的背影，在夜色中立了良久，忽然听到前方传来陈立和方大春的声音，两人在叫自己，就立刻走了过去。

“载沉！在这里干什么？都在找你呢！开席了，赶紧来，喝酒去，今晚不醉不归！”

聂载沉笑了起来，随方大春他们去了。

天彻底黑了下来。酒桌上，方大春和陈立等人频频向聂载沉敬酒，他心中本就烦闷，索性来者不拒，很快有了醉意。再和找过来向他敬酒的一拨拨的别营军官喝上一轮，加上又是空腹，几乎没吃什么菜，便是再好的酒量，也要醉倒。

晚上九点钟，西营大校场的方向，锣鼓声依旧阵阵，但在后营这片军官宿舍附近，却是静悄悄的，不见半个人影。

住在这里的都是新军里的中高级军官，年岁普遍不小，少有像聂载沉这样年轻单身的。今天西营放假，有家室的都回了家，没家室的在城里也有相好，晚上全都不在。

白锦绣躲在一丛灌木后，终于看到陈立和几个士兵架着人过来了，推开那间屋的门，灯亮了，过了一会儿，灯灭了，那几人又说说笑笑地走了。

白锦绣跟了上去，在校场附近假装无意遇到，将陈立叫到一旁，问道："聂载沉呢？"

陈立笑道："聂大人醉得厉害，路都走不了！刚才我和兄弟几个送他回宿舍，叫他都没反应，可是醉死了！白小姐你出气了吧？"

白锦绣终于放下了心，笑道："那就好。行了，不打扰你看戏了，赶紧去吧。"

因天色晚了，看戏的也都是大老爷们，戏班子的最后一场压台戏不再是热闹的武打戏，台上演的是男女风流的文戏。喜福顺正在演《金莲戏叔》，陈立急着去看，哎了一声，朝白锦绣躬了躬身，转身就跑了。

白锦绣早已和大哥说了自己回家，免得他看不见人四处找，坏了自己的事。她再次来到后营那块地方，确定附近没人后，摸黑推开门，反锁，随后走进卧室，打开电灯，一走进去，就闻到房间里弥漫着一股酒气。

果然和陈立说得一样，聂载沉脸庞通红，看起来醉得死死的，人和衣仰躺在床上，闭着眼睛，一动不动。

"聂载沉！聂载沉！"

白锦绣叫了他两声，没有反应。她又凑过去，伸手拍了拍他的脸，也没反应。

她彻底地松了一口气，过去关上窗户，拉紧窗帘，回头盯着床上男人那张英俊的脸，心跳忽然又加快了。

上次在云镇的小旅馆里，她其实是出于一种愧疚和弥补，以及想和他做个彻底了断的心态。毕竟当时他被自己逼迫着帮忙，最后因为意外，弄得他得罪了父亲，前途堪忧。如果让他就那样走掉，她觉得自己有愧。是她欠他的。

但是今晚，情况完全不同。她要把这个男人变成自己的人。

不过，其实她也没打算真的把他怎么样。受到那则恶汉欺负寡妇的新闻的启发，白锦绣原本的想法是把他灌得烂醉如泥，脱了和他躺在一块，醒来就说自己听说他喝醉了，过来照顾他，被他强行拉上了床，咬定他欺负了自己，让他看着办。她不信都这样了，他还能抵赖责任。

白锦绣脱着自己的衣服，起先有点缩手缩脚，转念一想，当初才认识几天，连自画像都被他看过了，现在这点算什么？于是她心一横，很快就脱了衣服，然后小心翼翼地爬上床，躺在了他的里侧。

她拿被子遮住自己的身子，在里头缩了一会儿，觉得有点不对劲，转头看他，知道了——他还穿着衣服，整整齐齐。

她掀开被子坐起来，开始替他脱。解了军服的扣子，费了老大的力气，弄得快要出汗了才终于将他沉重的身体从仰卧推成侧卧，终于将上衣从他的身上扒了下来。

他身上的皮肤很烫，她的手指不小心碰到，就好像摸到了冬天的火炉。

上衣去了，她伸手过去，替他解皮带。解开了，正费力地抽着，突然，聂载沉的眼睛动了两下，慢慢地睁开了眼睛。

白锦绣惊呆了。

她正跪在他的身边，双手握着皮带，就这样停了下来，睁大眼睛和他对望着。他的眼睛很红，布着血丝，看起来仿佛还有点晕，或是以为自己仍在梦里，茫然地盯着她看了片刻，抬手压住眼睛，一动不动，仿佛又睡了过去。

白锦绣的心跳得几乎就要蹦出喉咙，一时不知道他到底是又昏睡了过去还是醒着，屏住呼吸不敢动弹。过了一会儿，见他还是没动，她慢慢地吁出一口气，正要继续，突然，他仿佛彻底醒了过来，整个人像是被针刺了似的，一下坐了起来。

白锦绣吓了一大跳，撒手松开他的皮带，飞快地抓起被子，一下遮住了自己。

聂载沉和她对望了两三秒，视线从她的身上掠过，额头冒出了一层热汗。他转过了脸：“白小姐，你这是在做什么？回吧！”

他的声音听起来压抑而沙哑。

惊慌过后，白锦绣很快就镇定下来。她看着身边这个衣衫不整，扭过头不看自己的年轻男人。

她都这样了，他竟还这么冷漠。她压下心底油然而起的难过之情，慢慢地放下了手。

“聂载沉，你回头看一下我，好吗？我不美吗？你真的一点都不喜欢我？”

她盯着他的后背，轻声问他，声音充满了委屈。

他的肩膀微微动了一下，仿佛想回头，却又停了下来。

“绣绣，这样真的不好……”他低声说道。

白锦绣的心底突然生出一股怒气，再也无法抑制，想也没想，从被子下伸出一只光脚丫，朝着他布满热汗的后背狠狠地踹了过去。

“你还算是个男人吗？”

床不大，他被她一脚踢了下去，跌到了地上。

他坐在地上，转过头，惊诧地看着她。

白锦绣冷着脸，从床尾捞过衣服，很快穿了回去，随即下床：“行了，我算是知道了。往后我白锦绣要是再来找你，我的名字就倒过来写！”

她弯腰套上自己的鞋，拢了拢长发，转身要出卧室。就在她伸手要开门时，身后忽然传来脚步声。

聂载沉从后面追出来，将她一把抱了起来，抱回到卧室，重重地扔到了床上。

床旧了，突然承受抛上去的重量，发出一声扭曲的咯吱声。

白锦绣发出一声短促的惊叫，回头见他咬牙似的红了眼睛，朝着自己扑了过来。

第45章

白锦绣从床上坐起来，靠着床头，等心情平复下来，看了眼身边的人。她从被子下伸出一只脚，踢了他一下，说："怎么解决，你给句话，我随意。"

聂载沉慢慢地睁开眼睛，坐了起来，沉默着，良久没有开口。

白锦绣依旧靠着床头，看着他对着自己的那片后背。

"你哑巴了？"见他迟迟不应，白锦绣又抬脚，足尖轻轻踢了他一下。

"你……要是不嫌我配不上你，我就娶你……"

他终于说道，依然背对着她，声音听起来有些艰涩。

白锦绣的心咚地一跳，顿时心花怒放，也没觉得有多难过了。

"什么时候？"她立刻追问。

他又陷入了沉默。

他一副心事重重、垂头丧气的模样，白锦绣刚才听到他说娶自己的欢喜之情也立刻跟着大打折扣，心里又不痛快了。

"看你这样子，你是吃了大亏，心里委屈是不是？聂载沉，你要是不想娶我，不必勉强的，我不会强迫你的。”

她盯着他的背影，神色冷了下来，哼了一声。他看起来仿佛头痛，抬手揉了揉自己的脑门。

“对不起绣绣，我不是这个意思。我刚才脑子有点乱……”他终于强行打起了精神，人也跟着下床，站了起来，面向着她，“你看得上我，本就是我的荣幸。能娶你，更是我高攀了……”他说完，顿了一下，“明天吧……你大哥晚上应该很忙。明天他要是有空，我就去见他……”

他一站起来，她就只能仰着脸看他了。她屈着膝，搂着被子看了他一会儿。

晚上他确实被陈立他们灌了许多酒，现在眼睛里还蒙着一层血丝，身上的酒气很重。

“不用去找我大哥了。我明天就回古城。你抽个时间，直接去古城找我爹，说你要娶我就是。”她忽然说道。

他看了她一眼，低低地道：“也好，随你。”

白锦绣之所以这么安排，倒不是故意要来回折腾他，其实是为了他考虑。两人的事，她大哥知道了就算心里不赞成，表面上应该也不会令他太过难堪。但大嫂会是什么反应，就难说了。

白锦绣不想他落入尴尬的境地——一点也不行，所以让他避开自己的兄嫂，直接去找父亲说事。

他的反应，她其实还是很不满意，看着就是很勉强的样子。但晚上的计划可谓是一波三折，她最后真的生气失望，发狠要走的时候，他又这样留下了她，也算是配合，让她达成目的，她索性也就大度点，不再和他计较什么了。

白锦绣从床上爬了出去，坐到床边说：“我的鞋！”

她的鞋子刚才甩了出去，东一只西一只地掉在床尾。他捡了过来，蹲在她的面前，开始替她穿鞋。

白锦绣看着他低头为自己穿鞋的样子，今晚心里的最后一点不快也消散了。想到从现在开始，他就完完全全地属于自己了，她就感到快乐，真的很快乐。

她说：“聂载沉，往后你是我的人了，不许你和别的女人有任何关系。”

他的手顿了一下，很快帮她系好了鞋带，抬起头朝她笑了笑，从地上站了起来，说："我送你回去。晚了不好。"

他笑起来的样子，真的好看。白锦绣的目光情不自禁地跟着他，看着他穿回衣服，一颗一颗地扣好衣扣，很快又变成了他平日那整整齐齐的英俊模样。

"走吧！"

他打开了门，见她还那样坐在床边不动，转头看她。

她脸一热，轻轻嗯了一声。

他跟在她的一旁，陪着她走了出来，遇见了正在找妹妹的白镜堂。

戏刚散场，军营里的士兵也开始陆续归营了，白镜堂要走，出去却发现自家马车还停在西营外，想起妹妹说提前回家，也不知道她怎么回去的，到底回了没，于是有点不放心，就回来找她，忽然看到人，叫了一声："绣绣！"

聂载沉脚步一顿。

白锦绣应了一声，回头道："我哥哥跟前你什么都别说，我来说！"说完快步迎了上去。

"绣绣，你不是说回家吗？这么晚了，怎么还在这里？还好哥回来找你了，你刚才去了哪里？"白镜堂看了眼她身后的聂载沉，有点疑虑。

"我正要走，又想了起来，回去访问聂大人，这才耽搁了。"

白镜堂信以为真，和慢慢走上来的聂载沉招呼了一声，笑道："我妹妹实在打扰你了，聂大人不要见怪。"

"不会不会！他不会怪的！哥哥我们回去吧！"白锦绣抢着道，又催白镜堂。

白镜堂就朝聂载沉点了点头，辞了声别，领着妹妹走了。

聂载沉望着她跟着她的兄长说说笑笑离去的背影，心事重重，在原地站了许久，转身慢慢而去。

当晚一回到家，白锦绣就说自己明天要回古城。

张琬琰还没去睡，在等着丈夫和小姑子回来，一听这话，和白镜堂对望一眼，问道："好好的怎么突然又要回古城？"

“有事找爹。”白锦绣含糊其词。

张琬琰最近心事重，听小姑要回古城，也就不再多问，说：“也好，明天我帮你安排人，送你回去。”

“谢谢嫂子。”

白锦绣上楼，上着楼梯，下意识地回头看了一眼张琬琰，见她还站在下头望着自己，心里忽然有点发虚，怕被她看出什么异样，急忙抬头挺胸，一口气上了楼梯，回到自己的房间。

第二天早上醒来，白锦绣还有点晕乎乎的，抱着被子在床上发呆片刻，忍不住又脸红了。她捂住脸，心怦怦地跳。她真是……

她摇了摇脑袋，爬下床，梳洗准备出发。她急着要赶紧回古城，等着他上门来向自己的父亲提亲。

送她回去的马车和随行的护卫都已经准备好了，白锦绣吃了早饭，一刻也没多留，立刻上了路，顺顺利利地回到了古城家中。

白成山见她这么快就回来了，有点意外，但也没问什么。晚上父女一块待在书房里。

“爹呀，我要嫁给聂载沉！”

白锦绣觑着父亲，终于说出了回家后就一直忍着的这句话。

“你不许笑我！也不许说不好！”她又添了一句。

“只要人家肯娶，爹没什么话可说。”白成山慢条斯理地翻了一页书，说着话眼睛还盯着手上的书。

父亲的这个反应让白锦绣很不服气，怎么感觉就根本不相信他会娶她似的。她忍住已经到了嘴边的话，决定先不说聂载沉就要来提亲的事。等他来了，再让父亲大吃一惊好了！让他这样瞧不起自己的女儿！

“爹，我去睡觉了。”

她转身要走，被白成山叫住。白锦绣回头，见父亲抬头看着自己，目光狐疑：“绣绣，你是不是做什么了？”

白锦绣心一跳，飞快地摇头：“什么做什么？没有啊！我能做什么？”

“没有就好。去睡吧,安心在家陪着爹,别胡思乱想了。”白成山看着女儿说道。

女儿离去后，白成山出了神。

女儿前些时候忽然改变主意，说留在广州，不去香港了，当时他就疑心是不是和聂载沉有关。

只不过那会儿，她在自己面前还是遮遮掩掩的，现在好了，连女孩子家该有的羞臊都不要了，当着自己的面直接说出口，就差一句要自己帮她了。

白成山不禁踌躇起来。这个事，他要不要帮？帮的话，该怎么下手，才能让那个年轻人改变主意？不但答应娶自己的女儿，最重要的还是要心甘情愿。

白成山这辈子在生意场上经历过无数的风浪，但再大的波折，他也是胸有成竹，稳稳掌舵。唯独这一回，遇到这件事，他犯起难来，感到实在有点棘手。

白成山沉思着，眉头紧锁。

聂载沉没有让白锦绣久等，她回到古城才第二天，一大早还在睡梦里，就听到门外传来一阵急促的拍门声，虎妞在外头喊道:“小姐！小姐，聂大人来了！”

白锦绣吩咐过虎妞，只要聂载沉一来，就立刻告诉她。

白锦绣一下睁开眼睛，从床上爬了下去，鞋都来不及穿，光着脚就奔过去打开了门。

“聂大人大清早就来啦！老爷这会儿和他在书房里说话呢！”

白锦绣心如鹿撞，更是欢喜不已。她就知道，他是不会让她失望的！原本还以为要多等几天，没想到他这么快就来了。

她急忙吩咐人送水，她要赶紧梳洗，过去看看情况。

白成山每天清晨五点多就起身，打打太极，喂个鸟什么的，早上获悉聂载沉来的时候，他已经溜达完一圈回来了。白成山有点意外，也很高兴，立刻叫人带他进来。

“载沉，坐！”

聂载沉朝他恭敬地躬身说道:“一大早冒昧上门打扰，还望白老爷见谅。”

“不必客气，不必客气，你过来我很高兴，坐，坐！”

聂载沉没有坐，依然站着：“白老爷，载沉今日冒昧登门，是有一事相求。”

他突然从广州过来找自己，自然不会是无事上门，白成山立刻问道：“什么事？说。”

聂载沉说：“载沉思慕令爱，盼娶她为妻，这才斗胆登门，恳请白老爷应许，将她许配给我。”

白成山惊讶不已，愣住没有说话。聂载沉也没说话，书房里陷入静默。

过了一会儿，白成山抬头，看了他一眼：“怎么回事？是不是我的女儿做了什么？”

躲在门外偷听的白锦绣心咯噔跳了一下，屏住呼吸。

“没有。是我对绣绣爱慕在心，从前自知配不上她，不敢有所求，现在实在情难自禁，这才斗胆来求白老爷的应许。”他立刻说道。

白成山还是没有表态，始终沉吟不语。

等在外头的白锦绣焦急不已，见父亲还不点头，实在忍不住，一下推开门就进去了。

“爹！不许你欺负他！你快点头！”

白成山看着眼前的这对小儿女，虽然心里对这事还抱着点疑虑，但聂载沉自己主动开口求娶，态度很实在，女儿又这么迫不及待，自然也就作罢。

他心里其实还是挺高兴的，毕竟他对这个女婿很满意，就板着脸呵斥了一声女儿，这才望着聂载沉，道：“也好，那我就应了，往后把我女儿交给你了。”

“多谢……岳父。”聂载沉顿了一顿，改口说道。

白锦绣心里甜蜜无比。

白成山抚须点头笑着，瞥了眼女儿，想了下，说：“既然这样，婚事也早些办了吧。载沉你先回广州，我带锦绣过去。婚姻是两家的大事，也不能我这边全说了算，你尽快去把你母亲接来，有些事项需与令堂商议，得到她的首肯才好。”

聂载沉迟疑了下，道：“我知道了。”

“对了，还有个事！”白成山想了起来，“婚后你们打算住哪里？我现在就叫人替你们物色房子，整理好了，结婚后你们小两口就自己住，怎么样？”他说完，注视着聂载沉。

聂载沉说：“多谢岳父，不必费事另外准备房子了，绣绣应该更习惯住在家里，这样她也方便。我住哪里都行，没事。”

白成山之所以这么安排，其实是为他考虑。婚后让他跟女儿一道住西关白家的话，万一有人说三道四，怕他接受不了。此刻见他这么回应，态度坦然，白成山心里对他是越发欣赏，颔首道：“好，你没问题，那就这样吧。”

当天，聂载沉陪着白成山钓了一天的鱼，晚上住了一夜，第二天动身要回广州。

昨晚他没来找自己。吃完晚饭，陪着父亲说了一会儿话，回屋就熄灯了，仿佛早早睡觉了。

白锦绣虽然有点失望，但事情已经定了，她自然也有女孩子当有的矜持和羞涩，不敢再跑过去找他。一夜翻来覆去，第二天一大清早，她就爬了起来，跟着父亲送他先行回广州。

其实她很想和他同路回，可是父亲不准，还严令她婚前不许再跑过去找他。她没办法，只好答应了。

白成山和女婿话别，聂载沉向他行了个礼，看了眼站在白成山身后的白锦绣，转身去牵马。

“等一下！”

白锦绣从父亲身后跑了出去，带着他到了一个别人看不见的角落，把那块上次没有送出去的金表递了过去。

“真的是特意给你选的。”她小声说。

他望着她睁大的一双眼眸，终于还是伸出了手，接了过去。

“谢谢。我先去了，你回去再睡个觉。”

他微笑道谢，又吩咐了她一声，转身走了。

第46章

聂载沉离开后，白成山叫来刘广，叫他去广州把这个消息告知白镜堂夫妇，让两人先筹备婚事，自己过些天就带女儿过去。

刘广得令，立马赶回广州，直奔西关白家。

他到的时候，白镜堂张琬琰夫妇正在卧室里关起门来吵架。或者更准确地说，是张琬琰在那里大发脾气。

吵架的缘由，自然还是白镜堂之前借出去的一千两银子。

前日是柳氏那个兄弟答应还钱的日子，没想到到期了，柳家的嫂子却带着柳氏暗地找白镜堂乞求宽限，说是前些时日，铺子里贵重的料子被大水淹了，钱还不上。柳家嫂子赔着笑脸求个不停，柳氏跟在一旁，虽然没开口，却是满面羞惭，眼中隐有泪光闪烁。

白镜堂隐约听说过柳氏原先授课的那间女塾因招不到女学生，这个新学期已经关闭了，她现在寄人篱下，只靠着兄嫂过日子。白镜堂见她这样，回忆起过往旧事，未免唏嘘，不过一千两银子而已，他自然满口答应。回来后，他又怕过不了张琬琰这一关，怕她和自己再闹，索性从别处挪了一千两拿回来，说是柳家已经还钱了。他却没想到自己的跟班早就被张琬琰收买了，今天一回来，就被张琬琰堵在屋里责骂，逼迫他立刻过去要钱，否则就亲自上门。

白镜堂说自己和柳氏早就没关系了，张琬琰怎么肯相信，他说尽好话都没用。又想到自己出去了人人都敬一声白爷，回家竟连这一千两的银子也不能做主，白镜堂也恼了，说不过一千两银子而已，这些年施舍乞丐都不止这个数了，用不着她过问。

张琬琰怒道："我是为那一千两吗？你心疼她死了男人没依靠，今天借她一千两，明天她要是找上来，叫你替他找男人，你是不是自己就凑上去了？"

白镜堂气得不行，拂袖转身要走，被张琬琰死死拽住不放。正闹得不可开交时，用人忽然来拍门，说刘广被老爷从古城派了回来，找他们有重要的事。张琬琰这才松手，夫妇俩各自沉着脸出来，听刘广说完这个事，两人惊呆了。

"老爷说，这门亲事是老爷亲自定的。他对聂大人极是满意，婚事极是看重，叫我转告少爷和少奶奶，这就预备起来，过些天，老爷就带小姐回广州。"

白镜堂惊诧过后，回过神来，琢磨了下，想起了上次聂载沉救了妹妹，父亲招他做女婿却未遂的事。

父亲对聂载沉一向器重，虽然这回不知道怎么回事，聂载沉竟然答应了，但既然父亲发话了，也就是说事情已经定下了，他这个做儿子的照办就是。况且他本人对聂载沉也是很有好感。事情虽然很突兀，但白镜堂很快就接受了，点头说："知道了，明天就把家里管事的都叫来，好好商量怎么操办。我就这么一个妹妹，出嫁自然要办得风风光光。"

张琬琰一听，把丈夫和柳氏的那点破事也丢到脑后去了，虽然满心不赞成，但公公表态了，话也这样压了下来，又是小姑的婚事，她一个做嫂子的能说什么？可心里终究不平，忍不住问："我小姑也愿意？"

聂载沉虽然算年轻有为，也救过小姑子，却是不知道哪个犄角旮旯地方冒出来的，在她看来，小姑子两只眼睛长在头顶的人，还留过洋，怎么可能看得上他？

刘广笑道："小姐自然是愿意。"

张琬琰有些不信，但也只能勉强笑道："那就好，那就好，明天我就和镜堂开始准备。"

当天晚上，张琬琰在房里和丈夫商量着该怎么替小姑子操办婚事，正说着要怎么办酒席，看见阿宣在门口探头探脑。

"看什么看？去写功课！写完了早点睡觉！要是叫我抓到你再偷看小人书，看我不扒了你的皮！"张琬琰呵斥儿子。

"听话，回屋去，我和你娘有事商议。"白镜堂见儿子似乎不愿走，轻声说道。

阿宣看了一眼父母，哦了一声，低下头慢吞吞地走了出去，顺手带上了门。

张琬琰也没在意儿子，和丈夫继续说事。听到丈夫说想另外打通楼上两个大房间的墙，好给小姑子夫妇修出一套更大的起居屋，她哼声道："何必这么多事？！不是我说话不吉利，绣绣我还不知道？她起先根本就看不上聂载沉，只不过后来丁婉玉看上了人，她又觉得不平，这才要争而已。现在就算她点了头，也是不懂事，贪图个新鲜劲罢了，等那个劲一过，你瞧着吧，聂载沉他落不了好！爹也真是的，怎么就当真了？小姑子是年轻冲动不懂事，爹也不为她日后着想。要是散了，不就白白坏了小姑的名声！我白天一听就想立马去古城劝的，但刘广说话的那个语气你也听到了，我敢说半个不好？你是绣绣的亲哥，你要真对妹妹好，就赶紧劝一下！"

白镜堂被妻子的一番话说愣了，细细地想，隐隐觉得有些道理，心里不禁烦恼，皱眉道："你就话多！绣绣又不是小孩子，东西玩个三两天就丢掉，婚姻大事怎么会当儿戏？"

张琬琰冷笑："说得倒也是。可惜啊，有人都奔四十去了，这种事还是牵扯不清呢！何况小姑这年纪，懂什么？"

白镜堂一愣，回过味来，知道她这是借机又讽刺自己，忍气道："家里有喜事，我不和你一般见识。我约了聂载沉明天来吃饭，你给我注意态度！"

张琬琰哼了一声。

夫妇又商议了些别的事，当晚睡下不提。

聂载沉是昨天回到西营的。不过一夜工夫，白成山要招他为婿的消息就不胫而走，整个西营都为之轰动。他在新军中颇有威望，众人艳羡之余，纷纷结伴前来贺喜。方大春陈立等那帮平时和他交好的人更是为他高兴。自然，各种声音里，必也少不了几句阴阳怪气的酸话。

聂载沉看起来倒和平常差不多。傍晚，西营结束了一天的日常操练，他冲了个澡，换了身干净衣服，准备进城。昨天傍晚的这个时候，白镜堂派人给他传话，邀他今天去白家吃个便饭，顺便商议婚事。

他朝外走去，和一路遇到的上来向他道喜的士兵含笑点头，最后出了营门上马，进城来到西关白家。

白镜堂正在家中等他，见他到了，和刘广等管事一道快步而出，笑容满面地将他迎了进去。听到他开口还是叫自己白公子，白镜堂握住他的手笑道："怎么这么见外？还公子来公子去的，往后咱们就是一家人了！我虚长，就不客气叫你载沉了，你就随绣绣叫我一声大哥。"

刘广等人都笑了，聂载沉也微笑，依他的话叫了，白镜堂应了一声，领他进去，笑道："快进来吃饭吧，早就预备好了。"

阿宣从屋里也钻了出来，仰着脸笑嘻嘻地喊他"姑丈"。聂载沉笑着，抬手摸了摸他的脑门。

"阿宣！不许给我皮！写功课去！"

张琬琰走过来，皱着眉打发走儿子，等阿宣心不甘情不愿地噘着嘴走了，她转过脸，上下打量了眼聂载沉。

"少奶奶。"聂载沉叫她。

她脸上露出笑，说："刚才镜堂都说了，自己人，怎么还这么见外？应该叫我嫂子了！真是没想到啊——"她顿了一下，神色感慨万千，随即打住，改口招呼道，"肚子饿了吧？都站在这里干什么？镜堂还不请人进来！"

聂载沉垂目，恭敬地向她道谢。

饭桌上，平常最为健谈的张琬琰几乎没开口说话，倒是白镜堂和聂载沉说着今天白天与管事们初步商议出来的关于结婚的事项。

"载沉，你要是有什么意见，或者觉得有不妥当的地方，尽管提。"

聂载沉道："劳烦兄长、嫂子，还有众位管事费心。我没什么意见，兄长和嫂子看着办就很好。"

白镜堂今天将他叫来，其实主要目的还是以一家人的身份一起吃顿饭，联络联络感情而已，知道他也不会提什么反对意见，就笑着点头，改而问他接母亲过来的事。

聂载沉说今天已经和高春发说了，告了假，明天就出发。得知路上来回最快也要一个月，白镜堂说："你要是忙，脱不开身，我这边可以派个稳重能做事的过去，代你将令堂接来。"

"多谢兄长好意，不敢劳烦，还是我自己去接为好。"

见他婉拒，白镜堂也就作罢，只不停地劝酒。

饭吃到接近尾时，大三元饭店的刘老板上门求见。原来是他消息灵通，得知白成山要嫁女，立刻第一时间登门想拉喜宴的生意——倒不是冲着赚多少钱而来，若是能承办白家嫁女的婚宴，于酒楼而言，是得了个极大的脸面，倍增荣耀。

白家和刘老板的关系一向不错，人既然来了，张琬琰就告了声罪，起身出去说话。白镜堂喝了些酒，有些内急，不像年轻人能憋，也告了声罪去方便。剩下聂载沉独自留在桌旁，渐渐出了神，忽然听到身后传来"姑丈"的唤声，转头见阿宣溜了进来。

聂载沉露出笑容，叫了声阿宣。阿宣跑到他近旁，扭头看了眼站在一旁伺候的用人，嘴巴凑到聂载沉的耳边，小声地说："聂大人，你可千万不要娶我姑姑！"

聂载沉一怔。

"昨晚我听我爹娘说话。我娘说我姑姑她是不服气你被丁家那个表姑姑抢走，这才要把你抢过来的。还说我姑姑喜新厌旧，以后会不要你的。"

父母最近时常吵架，自然瞒不过阿宣。此前从没有这种经历的阿宣在烦恼之余，心中未免感到惶恐，比平常更要留意父母的动静。昨晚被张琬琰赶走后，怕父母又吵，他没有立刻离开，而是藏在门外继续偷听，没想到听来了张琬琰说的那一番话。他越想越替心目中的大英雄感到不平，这会儿就趁着父母不在的机会赶紧过来提醒。

“聂大人，你要小心，千万别被女人骗了！她们都很可怕！我娘可怕，姑姑也是！”

阿宣说完，怕被母亲看到又骂，赶紧脚底抹油似的溜了。

白镜堂很快回来，继续招呼聂载沉喝酒，再喝两杯，聂载沉便开口告辞。

白镜堂见这顿饭也差不多了，挽留了几句，也就作罢，起身送人出门。

张琬琰和酒楼掌柜还在客厅里说着话，掌柜的看见白镜堂送一个身穿军装的年轻人出来，说说笑笑，知道他应当就是白成山要招做女婿的那个人了，忙站起来叫了声白爷，又转向聂载沉，躬身笑道：“这位就是聂姑爷吧？果然是一表人才，人中龙凤，和白小姐是天生一对，地设一双！”

聂载沉朝刘掌柜颔首回礼。

“怎么这么快就走啦？镜堂你也真是的，不留载沉！”张琬琰责备丈夫。

聂载沉道：“多谢嫂子款待，晚上已经喝了不少酒，明早还要上路，也该回去歇了。”

张琬琰笑吟吟地转向掌柜：“往后你可要认准了我们姑爷好好巴结，我们家老爷赏识他，对载沉可比亲儿子还要好。”

刘掌柜忙躬身道：“鄙人大三元刘全，往后还请聂姑爷多多关照！”

聂载沉微笑点了点头，出了白家大门，很快骑马而去。

他一路纵马归来，回到西营自己住的地方，也没开灯，和衣在黑暗中躺了下去，敛目沉沉睡去。

第二天清晨五点，晨光熹微，他离开广州，踏上了西行归家的路。一路紧赶，风尘仆仆，终于在半个月后，回到了他位于滇西那个叫作太平县的故乡。

太平县是个小县，十分偏远。从县城过去，翻过一座山梁，水流九曲，有个聚居了几百户人家的古老村落。村人大多姓聂，同宗同族，那里就是他出生成长的地方。

他的父亲年轻时文武双全，也曾胸怀大志，立志考取功名，投身官场，是当年那一科殿试最年轻的进士，加上当时已有在官场做官多年的同族长辈的提携，父亲意气风发，前途坦荡，很快就得到了当时朝廷重臣两江总督的青眼，成为其左膀右臂。但几年后，屡屡目睹朝廷腐败，官场派系明争暗斗，种种黑暗，国防军事又外强中干，而他实则无力改变半分，遂心灰意冷，辞官归乡，与当地一名儒之女完婚，又被乡民推为族长，从此在乡间半耕半读，安贫乐道。

在聂载沉小的时候，太平县遭到了一伙流兵马贼的袭扰，马贼火枪傍身，无恶不作，百姓苦不堪言，县令请聂父助力抵御。父亲组织乡民，设计消灭了马贼，却在乱战中不幸身中火枪，伤重不治而去。年幼的聂载沉就这样失去了父亲，被母亲养育成人，直到他十六岁那年，辞别母亲翻出山梁，离开了太平县。

这几年，因为路途遥远，他回去探望母亲的次数寥寥无几。上一次还是去年，有一回被派去云南出任务时顺道去了一趟。慈母日见苍老，两鬓白霜，他心里一直怀有愧疚，所以这次他想亲自来接，一是弥补，二是他想亲口对母亲解释这桩婚事。

他穿过县城，翻过陡峭的山梁，沿着半天也看不见一个人的崎岖山道，向着前方的家走去，越近，脚步就变得越迟缓，心情也越发沉重。

过了前头这道岗，下去，就是他家所在的那个古老村落。

他停在岗头，向下俯瞰。日已黄昏，不远处的村落里，依稀可见炊烟袅袅。一头瘦骨嶙峋的老牛在村口溪边的石桥下安详地吃着青草，一个七八岁大的牧童光着瘦得能数清肋骨的上身在溪里摸着螺蛳，脑后那根多日没梳的毛糙细辫胡乱打着结，用一根筷子插在头顶。

那么多年过去了，这里的一切，仿佛都和他小时候的记忆一模一样，没有半分改变。

《恋恋浮城1》完